W0345963

ANNE PÄTZOLD

When We Dream

ANNE PÄTZOLD

When We DREAM

Roman

LYX

LYX in der Bastei Lübbe AG
Dieser Titel ist auch als E-Book und Hörbuch erschienen.

MIX
Papier aus verantwortungsvollen Quellen
FSC® C014496
FSC
www.fsc.org

Originalausgabe

Herzlichen Dank an Yoori Kim für die Übertragung des Titels ins Koreanische.

Textredaktion: Christin Ullmann
Covergestaltung: Sandra Taufer, München
Coverabbildung: © Phatthanit/shutterstock
Satz: Greiner & Reichel, Köln
Gesetzt aus der Adobe Caslon
Druck und Einband: GGP Media GmbH, Pößneck
Printed in Germany
ISBN 978-3-7363-1304-0

3 5 7 6 4 2

Sie finden uns im Internet unter: www.lyx-verlag.de
Bitte beachten Sie auch: www.luebbe.de und www.lesejury.de

Für Simone – 90 000 Wörter und kein einziges dabei, das wirklich aussagt, wie dankbar ich bin.

1. KAPITEL

»Arbeiten Sie den ausgehändigten Text bis zum nächsten Mal durch.«

Papierrascheln und lautstarke Gespräche erfüllten den Hörsaal. Meine Kommilitonen erhoben sich und wühlten in ihren Taschen. Kaum einer schenkte dem Professor noch Aufmerksamkeit.

»Und vergessen Sie nicht, Ihre Hausarbeit bis Freitagabend einzureichen«, fügte er hinzu und rückte seine Brille zurecht.

Die meisten Studenten waren bereits durch die Doppeltüren an der Rückseite des Saals nach draußen verschwunden. Ich wartete, bis der größte Ansturm vorüber war, während ich mein Notizheft und die Stifte in meinem Rucksack verstaute. Als nur noch eine Handvoll Leute in den vorderen Reihen saßen, schulterte ich meinen Rucksack und verließ ebenfalls den Saal.

»Internationales Management« war eine der letzten Vorlesungen an diesem Tag, und der Korridor des Unigebäudes lag nahezu leer vor mir – jeder versuchte, so schnell wie möglich nach Hause zu kommen. Auch mir ging es nicht anders. Ich hatte seit dem Vormittag in überfüllten Sälen gesessen und konnte es kaum erwarten, mich in mein Zimmer zurückzuziehen. Der Gedanke an mein Bett, ein gutes Buch und eine Tasse Tee hatte mich durch den Nachmittag gebracht.

Kühle Abendluft strich über meine Arme, als ich aus dem Gebäude trat. Die letzten Tage waren für Ende April ungewöhnlich warm gewesen, und ich genoss die Abkühlung. Hitze machte mich bestenfalls träge. Es fiel mir ohnehin schwer genug, mich auf die Vorlesungen zu konzentrieren. Wenn die Temperaturen über fünfundzwanzig Grad stiegen, war meine eher knappe Aufmerksamkeitsspanne dahin, und ich konnte an nichts anderes mehr denken, als so schnell wie möglich jegliche Menschenmassen hinter mir zu lassen und mich an einen kühlen Ort zurückzuziehen. Meistens waren dieser Rückzugsort meine eigenen vier Wände. Die Wohnung war nicht allzu weit vom College entfernt, und ich freute mich jeden Abend wieder darüber, nicht noch quer durch die ganze Stadt pendeln zu müssen.

Das Studium laugte mich ohnehin schon aus. Mehr, als vermutlich normal war. Ich versuchte, nicht darüber nachzudenken, wie erschöpft ich mich an den meisten Tagen fühlte. Wie sehr sich alles in mir sträubte, morgens aus dem Haus zu gehen.

So geht es jedem mal. Oder nicht?

Ich schüttelte meinen Kopf, schob die Kopfhörer in meine Ohren und drehte die Musik an meinem Handy lauter. Sanfte, beruhigende Töne vertrieben die unerwünschten Gedanken.

Mein Leben ist gut so, wie es ist.

Die Stimme meiner kleinen Schwester war bis in den Hausflur zu hören. Ich hatte mir unterwegs eine heiße Schokolade gegönnt und balancierte den Becher in einer Hand, während ich mit der anderen die Wohnungstür aufschloss, als Livs lautstarker Gesang zu mir drang. In meinen Ohren klang es wie willkürlich aneinandergereihte Laute – definitiv kein Englisch. Ich stieß die Tür mit dem Fuß auf, aber selbst in der ungedämpften Version machte ihr Gesang für mich keinen Sinn.

Ich hängte meinen Schlüssel an einen der Haken neben der Tür, ließ meine Schuhe, Jacke und Tasche im Flur zurück und folgte Livs schiefem Trällern in die Küche. Sie war gerade dabei, sich Cornflakes zu machen. Ein Milchkarton stand neben der Spüle, und ich war mir nicht ganz sicher, ob sie die Schüssel verfehlt oder versucht hatte, die Cornflakes auf dem Tisch zuzubereiten.

Liv stand mit dem Rücken zu mir. Ihre blonden Locken waren zerzaust, ein Haargummi hielt sie notdürftig zusammen. Als ich an den Türrahmen klopfte, drehte sie sich zu mir um und zog ihr Handy aus der Hosentasche. Im nächsten Moment war die Musik nur noch ein leises Hintergrundgeräusch.

»Hast du ohne mich eine Party gefeiert?«, fragte ich und deutete auf das Chaos auf dem Tisch.

Einige Strähnen fielen Liv ins Gesicht. Sie pustete sie sich aus den Augen, ehe sie mir antwortete.

»Ich hab Musik gehört und beim Tanzen die Schüssel umgeschmissen«, erklärte sie. Das Grinsen in ihrem Gesicht zeigte, dass sie nichts bereute, und unwillkürlich spürte ich, wie sich meine Lippen ebenfalls verzogen. Liv irgendetwas übel zu nehmen war ein Ding der Unmöglichkeit.

»Die Musik war nicht zu überhören, glaub mir. Mrs Elliot von gegenüber hat sicher mit dir gefeiert.«

Mrs Elliot war unsere Nachbarin und inoffiziell ein Teil unserer kleinen Familie. Wenn Melanie, die Älteste von uns dreien, erst spätnachts nach Hause kam oder für ihre Arbeit verreisen musste, sah die ältere Dame ab und an nach uns, um sicherzustellen, dass wir nicht den ganzen Tag von Fastfood lebten. Liv und ich waren beide nicht sonderlich gut im Kochen, deswegen war diese Befürchtung nicht abwegig.

»Ist Mel noch auf Arbeit?«, fragte ich und stellte meinen halb leeren Becher auf dem Tisch ab. Ich schnappte mir den Lappen vom Wasserhahn und begann, die Cornflakes-Milch-Pampe aufzuwischen. Liv nahm die Schüssel vom Tisch und trug sie zur Spüle.

»Sie hat vorhin eine Nachricht geschrieben, dass es heute wieder spät wird.«

Mel arbeitete als Teil des Managementteams bei einem der größten nationalen Veranstalter. Momentan hatte sie viel zu tun wegen einer Award-Show, die in wenigen Tagen in Chicago stattfinden sollte. Ich wusste nicht, wie Mel den Überblick über Sponsoren, Service-Angestellte, Lichttechniker, Moderatoren und Co. behielt und dabei mit dem absoluten Minimum an Schlaf überlebte, aber sie schaffte es immer irgendwie.

Nachdem ich die aufgequollenen Cornflakes im Müll entsorgt hatte, warf ich einen Blick in den Kühlschrank. Gähnende Leere hatte ich zwar erwartet, dennoch verzog ich beim Anblick von ein paar Scheiben Brot und Ketchup das Gesicht.

»Wir müssen morgen einkaufen gehen«, sagte ich an Liv gewandt. »Scheint, als wäre heute erst mal wieder Pizzatag.«

»Ich bin dir drei Schritte voraus, Ella«, erwiderte sie und hielt ihr Handy in die Höhe. »Margherita, wie immer?«

Wortlos zog ich eine Augenbraue in die Höhe.

Liv grinste. »Zwei Margherita-Pizzen mit extra Käse. Kommen sofort.«

Ich streckte einen Daumen nach oben. »Ich bin in meinem Zimmer, wenn du mich brauchst.« Damit ging ich an ihr vorbei durch den Flur und zur hintersten Tür, die in mein Zimmer führte.

Die Lichterketten um meine Buchregale waren das Erste, was ich einschaltete. Sie erhellten nur schwach die Dunkelheit im Zimmer, aber ich mochte, wie gemütlich das Licht den Raum wirken ließ. Er war nicht groß – mein Bett, ein Schreibtisch, zwei Buchregale und ein kleiner Kleiderschrank passten gerade so hinein –, aber es war mein Reich. Der Ort, an dem ich ich sein und mich in andere Welten fallen lassen konnte, ohne mir Sorgen um die Realität machen zu müssen.

Ich suchte meine bequemste Schlafhose und ein übergroßes T-Shirt aus dem Schrank heraus, denn ich hatte nicht vor, die Wohnung heute noch einmal zu verlassen. In Gedanken sah ich mich bereits mit der Pizza im Bett liegen. Ich war gerade dabei, mir das Shirt über den Kopf zu ziehen, als Liv klopfte und den Kopf zur Tür hereinsteckte.

»Essen ist in zwanzig Minuten hier. Hast du Lust, eine Serie mit mir zu gucken?«

Ich befreite meine Haare aus dem Kragen und band sie mir in einem lockeren Pferdeschwanz zusammen. »Woran hast du gedacht?«

»Wir könnten *Friends* weiterschauen oder irgendeinen Anime.«

Mein Blick glitt zu dem Chaos, das mein Schreibtisch war. »Ich wollte eigentlich an einem Bild arbeiten, das ich gestern angefangen habe«, sagte ich zögernd. Und ein wenig Ruhe genießen, bevor ich morgen den halben Tag auf der Arbeit verbringen würde.

Allerdings reichte das Liv als Ausrede nicht. »Du kannst deinen Zeichenblock doch mitnehmen.« Dass es schwierig werden würde, einem Film, unseren Gesprächen und meinem Skizzenblock gleichzeitig Aufmerksamkeit zu schenken, ignorierte sie geflissentlich.

Liv musste mein Zögern spüren, machte aber keine Anstalten, lockerzulassen. »Oooder …«, begann sie mit einem Funkeln in den Augen, »wir gucken einen Disneyfilm und du kannst so laut mitsingen, wie du willst.«

Ihrem breiten Grinsen nach zu urteilen wusste sie genau, dass ich zu Disney nicht Nein sagen konnte. Und sie hatte recht. Statt einer Antwort ging ich an ihr vorbei zur Tür raus und ins Wohnzimmer, bevor sie ein weiteres Wort sagen konnte. Dann würde mein Skizzenblock wohl morgen mit mir auf die Arbeit kommen.

Liv hatte mit ihren fünfzehn Jahren bereits mit Abstand eine der größten DVD-Sammlungen, die ich je gesehen hatte – und sie hütete sie wie einen Schatz. Die

Filme und Serien im Regal neben dem Fernseher waren alphabetisch sortiert und vermutlich staubte Liv sie sogar regelmäßig ab.

»Und du meinst, ich bin die Merkwürdige von uns beiden? Wer bei Disneyfilmen nicht mitsingt, hat die Kontrolle über sein Leben verloren.« Ich zog *Mulan* aus dem Regal und schaltete den Fernseher ein.

Liv nahm mir die Hülle ab und schob den Film in den DVD-Spieler ein. »Wer hat schon völlige Kontrolle über sein Leben?«

Ich stutzte. Diese plötzliche Wendung des Gesprächs hatte ich nicht erwartet. »Das ist überrraschend weise.«

Sie zuckte die Achseln. »Ich bin jung, nicht dumm.«

»Ja. Ich weiß.« Manchmal vergaß ich, dass sie nicht mehr das kleine Mädchen war, das mit acht Jahren in mein Bett gekrochen kam, weil sie von unseren Eltern geträumt hatte und allein nicht wieder einschlafen konnte.

Im Vorbeigehen nahm ich eine Wolldecke von der Couchlehne und warf sie mir auf dem Weg in die Küche über. Zwar mochte ich es kühl, aber Mel und Liv erschafften eine ganz neue Definition für den Begriff »Eiszeit«. Mich hätte es wenig gewundert, wenn Schneeflocken aus unserer Klimaanlage gekommen wären.

»Möchtest du auch etwas trinken?«, rief ich.

»Cola bitte«, kam es sofort zurück. Liv und ihre Cola. Manchmal fragte ich mich, wie sie überhaupt noch gesunde Zähne haben konnte bei den Massen an süßen Getränken, die sie zu sich nahm. Nicht dass ich viel besser war. Ich liebte meinen Tee am Abend zum Herunterkommen – und gesüßter Tee war nun einmal der bessere Tee.

Mit einer Colaflasche und zwei Gläsern kehrte ich zurück ins Wohnzimmer und stellte sie auf dem kleinen Holztisch vor dem Sofa ab, ehe ich mich auf die Couch fallen ließ und die Beine unter die Decke zog. Liv schob sich auf dem Boden sitzend nach hinten, bis sie mit dem Rücken an die Couch stieß, und machte es sich so bequem.

Bis zum ersten Song waren wir beide völlig im Film versunken. Ich stimmte gerade aus vollem Herzen in den Refrain ein, als es klingelte. Liv sprang auf und rannte zur Tür, um dem Pizzaboten zu öffnen, und ich pausierte den Film. Ich roch die Pizza, bevor Liv die Wohnungstür wieder geschlossen hatte. Als sie die Schachteln auf den Tisch legte und die erste öffnete, grummelte mein Magen freudig.

Ich war heute Morgen viel zu spät aufgestanden, hatte mich innerhalb von zwanzig Minuten fertig machen müssen und war mit einem Stück Toast im Mund losgehetzt, das ich auf dem Weg zum Campus verschlungen hatte. Den Schoko-Nuss-Riegel, den ich mittags in der Bibliothek gegessen hatte, konnte man wohl kaum als sättigend bezeichnen. Eine große Pizza dampfend und duftend vor mir liegen zu haben, war die sprichwörtliche Erfüllung meiner Träume.

Ich war so damit beschäftigt, sie anzuhimmeln, dass mir die dritte, wesentlich kleinere Schachtel erst auffiel, als Liv sie mir direkt vor die Nase hielt. Auf meinen fragenden Blick hin drückte sie mir diese in die Hand und ließ sich mit einem breiten Grinsen neben mich fallen.

Ein süßer, vertrauter Geruch stieg in meine Nase, und mein Blick ging wieder zu Liv. »Ist das …«

Livs blonde Haare flogen um ihr Gesicht, als sie aufgeregt nickte. »Haben sie seit Kurzem neu auf ihrer Karte. Und wenn du ganz tief im Tiefkühlschrank kramst, findest du bestimmt auch noch Eiscreme.«

Es kostete mich viel Kraft, mich nicht sofort auf die Süßspeise zu stürzen. Liv hatte mir zu der Pizza einen Lava Cake bestellt – die Nachspeise, mit der man mein Herz gewinnen konnte. Er fühlte sich warm an in meinen Händen, und mir lief das Wasser im Mund zusammen, als ich daran dachte, ihn in einer Kugel Eiscreme zu ertränken.

»Du bist die Beste.«

»Wehe, du isst ihn nicht als Erstes! Ich habe extra geschrieben, dass sie sich beeilen sollen, damit du ihn warm bekommst«, sagte Liv. Sie nahm sich ein Stück Pizza, biss hinein und sank dann genüsslich kauend wieder zurück in die Kissen.

Ich holte schnell eine Schüssel, Löffel und die Eiscreme, bevor ich es Liv gleichtat und den Film wieder startete. Gemütliche, ruhige Abende wie dieser waren es, die mich durch den Tag brachten.

Ein dumpfes Klacken weckte mich.

Meine Augen öffneten sich nur mit einiger Willenskraft, und als ich versuchte, mich aufzurichten, beschwerte mein Nacken sich über die verdrehte Position, in der ich die letzten Stunden verbracht hatte. Liv war in der zweiten Hälfte des Films eingeschlafen und lag am anderen Ende der Couch. Die Beine hatte sie in meine Richtung ausgestreckt, und während ich halb im Sitzen eingeschlafen war, machte sie sich so breit, wie es nur meine kleine Schwester konnte.

Ich strich mir meine wirren Haare aus dem Gesicht und blinzelte müde Richtung Eingangstür, die in diesem Moment aufging. Mel hatte ihre hochhackigen Schuhe vor der Tür ausgezogen und betrat leise die Wohnung.

Ich streckte meine Beine, ließ die Füße kurz kreisen und stand auf. »Hey«, flüsterte ich, um Liv nicht zu wecken.

Mel hob den Blick von ihrem Handy, von welchem sie sich arbeitsbedingt nur selten löste, und fragte ebenso leise: »Habe ich dich geweckt?«

Ich schüttelte den Kopf und folgte ihr in die Küche. »Wir haben einen Film geguckt und sind irgendwann ins Fresskoma gefallen.«

Mel musste nicht einmal die Pizzakartons auf dem Couchtisch sehen, um ihre nächste Vermutung zu äußern. »Lieferdienst?«

»Der Tag war lang, und Pizza ist immer lecker …«

»Du kannst leckeres Essen auch selbst kochen.« Sie befreite ihre Haare aus dem strengen Zopf, den sie meistens trug, wenn sie die Wohnung verließ. Sie hatte die gleichen blonden Haare wie Liv und ich, nur waren ihre glatt und trockneten nach dem Waschen nicht in einem lockigen Chaos wie meine.

»Aber so ist die Wahrscheinlichkeit geringer, dass die Küche meinetwegen in Flammen aufgeht«, gab ich zurück.

Ein Schnauben war ihre Reaktion. Im nächsten Moment ließ Mel sich seufzend auf einen Stuhl fallen.

Ich zog den Stuhl ihr gegenüber vom Tisch und setzte mich. »Viel zu tun?«

»Kann man so sagen.« Mel fuhr sich mit einer Hand durch die Haare und begann, einzelne Knoten darin zu entwirren. »Alle spielen verrückt wegen der Award-Show übermorgen. Mein Senior Manager macht mir Stress, und ich muss den Leuten, die beim Veranstalter arbeiten, Stress machen. Als würden wir das alles zum ersten Mal tun.«

Mel arbeitete mittlerweile seit einigen Jahren in einem ziemlich großen Betrieb im Veranstaltungsmanagement. Sie war, grob gesagt, die Ansprechpartnerin für alle Mitarbeiter des Veranstalters, der sie beschäftigte. Was allerdings auch hieß, dass sie dafür geradestehen und ihrem Senior Manager Bericht erstatten musste, wenn etwas nicht ganz glatt lief.

Jedes Mal, wenn eine Show näherrückte, konnte ich dabei zusehen, wie die Ringe unter ihren Augen ein wenig tiefer wurden. Es war mir ein Rätsel, wie sie den Stress immer wieder aushielt. Mich machte es schon fertig, wenn die Deadline einer Hausarbeit anstand. Und darunter litten dann nur meine eigenen Noten, nicht mehrere Tausende oder Millionen Leute.

»Willst du ein Stück Pizza? Liv hat nicht alles geschafft.« Ich machte Anstalten aufzustehen, aber Mel hielt mich davon ab.

»Nein, schon gut.« Sie hob die Hand vor den Mund und gähnte ausgiebig. »Ich gehe direkt ins Bett. Ich kann mir nicht erlauben, morgen zu verschlafen.«

Ihr war deutlich anzusehen, dass sie nichts lieber getan hätte, als sich einen freien Tag zu gönnen.

Mel band sich das Haargummi ums Handgelenk. »Bist du morgen wieder im Museum?«

»Ja. Ich hab Lanas Schicht übernommen und werde vermutlich den ganzen Tag dort sitzen.« *Und mich langweilen.*

Ich hatte kurz nach Beginn meines Studiums beschlossen, mir einen Job zu suchen. Durch Zufall war ich auf einen Aushang in der Unibibliothek gestolpert und hatte mich, ohne lange darüber nachzudenken, als Garderoben-Aufpasserin in einem Kunstmuseum beworben. Glücklicherweise waren die Anforderungen nicht allzu hoch gewesen. In meiner Schulzeit hatte ich nebenbei nie gejobbt, daher war mein Lebenslauf auch dementsprechend überschaubar gewesen.

Mel nickte nur. Ihre Gedanken widmeten sich offensichtlich bereits dem nächsten Thema, denn ihr Blick ging zum Wohnzimmer.

»Weckst du Liv oder soll ich es tun?«, fragte sie.

»Geh ins Bett«, antwortete ich nachdrücklich und stand nun doch auf. »Ich kümmere mich um Liv.«

Mit einem Nicken tat Mel es mir gleich. Sie schob den Stuhl zurück unter den Tisch und verließ mit einem leisen »Gute Nacht« an mich und einem weiteren Gähnen die Küche. Ihre Zimmertür fiel ins Schloss und kurz darauf war es in der Wohnung beinahe vollständig still. Nur das Ticken der Wanduhr war zu hören, und ein Rascheln, als Liv sich auf der Couch bewegte.

Mein Blick ging aus dem Fenster über der Spüle nach draußen in die Dunkelheit. Sie wurde von vorbeifahrenden Autos und den unzähligen Straßenlaternen durchbrochen, die die Stadt am Abend künstlich erhellten. Ich vermisste es, nachts die Sterne am Himmel sehen zu können. Und mir fehlte frische Luft, die nicht voll von Abgasen war.

In der Gegenwart meiner Schwestern würde ich es nie laut sagen, aber manchmal hatte ich das Gefühl, von den vielen Geräuschen und Lichtern, die hier nie nachließen, erdrückt zu werden. Liv und ich waren zu Mel in die Großstadt gezogen, nachdem unsere Eltern gestorben waren. Das war mittlerweile sieben Jahre her. Aber an manchen Tagen waren die Bilder von Camping unter freiem Himmel in unserem Garten oder von langen Waldspaziergängen so lebhaft, als wären sie erst gestern entstanden.

Das Leben in einer Stadt konnte aufregend sein. Spannend. In der Masse unterzugehen war etwas, das sicher viele genossen. Überall war etwas los, und man war nie allein. Mich machte genau das unglaublich nervös. Es gab kaum einen Ort, an dem ich einfach … sein konnte. Ohne ungewollt Telefonate mit anhören zu müssen, ohne das Plärren von Sirenen oder hupende Autos.

Trotzdem hatte ich schon vor einer ganzen Weile beschlossen, es einfach hinzunehmen. Mel hatte viele Dinge aufgegeben, um Liv und mich bei sich aufzunehmen und versorgen zu können. Ich wollte mein Studium abschließen, ohne ihr weitere Sorgen zu bereiten, einen guten Job finden – und vielleicht konnte ich ihr dann wenigstens einen kleinen Teil von dem zurückgeben, was sie in den letzten Jahren für mich getan hatte.

Ich holte tief Luft und stieß meinen Atem langsam aus,

dabei versuchte ich, meine Schultern zu entspannen. Es war nur eine kleine Übung, aber sie half mir in den Augenblicken, wenn mein Kopf zu laut wurde und meine Gedanken im Kreis rannten.

Ein paar Sekunden blieb ich noch in der Küche stehen und sog die Stille in mich auf, ehe ich ins Wohnzimmer ging, um Liv aufzuwecken. Sie blinzelte verschlafen, als ich sanft an ihrer Schulter rüttelte, und murrte, dass sie einfach auf der Couch weiterschlafen würde. Ich versuchte mehrmals, sie dazu zu bringen, doch in ihr Zimmer zu gehen, aber wenn Liv einmal schläfrig war, brachten sie keine zehn Pferde dazu, sich weiter als nötig zu bewegen.

Kurzerhand ging ich in ihr Zimmer, um ihre Decke und ein Kissen vom Bett zu holen. Livs Wände waren voller Poster von Bands, die sie gerade anhimmelte. Meistens wechselten sie so schnell, dass ich irgendwann aufgegeben hatte, den Überblick darüber behalten zu wollen. Ich konnte mich nicht daran erinnern, jemals eine solche Phase gehabt zu haben – aber vielleicht lag das auch daran, dass ich schon immer lieber für fiktionale Charaktere schwärmte.

Zurück im Wohnzimmer, breitete ich die Decke über Liv aus und hob ihren Kopf vorsichtig an, um das Kissen darunterzuschieben. Sie kuschelte sich sofort darin ein, bis nur noch ihr Haaransatz und ihr Gesicht zu sehen waren. Wie sie auf der unbequemen Couch überhaupt längere Zeit schlafen konnte, war mir ein Rätsel. Obwohl ich in ihrem Alter sicher auch öfter die Nacht auf dem Boden verbracht hatte, weil ich beim Lesen eingeschlafen war. Damals hatte mir so etwas keine Probleme bereitet –

das waren wohl die Privilegien der Jugend, von denen alle sprachen.

Ich stockte kurz. In meinen Gedanken war ich offensichtlich schon zweiundsiebzig und nicht neunzehn Jahre alt.

Nach einem letzten Blick durch den Raum schaltete ich das Licht aus und zog mich in mein Zimmer zurück. Während ich ins Bett kletterte, versuchte ich, nicht daran zu denken, dass am nächsten Morgen wieder mehrere Vorlesungen und stickige College-Säle auf mich warteten. Ich stieß ein wohliges Seufzen aus, als mein Kopf das weiche Kissen berührte und meine nackten Füße über das kalte Bettlaken strichen. Es konnten nicht mehr als fünf Minuten vergangen sein, als die Müdigkeit mich überkam und mir die Augen zufielen. Die Realität wurde von einem zusammenhanglosen Traum abgelöst.

2. KAPITEL

Mein Kopf pochte.

Ich hatte mich in die hinterste Ecke der Bibliothek zurückgezogen und Kopfhörer aufgesetzt, um die Geräusche um mich herum zu unterdrücken, doch das Hämmern hinter meinen Schläfen wollte nicht aufhören. Meine Konzentration war auf dem Nullpunkt, und ich hatte Mühe, den Text zum Thema Mikroökonomie vor mir überhaupt zu verstehen.

Nach einer weiteren Stunde Quälerei gab ich es auf, damit weiterzukommen. Ich hatte die meisten Hausarbeiten und den restlichen Lesestoff für die Vorlesungen diese Woche erledigt – den Rest konnte ich genauso gut auf morgen verschieben. Ich liebte es, neue Dinge zu lernen, wenn ich dafür eine Leidenschaft hatte. Nur war meine Leidenschaft für Mathematik und Statistik bereits in der Schulzeit eher begrenzt gewesen.

Ich fuhr meinen Laptop herunter und verstaute ihn zusammen mit meinen Lehrbüchern und den Kopfhörern in meinem Rucksack. Es war später Nachmittag, und die Bibliothek platzte aus allen Nähten. Studenten, die ihre Arbeiten in Ruhe fertigstellen wollten, und solche, die sich hier die Zeit bis zur nächsten Vorlesung vertrieben.

Die Glaskuppel ließ die Bibliothek zwar groß und offen wirken, trotzdem war ich erleichtert, als ich aus dem alten Gebäude trat.

Ein Windstoß blies mir die Haare ins Gesicht. Ich schob mir die widerspenstigen Strähnen mit der rechten Hand hinter das Ohr, ehe ich mein Handy aus meiner Hosentasche zog.

Ich: Lust auf Waffeln mit Eis?

Die Antwort ließ nicht lange auf sich warten.

Erin: Klar. Gib mir zwei Tage.
Erin: Und wo du schon dabei bist, auch 1000 Dollar, billiger bekomm ich hier last minute nichts mehr.
Ich: Du musstest dir auch UNBEDINGT genau das Land aussuchen, das am weitesten weg ist.
Erin: Sorry, sorry.

Sie schickte ein GIF, das einen traurig guckenden Hund und den Text »please forgive dog« darunter zeigte. Ich grinste mein Handy an und hoffte nicht zum ersten Mal, dass die nächsten fünf Monate schnell vergehen würden. Erin war letzten November für ein Work-and-Travel-Jahr nach Australien geflogen, und ich hatte sie seitdem nur ab und an auf dem Bildschirm gesehen.

Wir hatten uns während unserer Highschoolzeit über das Internet kennengelernt und später bemerkt, dass wir in derselben Stadt lebten. Das war mittlerweile fünf Jahre her, und bis letztes Jahr hatte es uns den größten Teil der Zeit nur im Doppelpack gegeben. Aber Dinge veränderten sich – sosehr sich auch alles in mir drin dagegen sträubte.

Ich: Wie mies. Du weißt, dass ich bei Tieren nicht standhaft bleiben kann.
Erin: Irgendwelche Schwächen muss ich ja ausnutzen. Aus 9000 Meilen Entfernung sind meine Möglichkeiten begrenzt.

9241 Meilen und siebzehn Stunden Zeitdifferenz, ergänzte ich im Kopf.

Ich schob das Handy zurück in meine Hosentasche und machte mich auf den Weg nach Hause. Die Bibliothek befand sich glücklicherweise am nördlichsten Ende des riesigen Campus. Ich bog auf die Straße, die von parkenden Autos gesäumt war, und ließ die Bibliothek mit schnellen Schritten hinter mir. Das gesamte College war ein Mix aus Neubauten und Gebäuden im gotischen Stil, die sich abwechselten. Merkwürdigerweise bildeten die Glaspaläste und die mit Efeu überwucherten Hauswände zusammen ein beinah rundes Bild. Den Kontrast dieser Architekturstile hatte ich schon häufiger in meinem Skizzenblock festgehalten.

Mein Weg führte mich am Department für Biologie und Anatomie vorbei und ein paar Straßen weiter zu meinem Lieblingsbäcker. Hätte ich mehr Geld dabeigehabt, wäre vermutlich die gesamte Auslage in meiner Tasche gelandet. So entschied ich mich für einen Cupcake für Liv, Cheesecake für Mel und zwei mit Schokoladenglasur überzogene Brownies für mich. Am liebsten hätte ich auf dem Weg alles allein gegessen, aber ich konnte mich gerade so beherrschen.

Stattdessen schickte ich ein Bild meiner Ausbeute an Erin und verfluchte mich auf den letzten Metern dafür, nicht regelmäßiger Ausdauersport für meine Kondition zu betreiben. Unsere Wohnung lag im fünften Stock, der Aufzug war schon seit einigen Wochen defekt, und als ich endlich oben ankam, musste ich erst einmal kurz stehen bleiben, um nach Luft zu schnappen.

Als ich die Wohnung betrat, war es überraschenderweise Mels Stimme, die ich als Erstes hörte. Ich konnte mich nicht daran erinnern, wann sie das letzte Mal vor mir zu Hause gewesen war. Dem eingeschalteten Laptop und den Unterlagen auf dem Couchtisch nach zu urteilen, hatte sie sich ihre Arbeit mit nach Hause gebracht.

Ich verstand nicht genau, was Mel sagte. Livs nächste Worte hingegen waren auf einer Frequenz, die man kaum überhören konnte. »Bitte, Melanie, biitte.«

Ich blieb im Türrahmen zur Küche stehen, als ich sah, wie Liv unsere große Schwester flehend mit vor der Brust verschränkten Händen anschaute.

»Ich kann dich nicht einfach mit auf meine Arbeit nehmen, Liv. Vor allem nicht morgen«, erwiderte Mel kopfschüttelnd.

»Gerade morgen! Weißt du, wer dort sein wird?«

Mel sah Liv abwartend an. Es dauerte ein paar wenige Sekunden, aber selbst ich konnte die Glühbirne sehen, die mit etwas Verzögerung über Livs Kopf ansprang.

»Ja, okay. Vermutlich weißt du es«, gab sie ein wenig kleinlaut zu. Schon hatte sie wieder ihren Welpenblick aufgesetzt. Als hätte sie ihn in ihrer Freizeit vor dem Spiegel geübt und nur auf den Tag gewartet, an dem sie ihn endlich einsetzen konnte. »Bitte, bitte, mit all meiner Liebe! Ich werde dich nie wieder um so etwas bitten. NXT sind meine Lieblingsband, und hätten sie früher bekannt gegeben, dass sie dabei sind, hätte ich mir ein Ticket für die Show geholt. Aber jetzt ist es vielleicht das einzige Mal, dass ich im selben Gebäude wie sie sein kann. Bitteee, Mel. Ich mache auch das ganze nächste Jahr den Abwasch für dich.«

Mel legte den Gemüseschäler beiseite und die Karotte, die sie in der anderen Hand hielt, auf einen Teller voller klein geschnittener Tomaten, Mozzarella und Gurkenspalten.

Mit einem Nicken deutete sie in meine Richtung. »Ella kümmert sich normalerweise um den Abwasch.« Ihre Miene war unbewegt. Würde ich sie nicht bereits mein ganzes Leben lang kennen, wäre mir nicht aufgefallen, wie der Zug um ihren Mund etwas sanfter wurde, als ihr Blick wieder über Liv strich.

Meine kleine Schwester blinzelte ein paarmal. »Die Wäsche?«

Mel verneinte auch das stumm.

»Was genau machst du eigentlich in unserem Haushalt?«, fragte Liv, und ich hatte große Mühe, mir nicht mit der flachen Hand gegen die Stirn zu schlagen. An ihren Verhandlungskünsten musste sie noch arbeiten.

»Meinst du, es ist deiner Sache zuträglich, wenn du

solche Fragen stellst?« Es war kaum erkennbar, aber ich meinte, ein Zucken in Mels Mundwinkeln zu sehen.

Verständlich. Man konnte Liv einfach nicht allzu lange böse sein. Zwar schoss sie mit den Dingen, die sie sagte, manchmal über das Ziel hinaus, aber nie mutwillig. Außerdem war sie von uns diejenige, die sich am ehesten entschuldigte, wenn wir uns stritten. Vermutlich wäre es ihr am liebsten gewesen, hätten wir uns immer blendend verstanden – auch wenn das bei drei Geschwistern in den unterschiedlichsten Phasen des Lebens so gut wie unmöglich war.

»Wenn du mich so fragst«, begann Liv zögernd, »vermutlich nicht?« Sie warf Hilfe suchend einen Blick zur Tür, von der ich mich nicht fortbewegt hatte. Meine Antwort war ein Schulterzucken. In diese Diskussion würde ich mich nicht einmischen. Das musste Liv allein bewältigen.

»Ich tue alles, was du willst, wenn ich mitkommen darf«, schlug Liv schließlich entschlossen vor.

Mel ließ auf ihre Antwort warten. Als wäre sie eine Schauspielerin und müsste eine dramatische Pause einlegen – obwohl wir alle bereits wussten, wie ihre Antwort ausfallen würde. Andernfalls hätte Liv schon längst aufgegeben.

Mel seufzte. »Ich schaue, was ich tun kann.«

Das glückliche Grinsen, das sich auf Livs Gesicht ausbreitete, blendete mich beinahe. Sie wollte sich Mel um den Hals werfen, doch diese verschränkte die Arme vor der Brust.

»Unter einer Bedingung.«

Livs Freude war mit einem Mal gedämpft. Vermutlich machte sie sich innerlich auf das Schlimmste gefasst. »Was für eine Bedingung?«

Mels Blick zuckte kurz zu mir. Es war nur ein winziger Augenblick, aber in meiner Magengegend breitete sich sofort ein ungutes Gefühl aus.

»Ella kommt mit, und ihr bleibt den ganzen Abend über zusammen.«

Moment.

»Was?« Ich starrte Mel entgeistert an. »Niemals …«

»Auf jeden Fall!«, fuhr Liv mir über den Mund. Sie richtete ihren Welpenblick auf mich und formte mit den Lippen ein lautloses *Bitte, bitte.*

»Nein, Liv, vergiss es«, sagte ich entschlossen. »Ich habe bis siebzehn Uhr Vorlesungen.«

»Du könntest sie schwänzen«, schlug sie vor. »Studenten lassen doch ständig Vorlesungen ausfallen.«

»Weißt du, wie viel Stoff ich dann nacharbeiten müsste?«, erwiderte ich und schüttelte den Kopf. »Nein, Liv.«

Sie schob die Unterlippe vor und sah mich flehend an. »Bitte, Ella. Du weißt, dass ich dich nicht fragen würde, wenn es mir nicht wirklich, wirklich wichtig wäre.«

Ehrlicherweise musste ich ihr diesen Punkt geben. Von alltäglichen Dingen abgesehen, bat sie mich nur in Ausnahmefällen um etwas. Sie musste mein Zögern spüren, denn sie schickte ein zaghaftes Lächeln in meine Richtung.

»Ich mache auch das ganze nächste Jahr den Abwasch für dich«, wiederholte sie ihren Vorschlag hoffnungsvoll.

Ich legte den Kopf in den Nacken, als könnte ich an der

Decke die Antwort auf all meine Fragen finden. »Wenn es nur die letzte Vorlesung ist, verpasse ich vielleicht nicht ganz so viel …«

Liv quiekte. »Heißt das, du kommst mit?«

Ich seufzte und nickte kapitulierend.

»Danke, Ella!«

Sie fiel mir so schwungvoll um den Hals, dass ich ein paar Schritte zurücktaumelte. Ich strich Liv über den Rücken, ehe ich sie von mir schob.

»Versprich mir, dass du dich benimmst«, sagte Mel ernst an Liv gewandt. »Wenn irgendjemand sich beschwert, weil meine kleine Schwester etwas angestellt hat, kann ich mir vermutlich direkt einen neuen Job suchen.«

»Keine Sorge«, beteuerte Liv und salutierte. »Ich zeige mich prinzipiell immer von meiner charmantesten Seite.« Sie löste sich von mir, um Mel kurz zu umarmen, und stürmte dann mit einem leisen Quietschen den Flur hinunter. Wenige Sekunden später fiel ihre Zimmertür zu.

Langsam drehte ich mich zu Mel um. »Worauf habe ich mich da gerade eingelassen?«, fragte ich.

Mel hatte den Schäler wieder in die Hand genommen und antwortete mir, ohne aufzusehen. »Keine Sorge. Ich werde euch dort einschleusen, wo tote Hose ist, damit Liv gar nicht erst auf die Idee kommt, etwas anzustellen.«

Ich lachte. »Klingt perfekt für mich.«

3. KAPITEL

Die Arena, in der die Award-Show stattfand, war riesig. Ich hatte nicht mitgezählt, durch wie viele Sicherheitskontrollen wir gehen mussten, aber mehr als drei waren es mindestens. Jedes Mal, wenn man Mels Ausweis verlangte und Liv und mich mit skeptischen Blicken musterte, schlug mein Magen Purzelbäume. Zumal mich diese Kontrollen nur immer wieder in dem Gefühl bestärkten, hier vollkommen fehl am Platz zu sein.

Überall liefen Leute umher, manche grüßten Mel, andere waren in aufregende Telefonate vertieft, und wieder andere standen in kleinen Gruppen zusammen und schienen irgendwelche organisatorischen Details zu besprechen. Die eigentliche Show würde erst in einigen Stunden starten, aber bis dahin gab es wohl noch genügend vorzubereiten.

Mel führte uns zu einem Raum mit einer Wand voller Spiegel. Direkt neben der Tür hing ein Fernseher in der Ecke, und im hinteren Teil stand ein kleines Sofa – abgesehen davon war der Raum leer. Vermutlich wurden in einer solchen Garderobe normalerweise irgendwelche Künstler hergerichtet – ich betete inständig, dass diese hier leer bleiben würde und ich in Ruhe das Buch lesen konnte, das ich heute Mittag noch in meine Tasche gestopft hatte.

»Ich muss noch einiges erledigen, bevor die Show losgeht. Schräg über den Gang findet ihr eine Toilette, da drüben«, sie deutete auf einen kleinen Tisch an der hintersten Wand des Raums, »stehen ein paar Wasserflaschen und Snacks, falls ihr was braucht. Wartet hier, bis ich euch holen komme.« Damit wandte sie sich an Liv und sah sie eindringlich an. »Und bitte. Macht keinen Ärger.«

Liv riss die Augen weit auf, um so unschuldig wie möglich zu wirken. »Wieso siehst du mich dabei an?«

Mel zog eine Augenbraue in die Höhe, als sollte die Antwort offensichtlich sein. Sie griff in ihre Jackentasche und reichte mir eine ihrer Visitenkarten. »Falls euch jemand fragt, warum ihr hier seid, könnt ihr die zeigen.«

»Wie hoch ist die Wahrscheinlichkeit, dass jemand hierherkommt?«, fragte ich, als ich ihr die Karte aus der Hand nahm.

»Relativ gering.« Sie ließ den Blick durch den Raum schweifen. Liv hatte es sich bereits auf dem Sofa bequem gemacht und war in ihrem Handy versunken. »Meinst du, ihr kommt zurecht?«

Ich nickte. »Mach dir keine Sorgen. Zur Not binde ich Liv ans Sofa an.«

Sie lächelte mir dankbar zu. »Ich seh euch dann nachher.«

Ich winkte ihr zu, bevor sie zurück auf den Gang trat und die Tür hinter sich zuzog. Dann durchquerte ich den Raum und setzte mich neben Liv. Sie hatte sich die Schuhe von den Füßen getreten und die Beine an den

Oberkörper gezogen. Auf ihrem Handy lief stumm ein Video.

Mel würde sicher erst in ein oder zwei Stunden wiederkommen, daher versuchte ich, es mir so bequem wie möglich zu machen. Was sich als schwierig herausstellte, da sich Liv wie gewöhnlich unglaublich breitmachte. Mir blieb nichts anderes übrig, als mich nah an die Lehne zu drücken, wenn ich nicht auf ihrem Schoß sitzen wollte.

Als ich eine halbwegs bequeme Position gefunden hatte, zog ich mein Buch aus dem Rucksack: *Sophie im Schloss des Zauberers*. Ich hatte es von meiner Mom geschenkt bekommen, nachdem sie es selbst gelesen hatte. Die Ecken waren bereits ziemlich angestoßen und die Seiten ein wenig vergilbt. An einigen Stellen hatte sie sogar mit einem dunklen Stift Anmerkungen oder ihre Gedanken aufgeschrieben. Ich liebte diese Erinnerung an sie mehr, als ich in Worte fassen konnte. Immer wenn ich in die Geschichte eintauchte, war es, wie nach Hause zu kommen. Ich fühlte mich sofort ruhiger und wohler.

Leider kannten die meisten nur den Film. Und so gut der auch war – er kam bei Weitem nicht an die Textvorlage heran.

Während ich las, verschwamm die Welt um mich herum. Ich wäre mehr als zufrieden gewesen, einfach hier sitzen zu bleiben und das Buch zu beenden.

Liv hingegen machte mit jeder vergehenden Minute weniger den Anschein, als würde es sie freuen, noch länger hier warten zu müssen. Nach einer halben Stunde legte sie ihr Handy beiseite und fing an, ungeduldig mit den Fingern auf dem Sofa zu trommeln. Zehn Minuten später stellte sie die Füße auf den Boden und wippte mit den Beinen.

Ich versuchte wirklich, mich auf die Geschichte zu konzentrieren, aber ihre nervösen Bewegungen machten mich ebenfalls unruhig.

Nach weiteren fünfzehn Minuten sprang sie auf. »Ich muss auf die Toilette.«

Ich runzelte die Stirn. »Du warst zu Hause dreimal auf Toilette, bevor wir gefahren sind.«

»Ich hab einen Liter Tee getrunken, Ella. Der löst sich nicht einfach auf halbem Weg auf«, sagte sie und machte Anstalten, zur Tür zu gehen.

Ich legte Mels Visitenkarte als provisorisches Lesezeichen zwischen die Seiten und klappte mein Buch zu. »Soll ich mitkommen?«

Liv runzelte die Stirn. »Die Toilette ist direkt gegenüber. Ich glaube, das schaffe ich allein.«

Das bezweifelte ich gar nicht. Eher bereitete mir der Gedanke Sorgen, dass ihr auf dem kurzen Weg jemand Interessantes über den Weg laufen könnte und Liv sich entschloss, doch nicht so dringend auf die Toilette zu müssen.

Liv seufzte. »Komm schon, Ella. Du wirst gar nicht merken, dass ich weg war.«

»Fünf Minuten«, sagte ich nach kurzem Zögern. »Und wehe, du machst einen Umweg. Mel dreht uns den Hals um, wenn einer von uns nicht da ist, sobald sie kommt.«

»Ja, ist gut«, murmelte sie und war im nächsten Moment verschwunden.

Ich warf einen Blick auf mein Handy, um nach der

Uhrzeit zu sehen. Dann schlug ich mein Buch wieder auf und ließ mich in die Geschichte fallen. Davon abgesehen, dass ich meine Sitzposition ab und an geringfügig veränderte, rührte ich mich nicht vom Fleck. Und das musste ich auch gar nicht. Die Charaktere im Buch leisteten mir Gesellschaft und nahmen mich mit auf ihre Reisen. Ich konnte genau an diesem Ort sitzen bleiben und trotzdem die gesamte Welt bereisen.

Zehn Seiten vergingen, dann fünfzehn, zwanzig. Ich war so in die Geschichte vertieft, dass ich es kaum bemerkte, als die Tür sich öffnete. Erst eine leise Stimme riss mich aus meiner kleinen Welt. Ich rechnete fest damit, Liv zu sehen, als ich aufblickte, aber statt ihrer blonden Locken sah ich kurze schwarze Haare und einen Rücken, über den sich ein ebenso schwarzes Jackett spannte. Der Mann hatte den Blick auf die Tür gerichtet und ignorierte die Spiegel an der Wand völlig. Sonst wäre ihm vermutlich sofort aufgefallen, dass er sich nicht allein in dem Raum befand.

Eine Stimme drang leise durch das Handy, das er an sein Ohr gepresst hielt. Etwas, das die Person am anderen Ende sagte, schien ihm zu missfallen, denn ich sah, wie sein Rücken sich augenblicklich verspannte.

Im nächsten Moment fragte ich mich, wieso ich ihn anstarrte wie einen Außerirdischen.

Mach auf dich aufmerksam!

Ich öffnete den Mund, um etwas zu sagen, aber da fing er selbst an zu sprechen. Ich verstand nichts von dem, was er von sich gab. Er sprach in einer Sprache, die ich noch nie gehört hatte. Sie war schön – auf eine abgerundete, sanfte Art. Allerdings konnte mein Hirn keinen Sinn hinter den Worten und Lauten entdecken. Ich konzentrierte mich, versuchte, vielleicht doch auf ein vertrautes Muster zu stoßen. Aber das Einzige, was mir auffiel, war seine überraschend tiefe Stimme, die irgendwie nicht so ganz zu der Sprache passen wollte.

Entschlossen klappte ich mein Buch wieder zu und legte es neben mich. Bemüht, ihn nicht zu erschrecken, drückte ich mich so leise wie möglich vom Sofa hoch. Ich würde einfach an ihm vorbeigehen und mich mit einer knappen Entschuldigung auf den Gang verziehen.

Als ich nur noch wenige Schritte von ihm entfernt war, drehte er sich ruckartig um. Ich zuckte zusammen und blieb unsicher stehen. Sein Blick kreuzte meinen, und das Erste, das mir durch den Kopf ging, war, dass die Sprache vorher eine asiatische gewesen sein musste.

Seine Haare waren in einem leicht versetzten Mittelscheitel aus seinem Gesicht gestylt. Er hatte ebenmäßige Gesichtszüge, volle Lippen und hohe Wangenknochen. Merkwürdigerweise zog es meinen Blick immer wieder zu seinen tiefbraunen Augen, bis ich bemerkte, woran es lag: Sie waren mit einem leichten, dunklen Make-up betont – auf eine Weise, die erst beim zweiten oder dritten Hinsehen auffiel.

Einige Sekunden mussten vergangen sein, ehe mir bewusst wurde, dass ich ihn anstarrte. Und er mich. Neben ihm mit seinem schwarzen Anzug kam ich mir mit meinem grauen Pullover und dem schwarzen Rock ein wenig underdressed vor.

Ich räusperte mich, um die unangenehme Stille im

Raum zu durchbrechen, und das schien auch seine Sprachlosigkeit zu beenden. Er sagte etwas zu der Person am Telefon, das ich nicht verstand, dann legte er auf.

»Entschuldige.« Ich hob die Hände mit den Handflächen nach vorn vor meinen Körper. »Ich wollte nicht stören«, sagte ich langsamer als normal. Deutlicher. Auch wenn es nichts daran ändern würde, dass er meine Sprache nicht verstand. »Ich gehe raus«, fügte ich hinzu und unterstrich den Satz pantomimisch, indem ich auf mich selbst zeigte und eine Handbewegung zur Tür machte, während ich einen Schritt in die Richtung tat.

Er zog eine dunkle Augenbraue in die Höhe, was ihm einen irritierten Ausdruck verlieh, und schob sein Handy in die Tasche seiner Anzughose.

»Schon gut«, antwortete er dann ebenso langsam und deutlich. »Ich dachte, der Raum wäre leer.«

Es dauerte ein, zwei, drei Sekunden, bis ich schaltete. Hitze schoss mir in die Wangen, als ich feststellte, dass ich ihn verstanden hatte.

Sein Englisch war gut. Sehr gut sogar. Man konnte nur den Hauch eines Akzentes hören, der sich beinahe vollständig in den rauen Kanten seiner tiefen Stimme verlor.

Statt mich wie eine normale Person einfach zu entschuldigen und nach draußen zu gehen, war ich aufgrund seines Aussehens und der mir fremden Sprache, die er am Telefon benutzt hatte, davon ausgegangen, dass er mich nicht verstehen würde.

Ich überlegte fieberhaft, was ich antworten konnte, um mich aus der Situation zu retten und nicht noch unhöflicher zu wirken. Jedoch fiel mir nichts ein außer einem nervösen Lachen gefolgt von: »Ich hatte nicht erwartet, dass du Englisch sprichst.«

Wenn sich der Erdboden unter mir aufgetan hätte, wäre ich freiwillig hineingesprungen.

Bei meinen Worten verschränkte er die Arme vor der Brust und neigte den Kopf ein wenig zur Seite. Einzelne Haarsträhnen fielen ihm in die Stirn, aber er ignorierte sie. »Warum, weil ich nicht wie ein typischer Amerikaner aussehe?«

Aufgeregt schüttelte ich den Kopf. »Nein! Nein, natürlich nicht.« Ich knetete meine Hände nervös vor meinem Körper und versuchte, seinem Blick standzuhalten. »Ich meine, offensichtlich siehst du anders aus, aber Amerika ist ja auch das Land der Einwanderer, also hat das gar keinen Aussagewert, mal davon abgesehen, dass Englisch eine Weltsprache ist, und ich …« Ich unterbrach mich, als ich das amüsierte Funkeln in seinen Augen bemerkte, senkte den Kopf für einen Moment, um mich zu sammeln, ehe ich ihn wieder mit entschuldigendem Blick ansah. »Ich höre jetzt besser auf zu reden.«

»Sprichst du außer Englisch keine andere Sprache?«, fragte er interessiert.

Die Tatsache, dass er sich weiter mit mir unterhielt und nicht sofort den Raum verließ, überraschte und beruhigte mich gleichermaßen. Entweder war er es gewohnt, wenn Leute sich vor ihm lächerlich machten, oder er hatte eine hohe Toleranzgrenze.

»Nicht wirklich«, antwortete ich ehrlich. »Wenn man von ein paar Brocken Spanisch mal absieht.« Die ich auch nur gelernt hatte, weil ich damals in der Highschool eine Fremdsprache hatte belegen müssen. Viel hängen geblieben war davon allerdings nicht.

»Und was machst du hier allein mit …«, er warf einen Blick über meine Schulter. »Mit *Sophie im Schloss des Zauberers*? Gutes Buch übrigens.«

Meine Augen wurden groß. »Du kennst die Geschichte?« Die Begeisterung in meiner Stimme war deutlich zu hören.

»Natürlich kenne ich sie. Der Film …«

»Oh nein«, stöhnte ich. »Der Film ist gut, aber das Buch ist so viel besser!«

Er stieß ein Lachen aus, das zu gleichen Teilen verwirrt und amüsiert klang. »Ja«, stimmte er zu. »Wenn du mich hättest ausreden lassen, hätte ich genau das gesagt.«

»Oh.« Ich räusperte mich. *Wie viele Fettnäpfchen kann man in einem Gespräch eigentlich treffen?*

Ein Lächeln hing in seinen Mundwinkeln. »Meine Frage hast du damit aber nicht beantwortet.«

Frage? Welche Frage? »Ach so! Ich warte auf meine Schwestern.«

»Und warum vertreibst du dir nicht draußen die Zeit? So kurz vor der Show gibt es einiges zu sehen.«

»Ich komme mit Menschenmassen … nicht so gut klar.« Das war die Wahrheit. Auch wenn ich mich fragte, warum es mir in dem Moment so leichtfiel, das zuzugeben. Eventuell lag es an dem Ausdruck des Verstehens, der sich in seine Augen schlich, oder daran, wie sein Lächeln ein bisschen verrutschte, ein klein wenig blasser wurde, so als wüsste er genau, wovon ich redete.

»Wie heißt du eigentlich?«, fragte ich, bemüht, die Konversation wieder in flachere Gewässer zu lenken.

Sein Gesicht nahm wieder einen unbeschwerteren Ausdruck an, als er auf meinen Themenwechsel einging. »Jae-yong.«

Ich blinzelte. »Jay … Wie?«

Er hob eine Hand und legte die Finger kurz an seine Lippen, wie um das Lächeln, das ich dahinter aufblitzen sah, zu verbergen. Keinen Herzschlag später hatte er die Hand wieder an seine Seite fallen lassen. Mir fielen geistesabwesend die Ringe auf, die zwei seiner Finger schmückten.

»Jae-yong«, wiederholte er, etwas langsamer diesmal.

Ich probierte, seine Lippenbewegungen zu imitieren. »Jay …« Es klang immer noch nicht richtig. Und dem belustigten Schnauben nach zu urteilen, das er ausstieß, stimmte er mir da zu.

Trotzdem nickte er. »Ja, okay. Du kannst mich Jay nennen, wenn du mir deinen Namen verrätst.«

»Ella«, antwortete ich und streckte ihm die Hand entgegen. »Ella Archer.«

Er umschloss sie mit seiner und drückte kurz zu. Seine Hand war größer als meine, wärmer. Die Ringe bildeten einen kühlen Kontrast dazu an meiner Haut. Sein Gesicht war weicher als noch vor wenigen Minuten. So als hätte sich ein Teil der Anspannung, die sich während des Telefonats in seinem Körper festgesetzt hatte, gelöst.

»Nett, dich kennenzulernen, Ella Archer.«

Ich meinte zu spüren, wie mein Herz beim Klang seiner rauen Stimme, die meinen Namen sagte, einen kleinen Sprung machte, ignorierte es aber geflissentlich und zog meine Hand zurück.

Mein Blick glitt über seinen Anzug. Er trug keinen Ausweis, der ihm Einlass in diesen Teil der Arena gewähren würde. Mels hing meistens um ihren Hals, damit sie ihn nicht ständig aus ihrer Tasche kramen musste, sobald danach verlangt wurde.

»Und was machst du hier, Jay?«, fragte ich und meinte nicht ausschließlich seinen Aufenthalt in diesem Raum.

Er zögerte kurz, ehe er antwortete. »Ich arbeite hier.«

Das ließ mich aufhorchen. »Du arbeitest auch hier? Vielleicht kennst du meine Schwester. Sie heißt Melanie Archer.« In seinem Gesicht blitzte kein Erkennen auf. »Groß, blond, meistens mit ihrem Handy beschäftigt«, versuchte ich es mit einer knappen Beschreibung.

»Womit du ungefähr die Hälfte der Bevölkerung dieses Landes beschrieben hättest«, sagte er und unterstrich den neckenden Tonfall mit einem Zwinkern.

»Ah, stimmt. Du hast recht.« Vermutlich gab es davon abgesehen Hunderte Angestellte, die bei Shows wie der heute Abend in der Arena arbeiteten. Es war unwahrscheinlich, dass sich da jeder kannte, zumal Mel eine externe Mitarbeiterin war.

Ich legte meinen Kopf leicht in den Nacken, um Jay besser ins Gesicht sehen zu können. Er war um einiges größer als ich, was bei meinen ein Meter sechzig nicht allzu schwer war. Selbst Liv überragte mich, und sie war noch nicht einmal ausgewachsen. Was die Größe anging, hatte ich als Einzige die Gene unserer Mom geerbt. Ich erinnerte mich noch, wie Dad immer Witze darüber gemacht hatte, dass er sie irgendwann in Menschenmassen verlieren würde, weil sie so klein war.

Meine Brust zog sich schmerzhaft zusammen, als ich Moms fröhliches Lachen und Dads funkelnde Augen vor mir aufblitzen sah. Sieben Jahre ohne sie waren eine lange Zeit. Obwohl jeder sagte, Zeit heile alle Wunden, gab es auch heute noch ab und zu Tage, die mehr wehtaten, als ich beschreiben konnte.

Jays Stimme riss mich aus meinen Gedanken. »Wenn du solche Events nicht magst, wieso bist du hierhergekommen?« Er schaute sich kurz im Raum um, der nur von einer grellen Leuchtstoffröhre erhellt wurde. »An der gemütlichen Atmosphäre kann es jedenfalls nicht liegen.«

»Doch, natürlich. Ich mag diese Art von Licht, bei der man sich ständig geblendet fühlt und alle Hautunebenheiten hervorgehoben werden.«

Er hob eine Augenbraue an, und sein Blick glitt über mein Gesicht. Sein Schweigen verunsicherte mich, aber gerade als ich ansetzen wollte, um das Thema ein weiteres Mal zu wechseln, sagte er: »Ich denke, darüber musst du dir keine Sorgen machen, Ella.«

Die Art, wie er meinen Namen verwendete, war merkwürdig ... vertraut. Ich hatte keine Ahnung, wie ich darauf reagieren sollte. Glücklicherweise wurde ich von meinem Handy gerettet, das sich plötzlich lautstark aus meinem Rucksack meldete.

Nach einem entschuldigenden Blick zu Jay kramte ich es hervor und drückte auf *Annehmen*.

Livs Stimme drang an mein Ohr. »Ella, hey, hast du gerade ein wenig Zeit?«

Liv. Ich hatte in den letzten Minuten kein einziges Mal an sie gedacht. Dabei mussten die fünf Minuten, die ich ihr gegeben hatte, schon lange um sein. Die Art und Weise, wie sie die Frage stellte, gefiel mir gar nicht.

»Ja, warum? Was ist los?« Eine gewisse Vorsicht lag in meiner Stimme. Wenn vor der Toilette nicht gerade Unmengen von Menschen anstanden und sie deshalb länger brauchte, würde mir ihre Antwort vermutlich nicht gefallen.

»Nun ja, es gab eventuell einen kleinen Zwischenfall, der absolut nicht beabsichtigt von meiner Seite war, aber manche Leute scheinen zu glauben, dass …«

»Liv«, unterbrach ich sie. »Der Punkt?«

»Tja, also. Unter Umständen sitze ich einem grimmig guckenden Security-Mann gegenüber, der mich nicht aus den Augen lässt.«

»Bitte was?«, rief ich entgeistert. Ich wollte mir nicht ausmalen, was passiert war. Wenn sie irgendetwas angestellt hatte, würde Mel nicht nur sie für immer zu Hause einsperren, sondern auch mich, weil ich nicht auf Liv aufgepasst hatte.

»Keine Sorge! Das ist alles nur ein Missverständnis. Aber wenn du mich holen kommen könntest, wäre das fantastisch. Der nette Herr scheint mir nicht zu glauben, dass ich kein verrückter Fan bin.«

Ich rieb mir über die Augen, in der Hoffnung, damit die Kopfschmerzen vertreiben zu können, die sich leise pochend in meinen Schläfen meldeten.

»Wo bist du?«, fragte ich.

Liv erklärte mir knapp den Weg zu ihr, dann legten wir

beide auf. Ich warf das Handy in meinen Rucksack und schulterte ihn schwungvoll.

»Sorry«, sagte ich zu Jay, der weiterhin mitten im Raum stand und neugierig gelauscht zu haben schien. »Das war meine Schwester. Ich muss sie aus den Klauen der Security retten.«

»Geschwister sind etwas Wundervolles«, sagte er und trat einen Schritt zur Seite, um mich vorbeizulassen.

»Das kannst du laut sagen.« Ich durchquerte den Raum und wollte die Tür geade öffnen, als seine Worte mich zögern ließen.

»Man sieht sich, Ella Archer.«

Ich sah über meine Schulter und warf ihm ein kleines Lächeln zu, mit den Gedanken längst einige Gänge weiter bei Liv. Bevor er etwas sagen konnte, duckte ich mich durch die Tür. Das Brennen in meinen Wangen schob ich auf die stickige Luft in den Gängen.

»Ich kann nicht glauben, dass du irgend so einem Sänger bis in seine Umkleide gefolgt bist.«

Zwar sprach ich zu Liv, aber mein Blick war auf Mel gerichtet, die sich ein paar Meter entfernt von uns mit der Security unterhielt, die Liv aufgesammelt hatte.

»Ich wusste nicht, dass es seine Umkleide ist«, murmelte Liv.

»Oh ja«, schnaubte ich. »Das ändert die Situation natürlich drastisch.«

Es war deutlich zu sehen, dass Mel sich bemühte, ihren Ärger für sich zu behalten, um nicht hier rüberzustürmen und ihn an Liv und mir auszulassen.

Als ich Liv in dem Raum auf der anderen Seite der Arena gefunden hatte, hatten sie und der Security-Mensch sich schweigend gegenübergesessen. Ich hatte ihm erklärt, dass wir beide mehr oder weniger dazu berechtigt waren, hier zu sein, jedoch schien er diese Ausrede bereits des Öfteren gehört zu haben. Letztendlich war mir keine andere Wahl geblieben, als Mel anzurufen.

Es hatte eine halbe Stunde gedauert, bis sie ihre Arbeit unterbrechen konnte, aber nun war sie hier.

Mein Handy vibrierte in meiner Hosentasche. Während unserer Wartezeit hatte ich Erin über meine derzeitige Situation aufgeklärt. Bei ihr musste es im Augenblick früh am Morgen sein, und wenn ich mich nicht täuschte, würde sie sich bald für die Arbeit fertig machen müssen.

Erin: …

Erin: Du willst mir also sagen

Erin: Sie hat Shawn Mendes gesehen und es verpasst, sich ein Autogramm zu holen?

Erin: WAS.

Ich: Ja, DAS ist das Problem an der ganzen Sache, gut, dass du den Überblick behältst.

Dass ich ihr in jeder anderen Situation zugestimmt hätte, behielt ich vorerst für mich.

Mel wandte sich von dem Mann ab, und ich ließ das Handy zurück in meine Tasche gleiten. Sie sah alles andere als glücklich aus, als sie auf uns zukam. Wenige Schritte von uns entfernt blieb sie stehen. Aus der Nähe konnte ich deutlich sehen, wie sie angespannt die Kiefer aufeinanderpresste. Ich erwartete einen Vortrag darüber, dass wir auf ihrer Arbeit in Schwierigkeiten geraten waren, doch sie stieß nur ein müdes Seufzen aus.

»Ihr habt versprochen, keinen Ärger zu machen«, sagte sie, nachdem sie uns einen Augenblick gemustert hatte.

Liv öffnete sofort den Mund, um sich zu verteidigen. »Ich wollte wirklich nicht …«

Ich stieß ihr unauffällig den Ellenbogen in die Seite, um sie zum Schweigen zu bringen. Als sie mich mit offenem Mund ansah und wieder ansetzen wollte zu reden, legte ich so viel Eindringlichkeit wie nur möglich in meine hochgezogenen Augenbrauen und schickte ihr ein stummes: *Das ist nicht der richtige Augenblick für Ausreden!*

»Ich kann erst gehen, wenn die Show zu Ende ist«, begann Mel, ihr Ton bemüht ruhig. »Aber ich habe euch ein Taxi gerufen, das draußen wartet. Ich bring euch noch bis zum Ausgang, dann muss ich wieder zurück.«

Livs Selbstbeherrschung löste sich bei dieser Aussage vollends auf. »Mel! Du kannst mich jetzt nicht nach Hause schicken. Wir sind mucksmäuschenstill, versprochen. Aber wenn ich jetzt gehe, sehe ich NXT nicht …«

Mel warf ihr einen Blick zu, bei dem Liv schnell den Mund wieder zuklappte. Es war offensichtlich, dass ihre Geduld beinahe am Ende war. »Das hättest du dir vorher überlegen sollen. Das hier ist mein Job, und den werde ich nicht aufs Spiel setzen, weil du dich nicht an unsere Abmachung halten kannst.«

Livs Gedanken konnte ich beinahe hören. Zwar senkte sie den Kopf, aber ihr war anzusehen, dass sie die Situation alles andere als fair fand. Mel stieß ein weiteres Seufzen aus und fuhr sich mit der Hand übers Gesicht, ehe sie sich daran erinnerte, dass sie Make-up trug, und den Arm wieder fallen ließ.

»Das Taxi wartet.« Damit bedeutete sie uns, ihr zu folgen. Sie führte uns die kahlen grauen Gänge entlang zurück zu dem Eingang, den wir vor wenigen Stunden benutzt hatten.

Das Taxi parkte am Gehweg. Mel ging auf die Beifahrertür zu und beugte sich nach unten, um mit dem Fahrer ein paar Worte durch das heruntergelassene Fenster zu wechseln. Ich sah, wie Mel einige Dollarscheine aus ihrer Jacke kramte, ehe sie sich wieder aufrichtete. Sie drehte sich zu uns um und bedachte uns mit einem Blick, bei dem ich mir vorkam, als wäre ich wieder fünfzehn und noch in der Highschool.

»Ich habe den Fahrer schon bezahlt, damit er euch nach Hause fährt.«

Liv und ich nickten stumm.

»Gut. Dann los.« Mel trat einen Schritt beiseite und wir stiegen ins Taxi.

Der Mann fuhr los, bevor wir ein weiteres Wort sagen konnten. Ich sah im Rückspiegel, wie Mel uns hinterhersah und wartete, bis wir an der nächsten Kreuzung abgebogen waren. Sobald sie außer Sichtweite war, stieß Liv einen klagenden Laut aus.

»Ich werde sie niemals live sehen.« Sie redete mehr mit sich selbst als mit mir, daher antwortete ich nicht.

Ich drehte meinen Rucksack, den ich auf dem Schoß hatte, um, zog den Reißverschluss auf und kramte darin nach meinem Buch. Allerdings ohne Erfolg. Ich durchwühlte ihn von oben nach unten, bis mir siedend heiß einfiel, dass ich es zwischen dem Telefonat mit Liv und meinem überstürzten Aufbruch nie zurück in den Rucksack getan hatte.

»Das kann nicht wahr sein«, murmelte ich verärgert über mich selbst. Wenn es ein Buch gab, das ich niemals hatte verlieren wollen, war es dieses gewesen.

Ich schickte Mel eine Nachricht und bat sie darum, im Garderobenraum für mich nachzusehen. Zwei Stunden später, als ich bereits im Schlafanzug in meinem Bett lag, leuchtete mir die Nachricht immer noch als ungelesen entgegen.

Der Knoten in meinem Magen verschwand bis zum nächsten Tag nicht.

4. KAPITEL

Mel war nicht sonderlich gut auf uns zu sprechen. Was nach dem gestrigen Tag nicht verwunderlich war, den heutigen Tag aber alles andere als angenehm machte.

Ich wusste zwar, dass sie für gewöhnlich nicht nachtragend war und die Phasen, in denen sie uns die kalte Schulter zeigte, selten lange anhielten … aber es fühlte sich falsch an, kein Wort mit ihr zu wechseln, während wir kaum vierundzwanzig Stunden später beim Abendessen zusammen am Tisch saßen.

Man hörte nur das Kratzen von Besteck auf Tellern, ansonsten war es still in der Küche. Es kribbelte mir in den Fingern, das Radio einzuschalten, um das Schweigen wenigstens ein wenig ausblenden zu können.

Ich hatte heute Morgen bereits eine detaillierte Skizze der Chicagoer Skyline angefertigt, die wir gestern während der Taxifahrt zu sehen bekommen hatten. Erst dann hatte ich mich aus meinem Zimmer getraut. Mel musste schon seit mehreren Stunden wach gewesen sein, denn die ganze Wohnung sah aus, als wäre sie von Grund auf poliert wurden. Wenn meine große Schwester wütend oder gestresst war, tendierte sie dazu, ihre Putzutensilien unter der Spüle hervorzuholen.

Meistens war das etwas Gutes – Liv und ich waren nicht unbedingt die ordentlichsten Personen –, aber heute machte ich mir eher darüber Gedanken, ob sie wegen uns Ärger bekommen hatte.

»Gibst du mir bitte den Reis?«, fragte Liv leise und deutete auf die grüne Schüssel zu meiner Linken. Wortlos reichte ich sie ihr, und kurz darauf beherrschte das Schweigen wieder den Raum.

Ich war mir nicht sicher, ob Liv sich bereits entschuldigt hatte, aber wenn ich mir den Gesichtsausdruck meiner großen Schwester ansah, wirkte es nicht so, als hätten die beiden sich seit dem Zwischenfall gestern unterhalten.

Innerlich seufzte ich. Das Essen schmeckte weniger gut ohne Livs lautes, fröhliches Lachen und Mels gespielt genervtes Augenrollen. Ich wollte gerade den Teller wegschieben, als ein Handyklingeln die Stille durchbrach.

Liv sah mit hochgezogenen Augenbrauen in die Runde. »Meins ist auf Vibration.«

»Meins auf still«, erwiderte ich.

Mel stöhnte und drückte sich vom Stuhl hoch. »Wir müssen wirklich endlich mal unterschiedliche Klingeltöne einrichten.« Damit verschwand sie im Wohnzimmer.

Liv beugte sich zu mir herüber. »Sie hat was gesagt. Das ist ein Anfang, oder?«, flüsterte sie.

»Der Elefant wäre gar nicht im Raum, wenn du gestern nicht plötzlich deine Stalker-Tendenzen entdeckt hättest«, gab ich ebenso leise zurück.

»Korrektur.« Sie hob den Zeigefinger und sah mich ernst durch ihre zu langen Ponyfransen hindurch an. »Ich wusste schon immer, dass ich sie habe. Nur konnte ich sie gestern nicht mehr unterdrücken.«

Zu Livs Glück kam Mel in dem Augenblick zurück in die Küche und unterbrach unser Gespräch, indem sie mir das Handy entgegenhielt. »Für dich.«

Ich nahm es ihr aus der Hand, ein verwirrtes Runzeln auf der Stirn, und deckte das Mikro mit einer Hand ab. »Wer ruft mich denn auf deinem Handy an?«

Mel zuckte mit den Schultern. »Ein Jay … irgendwas? Ich habe nicht weiter nachgefragt.« Sie setzte sich an ihren Platz und aß weiter, als wäre nichts passiert.

Einen Moment starrte ich sie sprachlos an. Ich spürte, wie mir Hitze den Nacken hinaufkroch und mein Herz in seinem Rhythmus einen Zahn zulegte. Dann hörte ich meinen Namen dumpf durch das Telefon. »Ich bin in meinem Zimmer«, krächzte ich in die Runde und stand auf.

Im Zimmer schloss ich die Tür hinter mir, ehe ich das Handy an mein Ohr hielt. »Hallo?«

»Ella, richtig?«

Auch wenn sein Name mir nichts gesagt hätte, seine Stimme hätte meine Erinnerungen auf jeden Fall geweckt. Der raue Bariton war einprägsamer, als mir lieb war. Ich ließ mich auf mein Bett sinken.

»Das kommt darauf an, wer fragt und warum dieser Wer fragt.«

Ein Lachen knisterte durch die Leitung. »Hat deine Schwester das *Wer* nicht bereits beantwortet? Übrigens, gut zu wissen, dass die Unfähigkeit, meinen Namen auszusprechen, bei euch in der Familie liegt.«

»Oh ja«, antwortete ich sarkastisch. »Es liegt an unseren Genen und definitiv nicht daran, dass ich einen Namen wie deinen bisher noch nie gehört, geschweige denn ausgesprochen habe.«

»Also bin ich etwas Besonderes?«, fragte er amüsiert.

Ich fuhr mir mit der Hand über die Stirn, bemüht, nicht die Worte auszusprechen, die mir durch den Kopf gingen, ehe ich wieder sprach. »Woher hast du die Nummer, J …« Ich stockte.

Eigentlich hatte ich vorgehabt, seinen Namen am Ende des Satzes einzufügen, um ihm zu zeigen, dass ich durchaus in der Lage war, ihn auszusprechen. Aber zu meinem Leidwesen versagte mir mein Gedächtnis mal wieder den Dienst.

»Du hast meinen Namen vergessen, oder?«, fragte er in die Stille, die daraufhin folgte.

»Nein«, antwortete ich verteidigend. »Ich habe ihn nur verlegt.«

»Die Ausrede ist neu.« Ihm war deutlich anzuhören, dass er sich das Lachen nur mit Mühe verkniff.

Ich schwieg und hoffte, dass er nicht weiter darauf eingehen würde.

»Jae-yong«, sagte er da, als hätte er meine stumme Bitte gehört. »Fast wie Jay, nur, dass du den i-Laut am Ende nicht sprichst, und *yong* wie … *yong*.«

»Yong wie yong? An deinen Beispielen musst du noch ein wenig arbeiten«, erwiderte ich.

»Mag sein«, gab er zu. »Aber du lenkst vom Thema ab. Jae-yong. Versuch es. Ich werde nicht sauer, wenn du meinen Namen falsch aussprichst.«

Mit einem Seufzen gab ich mich geschlagen. »Jaeyong.« Meine Stimme war leiser als sonst. Vorsichtiger.

Bei dem leisen Lachen, das folgte, breitete sich eine feine Gänsehaut auf meinen Armen aus. Ich rieb mir abwesend mit der Hand über den Arm, um sie zu vertreiben.

»Perfekt«, sagte er dann.

»Wenn du es sagst, klingt es anders.«

»Ich glaube, es wäre traurig, wenn ich meinen eigenen Namen nicht richtig aussprechen könnte.«

Ich setzte mich aufrechter hin. »Also spreche ich ihn wirklich falsch aus?«

Anstelle einer Antwort wechselte er das Thema. »Eigentlich habe ich angerufen, weil ich dir dein Buch wiedergeben wollte.«

Ah. Eine Glühbirne ging über meinem Kopf auf, denn plötzlich wusste ich, woher er Mels Nummer hatte – von der Visitenkarte, die ich als Lesezeichen benutzt hatte. »Du hast es mitgenommen?«

»Ich wusste nicht, ob du wiederkommst, um es zu holen. Du hattest deinen Rucksack mitgenommen«, erklärte er.

Die Tatsache, dass ich mein Buch vergessen hatte, lag mir immer noch quer im Magen. Ich verlegte zwar öfter irgendwelche Sachen, aber niemals meine Bücher.

»Okay«, sagte ich nach einem Augenblick. »Kann ich es irgendwo abholen? Oder kannst du es mir zuschicken? Ich bezahle auch den Versand, wenn das ein Problem sein sollte.«

»Ich dachte …« Er stockte kurz und räusperte sich. »Ich dachte, ich könnte es dir vielleicht geben. Persönlich.«

Kurze Stille.

Als ich nicht antwortete, räusperte er sich ein weiteres Mal. »Ich habe hier in der Nähe einen Park gesehen, der abends nicht so überfüllt ist. Wäre das in Ordnung?«

»Im Park? Abends? Mit wenigen Menschen?«, fragte ich, ein wenig misstrauisch. »Ich weiß ja, dass die wenigsten Leute sich selbst beim Sprechen zuhören, aber dir ist schon bewusst, dass sich das nach einem Plan für eine Entführung anhört.«

»Es wäre ein ziemlich schlechter Plan, wenn ich ihn dir erzähle, oder?«, gab Jae-yong zu bedenken.

»Dein Plan könnte sein, mich denken zu lassen, es sei ein schlechter Plan.«

»Ella«, seufzte er, seine Stimme halb verzweifelt, halb lachend.

»Mir wurde beigebracht, Fremden nicht zu vertrauen«, verteidigte ich mich.

Sein Augenrollen konnte ich beinahe vor mir sehen. »Wenn es dir hilft, kannst du mich gerne vorher durchsuchen.«

»Das würde dir gefallen, was?«, zog ich ihn auf. Ich dachte kaum darüber nach, was ich sagte. Es war überraschend einfach, mich mit Jae-yong zu unterhalten.

Ich konnte vage hören, wie er tief einatmete. »Du möchtest nicht, dass ich darauf antworte«, sagte er eine Nuance tiefer als zuvor.

Und damit hatte er recht. Ich ruderte so schnell zurück, um von dem Thema wegzukommen, dass ich über meine eigenen Worte stolperte. »J-jedenfalls klingt der Park doch gut.«

Falls er bemerkte, dass ich mich mit der plötzlichen Zweideutigkeit in seiner Stimme unwohl fühlte, ließ er es sich nicht anmerken.

»Morgen Abend habe ich ein wenig Freizeit. Ich schreib dir den Park, den ich meine, in Ordnung?«, sagte er, als wäre nichts passiert.

»Dazu brauchst du meine Nummer, oder?« Die Worte hatten kaum meinen Mund verlassen, als ich mir schon gegen die Stirn schlagen wollte. *Nein, Ella, er kommuniziert normalerweise sicher mit Rauchzeichen.*

»Außer ich soll ab sofort immer deine Schwester anrufen, um dich zu erreichen«, erwiderte er.

»Nein. Nein, besser nicht. Sie würde vermutlich ausrasten, wenn ich sie als meine persönliche Assistentin benutze.«

Ich stand vom Bett auf und ließ meinen Blick auf der Suche nach meinem Handy durch den Raum gleiten. Wie andere Leute sich ihre eigene Nummer merken konnten, war mir ein Rätsel. Zwar hatte ich es versucht, aber da ich sie nur selten brauchte, vergaß ich sie innerhalb weniger Tage meistens wieder.

Ich fand mein Handy auf dem Schreibtisch, unter einem Berg von Lehrbüchern, Bleistiften und halb fertigen Zeichnungen begraben, suchte meine Nummer heraus und nannte sie Jae-yong.

Er wiederholte sie, um sicherzugehen, dass er sie sich richtig notiert hatte. Als er die letzte Zahl ausgesprochen hatte, erklang im Hörer eine weitere Stimme im Hintergrund. Ich konnte keine Worte ausmachen und war mir nicht sicher, ob die Person überhaupt Englisch sprach.

Kurz nachdem es wieder still wurde, sagte Jae-yong: »Wir sehen uns morgen, Ella.«

»Bis morgen«, antwortete ich, aber das Freizeichen dröhnte bereits in meinem Ohr.

Das abrupte Ende des Gespräches irritierte mich so lange, bis mein Handy vibrierte und eine eingehende Nachricht anzeigte. Darin waren die Lage des Parks und ein genauer Treffpunkt beschrieben. Kurz diskutierte ich mit mir selbst, ob ich die Nachricht so stehen lassen oder antworten sollte. Irgendetwas brachte mich dazu, ihm zurückzuschreiben. Pure Neugier, vermutlich.

Ich: Angenommen, jemand würde dich als Kontakt einspeichern wollen. Wie würde dieser Jemand deinen Namen schreiben?

Unbekannt: Kenne ich diesen Jemand?

Ich: … nur rein hypothetisch.

Unbekannt: Kenne ich diesen Jemand rein hypothetisch?

Ich: Ein bisschen?

Unbekannt: Dann 재용

Ich: Okay

Ich: Und … angenommen, dieser Jemand versteht diese Sprache nicht. Wie würde er/sie das schreiben?

Unbekannt: Für ein hypothetisches Szenario hast du ziemlich viele Fragen.

Das Augenrollen konnte ich gerade so unterdrücken. Meine Finger schwebten über dem Display, während ich überlegte, was ich schreiben konnte, als Mel die Tür öffnete.

Hätte sie nicht genug Grund, sauer zu sein, hätte ich mich beschwert, dass sie nicht einmal angeklopft hatte. So legte ich mein Handy nur zurück auf den Tisch und warf ihr einen fragenden Blick zu. Sie lehnte die Tür an, sodass nur noch ein winziger Spalt offen stand, und blieb am Fußende meines Betts stehen.

»Alles in Ordnung?«, fragte sie und deutete mit einem Nicken auf ihr Handy in meiner Hand.

»Ja, nur ein … Bekannter.« Ich streckte es ihr entgegen.

Sie schob es in ihre Hosentasche und zog fragend eine Augenbraue in die Höhe. »Ein Bekannter, der dich auf meinem Handy anruft?«

»Ist eine lange Geschichte.«

So angespannt und steif, wie Mel mitten im Raum stand, war die Frage nach dem unbekannten Anrufer auch nicht das, was sie eigentlich in mein Zimmer getrieben hatte.

»Ich muss für ein paar Tage nach New York.«

»Du musst schon wieder weg?« Es waren noch keine zwei Wochen vergangen, seit sie das letzte Mal auf Geschäftsreise in Kalifornien gewesen war. »Wann kommst du wieder?«

»Nächsten Freitag. Mir gefällt es auch nicht, aber du weißt, dass ich keine Wahl habe.«

»Soll ich Liv nächste Woche zum Tanzen fahren?«, fragte ich mit einem Blick auf meinen überfüllten Stundenplan. Vielleicht konnte ich meine Schicht im Museum am Dienstag tauschen. Was den Donnerstag betraf, würde ich eine Lesung ausfallen lassen müssen. Das sollte allerdings auch kein Problem sein, wenn ich Matt fragte, ob er für mich mitschrieb.

Matt war eine der wenigen Personen in meinem Studiengang, mit denen ich mich ein bisschen angefreundet hatte. Wir waren Anfang des Semesters über den Kunstkurs ins Gespräch gekommen, den er nebenbei noch hobbymäßig belegte, und jetzt saßen wir öfter nebeneinander, arbeiteten gemeinsam an Projekten oder aßen immer mal wieder zu Mittag.

»Sie hat gesagt, sie nimmt den Bus«, beruhigte Mel mich sofort.

»Ah.« Meine Schultern entspannten sich einen Hauch. »Wann musst du los?«

»Morgen früh.«

Ich verkniff mir die Worte, die auf meiner Zunge brannten. Die dunklen Schatten unter Mels Augen wurden von Tag zu Tag deutlicher, trotzdem weigerte sie sich, Urlaub zu nehmen. Am liebsten hätte ich sie dazu gezwungen, aber so, wie ich Mel kannte, würde sie das mehr stressen als das Arbeiten. Sie redete zwar nie mit uns darüber, aber ich ahnte, dass es Monate gab, in denen wir nur mit Ach und Krach über die Runden kamen – auch wenn sie sich bemühte, Liv und mich davon nichts spüren zu lassen.

Vor ein paar Jahren war ich zu einer Geschenke-Suchaktion an Weihnachten in Mels Zimmer auf ihr Haushaltsbuch gestoßen. Die vielen rot geschriebenen Zahlen darin waren wie eiskaltes Wasser gewesen, das mir jemand ins Gesicht geschüttet hatte. Mel hatte die ganzen letzten Jahre über verzichtet, damit Liv und ich unbeschwert weiterleben konnten – auch ohne unsere Eltern. Ich wollte gar nicht wissen, wie viele ihrer eigenen Träume sie hinten angestellt hatte, um es uns leichter zu machen.

»In der Katzentasse im Schrank liegt noch etwas Bargeld, falls ihr was braucht«, redete Mel weiter. Der kleinen Falte zwischen ihren Augenbrauen nach zu schließen packte sie in Gedanken bereits den Koffer und plante die Route zum Flughafen. Wenn sie im Organisationsmodus war, brachte es nichts, mit ihr zu diskutieren. Deswegen gab ich ihr einfach ein Nicken und ein »Okay«.

»Ich bin in meinem Zimmer packen, wenn was ist.« Noch im Rausgehen drehte sie sich die Haare zu einem Dutt und befestigte ihn mit einem dicken Haarband auf ihrem Kopf.

»Bleib nicht so lang wach«, rief ich ihr hinterher und schloss die Zimmertür.

Ich ließ mich auf meinen Schreibtischstuhl fallen, der unter meinem Gewicht gefährlich knarzte, und las mir die Nachrichten durch, die Jae-yong während meines Gesprächs mit Mel geschrieben hatte.

Unbekannt: Jae-yong
Unbekannt: Bis morgen, Ella.

Schien, als müsste ich mir keine Gedanken mehr über eine passende Antwort machen.

5. KAPITEL

Die einzige Person weit und breit in diesem Park saß auf einer Bank und hielt den Kopf gesenkt, sodass ich vom Hals aufwärts so gut wie nichts erkennen konnte. Eine Art Anglerhut versteckte die Haare, und die Person war in ein Buch vertieft. Weder konnte ich erkennen, um welches Buch es sich handelte, noch ob es tatsächlich Jaeyong war, der dort saß. Ich versuchte, so unauffällig wie möglich einen Blick unter den Hut zu erhaschen, aber er war zu weit vornübergebeugt.

Ich hätte ihn einfach ansprechen können, aber für den Fall, dass es sich doch um eine andere Person handelte, hatte mein Kopf bereits zig peinliche Szenarien bereitgelegt, die er mir mit großer Freude in jeglichen Details vorspielte. Stattdessen ging ich so langsam wie möglich an ihm vorbei und hoffte, dass er vom Buch aufsehen würde. Vermutlich wäre ich einfach weitergegangen, bis nach Hause, und vor Scham unter meine Bettdecke gekrochen, hätte er in dem Moment nicht etwas gesagt.

»Überlegst du gerade, mich hier sitzen zu lassen?«

Bei seiner Stimme blieb ich mitten in der Bewegung stehen. Ich verzog das Gesicht peinlich berührt und drehte mich zu ihm um.

Er hatte das Buch zugeklappt und hielt einen Zeigefinger als Lesezeichen zwischen die Seiten. Seine Augen funkelten amüsiert, als er zu mir aufsah.

Ich räusperte mich und überwand die wenigen Meter, die uns trennten. »Natürlich nicht.«

Hinter seinen Ponysträhnen zog er eine Augenbraue hoch. Er hatte den Kopf ein wenig in den Nacken gelegt, um mich unter seiner Hutkrempe hinweg betrachten zu können. Es dauerte mehr als einen Herzschlag lang, bis ich bemerkte, wohin mein Blick unbewusst gerutscht war: Die obersten Knöpfe seines schwarz-weiß gestreiften Hemdes standen offen, und meine Augen waren ohne meine Einwilligung zu den entblößten Schlüsselbeinen unter der warm-braunen Haut gewandert. Ich senkte den Kopf schnell und ignorierte das Schmunzeln, das ich bei ihm aufblitzen sah.

»Also«, begann ich, um die unangenehme Stille zu durchbrechen, »mein Buch?«

»Mache ich dich so nervös, dass du dich nicht einmal traust, dich zu mir zu setzen?« Seine Stimme klang allerdings weniger großspurig, als die Worte vermuten lassen würden. Eher lag eine gewisse Unsicherheit in ihnen, die ich nicht recht zuordnen konnte.

»Natürlich nicht«, antwortete ich sofort. Er rutschte auf der Bank ein Stück zur Seite und deutete auf den freien Platz neben sich. Dabei drehte er das Buch, das er noch immer festhielt, mit dem Cover nach oben.

»*Harry Potter?*«, platzte es aus mir heraus, als ich mich neben ihn setzte. »Du liest *Harry Potter?*«

Sein Blick folgte meinem zu dem Buch in seinem

Schoß. »Ja. Warum klingt das aus deinem Mund wie ein Phänomen?«

»Gefällt es dir?«, überging ich seine Frage einfach.

»Ich weiß gar nicht, zum wievielten Mal ich es schon lese, um ehrlich zu sein. Einen der Bände habe ich fast immer dabei, wenn wir …«, er stockte kurz, »wenn ich unterwegs bin. Es zu lesen, ist immer ein bisschen wie nach Hause kommen.«

Ich nickte. »Das sagen die meisten.«

Er legte den Kopf ein wenig schief und sah mich neugierig an. »Findest du das denn nicht?«

»Ich habe es nie gelesen«, gab ich zu und konnte seinen nächsten Gesichtsausdruck bereits aus Erfahrung vorhersagen: Überraschung gemischt mit Unglauben. Die sieben Bücher nicht wenigstens einmal durchgelesen zu haben, war so etwas wie eine Todsünde bei vielen Buchliebhabern.

»Du hast *Harry Potter* nicht gelesen?«, fragte er, diesmal beide Augenbrauen in die Höhe gezogen.

Ich nickte noch einmal.

»Das glaube ich dir nicht«, sagte er ernst und sah mich eindringlich an. Als ich nichts erwiderte, weiteten sich seine Augen. »Wie kannst du *Harry Potter* nie gelesen haben?«

Ich zuckte mit den Schultern. »Es hat mich irgendwie nie richtig gereizt.«

Wenn überhaupt möglich, wurden seine Augen noch einen Tick größer, und er schüttelte ungläubig den Kopf.

Ich merkte, wie meine Schultern sich entspannten,

als das Gespräch diese Richtung einschlug. Bücher waren mein sicherer Hafen. Ein Themengebiet, bei dem ich mich auch im größten Sturm selbstbewusst genug fühlte, darüber zu sprechen. Jae-yong warf einen nachdenklichen Blick auf das Buch. Dann zu mir. Dann wieder auf das Buch. Gleich darauf zog er seinen Zeigefinger zwischen den Seiten hervor und hielt es mir mit einer Hand entgegen.

»Lies es.«

»Jetzt? Hier?« Ich schaute mich kurz in dem Park um. Es dämmerte bereits, und es war auch längst nicht mehr so warm wie noch am Mittag.

»Nicht jetzt sofort«, erwiderte er lachend. »Aber ich kann es nicht verantworten, jemanden einfach ohne *Harry Potter* in seinem Leben weitermachen zu lassen.« Er streckte den Arm etwas weiter in meine Richtung. »Nimm es. Du kannst es mir wiedergeben, wenn du damit fertig bist und wir uns das nächste Mal sehen.«

Statt meine Hand danach auszustrecken, verschränkte ich die Arme vor der Brust und betrachtete ihn skeptisch.

»Du sitzt zufällig hier, hast zufällig den ersten Band dabei und willst ihn mir zufällig leihen?«

Er ließ den Arm sinken und sah mich mit seinen dunklen Augen von unten her an. Ich wusste nicht, was es war, das mich an ihnen so faszinierte, aber ich konnte meinen Blick nicht von seinem lösen.

»Ich sitze hier, weil wir verabredet waren«, begann er, betont langsam, wie um meine Erinnerungen an den eigentlichen Grund unseres Treffens wieder heraufzubeschwören. »Und dass ich immer einen der sieben Bände mit mir herumtrage, war nicht gelogen. Dass es gerade der erste der Reihe ist, ist ein schöner Zufall.«

»Und wenn ich nicht an Zufälle glaube?«, gab ich zurück. Mir war durch und durch bewusst, dass ich wie ein starrköpfiges Kleinkind klang. Allerdings war meine Selbstbeherrschung nicht groß genug, um diese Gegenfrage zu unterdrücken.

Er rieb sich mit der Hand über das Gesicht und stieß ein Geräusch aus, das halb Lachen, halb Schnauben war. Anscheinend war die Mischung aus amüsiert und verzweifelt etwas, das auch er während unserer Gespräche oft verspürte.

»Dann nenn es Fügung des Schicksals. Göttliche Vorsehung. Welche Erklärung auch immer dir gefällt, damit du das Buch nimmst und es liest.«

»Und wenn ich damit fertig bin? Wohnst du hier in der Gegend?« Die Fragerei war unnötig. Ich würde das Buch definitiv mitnehmen. In eine völlig neue, von meinen Erinnerungen unberührte Geschichte einzutauchen, war das beste Gefühl, das ich mir vorstellen konnte.

Er zögerte einen Augenblick. »Ich bin vermutlich demnächst für eine Weile unterwegs. Aber du kannst es mir geben, sobald ich wieder in der Stadt bin.« Damit hielt er mir das Buch erneut entgegen. »Behandle es gut.«

»Du gibst es mir einfach, obwohl es dir so viel bedeutet?«, wollte ich wissen, als ich es ihm aus der Hand nahm. Das Buch hatte schon einiges mitgemacht: Die Ecken waren angestoßen, der Rücken hatte mehrere Knicke und die Seiten hatten bereits eine gelbliche Färbung angenommen. Am unteren Rand des Covers entdeckte ich einen kleinen Riss. Auch wenn ich normalerweise sehr behutsam mit meinen Büchern umging, konnte ich nicht anders, als zu bewundern, wie geliebt dieses hier war.

Ich blickte wieder auf und sah gerade noch, wie ein kleines Lächeln in seinen Mundwinkeln hängen blieb. »Leihst du deine Bücher normalerweise aus?«

Ich schüttelte den Kopf. »Um es mit Leserillen und Knicken überall wiederzubekommen? Nein, danke.«

Die einzige Person, der ich zutraute, mit den Büchern richtig umzugehen, war Erin. Wir hatten früher regelmäßig Bücher ausgetauscht. Aber durch die Entfernung beschränkte sich dieses Ritual mittlerweile nur noch auf Empfehlungen, die wir uns schrieben.

»Da hast du deine Antwort«, sagte Jae-yong. »Ich vertraue dir.«

Meine Hände packten das Buch etwas fester. »Du kennst mich nicht einmal«, sagte ich leise.

Aber für ihn schien das keinen Unterschied zu machen. Er hob eine Schulter in die Höhe. »Na und? Du kennst mich auch nicht und hast mich trotzdem hier getroffen.«

»Das ist etwas anderes«, war meine ausweichende Antwort.

»Warum?«, hakte er nach. »Wenn überhaupt ist es doch ein viel größerer Vertrauensbeweis, dass du mich abends in einem Park triffst, in dem kaum jemand anderes unterwegs ist. Entweder das, oder du bist sehr gutgläubig.«

Vermutlich wäre mir Dampf aus den Ohren gestiegen, wenn wir Cartoonfiguren gewesen wären. »Du hast mir nicht wirklich eine Wahl gelassen.«

»Ich habe dein Buch nicht gestohlen«, gab er zurück. »Du hast es vergessen.«

Ich seufzte. Wenn das so weiterging, würde sich das Gespräch noch stundenlang auf diese Weise im Kreis drehen. »Wo du es gerade ansprichst: Kriege ich mein eigenes Buch auch noch?«

»Ah, richtig.« Er zog eine schwarze Umhängetasche unter der Bank hervor und öffnete den Verschluss. »Hätte ich gewusst, dass ich mit zwei Büchern komme und mit keinem wieder nach Hause gehe, hätte ich mir das mit dem Treffen vielleicht doch überlegt«, neckte er mich mit einem Zwinkern und griff ins Innere der Tasche. Ein kleiner Stein fiel mir vom Herzen, als er mein Buch sorgsam hervorzauberte und mir reichte. Ich verstaute den *Harry-Potter*-Band in meinem Rucksack, ehe ich es ihm abnahm und über das Cover strich. Ich begrüßte es wie einen lang vermissten Freund.

»Danke, dass du es mitgenommen hast«, sagte ich. »Das Buch – es bedeutet mir sehr viel.«

»Ich habe die Anmerkungen gesehen.« Er verzog das Gesicht, als wollte er sich dafür entschuldigen, darin geblättert zu haben. »Sind das deine?«

Ich schüttelte den Kopf. »Die sind von meiner Mom.«

»Sie ist auch so eine Leseratte wie du?«, fragte er.

»War sie, ja.«

Meine Antwort ließ ihn einen Augenblick stocken. »Tut mir leid.«

Ich schenkte ihm ein kleines Lächeln, um den bemitleidenden Ausdruck von seinem Gesicht zu vertreiben. »Danke.«

Schweigen legte sich über uns. Es war ein angenehmes, bei dem ich nicht das Bedürfnis hatte, es mit Nichtigkeiten füllen zu müssen.

»Ich hoffe, *Harry Potter* landet nicht ungelesen zwischen all deinen anderen Büchern. Es ist wirklich gut, wenn man ihm eine Chance gibt«, sagte er nach einer Weile.

»Du sagst das, als würdest du bei den ungelesenen Büchern aus Erfahrung sprechen.« Ich war froh, das Thema wechseln zu können.

Er lehnte sich auf der Bank zurück. Der Raum, den ich beim Hinsetzen zwischen uns gelassen hatte, verringerte sich dadurch, und obwohl ich selbst fröstelte, spürte ich die Wärme, die von ihm ausging. »Ich dachte, das wäre offensichtlich. Wir kennen uns seit knappen achtundvierzig Stunden, und neunzig Prozent unserer Unterhaltungen haben sich bisher um Bücher gedreht.«

»Du wirkst einfach nicht wie der typische Leser.«

»Oh, jetzt bin ich aber gespannt. Wie wirke ich denn auf dich?«, fragte er interessiert.

»Einfach … anders.«

Anders. Sehr gut, Ella.

Besser konnte ich es mir selbst nicht erklären. Er hatte eine gewisse Ausstrahlung, wegen der ich ihn in seiner Freizeit nicht unbedingt in einer Buchhandlung platziert hätte. Die Art, wie er sich anzog, wie er seinen Körper hielt, wie er stand. Da war diese Präsenz, die es schwer machte, den Blick von ihm zu lösen.

»Ist das ein gutes ›anders‹? Oder muss ich …«

Ein lautes Klingeln schnitt ihm das Wort ab. Er beugte sich ein wenig zur Seite, um sein Handy aus der Hosentasche zu ziehen, und warf einen Blick darauf. Die Grimasse, die er zog, machte deutlich, dass es sich in der Nachricht vermutlich nicht um einen unverhofften Lottogewinn handelte.

»Alles in Ordnung?«, fragte ich zaghaft.

Er lehnte sich zurück und legte den Kopf in den Nacken. Dann schloss er die Augen, eine kleine Falte zwischen den Brauen, und mir fiel auf, wie dunkel und voll seine Wimpern waren. Sie berührten beinahe seine Wangenknochen.

Ein Seufzer ging seiner Antwort voraus. »Ich muss los.« Allerdings machte er keinerlei Anstalten aufzustehen.

Seine Hand, die er zwischen uns auf der Bank abgelegt hatte, war zwar entspannt, aber ich wurde das Gefühl nicht los, dass in seinem Kopf gerade graue Wolken aufzogen. Ich suchte nach etwas, das ich sagen konnte, um sie zu vertreiben, doch mir wollte partout nichts einfallen.

Mein Blick schweifte durch den Park, während ich über meine nächsten Worte nachdachte. Einige Meter entfernt stand ein Eiswagen und dahinter ein junger Mann, der in sein Handy vertieft war. Ein Windstoß wehte einige Blätter über den Weg davor, die Bäume wiegten sich und raschelten leise. Es war friedlich hier. Als würden wir fernab vom ganzen Stadttrubel sitzen, nicht nur ein paar Meter entfernt.

»Ist dir kalt?«

Ich zuckte zusammen, als Jae-yongs Stimme mich aus meinen Gedanken riss. »Nicht sehr.« Ich wandte mich ihm zu. »Wieso? Dir etwa?«

Er hatte die Augen leicht geöffnet, den Blick auf mich gerichtet. Er deutete auf meine Arme. Eine Gänsehaut hatte sich auf ihnen ausgebreitet. Ich rieb abwesend mit meiner Hand über den linken Arm. Zwar waren die Temperaturen ein wenig gesunken, seit ich die Wohnung vor ein paar Stunden verlassen hatte, aber es war immer noch wesentlich wärmer, als für Mai normal war.

»Eigentlich wollte ich sogar gerade fragen, ob du vielleicht Lust auf ein Eis hast«, sagte ich mit einem Blick auf den Eiswagen. »Aber es scheint, als hätte mein Körper schon den Gedanken viel zu kalt gefunden.«

Jae-yong schenkte mir ein halbes Lächeln. »Du hättest mich zu einem Eis eingeladen?«

Ich nickte. »Mit viel Glück hätte ich dir sogar zwei Kugeln ausgegeben.«

»So verlockend das Angebot auch ist«, begann er, und ein Grübchen erschien in seiner rechten Wange, als er ein schiefes Lächeln aufsetzte, »ich muss wirklich gehen. Aber ich werde dich beim nächsten Mal daran erinnern.«

Beim nächsten Mal. »Und … was denkst du, wann wird das sein?«, fragte ich vorsichtig. »Damit ich meinen Geldbeutel darauf vorbereiten kann, meine ich.«

Er sah mich an, als wüsste er genau, was ich ihn in Wirklichkeit fragen wollte. Er machte ein nachdenkliches Gesicht, ehe er antwortete. »Wenn du mit *Harry Potter* fertig bist und ich neben … der Arbeit mehr Zeit für spontane Verabredungen habe.«

Seine Wortwahl ließ mich aufhorchen. »Das klingt, als wärst du auch ein Workaholic.«

»Auch?«, wiederholte er fragend.

»Meine große Schwester«, erklärte ich. Ein Windstoß blies mir die Haare ins Gesicht, und ich zog die Schultern zusammen, als die Kälte nun doch durch meine Kleidung drang. »Sie lebt quasi auf ihrer Arbeit und kommt nur zu Besuch nach Hause.«

Jae-yongs Blick glitt an mir vorbei und ein merkwürdiger Ausdruck legte sich auf sein Gesicht. War er … bitter? Traurig? Meine Fähigkeit, die Emotionen anderer zu erahnen, war nie sonderlich ausgeprägt gewesen. Aber wenn ich eins wusste, dann, wie es aussah, wenn jemand tief vergrabene Qualen mit sich herumtrug. An den graueren Tagen sah ich diesen Blick in meinem eigenen Spiegelbild. Zwar waren diese Tage im Laufe der letzten Jahre seltener geworden, aber ab und zu schlichen sie sich lautlos von hinten an und überfielen mich, wenn ich sie am wenigsten erwartete. Alltägliche Aufgaben wurden dann zu riesigen Bergen, die mich so weit überragten, dass ich deren Spitze nicht einmal erkennen konnte.

Ein bisschen war es wie ein Drahtseilakt: Einerseits fühlte sich jeder Schritt schwer an; mein Kopf schrie danach, dass ich mich allein in mein Zimmer zurückzog und die Außenwelt ausblendete. Aber ich wusste andererseits genau, dass ich mich dazu zwingen musste, den Alltag trotzdem zu meistern. So gut ich eben konnte. Tat ich es nicht und blieb stattdessen am Hang des Berges stehen, breiteten diese Tage sich zu Wochen aus, und die Berge wuchsen mit jeder Aufgabe, die ich mied.

Ich schüttelte den Kopf leicht, um die Gedanken zu vertreiben. Im Augenblick wollte ich darüber lieber nicht nachdenken.

»Lebst du mit ihr zusammen?«, fragte er da.

»Ja. Meine kleine Schwester und ich sind zu ihr gezogen, nachdem unsere Eltern gestorben sind«, erklärte ich und bemühte mich um einen Tonfall, der sagte: Es ist in Ordnung. Es ist schon viele Jahre her, der Schmerz bei diesen Worten ist schon lange nicht mehr so schneidend, wie er früher war.

Jae-yong blinzelte ein paarmal, als würde er aus einem Traum aufwachen. »Ist es schwer?«, fragte er mit einem unergründlichen Ausdruck auf dem Gesicht.

Seine Frage war so weit entfernt von allem, was mir seit Beginn unseres Treffens durch den Kopf gegangen war, dass ich für einen Augenblick nur verwirrt zu ihm aufschauen konnte. Ich überlegte, ob ich scherzhaft antworten sollte, um dem Ganzen die Spannung zu nehmen. Aber er wirkte so ernst, wie er hier vor mir saß, mit einer kleinen Falte zwischen den Augenbrauen, den Blick konzentriert auf mich gerichtet, dass ich die Idee schnell wieder verwarf.

»Manchmal«, antwortete ich schließlich ehrlich. »Nicht nur wegen der Arbeit. Ab und zu habe ich das Gefühl, wir leben auf unterschiedlichen Planeten und streifen uns nur manchmal in unserer Umlaufbahn.« Ich hielt kurz inne, als mir ein Gedanke kam. »Aber dann fällt mir ein, was sie alles für uns aufgegeben hat und dass ich noch Liv habe. Und dann … ist es etwas einfacher.«

Das schwache Lächeln, das er auf seine Lippen zwang, war nicht einmal ansatzweise überzeugend. »Zum Glück seid ihr zu dritt.«

»Hast du keine Geschwister?«, fragte ich.

»Eine jüngere Schwester. Ich habe sie nur schon lange nicht mehr gesehen.«

»Wohnt sie in einer anderen Stadt?«

Seine Antwort war mit einem Mal kurz angebunden. »Ja.«

Neugier machte sich auf seine Wortkargheit hin in mir breit, aber ich merkte, dass es ihm bei dem Thema ähnlich ging wie mir, wenn man mich auf meine Eltern ansprach. »Du kannst dir eine von meinen ausleihen, wenn du magst.«

»Ich bin mir fast sicher, dass sie etwas dagegen hätten, wenn ein fremder Mann sie ohne weitere Erklärungen kidnappt«, gab er trocken zurück.

Ich zog beide Augenbrauen in die Höhe. »Das mit dem Kidnappen hast du jetzt aber gesagt.«

Jae-yong öffnete den Mund, um zu einer Antwort anzusetzen, verkniff sich, was auch immer er sagen wollte, allerdings in der letzten Sekunde. Stattdessen schüttelte er mit einem leisen Schnauben den Kopf und sagte: »Touché.«

Der laute Klingelton seines Handys ertönte ein weiteres Mal, und obwohl er sich äußerlich nicht bewegte, konnte ich beinahe sehen, wie seine ganze Konzentration sich darauf richtete.

»Du solltest wohl wirklich los«, sagte ich. Es fühlte sich an, als könnten wir uns die ganze Nacht in dem Park aufhalten und unterhalten. »Bevor die Person am anderen Ende sich Sorgen macht.«

»Ich glaube, Sorgen sind die letzten Emotionen, die er gerade empfindet«, murmelte Jae-yong. Trotzdem zog er die Umhängetasche zwischen seinen Beinen hervor und drückte sich von der Bank hoch. »Gib mir Bescheid, wenn du das Buch durchhast, ja?«

Ich klopfte auf meinen Rucksack. »Gib mir eine Woche.«

»Das wollte ich hören.« Sein Blick wanderte über mein Gesicht, meine Nase, Stirn und zu meinen Haaren, die dank des Windes sicher ein wildes Chaos auf meinem Kopf waren. Ein kaum spürbares Kribbeln blieb an den Stellen zurück.

Eine Hand in die Hosentasche geschoben, zog er mit der anderen den Hut tiefer in seine Stirn. Seine Augen lagen im Schatten und waren hinter den Haarsträhnen, die ihm ins Gesicht fielen, kaum noch auszumachen. »Wir sehen uns, Ella.«

»Spätestens, wenn du wieder beim ersten Band anfangen willst«, sagte ich und verspürte beinahe zeitgleich den Drang, mit den Augen zu rollen. Ich hoffte sehr, dass die Aussage nur in meinen Ohren so verzweifelt klang.

Er schenkte mir noch ein Lächeln, ehe er ging. Ich sah ihm hinterher, bis der Weg einen Knick machte und er hinter den Bäumen und Sträuchern verschwand. Dann stand ich ebenfalls auf, schulterte meinen Rucksack und machte mich in die entgegengesetzte Richtung auf den Weg nach Hause.

Erst wesentlich später, als ich endlich in meinem Bett lag und bereits dabei war, im Traum zu versinken, klopfte ein Gedanke an mein Bewusstsein. Aber ehe ich ihn richtig greifen konnte, schlief ich ein. Zurück blieb nur ein merkwürdiges Gefühl der Vertrautheit.

6. KAPITEL

An einem Dienstagnachmittag auf die Garderobe von Besuchern eines Museums für zeitgenössische Kunst aufzupassen, war in etwa genauso spannend, wie es klang. Eine Dreiviertelstunde war es mittlerweile her, seit ich überhaupt eine Person gesehen hatte. Ich vertrieb mir die Zeit an meinem Handy, scrollte mich durch Back- und Kochrezepte auf Pinterest, malte ein paar Doodles auf ein Blatt Papier, bis ich das auch überhatte.

Ich sperrte mein Handy und legte es mit dem Display nach oben auf dem Tisch ab. Vor mir tat sich gähnende Leere auf. Die Garderobe befand sich in einem Winkel des riesigen Gebäudes, den man nur mithilfe der winzigen Ausschilderungen finden konnte, die hier und da angebracht waren. Warum genau sie so weit von der Kasse entfernt war, hatte ich bisher zwar noch nicht herausgefunden, aber so konnte ich mich immerhin meinen Uni-Aufgaben und ungelesenen Büchern widmen, während ich auf Besucher wartete. Ich lehnte mich auf dem Metallstuhl zurück, der nur wenig bequemer war, als er aussah, und streckte die Beine aus. Mein Blick glitt zur Digitaluhr auf dem kleinen Tisch rechts von mir, und ich unterdrückte ein Seufzen. Noch zwei Stunden.

Unrhythmisch trommelte ich mit den Fingern auf die Tischplatte. Zwar hatte ich meinen Laptop dabei und eine Hausarbeit, die mir im Nacken saß, im Augenblick jedoch einfach nicht den Kopf dafür. Seit dem Treffen mit Jae-yong war meine Konzentrationsspanne so kurz, dass längeres Arbeiten an einer Aufgabe mir einiges an Mühe abverlangte. Und der Job hier war nicht der idealste, um mich von meinen eigenen Gedanken abzulenken. Er war alles andere als aufregend – aber er brachte genügend Geld ein, damit ich Mel nicht ständig um ein kleines Taschengeld bitten musste, wenn mir ein Shirt oder Schuhe kaputtgingen.

Aus den Augenwinkeln nahm ich ein regelmäßiges Blinken war, das mir eine neue Nachricht signalisierte.

Erin: [.jpg]
Ich: Hast du nichts Besseres zu tun, als mitten in der Nacht am Strand zu sitzen?
Ich: Schlafen beispielsweise?

Seit ich mich vor wenigen Stunden hier hingesetzt hatte, schrieb ich beinahe ununterbrochen mit Erin. Bei ihr musste es gerade etwa zwei oder drei Uhr morgens sein, dennoch machte sie nicht den Eindruck, in der nächsten Stunde auch nur in die Nähe ihres Betts zu kommen.

Erin: Schlafen kann ich, wenn ich zurück in Chicago bin.
Erin: Mal davon abgesehen, dass ich morgen nicht arbeiten muss, also …

Sie hatte vor ein paar Wochen einen neuen Job an der Ostküste Australiens angefangen. Seitdem war ihr einzig freier Tag der Mittwoch, und normalerweise nutzte sie ihn, um Tagesausflüge an die atemberaubendsten Orte, die man sich vorstellen konnte, zu machen. Ich hatte mittlerweile so viele Bilder auf meinem Handy, dass ich mir beinahe vormachen konnte, persönlich dabei gewesen zu sein. Die *Horizontal Falls*, das *Great Barrier Reef* und Wüsten über Wüsten ... Wenn sie mir von ihren Reisen berichtete, war ich jedes Mal aufs Neue davon beeindruckt, wie viel sie in so kurzer Zeit zu sehen bekam.

Ich: Du Glückliche. Ich habe morgen in aller Frühe eine Vorlesung über ... Mikroökonomie? Makroökonomie?

Ich: Ich nehme an, dass ich das spätestens morgen herausfinden werde.

Erin: Meine Vermutung ist ja bis heute, dass die wenigsten Studierenden wirklich wissen, was sie tun.

Erin: »Hmmm, ich bin mit der Highschool fertig und muss etwas tun, um ein funktionierendes, anerkanntes Glied unserer Gesellschaft zu werden. AHA! Ein Studium! Studierte Leute sind weise Leute! Man gebe mir eine Medaille für diese grandiose Idee!«

Erin: So oder so ähnlich. Da bin ich mir sicher.

Ich grinste. Diese Unbeschwertheit war etwas, das sie zum Glück wiedergefunden hatte, nachdem sie in Australien gelandet war. Sie hatte sich nach dem Abschluss ziemlich schwergetan, etwas zu finden, das sie wirklich interessierte. Ich erinnerte mich nur zu deutlich, wie verloren sie sich gefühlt hatte, und an die vielen Stunden und nächtlichen Gespräche, die wir geführt hatten. Gerade deshalb war es so ein wohliges Gefühl zu wissen, dass sie endlich an einem Punkt war, an dem sie einfach ein paar Sachen ausprobierte, ohne sich allzu große Sorgen zu machen – selbst wenn erst einmal nichts dabei war, das »für immer« war.

Ich: Scherz beiseite – so ungefähr läuft das tatsächlich ab.
Erin: Spricht nicht gerade fürs Studieren, wenn du mich fragst.
Erin: Ich habe ohnehin nie verstanden, warum du dich gegen ein Kunststudium entschieden hast. Das hätte dir wenigstens Spaß gemacht.

Meine Finger schwebten über der Tastatur. Ich zögerte mit meiner Antwort. Die Behauptung, sie wäre »überrascht« gewesen, als ich ihr von meiner Entscheidung für ein Wirtschaftsstudium erzählt hatte, wäre eine Untertreibung.

Ich: Das Thema hatten wir doch schon.

Es war eine ausweichende Antwort, und das wussten wir beide.

Erin: Ja, ich weiß. Aber nur weil du es mir erklärt hast, heißt das nicht, dass ich es nachvollziehen kann. Ich ver-

stehe rein objektiv, warum du so denkst, aber ich bin immer noch der Meinung, dass du mit einem Studium dessen, was du liebst, glücklicher wärst.
Ich: Es ist ja nicht für immer.

Ich seufzte. Als Erin nach mehreren Minuten nicht zurückgeschrieben hatte, widmete ich mich wieder meiner Aufgabe, Löcher in die Luft zu starren. Ich würde mein Buchregal darauf verwetten, dass sie das Handy beiseitegelegt und sich in den Sand geworfen hatte. Ich konnte es beinahe vor mir sehen. Bestimmt starrte sie jetzt in den Nachthimmel, lauschte dem Rauschen des Meeres und genoss es, einfach nichts zu tun.

Genau so, wie ich es an ihrer Stelle tun würde. Momente wie diese waren es, in denen ich mir wünschte, vor sieben Monaten mit ihr in das Flugzeug gestiegen zu sein. Nur hätte ich mit Ach und Krach vielleicht gerade so den Flug finanzieren können. Mal ganz davon abgesehen, dass ich Mel und Liv nicht ohne Weiteres zurücklassen konnte. Stattdessen hatten Erin und ich uns unter Tränen am Flughafen voneinander verabschiedet. Logisch betrachtet war es nur für eine begrenzte Zeit – aber ein Jahr konnte ziemlich lang sein. So vieles konnte währenddessen passieren. Textnachrichten und Videochats waren nur ein kleiner Trost.

Ich bückte mich unter den Tisch, hob meinen Rucksack auf den Schoß und schob Snacks und Schokoriegel beiseite, bis eine Ecke des Buches hervorblitzte, das ich gesucht hatte. Wenn ich schon nichts zu tun hatte, konnte ich wenigstens versuchen herauszufinden, was genau Millionen von Menschen an *Harry Potter* so faszinierend fanden. Ich schlug das Buch auf und blätterte mich durch die Seiten. Hin und wieder waren welche mit Eselsohren markiert und einige Textabschnitte waren sogar mit einem Bleistift fein unterstrichen. Ich blätterte zurück bis zur ersten Textseite. Und dann … las ich.

Und las und las und las.

Ich versank in der Geschichte, wie es mir nur bei den wenigsten Büchern passierte. Die Realität um mich herum löste sich auf, und ich fiel kopfüber in eine Welt voller Magie, Freundschaft und Abenteuer. Ich merkte kaum, wie die Zeit verging, als ich Seite für Seite durch die Geschichte schritt. Hätte Erin mir nicht geschrieben, als sie endlich in ihrer Unterkunft ankam, um mir eine gute Nacht zu wünschen, wäre ich vermutlich die ganze Zeit regungslos auf dem Stuhl sitzen geblieben und hätte das Buch an einem Stück gelesen.

Ich war auf Seite 121, als mir jemand auf die Schulter tippte. Erschrocken zuckte ich zusammen, brauchte aber ein paar Sekunden, ehe ich meine Augen endlich vom Papier losreißen konnte. Vor mir stand Lana, eine der vier Aushilfen, die mit mir im Wechsel an der Garderobe arbeiteten. Ihre dicken roten Haare fielen ihr halb geflochten, halb offen über den Rücken, und ein dünnes Stirnband rundete den Boho-Style ab, mit dem ich sie kannte, seit ich sie das erste Mal gesehen hatte.

»Du schaust mich an, als wäre ich eine Erscheinung«, sagte Lana anstelle einer Begrüßung und stellte ihren Beutel auf dem Tisch ab.

Ich kramte eine alte Quittung aus meiner Hosentasche,

legte sie zwischen die Seiten und klappte das Buch zu. »Eher meine Erlösung.«

»Ich sehe schon, es gibt wieder viel zu tun.« Ihr Blick schweifte über die Jacken, die hinter uns ordentlich an Haken aufgehängt waren. Man konnte sie an zwei Händen abzählen.

»Ich glaube, drei davon hängen schon seit einem Vierteljahr hier.«

Mit einem Stöhnen ließ Lana sich auf den Stuhl neben mir fallen. »Und ich habe meine Nadeln bei meiner Freundin liegen lassen.«

»Strickst du endlich an dem Pullover, den du mir versprochen hast?«, scherzte ich grinsend.

»An Pullover denke ich erst wieder ab September«, erwiderte sie. »Noch ein paar Wochen, dann können wir wieder Spiegeleier auf der Straße braten.«

Es reichte nicht, dass die Garderobe im hintersten Winkel des Museums aufgebaut worden war – sie war auch einer der wenigen Orte, an denen es keine Klimaanlage gab. Das, kombiniert mit der fantastischen Lage, sorgte dafür, dass die Luft hier bereits beim leichtesten Temperaturanstieg nur noch stand.

»Wenn sie dieses Jahr wieder keine Klimaanlage hierherbringen, kündige ich«, schob sie hinterher und unterstrich das mit einem ernsten Nicken.

»Wirst du nicht.«

»Nein, werde ich nicht. Aber ich könnte!«, erwiderte sie.

»Ich bin mir nicht sicher, ob sie auf ›Ich könnte kündigen, aber ich werde es nicht tun, also bitte, kauft uns einen Ventilator‹ anspringen werden, wenn ich ehrlich sein soll.«

Lana seufzte dramatisch. »Das Leben ist unfair.« Sie beobachtete mich skeptisch dabei, wie ich Daumen und Zeigefinger zusammenpresste und langsam übereinanderrieb. »Was tust du da?«

»Ich spiele die kleinste Violine der Welt.«

Lana beugte sich vor und lachte. Ihr Körper zuckte, und ich konnte nicht anders als zu grinsen. Sie hatte ein Lachen, das unglaublich ansteckend war – nicht zuletzt, weil sie dabei nie still sitzen blieb. Sie warf den Kopf in den Nacken, und es passierte nicht selten, dass sie in die Knie ging, weil sie sich nicht mehr aufrechthalten konnte.

Von den drei Leuten, die außer mir hier arbeiteten, mochte ich die Überschneidungen mit Lana am meisten. Ich hatte außerhalb des Jobs kaum etwas mit ihr zu tun, aber die paar Minuten, bevor ich sie oder sie mich ablöste, waren immer eines meiner Tageshighlights.

Nach einer Weile beruhigte sie sich und setzte sich wieder aufrecht hin. »Na ja, während du deine Freiheit genießt, kann ich in den nächsten Stunden zumindest nachrechnen, wie lange ich hier noch arbeiten muss, bis ich meine Studiengebühren abbezahlen kann.«

Ich verzog das Gesicht. »Ich befürchte, dass dich die Zahl der Jahrzehnte noch mehr deprimieren wird.«

Sie stöhnte gequält auf.

»Ich glaube, das ist mein Stichwort, dich hier zurückzulassen.« Ich schob das Buch, das ich bis dahin auf meinem Schoß liegen hatte, in meinen Rucksack und zog den Reißverschluss zu.

»Wir sehen uns dann in zwei Wochen«, sagte Lana, als ich aufgestanden war und den Rucksack geschultert hatte.

Ich zog meine eingeklemmten Haare unter einem der Träger hervor und schaute sie mit hochgezogenen Augenbrauen an. »Du arbeitest nächste Woche nicht?«

Sie schüttelte den Kopf. Ihre silbernen Ohrringe blitzten dabei zwischen ihren Haaren hervor. »Ich setze mich morgen in den Flieger nach England. Meine Mom heiratet wieder, und ich muss sichergehen, dass ihr Verlobter nicht wegläuft, wenn er unsere Familie das erste Mal in geballter Ladung erlebt. Und mein Bruder hat mir eine Wagenladung Zimtschnecken versprochen, wenn ich ihm in der Küche unter die Arme greife. Eventuell ist das der Hauptgrund, weshalb ich gehe«, fügte sie grinsend hinzu.

»Wenn du so weitermachst, buche ich mir irgendwann einen Trip nach England, nur um die Konditorei deines Bruders zu besuchen.«

Lana schwärmte seit unserer ersten Begegnung in regelmäßigen Abständen von den Kreationen ihres Bruders. Sie hatte mir Unmengen von Fotos gezeigt, und allein beim Gedanken an die bunten Cupcakes und einzigartig dekorierten Torten lief mir das Wasser im Mund zusammen.

»Ich werde dich nicht davon abhalten.« Sie lachte.

»Ich hatte gehofft, du würdest Mitleid zeigen und ihn auf deiner Rücktour einfach mitbringen.«

»Du glaubst gar nicht, wie gern ich das tun würde«, antwortete sie. »Dass alle so weit weg wohnen, ist manchmal ziemlich einsam.«

Ich dachte kaum über meine nächsten Worte nach, als

sie schon aus meinem Mund purzelten. »Wenn du magst, können wir ja mal etwas zusammen unternehmen, wenn du zurück bist.«

Sie setzte sich aufrechter hin und sah mich hoffnungsvoll an. »Ehrlich?«

Ich versuchte, mir mein Grinsen zu verkneifen, scheiterte aber kläglich. Ihre Art erinnerte mich mit einem Mal an einen aufgeregten Welpen, dem man gerade ein neues Spielzeug gekauft hatte. »Ehrlich.«

Ich erwartete schon, dass sie aufsprang und hüpfend in die Hände klatschte – nicht dass ich etwas dagegen gehabt hätte. Im Gegenteil. Lana und ich würden uns sicher auch außerhalb der Arbeit blendend verstehen, ich freute mich jetzt schon darauf.

»Dann bis in vierzehn Tagen.« Ich rückte meinen Rucksack auf meinen Schultern zurecht, dann winkte ich ihr zum Abschied, ehe ich mich abwandte und die Garderobe mit großen Schritten hinter mir ließ.

Harry Potter und mein Bett – in meinen Ohren klang diese Kombination gerade absolut himmlisch.

7. KAPITEL

Ich hatte ein Problem.

War ich nach Hause gekommen und hatte mich ohne Abendessen und ohne mein Gesicht zu waschen, ins Bett geworfen und *Harry Potter* weitergelesen?

Eventuell.

Würde ich es morgen bereuen, wenn ich meine pandagleichen Augenringe im Spiegel sehen würde?

Wahrscheinlich.

War mir das in diesem Augenblick völlig egal?

Oh, absolut.

In den letzten Stunden hatte ich mich von einer Bettseite auf die andere gerollt, mit dem Kopf am Fußende gelegen, ihn an der Seite herunterhängen lassen. Ich hatte die Decke über mich gezogen und sie wieder von mir gestrampelt, als die Geschichte spannender und spannender wurde. Mittlerweile war jede Position unbequem, aber ich brachte es einfach nicht über mich, das Buch beiseitezulegen, ehe ich nicht die letzte Seite umgeblättert hatte …

Was genau jetzt der Fall war. Meine Augen flogen über die letzten Worte. Den Buchdeckel zuzuklappen wäre eigentlich ein befriedigendes Gefühl gewesen, wenn es nicht haushoch von dem Gedanken überschattet worden wäre, bis zum nächsten Morgen warten zu müssen, ehe ich mir den zweiten Band zulegen konnte.

Ich legte das Buch auf die Matratze. Mein Blick glitt zu der kleinen Uhr, die auf meinem Nachttisch munter vor sich hin tickte. Zwei Uhr morgens. Mist. Am liebsten hätte ich mich auf die andere Seite gedreht und so getan, als hätte ich diese Uhrzeit nie gesehen. Die Tatsache, dass meine Vorlesung in nicht mal mehr sechs Stunden beginnen würde, ließ das Damoklesschwert über meinem Kopf gefährlich wanken.

Mit einem leisen Seufzen rollte ich mich auf den Rücken. Ich starrte an die Decke und spielte mit dem Gedanken, die Nacht einfach durchzumachen. Manchmal war kein Schlaf besser als mickrige vier Stunden, nach denen man sich wie ein Zombie vorkam. Den Punkt, an dem ich müde genug war, um einzuschlafen, hatte ich mittlerweile meilenweit überschritten. Ich fühlte mich zu wach und aufgedreht – in nächster Zeit einzuschlafen, klang nicht nach einer plausiblen Option.

Gib mir Bescheid, wenn du das Buch durchhast.

Jae-yongs Worte schossen mir durch den Kopf, und ehe ich großartig darüber nachdenken konnte, was ich tat oder wie spät es war, nahm ich mein Handy vom Nachttisch.

Ich: In welchen Läden kann man um zwei Uhr morgens Bücher kaufen?

Ich las mir die Nachricht noch dreimal durch, nachdem ich sie abgeschickt hatte. War sie zu vage? Konnte man überhaupt herauslesen, worauf ich anspielte? Vielleicht sollte ich noch eine weitere Nachricht hinterherschicken. Aber wirkte das nicht zu gewollt? Ich stöhnte über meine selbstkritischen Gedanken und wollte das Handy gerade beiseitelegen, als es ein leises *Ping* von sich gab.

Jae-yong: Ist das der Anfang von einem dieser Scherze, die keinen Sinn ergeben?

Was er wohl machte, dass er um zwei Uhr morgens innerhalb weniger Minuten antwortete? Ob er unterwegs war? Mit Freunden aus? Oder vielleicht hielten ihn ebenfalls fiktionale Charaktere wach?

Ich: Wenn du Harry Potter zum Scherzen findest …
Jae-yong: Moment. Du bist fertig?
Ich: Oh ja. Mit dem Buch, mit den Nerven, mit Draco Malfoy.
Jae-yong: Wie fandest du es?
Ich: Kann ich ehrlich sein?
Jae-yong: Immer.

Meine Finger schwebten über der Tastatur, während ich versuchte, meine Gedanken zu ordnen. Die Geschichte war grandios, keine Frage. Trotzdem war ich nicht völlig zufrieden mit ihr gewesen.

Ich: Ich konnte nicht aufhören, zu lesen, aber ich fand den Einstieg nicht ganz rund. Keine Ahnung, woran es lag, aber so richtig, richtig gut wurde es erst nach den ersten 100 Seiten.

Ich: Vermutlich mache ich mir mit der Aussage gerade keine Freunde, oder?
Ich: Es war nicht schlecht – auf keinen Fall. Ich habe es superschnell durchgelesen, aber der Anfang war irgendwie holprig.
Jae-yong: Du musst deine Meinung vor mir nicht rechtfertigen, Ella.

Seine Aussage brachte mich zum Stocken. Ich hatte meine Nachrichten anscheinend so formuliert, als wollte ich jede Diskussionen abwehren. Man konnte es wohl »Macht der Gewohnheit« nennen.

Jae-yong: Und du willst dir den zweiten Band trotzdem zulegen?
Ich: Ich bin bis jetzt wach geblieben, um es zu Ende zu lesen. Wenn das nicht zeigt, dass ich über den Start hinwegsehen kann, weiß ich auch nicht.
Jae-yong: Musst du morgen früh raus?
Ich: Um 6:30 klingelt mein erster Wecker.
Jae-yong: Autsch.
Ich: Und du? Du bist schließlich auch noch wach.

Die Antwort ließ einige Minuten auf sich warten, in denen ich mich umständlich von meinem Bett rollte, mir schnell meinen Schlafanzug anzog und das Gesicht wusch. Als ich zurück unter die Decke kroch, blinkte mein Handy mit einer neuen Nachricht.

Jae-yong: Ich bin wenig Schlaf gewohnt.
Ich: Wie gewöhnt man sich an so was Grausames wie zu wenig Schlaf?
Jae-yong: Wenn man keine andere Wahl hat.
Ich: Ah
Ich: Kann ich eine merkwürdige Frage stellen?
Jae-yong: Ja, natürlich.
Ich: Als wir uns das erste Mal getroffen haben, hast du eine Sprache gesprochen, die ich vorher noch nie gehört habe.
Ich: Wäre es sehr unsensibel zu fragen, welche Sprache das war?
Jae-yong: Für mich nicht, nein.
Jae-yong: Es war Koreanisch.
Ich: Ich muss dir ehrlich sagen, dass mein Wissen über Korea bisher ziemlich begrenzt ist.
Jae-yong: Definiere »begrenzt«.
Ich: Also, ich weiß, dass es existiert. Und jetzt auch, wie die Sprache klingt. Aber das war's so ziemlich.
Jae-yong: Korea ist … Hm. Wie beschreibt man sein Heimatland?
Ich: Na ja, die USA sind zum Beispiel … groß.
Jae-yong: Danke, Ella, das hilft natürlich immens.
Jae-yong: Aber: Südkorea ist ziemlich klein, hat allerdings trotzdem (oder gerade deshalb) ziemlich viel zu bieten.
Jae-yong: Seoul – die Hauptstadt – ist in etwa so groß wie Chicago, hat aber dreimal so viele Einwohner.

Dreimal so viele Einwohner. Ich fand Chicago ja schon unglaublich überfüllt und wollte mir gar nicht ausmalen, wie es in Südkoreas Hauptstadt aussah.

Ich: Ich glaube, dann bin ich fast froh, dass wir nach Chicago gezogen sind und nicht nach Seoul.
Jae-yong: Ich weiß, was du meinst. Die grauen Hochhäuser, die Menschenmassen.
Jae-yong: Aber es ist trotzdem … besonders? Ich habe einige Erinnerungen an Seoul, die mir viel bedeuten, andere, die ich lieber vergessen wollen würde. Ich glaube, mich hat eine Stadt noch nie so fasziniert und gespalten wie sie.
Ich: Bist du in Seoul geboren?
Jae-yong: Nein, in Busan. Eine Hafenstadt an der östlichen Küste. Man kann von dort aus ziemlich schnell nach Japan übersetzen.
Ich: (Ich hab mich jetzt mit Google Maps ausgerüstet, damit ich dir folgen kann.)
Ich: Und warum bist du dann nach Seoul gezogen?
Jae-yong: Wegen meiner Arbeit.
Ich: Und wie hat es dich dann nach Chicago verschlagen?
Jae-yong: Ebenfalls wegen meiner Arbeit.
Ich: Das ist ziemlich mutig. Ans andere Ende der Welt zu ziehen, meine ich.

Es schien mir unvorstellbar schwierig, so weit von zu Hause weg zu sein. Ich rieb mir über meine müden Augen, während ich auf die Antwort wartete. Das stundenlange Lesen und jetzt das Aufs-Handy-Starren forderten ihren Tribut, wie es schien.

Ich wartete eine ganze Weile, aber als er nach fünfzehn Minuten immer noch nicht geantwortet hatte, ging ich davon aus, dass er eingeschlafen war, und sperrte den Bildschirm an meinem Handy. Es fiel nur knapp an meinem Kopf vorbei, als es mir aus der Hand rutschte. Ich machte mir nicht die Mühe, es zwischen meinen Kissen hervorzukramen, sondern drehte mich auf die Seite und zog mir die Decke bis hoch unters Kinn.

Der Mond warf ein sanftes Licht in mein Zimmer. Ich beobachtete, wie der transparente Vorhang, den ich vor dem Fenster zugezogen hatte, sich mit jedem Windzug aufbauschte. Meine Augen brannten mittlerweile unheimlich vor Müdigkeit, aber mein Kopf arbeitete noch auf Hochtouren. Vermutlich würde es meine Gedanken beruhigen, ein wenig zu zeichnen. Aber unter meinem Kokon hervorkriechen, um mir meine Zeichenutensilien zu holen …

Ich zog die Decke noch etwas höher, bis über die Nase. Dann schloss ich meine Augen und stellte mir vor, was ich zeichnen würde. Ich sah sanfte Bleistiftlinien vor mir, die zu einem Umriss wurden. Eine Nase, die ein ganz klein wenig zu groß für das Gesicht war. Hohe Wangenknochen. Augen, die von dunklen Wimpern umrahmt wurden. Und irgendwo zwischen schwarzen Haaren und vollen Lippen, die länger als nötig meine Aufmerksamkeit auf sich zogen, schlief ich dann doch ein.

8. KAPITEL

Drei Stunden später von meinem Wecker unsanft aus dem Schlaf gerissen zu werden, war in etwa so wundervoll, wie es sich anhörte. Allein, mich aus dem Bett zu quälen und über den Flur ins Badezimmer zu schlurfen, dauerte zwanzig Minuten. Zwanzig Minuten, in denen ich mit mir kämpfte, nicht rückwärts wieder in die weichen Kissen zu fallen. Ich legte die Strecke mit halb geschlossenen Augen zurück und wagte erst einen Blick in den Spiegel, nachdem ich mir das Gesicht mit kaltem Wasser gewaschen hatte.

Meine Augen waren geschwollen und im seitlich einfallenden Tageslicht wirkten die Ringe darunter tatsächlich beinahe wie die eines Pandas. Meine Haut, die schon an normalen Tagen blass war, wirkte noch bleicher und ein wenig kränklich. Trotzdem … war da dieses warme Kribbeln in meinem Bauch, wenn ich an die Unterhaltung mit Jae-yong gestern dachte.

Ich schlug mir ein paarmal mit den Handflächen auf die Wangen – einerseits, damit sie nicht mehr so fahl wirkten, andererseits, um das Lächeln auf meinem Gesicht zu vertreiben, das einfach nicht verschwinden wollte. Dann ging ich zurück in mein Zimmer und tauschte meinen Schlafanzug gegen eine Jeans und ein weißes Shirt.

Mein Blick glitt sehnsüchtig zu den weichen Kissen, die in einem wilden Durcheinander einladend auf meinem Bett platziert waren. Mel fragte sich immer, warum es mich beim Schlafen nicht störte, unzählige Kissen überall im Bett liegen zu haben – sogar am Fußende war eins, das ich irgendwann in der Nacht nach unten getreten haben musste. Ich hingegen fragte mich, wie sie es mit nur einem Kissen bequem finden konnte.

Ich wandte dieser Verlockung von einem Kissenberg den Rücken zu und öffnete die Tür, als ich es aus der Küche scheppern hörte. Ich zuckte zusammen und griff mir an die Schläfe. Laute Geräusche sollte ich heute zu meinem eigenen Wohl lieber meiden. In der Küche begrüßte Liv mich mit einem riesigen Haufen Pancakes. Ich musste ein zweites Mal hinsehen, um es wirklich zu glauben. Liv war freiwillig früher aufgestanden, um Frühstück zu machen?

»Alles in Ordnung?«

Sie stellte Ahornsirup in die Mitte des Tisches, goss sich Milch in eine Tasse und setzte sich.

»Unser Lehrer ist krank, deswegen fallen die ersten zwei Stunden aus. Und ich konnte nicht mehr einschlafen, deswegen hab ich gedacht, ich tu uns beiden was Gutes. Sieht aus, als könntest du das heute gebrauchen.«

Ich ließ mich auf den Stuhl ihr gegenüber fallen und stützte meinen Kopf auf einer Hand ab. Ihn aufrechtzuhalten war anstrengender, als man meinen sollte.

Liv beobachtete mich dabei, wie ich einen der Pancakes

mit der Gabel auf meinen Teller zog, und reichte mir den Ahornsirup.

»Geht es *dir* gut?«, fragte sie, als ich zum wiederholten Male hinter vorgehaltener Hand gähnte.

»Blendend.«

»Konntest du nicht schlafen?«

Ich trennte ein Stück von dem fluffigen süßen Teil ab und spießte es mit der Gabel auf. »Kann man so sagen. Ich hab beim Lesen die Zeit vergessen.«

Ich musste nicht aufsehen, um Livs Augenrollen zu bemerken. Für eine Reaktion von mir reichten meine Energiereserven heute allerdings nicht. Wenn ich es durch den Tag schaffte, ohne mitten in der Vorlesung mit dem Kopf auf die Tischplatte zu knallen, konnte ich froh sein.

»Hat Mel dir geschrieben, wann sie am Freitag wiederkommt?«, fragte ich, nachdem ich den Pancake aufgegessen und mit Orangensaft nachgespült hatte.

Liv war gerade dabei, ihr Glas Milch in einem Zug zu leeren, setzte es ab, wischte sich mit dem Handrücken über den Mund und zog ihr Handy aus der Hosentasche. »Sie hat geschrieben, dass sie vermutlich nicht vor neunzehn Uhr hier auftauchen wird. Und dass Mrs Elliot sie angerufen hat.«

»Was wollte sie?« Ich schob den Teller von mir. Übermüdung sorgte immer dafür, dass mein Magen Essen nur mit viel Grummeln annahm. Ein bisschen kam ich mir vor, als hätte ich einen Kater – nur ohne den vorherigen Alkoholkonsum.

»›Mrs Elliot hat sich einen Computer zugelegt, weil sie

von ihren Bekannten von Pinterest und Online-Schachkursen erfahren hat‹«, las sie vor.

Ich hatte mich verhört, oder? »Sie hat sich einen Computer gekauft, um Schach zu spielen und sich Bilder anzugucken?«

Liv zuckte die Schultern. »Du kennst sie doch. Sie will jung bleiben.«

»Und weshalb hat sie Mel angerufen?«

Sie hielt mir das Handy unter die Nase, damit ich die Nachricht selbst lesen konnte, und schob sich ein Stück Pancake in den Mund.

Mel: Sie hat nichts weiter gesagt, aber so, wie sie klang, überfordert sie der Computer jetzt schon. Würdet ihr heute mal schauen, ob sie Hilfe gebrauchen kann?

Stöhnend lehnte ich mich im Stuhl zurück. »Mrs Elliot ist toll, ehrlich. Aber älteren Leuten Technologie zu erklären, fordert Geduld, die ich heute nicht aufbringen kann.«

»Aber wie sie ihr Smartphone bedient, könnte man denken, sie wäre mit dem Gerät in der Hand aufgewachsen«, warf Liv ein und strich sich ihre Haare aus der Stirn. »Vielleicht ist es gar nicht so schlimm.«

»Du musstest ihr ja auch nicht erklären, dass nicht jede Pop-up-Benachrichtigung gleich ein Virus ist, der das gesamte Internet zerstört.«

»Und vermutlich«, begann Liv zaghaft, »werde ich das diesmal auch nicht müssen.«

Ich kniff die Augen zusammen. »Weil …?«

Ihre Hände schienen plötzlich unglaublich interessant

geworden zu sein. »Ich geh von der Schule direkt zu Lisa. Wir müssen morgen eine Hausarbeit abgeben, die … noch nicht ganz fertig ist.«

»Wie unfertig ist sie denn?« Ich sah Liv dabei zu, wie sie aufstand, unsere Teller übereinanderstapelte und neben den Abwasch stellte.

»Wir haben ein schwieriges Thema«, war ihre ausweichende Antwort.

Ich hob skeptisch eine Augenbraue.

»Und eine Überschrift«, gab sie schließlich zu.

Ein Lachen wollte aus mir hervorbrechen, aber ich unterdrückte es und setzte einen ernsten Gesichtsausdruck auf. »Wie lange habt ihr das Thema schon?«

»So ein bis zwei … Monate?«

Sie zog die Stimme am Ende so arg in die Höhe, dass es als Piepsen herauskam. Das Lachen, das sich in meinem Brustkorb angestaut hatte, bahnte sich einen Weg ins Freie. Allerdings hielt es nicht lange an. Meine Schläfen pochten zu stark. Ich rieb mir über die Augen und zog es beinahe in Erwägung, die Vorlesungen heute zu schwänzen. Nur war meine Freizeit bereits begrenzt genug – ich wollte zwischen der Arbeit und den nächsten Vorlesungen nicht sechs Stunden Lernstoff nachholen müssen.

Liv räumte den Ahornsirup in den Schrank und verstaute die restlichen Pancakes im Kühlschrank. Von der Masse, die sie gebacken hatte, konnten wir vermutlich noch die nächsten drei Tage leben.

»Übernachtest du bei ihr?«, fragte ich und stand ebenfalls auf. Ein Blick auf die Uhr zeigte mir, dass ich langsam losmusste, wenn ich pünktlich zur ersten Vorlesung da sein wollte.

»Ja, ich geh morgen von Lisa aus zur Schule.« Mit einem Nicken deutete sie auf einen voll gepackten Rucksack, der im Wohnzimmer am Sofa lehnte. »Ich hab alles dabei, also keine Sorge. Mein Handy ist immer an und wenn was ist, hab ich alle Nummern im Kopf«, ratterte sie herunter, als hätte sie den Text auswendig gelernt.

»Ich mach mir bei dir keine Sorgen, Liv.« Liv war wesentlich verantwortungsbewusster als ich in ihrem Alter. Ich konnte nur hoffen, dass sie bei all dem Großwerden nicht vergaß, auch mal Teenager zu sein.

Sie schenkte mir eins ihrer Grübchen-Lächeln, die sich nie veränderten, egal wie alt sie war. Dann sagte sie mit gespielter Autorität in der Stimme: »Jetzt geh endlich, Ella. Sonst fährt der Bus ohne dich.«

Ich salutierte halbherzig, ehe ich mich auf den Weg in mein Zimmer machte, mir meinen Rucksack schnappte und mit einem »Bis morgen« an Liv zur Wohnungstür raus war.

Den Bus verpasste ich trotzdem.

Statt auf den nächsten Bus zu warten, nahm ich die Bahn ein paar Blöcke weiter und ließ mir, in der Uni angekommen, Zeit, bis die erste Vorlesung vorbei war. Auf dem Weg kaufte ich mir einen Kaffee, um zumindest halbwegs aufnahmefähig zu sein, und stieß dabei sogar auf Matt, der die gleiche Idee hatte. Wir sprachen nicht viel, während wir zu unserer Vorlesung gingen. Ich, weil meine Gedanken zu träge waren, bei Matt war ich mir nicht sicher. Er sah ähnlich erholt aus wie ich, weswegen wir uns im Vorlesungssaal hinten in die Ecke setzten.

Ich nahm während der Vorlesung alle paar Minuten einen Schluck und verzog jedes Mal den Mund wegen des bitteren Geschmacks. Die Dozentin führte währenddessen ihren Monolog zum Thema *International Business Law* in einer Tonlage fort, die einschläfernder wirkte als alle Entspannungsübungen, die ich je ausprobiert hatte. Matt neben mir blinzelte unserer Dozentin ebenfalls nur träge entgegen, und ich rechnete jeden Moment damit, dass er einschlafen würde.

Nach vierzig Minuten gab ich es auf, der Vorlesung folgen zu wollen. Ich konnte meine Augen kaum offen halten. Vermutlich hätte ich sie hier auch einfach für eine Weile schließen können, aber meine Angst, beim Schlafen erwischt zu werden, war zu groß. Stattdessen zog ich mein Handy aus der Brusttasche meiner dünnen Jacke und tippte eine Nachricht.

Ich: Mein Zombie-Ich schickt Grüße aus dem Reich der lebenden Toten.

Die neunzig Minuten waren beinahe um, ehe das Handy neben meinem Notizblock aufleuchtete.

Jae-yong: So schlimm?
Ich: Bei dir nicht?
Jae-yong: Es geht.
Ich: Bitte erzähl mir dein Geheimnis.
Jae-yong: Tipp der Navy Seals: Keep moving.

Ich: Während der Vorlesung ein wenig ungünstig.
Jae-yong: Was studierst du?
Ich: International Management. Es ist fast genauso öde, wie es sich anhört.
Jae-yong: Und trotzdem studierst du es.

Ich sah beinahe vor mir, wie er den Kopf schief legte, die Stirn leicht gerunzelt. Wie seine dunklen Haare ihm widerspenstig in die Augen fielen, während er auf meine Antwort wartete.

Ich: Es ist … eine längere Geschichte.
Jae-yong: Ich habe nicht vor, in nächster Zeit wegzulaufen.
Ich: Das würde sich wahrscheinlich auch als ziemlich schwierig herausstellen. Wenn man bedenkt, dass ich es so oder so durchs Handy nicht mitbekommen würde.

Keine Antwort. Ich schickte eine weitere Nachricht hinterher.

Ich: Können wir uns das Thema für später aufheben?

Auch daraufhin schrieb er nicht zurück.

Die Dozentin beendete ihren monotonen Vortrag, und ich konnte mich nicht ganz entscheiden, ob ich mich freute, dass es vorbei war, oder ob ich weinen sollte, weil das Gleiche noch einmal anstand, bevor ich überhaupt daran denken konnte, nach Hause zu gehen.

Dass weder Erin noch Jae-yong in den darauffolgenden Stunden antworteten, half ebenfalls nicht. In meinem Kaffeebecher war nur noch eine bereits erkaltete und damit völlig ungenießbare Pfütze.

Der Tag verging quälend langsam – dafür war das Ende umso süßer. Ich stieß einen tiefen Seufzer aus, als ich endlich im Bus saß. Das stetige Rütteln und die Motorengeräusche machten mich schläfrig, während wir an den unzähligen Hochhäusern vorbeifuhren. Meine Augen fielen wie von selbst zu. Ich konnte mir das befriedigende Gefühl beinahe ausmalen, das ich spüren würde, sobald ich auf meiner weichen Matratze lag und schlafen konnte.

9. KAPITEL

Allerdings würde das erst mal ein weit entfernter Traum bleiben. Eigentlich hatte ich vor, auf direktem Weg in mein Zimmer zu gehen und unter meine Bettdecke zu kriechen. Aber als ich gerade ein Glas von Livs geliebter Cola trank, fiel mir Mels Bitte ein. Ich hatte das brennende Bedürfnis, wie ein Kleinkind zu quengeln.

Dreißig Minuten. Mehr braucht es nicht, Ella. Du richtest ihren Computer ein und dann kannst du dich in deinem Zimmer einschließen und bis morgen in deinem Bett leben.

Ich trank einen weiteren Schluck Cola und stellte das Glas in den Abwasch. Die wenigen Meter bis zu Mrs Elliots Wohnung legte ich schneller zurück, als mir lieb war. Dort angekommen, drückte ich auf die Klingel und wartete. Manchmal brauchte sie etwas, bis sie realisierte, dass jemand an ihrer Tür stand.

Mrs Elliot war eigentlich eine nette, ältere Dame, die sich mit einer Katze namens Petra und einer Menge Kochbüchern ihre Wohnung teilte. Schwierig wurde es, wenn sie versuchte, um es mit Livs Worten zu sagen, »im Geiste jung zu bleiben« und die Trends jüngerer Generationen aufzugreifen.

Anscheinend fühlte sie sich in letzter Zeit mit ihrer jüngeren Persona wohler. Denn als sie die Tür endlich öffnete, leuchteten mir als Erstes ihre blau gefärbten Haare entgegen. Sie waren kinnlang und auf eine Weise gelockt, die überraschend professionell aussah. Sie trug eine Jeanshose und einen engen Rollkragen-Pulli, der in allen Farben des Regenbogens gestreift war. Ihre Socken waren in ähnlichen Farbtönen gemustert. Schuhe hatte sie keine an.

Sie hatte einmal erzählt, dass sie mit ihrer Kleiderwahl als knapp Sechzigjährige regelmäßig einige Blicke erntete. Aber es stand ihr, und hätte ich diese Klamotten in einem Laden gesehen, wären sie vielleicht auch in meinem Einkaufskorb gelandet. Ich hoffte nur, dass der *junge Geist* auch dafür sorgte, dass sie den Umgang mit Computern schnellstmöglich verinnerlichte.

»Hey, Mrs Elliot«, begrüßte ich sie mit einem Lächeln. Dass sie von uns trotzdem mit ihrem Nachnamen angesprochen werden wollte, hinterfragte ich schon länger nicht mehr.

»Hallo, Ella.« Ihre Stimme war rau und überraschend tief für eine so zierliche Frau, wie sie es war. »Brauchst du etwas?«

»Melanie hat erzählt, dass Sie einen neuen Computer haben. Ich wollte fragen, ob Sie vielleicht Hilfe gebrauchen können«, kam ich direkt zum Punkt.

Ihre blauen Augen begannen augenblicklich zu funkeln. »Oh, wie lieb von dir. Ein paar Fragen hätte ich tatsächlich, vielleicht kannst du sie mir ja beantworten …« Sie wandte sich um und verschwand in der Wohnung. Ich sah es als Aufforderung, ihr zu folgen, und schloss die Tür hinter mir.

Ihre Wohnung war ein skurriler Mix ihrer beiden Persönlichkeiten. Im Wohnzimmer standen, an der gleichen Wand wie bei uns, ein riesiger Flachbildfernseher und eine Regalwand mit sämtlichen Film- und Serien-DVDs, die in den letzten Jahren erschienen waren. Die Auswahl reichte von der neuen *Jumanji*-Verfilmung mit The Rock bis hin zu Serien wie *Once Upon a Time* und *Outlander*. Rechts neben dem Regal befand sich der Kratzbaum ihrer Katze und daneben eine Zimmerpalme, die beinahe bis zur Decke reichte. Im Gegensatz dazu war ihre Couch vermutlich beinahe so alt wie sie, aus abgewetztem Leder und alles andere als bequem. Der dunkelrote Teppich davor wertete das Bild auch nicht sonderlich auf. Abgerundet wurde das Ganze mit unzähligen Schwarz-Weiß-Fotografien, die in dunklen Holzrahmen an den Wänden hingen.

Ich schenkte den Gegensätzen gar nicht erst meine Aufmerksamkeit. Nein, mein Blick fokussierte direkt den großen Computerbildschirm, der auf einem Mahagoni-Schreibtisch unter den Fenstern stand. Meine Augen fielen mir beinahe aus dem Kopf, als ich den angebissenen Apfel am unteren Rand des Bildschirms erkannte.

»Sie haben sich einen Apple-Computer geholt?«, stieß ich ungläubig hervor.

Mrs Elliot zog nur wenig begeistert eine Augenbraue nach oben. »Der Verkäufer sagte, es sei ein sehr gutes Gerät.«

»Der Verkäufer hat das gesagt …«, murmelte ich vor mich hin. Mein Wissen im technischen Bereich war zwar begrenzt, aber mir war auch so klar, dass es nach oben hin keine Grenzen gab. Der Monitor allein hatte vermutlich mindestens eintausend Dollar gekostet. Für ihren ersten Computer überhaupt! Der mehr Geld kostete, als ich in meinem Leben jemals auf einmal gesehen hatte.

Durchatmen, Ella.

Ich nahm einen tiefen Atemzug, um mich zu beruhigen. Mrs Elliot war, solange ich sie kannte, immer sehr freigiebig gewesen. Ich sollte nicht überrascht sein, dass sie auch diesmal nicht mit ihrem Geld gespart hatte.

Nachdem ich mich aus meiner Schockstarre befreit hatte, wandte ich mich ihr zu. »Wie kann ich helfen?«

Eine Stunde später war ich bereit, mit dem Kopf voran aus dem Fenster zu springen, um den Fragen zu entkommen. Ich wusste, dass Mrs Elliot nichts dafür konnte – anders als Mel, Liv und ich war sie nicht damit aufgewachsen. Trotzdem hing meine Geduld an einem seidenen Faden, und die Frustration wuchs munter weiter.

»Und womit schreibe ich jetzt die Emils?«

»E-Mails«, korrigierte ich sie. »Dafür gehen Sie einfach ins Internet, geben den Seitennamen in der Suchleiste ein und melden sich in Ihrem Konto an.«

Sie deutete auf das Chatsymbol. »Damit komm ich ins Internet, richtig?«

»Nein, mit dem hier«, sagte ich und zeigte auf das Icon, das wie ein blauer Kompass aussah.

»Ach, richtig.« Sie nickte und schob sich die Brille auf der Nase zurecht, die sie sich irgendwann in der letzten halben Stunde aufgesetzt hatte. »Auf dem Smartphone sieht es anders aus.«

»Ja, weil …« Ich unterbrach mich, bevor ich anfing, von Betriebssystemen zu reden. Das würde nur zu viele neue Fragen aufwerfen. Mrs Elliot bekam es ohnehin nicht mit. Sie war bereits vollkommen in Pinterest vertieft und scrollte sich durch alle möglichen Bilder, die ihr vorgeschlagen wurden. Allein, das zu erklären und ein Konto zu erstellen, hatte mich ein Jahr meiner Lebenszeit gekostet.

»Wenn Sie erst mal zurechtkommen, würde ich wieder rübergehen«, sagte ich leise und richtete mich aus meiner vorgebeugten Position auf. Mein Rücken knackte dabei, als wäre ich die Sechzigjährige, nicht Mrs Elliot.

»Danke, Liebes«, sagte sie kurz angebunden, bevor ihre Augen wieder am Bildschirm klebten.

Ich ging zurück in unsere Wohnung und schaute auf mein Handy. Es zeigte drei ungelesene Nachrichten – eine von Erin und zwei von Jae-yong. Ich öffnete Erins zuerst.

Erin: Erinnere mich daran, nie wieder bei gefühlten 50 °C im Schatten etwas anderes zu machen, als am Strand zu liegen, und jegliche körperlichen Aktivitäten zu vermeiden.

Ich: Done. Aber nur, wenn wir zusammen an dem Strand liegen.

Erin: Alles andere würde ich auch gar nicht akzeptieren. ♥

Mit einem Grinsen schloss ich den Chat. Ich nahm mir eine Scheibe Käse aus dem Kühlschrank, die ich auf dem Weg in mein Zimmer aß. Dort angekommen, trat ich mir die Schuhe von den Füßen und ließ mich rückwärts aufs Bett fallen.

Endlich.

Ich rollte mich auf den Bauch, schlang die Arme um das Kissen, das mir am nächsten lag, und widmete mich den anderen ungelesenen Nachrichten.

Die erste war ein Bild. Darauf zu sehen waren zwei überkreuzte Beine in einer schwarz-weiß gestreiften Hose, die verdächtig nach einer Schlafanzughose aussah. Aber was viel wichtiger war: Auf Jae-yongs Schoß saß eine graue Britisch-Kurzhaar-Katze, die so ziemlich das niedlichste Wesen war, was ich jemals gesehen hatte.

Jae-yong: Sag Hallo zu meiner besten Freundin.
Ich: Du hast eine Katze und sie mir bis jetzt vorenthalten??
Ich: Das ist ein großer Vertrauensbruch. Wenn man neue Leute kennenlernt, stellt man erst seine Haustiere vor, dann sich selbst.
Jae-yong: Ich hab sie lange nicht gesehen. Wenn ich unterwegs bin, passen meine Eltern meistens auf sie auf.
Ich: Bist du oft unterwegs?
Jae-yong: Mehr, als mir lieb ist, ja.

Wenn er in der gleichen Branche wie Mel arbeitete, wunderte es mich nicht, dass er ständig reisen musste. Das war auf Dauer anstrengend – ich sah es an meiner Schwester.

Ich: Beim nächsten Mal sagst du Bescheid
Ich: Dann schicke ich dir ein Überlebenspaket mit so viel

Süßkram, dass dir im Zuckerwahn gar nicht auffallen wird, dass du nicht zu Hause bist.

Jae-yong: Selbst gebacken?

Ich: Das kommt darauf an, wie lieb du zu mir bist.

Jae-yong: Oh, Ella

Jae-yong: Du kannst so etwas nicht sagen und erwarten, dass ich mich bei meiner Antwort zurückhalte.

Ich biss mir auf die Unterlippe und vergrub mein Gesicht mit einem albernen Grinsen im Kissen. Hitze schoss durch meinen Körper. Ich hatte das starke Bedürfnis, wie ein verknallter Teenager mit den Beinen zu strampeln, konnte mich aber gerade noch beherrschen.

Ich: Was möchtest du denn darauf antworten?

Jae-yong: Das verrate ich dir, wenn wir uns wiedersehen.

Wir schrieben noch eine Weile hin und her, bis meine Augen mit jedem Blinzeln länger geschlossen blieben und ich schließlich einschlief. Samt Klamotten und meinem Handy fest umklammert in der Hand.

10. KAPITEL

»Ella.«

»Ella.«

»Ellaaaaaa.«

»Hm, was?« Ruckartig hob ich meinen Kopf. Liv sah mich mit zusammengekniffenen Augen von der anderen Seite der Couch an, offensichtlich alles andere als amüsiert von dem Film, der gerade lief.

»Ich weiß ja, dass du Bücher liebst. Aber die ganze Zeit mit deinem Scheitel zu sprechen, ist weniger unterhaltsam, als es jetzt vielleicht klingt«, sagte sie. »Außerdem läuft gerade *Aladdin,* und ich kann nicht glauben, dass du es fertigbringst, das zu ignorieren.«

Ehrlich gesagt war mir nicht einmal aufgefallen, dass sie den Sender in den letzten dreißig Minuten gewechselt hatte. Der Film war bereits in vollem Gange. Aladdin gab sich als Prinz Ali aus und versuchte, Jasmins Herz zu erobern. Unter normalen Umständen hätte ich wie gebannt auf den Fernseher gestarrt – *Aladdin* war nicht umsonst einer meiner Lieblingsfilme.

Allerdings … hatte ich mir gestern den dritten *Harry-Potter*-Band zugelegt. Und meine Selbstbeherrschung war noch nie sonderlich gut gewesen.

»Entschuldige.« Ich klappte das Buch mit einigem Widerwillen zu, ließ es aber auf meinem Schoß liegen. »Ich bin bereit für den Filmeabend.«

Liv zog ihre blonden Augenbrauen in die Höhe. »Gut, dass du nach zwei beendeten Filmen endlich bereit bist.«

»*Aladdin* ist noch gar nicht zu Ende«, gab ich zurück und verschränkte die Arme vor der Brust.

»Ja«, sagte Liv langsam. »Aber *Baby Driver* und *Hüter des Lichts* dafür schon.«

»Wir … Wann haben wir denn *Baby Driver* geschaut?«, fragte ich kleinlaut.

Liv legte den Kopf schief und machte ein nachdenkliches Gesicht. »Irgendwo zwischen dem ersten Drittel des Buches und der Dreiviertelstunde, in der du dein Handy durchgehend angegrinst hast.«

Mit eingezogenem Kopf ließ ich mich tiefer in die Kissen sinken. »Entschuldige«, murmelte ich.

Ich hatte mit Jae-yong geschrieben. Wenig verwunderlich – in der vergangenen Woche hatte es kaum einen Tag gegeben, an dem ich nicht mit ihm gechattet hatte. Es war … so unkompliziert. Ich hatte nie das Gefühl, mich erklären zu müssen. Auch wenn er manchmal zu den merkwürdigsten Uhrzeiten antwortete.

Livs Pferdeschwanz hüpfte hin und her, als sie den Kopf schüttelte und übermäßig dramatisch seufzte. »Es wird höchste Zeit, dass Erin wiederkommt und dich unter echte Menschen bringt.«

Beim ersten Teil stimmte ich ihr zu. Allerdings übersah Liv einen wichtigen Punkt. »Dass Erins Wohnung quasi nur aus Büchern bestanden hat, weißt du aber noch, oder?«

Einen Augenblick starrte sie mich schweigend an. Dann zwickte sie sich mit Daumen und Zeigefinger in den Nasenrücken. »Keine Ahnung, welche Abfahrt mein Hirn gerade genommen hat. Aber ja, ich erinnere mich.« Sie ließ die Hand sinken. »Wie geht's ihr in Australien?«

»Ich hab sie noch nie unbeschwerter erlebt«, antwortete ich. War das Wehmut, die sich in meine Stimme geschlichen hatte? Eventuell. Ich konnte es nicht recht zuordnen. In letzter Zeit überkam mich ab und an das Gefühl, dass Erin vorwärtslief, während ich mich wieder und wieder im Kreis drehte. Es war alles andere als ein angenehmes Gefühl, und ich versuchte, es die meiste Zeit über so gut wie möglich zu ignorieren.

»Sag mal«, Liv winkelte ihr rechtes Bein an, zog es an ihren Oberkörper und schlang beide Arme darum, »aus welchem Grund bist du eigentlich hiergeblieben? Hattet ihr nicht früher immer davon gesprochen, die Welt zusammen zu bereisen?« Mit dem Kinn auf ihr Knie gebettet, schaute sie mich stirnrunzelnd an.

Fahrig strich ich mir eine Haarsträhne hinters Ohr. »Schon. Aber Erin wollte sofort fahren, und ich wollte erst studieren, also …«

Das Klingeln von Livs Handy rettete mich, bevor sie weiter nachhaken konnte. Ich seufzte erleichtert auf. Das war wirklich kein Thema, das ich mit ihr in diesem Augenblick besprechen wollte – ich wusste ja selbst kaum, wie ich es erklären sollte.

Liv beugte sich über die Couchlehne und angelte nach ihrem Handy. Mit einem »Was gibt's?« meldete sie sich, sprang auf und verschwand in der Küche. Sie wirkte alles andere als glücklich.

Es dauerte keine drei Minuten, bis sie zurückkam und sich neben mich fallen ließ. Ihr Gesichtsausdruck sprach Bände.

Ich griff nach der Fernbedienung und stellte die Lautstärke etwas leiser. »Was ist los?«

»Melanie schafft es nicht zu meiner Aufführung«.

»Von deiner Tanzgruppe?«

Sie nickte, die Augen auf den stummen Fernseher geheftet. »Genau die.«

Liv war der Gruppe vor ein oder zwei Jahren beigetreten. Ich konnte an einer Hand abzählen, wie oft ich sie bisher zu einer Aufführung oder Probe begleitet hatte. Irgendetwas kam immer dazwischen. Und wenn wir zusammen Zeit verbrachten, kam ihr Tanztraining so gut wie nie zur Sprache. Es war ganz einfach ein Teil von ihr. Das Tanzen. Die Musik. Sie hatte es geliebt, als sie noch klein gewesen war. Und seitdem wir drei in dieser Konstellation zusammenlebten, hatte sich ihre Liebe dazu noch um ein Vielfaches verstärkt.

»Ich kann kommen.« Es war eine spontane Idee. Ich musste morgen nicht arbeiten, meine letzte Vorlesung endete um vierzehn Uhr – und dass ich Liv endlich einmal in ihrem Element zu sehen bekam, war längst überfällig.

Sofort schoss ihr Blick zu mir. »Ehrlich?« Ihre Augen glitzerten vor Freude, und ich bekam beinahe ein schlechtes Gewissen, dass mir diese Idee erst jetzt kam. Warum ich das nicht früher vorgeschlagen hatte, wusste ich selbst nicht.

»Ehrlich.«

Sie kaute nachdenklich auf ihrer Unterlippe und beugte sich zu mir rüber. »In der Nähe gibt es einen Cupcake-Laden«, flüsterte sie beinahe, »von dem alle in der Schule schwärmen. Meinst du …« Sie ließ den Satz unbeendet in der Luft hängen und schaute mich hoffnungsvoll mit ihren großen Augen an.

»Ich glaube, das schreit geradezu danach, dass ich mein geheimes Geldversteck für Cupcake-Notfälle plündere«, erwiderte ich. Hieß: mein angespartes Geld für die Lehrbücher, die ich die nächsten Jahre fürs Studium brauchen würde. Aber Livs Gesichtsausdruck war es allemal wert, ein paar Dollar davon anderweitig auszugeben. Zumal ich auch nichts gegen einen süßen, fluffigen Cupcake mit buntem Topping hatte. Der Gedanke daran reichte, dass meine Vorfreude auf morgen um das Zehnfache stieg.

Liv hüpfte auf der Couch auf und ab. »Ich hoffe, dir gefällt unsere Aufführung.«

»Wenn du dabei bist? Ganz bestimmt.«

Auf ihr Augenrollen hin antwortete ich nur mit einem Grinsen.

»Als meine Schwester musst du so etwas ja sagen.«

»Ich kann mich nicht erinnern, bei deiner Geburt einen Vertrag unterschrieben zu haben«, dachte ich laut nach. »Aber vielleicht war es das Ding, auf das ich meinen Fingerabdruck mit Blut draufdrücken sollte.«

Ein leichter Boxer von Liv gegen meinen Oberarm, und im nächsten Augenblick brachen wir beide in Gelächter aus.

Liv fiel zurück an die Sofalehne, als wir uns endlich beruhigt hatten. Sie pustete sich Strähnen aus den Augen, die sich aus ihrem Pferdeschwanz gelöst hatten.

»Ich freu mich, dass du mitkommst«, sagte sie leise in die Stille. Keiner von uns hatte die Lautstärke des Fernsehers in der Zwischenzeit wieder erhöht. In Livs Stimme schwang nur vorsichtige Freude mit. So als könnte ich mich jede Sekunde umentscheiden. Und … es tat überraschend weh. Offenbar hatte ich in letzter Zeit so wenig Interesse an ihrem Hobby gezeigt, dass sie es gar nicht wirklich glauben wollte, wenn ich es doch tat.

Ab und an war ich so versunken in meiner eigenen Welt, dass ich Dinge, die um mich herum passierten, kaum wahrnahm. Etwas, woran ich unbedingt arbeiten wollte. Mich weniger in meinen Kopf zurückziehen und dafür präsent im Hier und Jetzt sein.

11. KAPITEL

Keine Ahnung, was ich erwartet hatte. Allerdings nicht, dass Liv und ihre Gruppe in einer belebten Einkaufsstraße auftreten würden. Sie hatten sich einen Platz direkt zwischen einer Fastfoodkette und einem Bekleidungsgeschäft ausgesucht. Am Himmel war keine Wolke zu sehen. Die Sonne knallte förmlich auf den Boden.

Wir hatten uns vor fünfzehn Minuten getrennt, nachdem wir auf Livs Freunde getroffen waren. Es war alles ziemlich schnell gegangen. Liv hatte mir nur ein »Warte hier!« zurufen können, bevor sie von den anderen mitgezogen und in der Masse der Passanten untergegangen war.

Ich hatte mir beim Warten einige Schaufenster angeschaut und einem Kleinkind zugesehen, das versucht hatte, eine Taube mit bloßen Händen zu fangen. Ein paar Leute hatten mich in ihrem Shoppingwahn angerempelt, andere liefen in einem großen Bogen um mich. Ich hatte auch Jae-yong geschrieben – weil es sich normal anfühlte, ihm mitzuteilen, womit ich gerade beschäftigt war. Eine Antwort war bisher noch nicht zurückgekommen.

Nach einer Viertelstunde hielt ich mein Handy in der Hand und wollte Liv gerade anrufen und nachfragen, ob die Aufführung doch woanders stattfand, als ich die Gruppe ein paar Meter entfernt stehen sah. Liv trug ein pastellrosa Shirt, das ihr zu groß war, und dazu eine helle Jeanshose. Ihre Haare lockten sich offen um ihr Gesicht. Die anderen Jungs und Mädchen hatten sich ähnlich gekleidet. Helle, sanfte Farben. Offene Haare. Weite Kleidung.

Sie standen in einem lockeren Halbkreis um einen Jungen, der ein helles Shirt trug, das seine dunkle Haut betonte. Er hielt eine teuer aussehende Kamera in seinen Händen und schien ein paar letzte Dinge mit der Gruppe zu besprechen. Alle nickten einvernehmlich, dann klatschte einer der anderen Jungs in die Hände und deutete auf einen Punkt ein paar Meter rechts von ihnen, der etwas mehr Freiraum bot.

Langsam ging ich der Gruppe hinterher. Hier und da waren bereits Leute stehen geblieben und warteten darauf, dass die Aufführung begann. Liv und ihre Freunde hockten sich in einer V-Formation auf den Boden, die Köpfe gesenkt.

Der Junge mit der Kamera entfernte sich von der Gruppe, stellte sich zu einem Mädchen, das im Schneidersitz neben einer Musikanlage saß, und schaltete die Kamera ein. Er gab dem Mädchen mit einem Nicken zu verstehen, dass er bereit war, und im nächsten Moment erklangen die ersten Töne.

Die Tänzer drückten sich langsam vom Boden hoch. Nur Liv blieb sitzen, streckte die Beine aus und hob die Arme in die Höhe, als würde sie nach dem Himmel greifen. Die anderen kehrten ihr den Rücken zu und ließen sie in der Mitte der Tanzfläche allein. Im nächsten Moment begann sie zu tanzen … Ich hatte Mühe, diese Person mit meiner kleinen Schwester in Verbindung zu bringen. Sie bewegte sich so selbstbewusst und leicht, als würde sie die Musik auf einer ganz anderen Ebene spüren als der Rest von uns.

Aber nicht nur Liv faszinierte mich – die ganze Gruppe war bis hin zu den Fingerspitzen synchron. Jede Bewegung, jeder Schritt unterstrich die melancholischen Klänge der Musik auf eine Weise, die mir den Atem raubte. Auch die anderen Zuschauer schienen daran nicht einfach vorbeigehen zu können. Eine Traube hatte sich im Kreis um sie versammelt. Manche hielten Handys in die Höhe.

Liv und die anderen tanzten unbeirrt, völlig konzentriert, als befänden sie sich in ihrer eigenen Welt. Ich war mir nicht einmal sicher, ob sie überhaupt bemerkten, wie mehr und mehr Leute zu den Zuschauern stießen. Sie trafen in der Mitte der improvisierten Bühne aufeinander, und der Song wechselte in den Refrain. Da war so viel Sehnsucht. So viel Verlangen. Sowohl in der Musik und dem Gesang selbst als auch in der gesamten Choreografie.

Ob man diese Emotionen schauspielern konnte? Denn das war es doch, oder nicht? Eine Art des Schauspiels. Dabei sagte keiner auch nur ein einziges Wort und … Mir fiel jetzt erst auf, dass ich den Text des Songs nicht verstand. Er war nicht auf Englisch, ich hatte keine Ahnung, wovon er handelte. Trotzdem übermittelte er diese unglaublich ehrlichen Gefühle, bei denen sich mein Herz schmerzhaft zusammenzog.

Eine feine Gänsehaut überzog meine Arme. Ich liebte Musik von ganzem Herzen – aber das hier war mehr als Liebe. So viel mehr. Die Tänzer, die Sänger – das waren Menschen, die die Musik lebten. Die durch sie atmeten. Ich konnte Liv diese Leidenschaft ansehen. Sie war mit jeder Faser ihres Körpers in der Musik versunken, und sie so … losgelöst zu sehen, reichte, dass meine Augen brannten.

Das Highlight war, als Liv am Ende des Songs auf die Knie fiel, die Hände im Schoß verschränkt und vornübergebeugt, als würde sie sich vor Schmerzen nicht mehr aufrecht halten können. Ein Junge und ein Mädchen lösten sich aus der Gruppe, gingen auf sie zu, Schritt für Schritt, fielen ebenfalls auf die Knie und senkten den Kopf, während die anderen beiden Tänzer sich abwandten und die Musik verklang.

»Wow«, hörte ich eine Dame neben mir flüstern. In der nächsten Sekunde machte tosender Applaus die Runde. Liv und ihre Freunde hielten ihre Endposition noch kurz, ehe sie sich entspannten und sich gegenseitig abklatschen, umarmten oder auf die Schulter klopften. Livs Blick schweifte über die Zuschauer. Ich hob meine Hand, um sie auf mich aufmerksam zu machen, und wurde im nächsten Moment beinahe von ihr überrannt. Sie blieb schwer atmend vor mir stehen.

»Und? Fandest du es gut? Hat es dir gefallen? Die Musik ist etwas ungewöhnlich, oder? Aber das Lied ist eins meiner liebsten …«

»Liv«, unterbrach ich sie. »Du warst unglaublich.«

Sie wischte sich mit dem Handrücken den Schweiß

von der Stirn und grinste. »Ich bespreche nur noch kurz etwas mit den anderen, dann können wir Cupcakes essen gehen.«

Ich nickte. »Ist gut.«

Mit schnellen Schritten lief sie zurück zu ihren Freunden, die sie alle breit grinsend empfingen. Der Junge mit der Kamera stellte sich neben Liv und zeigte ihr einige Aufnahmen, die sie sich konzentriert anschaute. Ein paarmal deutete sie mit den Fingern auf den Bildschirm.

Während ich wartete, beobachte ich die Gruppe. Ich sah Livs Freundeskreis zum ersten Mal auf einem Fleck. Sie waren alle so unterschiedlich in ihrem äußerlichen Erscheinen – und trotzdem verband sie eine Leidenschaft.

Fünf Minuten später war Liv an meiner Seite, zusammen mit dem Mädchen, das die Musikanlage bedient hatte. Sie trug einen kurzen schwarzen Pixie-Cut und ein zartrosanes Sommerkleid, das ein paar Zentimeter unter ihren Knien endete. Ich konnte mich partout nicht daran erinnern, ob mir Liv irgendwann einmal von ihr erzählt hatte, und glücklicherweise schien meine kleine Schwester das auch nicht zu erwarten.

»Ella, das ist Charlie. Sie ist noch nicht sehr lange dabei, deswegen ist sie heute nicht mit aufgetreten«, erklärte Liv, und Charlie winkte mir mit einem leicht distanzierten Lächeln zu.

»Deswegen und weil die Choreo auch nur für fünf Leute gedacht ist«, fügte Charlie hinzu.

Liv nickte. »Dafür hast du die Musikanlage wie eine Eins bedient.« Sie hob beide Daumen in die Höhe.

Charlie rollte mit den Augen und schüttelte ihren Kopf leicht, wirkte aber eher amüsiert als genervt.

»Kommst du mit zum großen Cupcake-Essen?«, fragte ich an Charlie gerichtet.

Sie nickte, aber ehe sie etwas sagen konnte, kam Liv ihr zuvor. »Das Duell des Jahres. Wer schafft die meisten Cupcakes?«, kündigte sie mit verstellter Stimme wie ein schlechter Möchtegern-Moderator an.

»Die Person, die das meiste Geld hat, würde ich sagen«, meinte ich und erntete eine herausgestreckte Zunge dafür.

Liv hakte sich bei mir unter und packte Charlie an der Hand. Ungeduldig zog sie uns mit sich und summte leise »Cupcakes, Cupcakes« vor sich hin, als wäre es ihr Mantra des Tages.

Blieb mir nur zu hoffen, dass mein Geld ausreichen würde.

Es reichte. Gerade so. Liv startete mit einem Red-Velvet-Freakshake, bei dessen Anblick mir beinahe die Kinnlade herunterklappte. Es war ein riesiger Turm aus Süßem, beginnend mit dem Vanille-Milchshake ganz unten im Glas, einem Red-Velvet-Cupcake sowie einem Stück Brownie darauf. Irgendein roter Sirup lief an den Seiten des Glases herunter, das Ganze wurde getoppt mit einer ordentlichen Portion Sahne, einer knallroten Kirsche und einer kleinen Tafel Schokolade.

Ich war mir ziemlich sicher, dass Liv nicht alles schaffen würde, wurde aber eines Besseren belehrt. Sie aß dieses verrückte Dessert auf, als hätte sie die letzten Tage gehungert, und bestellte sich danach noch einen regulären Schoko-Cupcake mit hellem Frosting.

Charlie und ich hielten uns verhältnismäßig zurück. Ich bestellte mir einen Chocolate-Fudge-Cupcake. Er hatte einen weichen Kern, obendrauf saß ein zuckriger Donut und schmeckte so gut, dass ich dachte, ich wäre gestorben und im Himmel wieder aufgewacht. Charlie begnügte sich mit einem Einhorn-Cupcake mit buntem Teig.

Nachdem ich meinen Teller geleert hatte, lehnte ich mich auf der Sitzbank zurück. Das rote Leder fügte sich blendend in den Retrolook des Ladens ein. Ich strich mir über meinen vollen Bauch. Wie Liv nach dem ganzen Zucker, den sie gerade zu sich genommen hatte, noch so munter wirken konnte, war mir ein Rätsel. Wenn ich nicht aufpasste, würde ich ziemlich sicher in den nächsten zehn Minuten in ein Zuckerkoma fallen.

Ein plötzliches Quieken rüttelte mich aus meiner Müdigkeit. Liv hatte ihr Handy hervorgeholt und tippte darauf herum. »Ein neuer Post von NXT«, sagte sie an Charlie gewandt.

»Von wem?«, fragte sie und schaute Liv neugierig über die Schulter. »Min-ho?«

Liv schüttelte den Kopf. »Ed.« Sie hielt ihrer Freundin das Handy unter die Nase. »Aber Min-ho ist mit auf dem Foto drauf.«

»Wer ist *NXT*?«, fragte ich verwirrt.

»Die Band, deren Choreografie wir vorhin getanzt haben«, antwortete Liv, ohne von ihrem Handy aufzusehen.

»Die habt ihr euch gar nicht selbst ausgedacht?«, fragte ich und erntete damit irritierte Blicke von beiden.

Charlie erbarmte sich dazu, es mir zu erklären. »Wir covern fast ausschließlich Choreografien von K-Pop-Bands. Der Song war auch von NXT.«

Gut, dass ihre Erklärung nur noch mehr Fragen aufwarf. »Und K-Pop ist …«

»Das, wovon ich dir die letzten Monate ständig erzählt habe«, schaltete Liv sich ein. »Koreanische Popmusik?«

Ah. Da klingelte etwas in den hinteren Windungen meines Gedächtnisses.

»Und NXT ist eine dieser K-Pop-Bands?« Kein Wunder, dass ich nichts von dem Text verstanden hatte. Meine Berührungspunkte mit der Sprache beliefen sich bisher auf ein Minimum. Wie merkwürdig es war, dass ich dem Land bis vor Kurzem keinen einzigen Gedanken geschenkt hatte und nun schon zum zweiten Mal darauf gestoßen wurde.

Charlie lachte hinter vorgehaltener Hand laut auf. »Entschuldige. Aber du klingst wie meine Mom, als ich ihr zum ersten Mal erklärt habe, was K-Pop ist.«

Das konnte ich ihr nicht einmal übelnehmen. Ich fühlte mich tatsächlich, als eröffnete sich mir gerade eine völlig andere Welt. So verloren musste Mrs Elliot sich mit ihrem neuen Computer gefühlt haben.

Liv grinste ihre Freundin an und wandte sich dann wieder an mich. »NXT ist *die* K-Pop-Band, Ella. Sie räumen gerade die ganz großen Erfolge und Auszeichnungen ab«, sprudelte sie hervor wie einstudiert. »Sie sind unglaublich einflussreich, haben Verträge mit allen großen

Marken, und ihre Fanbase ist riesig. Ich weiß nicht, wie du bisher überhaupt durch den Tag gekommen bist, ohne von ihnen zu hören.«

Charlie stieß Liv mit dem Ellenbogen an. »Zeig ihr das Musikvideo von *Last Night*.«

Keine Sekunde später hielt Liv mir das Display ihres Handys entgegen und startete ein Video. Als die Musik anfing, erkannte ich den Song, den sie aufgeführt hatten. Das Video zeigte die Rücken zweier Männer oder Jungs – ich konnte ihr Alter absolut nicht einschätzen – vor einem verrosteten Wohnwagen. Der kleinere der beiden zog die Tür auf, die Kamera zoomte im gleichen Moment rein und …

… einen Herzschlag später sah man zwei andere Personen. Der eine hatte braune, der andere lila Haare. Sie rannten über eine befahrene Brücke, schlängelten sich über Straßen, ließen sich von wütenden Autofahrern nicht beirren, im Hintergrund die melancholische Melodie, die mir vor kaum einer Stunde bereits einmal den Atem geraubt hatte.

Die Kamera wechselte in die Vogelperspektive, flog in einem Bogen über die zwei Männer und auf die andere Seite, wo jemand mit schwarzen Haaren an der Brüstung stand und das Gesicht der Sonne entgegenstreckte. Er wirkte in seiner eigenen Welt versunken, bemerkte die zwei anderen nicht einmal. Die Kamera schwenkte um ihn herum, bis man ihn von vorne sah und …

Moment, was …

»WAS?«, platzte es aus mir heraus. Ich schnappte mir Livs Handy, um das Video von nah zu betrachten.

Der Rücken des schwarzhaarigen Mannes wurde gerade in Großaufnahme gezeigt. Er senkte den Kopf. Drehte seinen Oberkörper langsam in Richtung der Kamera.

Da stoppte ich das Video. Mit offenem Mund starrte ich auf das Display.

WAS?

12. KAPITEL

Ich spürte Livs und Charlies fragende Blicke auf mir, und wie das Blut in meine Wangen schoss. Trotzdem konnte ich mich nicht von dem Standbild auf Livs Handy lösen. Ich drehte das Display in Livs Richtung und tippte energisch auf die vertraute Person, die dort zu sehen war. »Das. Wer ist das?«

Meine Schwester wechselte einen Blick mit ihrer Freundin, ehe sie sich voll auf mich konzentrierte. »Das ist Jae.«

»Und hat … Ist Jae sein ganzer Name?«, fragte ich zögerlich. Mein Herz hämmerte in meiner Brust. Nur mit Mühe konnte ich mich davon abhalten, von der Sitzbank aufzuspringen und laut zu schreien.

»Wenn du seinen Geburtsnamen meinst, dann wäre das Jae-yong«, antwortete Charlie und brachte damit das Kartenhaus zum Einsturz, das ich seit ein paar Wochen um mich herum errichtet hatte.

Liv stützte ihre Unterarme auf dem Tisch ab und beugte sich vor. Ihr Gesichtsausdruck war eine Mischung aus Verwirrung und Besorgnis. »Ist alles in Ordnung, Ella? Du siehst plötzlich ein bisschen blass aus.«

Ich riss meinen Blick von dem Handy los, das schon

vor ein paar Minuten dunkel geworden war. In meinen Ohren fiepte es, aber ich versuchte, mir nichts anmerken zu lassen. »J…ja. Alles gut. Das ist der Zuckerschock.«

Wie hätte ich ihr auch erklären sollen, dass ich Jaeyong kannte? Dass ich seit mehreren Wochen täglich mit … mit einem Popstar redete? Nein, schlimmer noch. Einem Weltstar, wenn man Liv Glauben schenken durfte. Ich hatte das Gefühl, jemand spielte mir einen ganz miesen, verspäteten Aprilscherz. So etwas passierte im richtigen Leben nicht. Das hier war kein Hollywoodfilm, keine erfundene Geschichte. Es war *mein* Leben. Und trotzdem wollte mein Kopf aus dem Traum einfach nicht aufwachen.

Ich war froh, als Liv und Charlie beschlossen, noch etwas durch die Einkaufsstraßen zu schlendern. Nur durch einen dicken Vorhang bekam ich mit, wie ich mich von ihnen verabschiedete, zur Bahn ging und nach Hause fuhr. Erst als ich die Wohnungstür hinter mir schloss, kam wieder Leben in mich. Ich stürzte in mein Zimmer, schmiss die Tür hinter mir zu und setzte mich auf die Bettkante, mein Handy in den Händen. Sie zitterten die ganze Zeit über, während ich tippte, die Nachricht löschte, sie wieder tippte und wieder löschte.

Aus Frustration hätte ich beinahe das Handy in die Zimmerecke gedonnert, brachte mich aber schließlich dazu, die nächste Nachricht, ohne weiter nachzudenken, abzuschicken.

Ich: Wie ist das so – als Weltstar?

Ich starrte die Nachricht an, als könnte ich ihn so dazu bringen zu antworten. Die Gedanken flogen nur so durch meinen Kopf, aber einer kristallisierte sich besonders hervor und nagte an mir: *Ihm muss die ganze Zeit klar gewesen sein, dass ich keine Ahnung hatte, wer er ist.*

Ich zuckte zusammen, als mein Klingelton die Stille durchschnitt. Und haderte mit mir. Abnehmen? Oder ignorieren? Mit einem tiefen Atemzug glitt mein Daumen über das Display. Ich hielt das Handy an mein Ohr und wartete.

»*Ella.*« Meine Name klang wie ein erleichtertes Seufzen, doch ich konnte die unterschwellige Panik hören, die in seiner Stimme mitschwang.

Mein Mund öffnete und schloss sich mehrere Male hintereinander, ohne dass etwas hervorkam. Ich war … irritiert. Verwirrt. Sprachlos. Und irgendwo unter dem ganzen Durcheinander auch verletzt. Ich versuchte, es so gut wie möglich zu ignorieren, aber die zaghaft aufkeimende Zuneigung, die ich in den letzten Wochen gespürt hatte, drohte, in sich zusammenzufallen. Wie eine Blume, der man die Sonne genommen hatte.

»Sag etwas«, bat er leise, vorsichtig.

»Warum hast du nichts gesagt?«, fragte ich, und da nun der Damm gebrochen war, sprudelten die Worte samt meinen Emotionen nur so aus mir heraus. »Du wusstest, dass ich keine Ahnung habe, wer du bist, oder? Warum hast du es nie erwähnt?«

»Ich wollte nicht, dass du es so erfährst«, wich er mir aus.

»Du *wolltest* nicht, dass ich es *so* erfahre?«, wiederholte ich. Meine Stimme brodelte vor unterdrückter Wut. »Sollte ich es überhaupt jemals erfahren? Es muss ziemlich witzig gewesen sein, die dumme, kleine Ella so an der Nase herumzuführen, stimmt's?«

»Nein, Ella, ich …« Im Hintergrund war eine laute, autoritäre Stimme zu hören, die Jae-yong unterbrach. Die Worte konnte ich nicht ausmachen. Vermutlich waren sie Koreanisch. Er antwortete ebenfalls in der Sprache, ehe er wieder ins Englische wechselte. »Hör zu, ich muss jetzt wirklich los, aber bitte, kann ich dich später anrufen?«

»Du musst *jetzt* los?«, fragte ich erstickt. Ich bemerkte selbst, wie fassungslos ich klang. Aber der Gedanke, mit den ganzen Fragen und den unzähligen »Was, wenn …?«-Szenarien allein zu sein, die wie Gummibälle durch meinen Kopf schossen, legte sich wie ein eiserner Griff um meinen Brustkorb.

»Wir müssen zu einem Interview. Unser Comeback … Vergiss das. Ich ruf dich an, sobald ich kann, in Ordnung? Ich verspreche, ich erkläre dir alles.«

»Aber …« Bevor ich dazu kam, auch nur ein weiteres Wort zu sagen, dröhnte der Freiton in meinen Ohren.

Einen Herzschlag saß ich wie versteinert da. Dann holte ich aus und warf mein Handy mit Schwung aufs Bett. Es war ein merkwürdig befriedigendes Gefühl zu sehen, wie es von der Matratze abprallte und mit einem Scheppern auf dem Boden landete. Stöhnend ließ ich mich nach hinten fallen. Ich wusste nicht, wie lange ich so dalag und einfach nur an die Decke starrte, in der Hoffnung, dass mein Kopf aufhören würde, sich zu drehen. Ich war der festen Überzeugung, es würde sich alles als ein Traum herausstellen, solange ich mich nicht von meinem Platz auf dem Bett fortbewegte.

Die Schatten in meinem Zimmer wurden länger, und irgendwann hörte ich einen Schlüssel, ein Knarzen und leichtfüßige Schritte. Kurz darauf war ein zaghaftes Klopfen an meiner Tür zu hören.

»Ja?«

Liv steckte ihren Kopf in mein Zimmer. »Alles okay bei dir? Du bist vorhin so schnell verschwunden.«

Mit einem Seufzen stützte ich mich auf meinen Unterarmen ab und richtete mich auf, um sie besser sehen zu können.

»Ja, mir geht's gut.« Zumindest körperlich betrachtet war das die Wahrheit.

»Mrs Elliot hat mir im Flur Bratkartoffeln in die Hände gedrückt.« Sie deutete mit dem Daumen hinter sich Richtung Küche. »Ich hab sie auf den Tisch gestellt, falls du was essen willst. Ich bin in meinem Zimmer, wenn du mich suchst.«

»Hast du schon gegessen?«, fragte ich. Mit ihr zu reden lenkte mich zumindest kurzfristig von den lauten Gedanken ab. Liv schob die Tür weiter auf und präsentierte mir den Teller voller Bratkartoffeln, den sie in der rechten Hand trug. »Ich nehme es mit aufs Zimmer. Wir schreiben morgen einen Test in Sozialkunde, den ich eventuell verdrängt habe.«

Ich lachte prustend auf. »Schon klar. Die Art von Verdrängen kann ich auch sehr gut. Viel Glück.«

Sie schloss die Tür hinter sich. Damit wurde es wieder still. Mein Blick schweifte durch mein Zimmer, bis ich am Laptop hängen blieb. War es falsch, dass es mir in den Fingern kribbelte, nachzusehen, was ich im Internet über Jae-yong finden konnte? Ruckartig setzte ich mich auf.

Es war nicht falsch. Oder?

Er musste damit rechnen, dass ich nicht einfach Däumchen drehen und warten würde. Ebenso, dass im Internet mehr als genügend Informationen über ihn zu finden sein würden. Trotzdem haderte ich mit mir. Ich hatte dieses merkwürdige Gefühl, das Gleichgewicht zwischen uns in eine ungesunde Richtung zu kippen, wenn ich alles über ihn durch das Internet erfuhr.

Jeder konnte dort *alles* erzählen. Was, wenn ich etwas las, das ihn in meinen Augen völlig verändern würde? Ich legte mir in Gedanken ein paar Grundregeln zurecht, während ich mich an den Schreibtisch setzte und meinen Laptop hochfuhr: keine persönlichen Details, wenn es sich vermieden ließ. Ich war verletzt, ja, trotzdem fühlte ich mich nicht wohl dabei, so in seine Privatsphäre einzudringen.

Als leicht stellte es sich allerdings nicht gerade heraus. Die Suchmaschine zeigte über neunzig Millionen Ergebnisse an.

Neunzig. Millionen.

Die Zahl war wie ein Eimer kaltes Wasser, der über meinem Kopf ausgeschüttet wurde. Diese Größenordnung überstieg meine Vorstellungskraft und hinterließ einen bitteren Geschmack auf meiner Zunge.

Vielleicht weil mir allmählich bewusst wurde, wie berühmt er wirklich war.

Ich ignorierte den Wikipedia-Eintrag, blieb aber an der

Seitenleiste hängen. Ganz oben war eine Collage mit Bildern von Jae-yong zu sehen. Zwei, auf denen er jünger aussah, als ich in Erinnerung hatte, eins, auf dem er blonde Haare hatte, und ein paar weitere, auf denen er in die Kamera grinste oder ein Zeichen machte, bei dem er Zeigefinger und Daumen an den Fingerkuppen überkreuzte.

Ich versuchte gar nicht erst, zu erraten, ob es eine Bedeutung hatte. Mein Blick glitt direkt weiter. Unter der Collage stand fett gedruckt **Jae** – die Abkürzung seines Namens hatten Liv und Charlie vorhin bereits benutzt. Gleich darunter standen das Wort *Sänger* und eine Verlinkung aller möglichen Musikseiten, auf denen man ihn finden konnte.

Ich zögerte nur einen Herzschlag, ehe ich auf das rote YouTube-Icon klickte. Das erste Video, das mir angezeigt wurde, trug den Titel *Park Jae-yong funny moments*. Ich scrollte weiter runter, vorbei an Interviews, Fanvideos und Zusammenschnitten irgendwelcher witzigen Momente, bis ich auf ein Lyric-Video stieß und es öffnete. In den Sekunden, während es geladen wurde, trommelte ich ungeduldig mit den Fingern auf die Tischplatte, um mich von dem Verlangen abzulenken, alle drei Sekunden auf mein Handy zu schauen.

Plötzlich erklang Jae-yongs Stimme. Ich regelte die Lautstärke etwas herunter und beugte mich näher zu den Lautsprechern meines Computers. Es hätte mir gerade noch gefehlt, dass Liv etwas hörte und in mein Zimmer gestürzt kam.

Seine Stimme klang genau, wie ich sie in Erinnerung hatte – und doch anders. Sie war sanfter. Rau und trotzdem hauchzart und so voller Gefühle, dass sofort eine Gänsehaut meine Arme überzog. Der Song war ähnlich langsam wie der, den Liv mir gezeigt hatte. Weniger melancholisch als der andere, aber mit der gleichen Sehnsucht darin. Als wartete man inständig auf die Liebkosung eines geliebten Menschen, die nie kam.

Als der Song endete, scrollte ich durch die Empfehlungsleiste an der Seite und sah mir ein Musikvideo zu einem Lied an, das wesentlich basslastiger und poppiger war. Eher etwas, das man in einer Disco auflegte, um die Leute in Stimmung zu bringen. Nach einer Weile fiel mir auf, dass ich in jedem neuen Video, in jeder Szene automatisch versuchte, Jae-yong herauszupicken.

Es war nicht immer ganz einfach – er und die anderen NXT-Mitglieder waren enorm facettenreich. Weder ihre Ausstrahlung noch ihre Haarfarbe oder der Kleidungsstil waren Kriterien, an denen ich mich orientieren konnte.

Ich versuchte, die Zahlen unter den Videos zu ignorieren. Sechshundert Millionen Views. Zehn Millionen Likes. Die Zahlen waren irre. In der Mitte des fünften Videos schloss ich erst YouTube, dann den Browser und lehnte mich im Stuhl zurück. Ich befürchtete, andererseits in eine obsessive Spirale zu rutschen, die meinen Gedanken nicht sonderlich gutgetan hätte.

Ein Blick auf mein Handy, das ich vom Boden aufhob, bestätigte mir, dass Jae-yong sich in der Zwischenzeit nicht gemeldet hatte. Zu sagen, ich wäre ungeduldig, wäre eine immense Untertreibung gewesen. Es bereitete mir große Mühe still zu sitzen. Am liebsten hätte ich mich abgelenkt. Wäsche waschen, Müll rausbringen, mein Zimmer aufräumen, irgendwas, um nur meinen Kopf samt hibbeligem Körper zu beschäftigen.

Nur würde Liv wahrscheinlich Fragen stellen, wenn ich kurz vor zwanzig Uhr abends die Putzsachen herausgeholt hätte. Normalerweise saß ich um diese Uhrzeit auf dem Sofa oder meinem Bett und las, zeichnete oder schaute Serien. Stress-Putzen war Mels Ding. Und ich wollte keine Fragen beantworten müssen. Dafür hatte ich selbst zu viele.

Mein Blick glitt zu der Zimmerwand, die wir uns teilten. Vielleicht konnte mir meine Schwester zumindest bei *einem* Problem weiterhelfen. Nicht bei den persönlichen Fragen – die hob ich mir für Jae-yong auf, aber bei den großen Unsicherheiten, die meine Internetrecherche mit sich gebracht hatte.

Immerhin hätte ich dann etwas zu tun.

Ich stand auf und durchquerte mein Zimmer. Die paar Meter im Flur legte ich nur langsam zurück. Warum ich das Gefühl hatte, mich im Schneckentempo vorwärtsbewegen zu müssen, war mir nicht ganz klar. Um Zeit zu schinden eventuell. Was jeder Logik entbehrte, da ich schließlich zu ihr ging, weil ich mit jemandem reden wollte. Das musste ich, um nicht völlig durchzudrehen, während ich auf Jae-yongs nächsten Anruf wartete. Gleichzeitig wurde mir allein beim Gedanken daran, mit Liv über ihn und NXT zu reden, mulmig zumute. So unverfänglich das Gespräch auch sein würde, es würde trotzdem eine Realität bestätigen, vor der ich im Augenblick am liebsten davongelaufen wäre.

Unentschlossen blieb ich vor Livs Tür stehen. Ich sah

mir länger als nötig die Polaroidbilder an, die sie vor ein paar Monaten an ihre Tür geklebt hatte, ehe ich mich dazu durchringen konnte zu klopfen.

Nach ihrem gedämpften »Komm rein« drückte ich die Klinke nach unten und trat in ihr Zimmer. Liv saß im Mulan-Schlafanzug auf ihrem Bett. Leise Musik lief im Hintergrund, nur die kleine Lampe auf ihrem Nachttisch war eingeschaltet.

Meine Beine trugen mich wie von selbst ins Zimmer, bis ich den flauschigen Teppich vor ihrem Bett erreichte. Als ich stehen blieb, klappte sie ihr Lehrbuch zu und legte den Kugelschreiber ab, mit dem sie sich Notizen gemacht hatte.

»Sag mal, Liv …« Ich nestelte unsicher am Bund meines T-Shirts herum. Liv legte den Kopf schief und sah mich abwartend an. »Diese Band, NXT, magst du … mir vielleicht was über sie erzählen?«

Sie setzte sich auf ihrem Bett aufrechter hin, die Beine vor dem Körper überkreuzt. Ihre Augen glänzten. »Was willst du wissen?«

»Gute Frage«, sagte ich Zeit schindend und überlegte fieberhaft, was ich sie fragen konnte. »Gibt es sie schon lange?«

»Seit fünf Jahren mittlerweile«, sagte sie. »Zumindest sind sie da debütiert. Gegründet wurde NXT schon zwei Jahre früher.«

Ich runzelte die Stirn. »Sie *wurde* gegründet?«

Liv nickte. »Na ja, in Korea werden Idols … also, die Schauspieler, Sänger, Moderatoren und so, grob gesagt von Unternehmen gecastet. Sie müssen da zu einer Art

Vorsprechen oder Vorsingen und werden dann als Trainee aufgenommen, wenn sie überzeugen.«

Ihre Antwort warf so viele neue Fragen auf, dass ich nicht wusste, wo ich anfangen sollte. »Und die Mitglieder von NXT wurden zusammen in die Band gecastet?«

Liv kratzte sich am Kopf. »Hm, in gewisser Weise schon, ja. Ihr Konzept hat sich aber seit ihrem Debüt ziemlich verändert. Ich glaube, anfangs hatten sie eine sehr düstere Phase und mittlerweile sind sie eher … eher …« Sie suchte nach den richtigen Worten, um es mir zu erklären. »Charlie würde sagen, sie sind etwas ›Mainstream-tauglicher‹ geworden.«

Erst da schien ihr aufzufallen, worüber wir hier gerade redeten. Sie legte den Kopf schief und betrachtete mich eindringlich. »Aber sag mal, wieso fragst du eigentlich?«

»Ich … ich habe mir nach eurem Auftritt vorhin ein paar von ihren Liedern angehört, und … sie sind nicht schlecht, und ich habe mich gefragt, warum sie so berühmt sind und ich noch nie von ihnen gehört habe, also …« Meine Stimme verlor sich zum Ende des Satzes hin. Ich log nicht gern, vor allem nicht meinen Schwestern gegenüber, aber es war nicht so, als hätte ich in dieser Situation eine Wahl.

Ein Grinsen breitete sich auf ihrem Gesicht aus. Sie krabbelte über das Bett näher zu mir und strahlte mich mit großen Augen an. »Ehrlich? Dir gefallen sie? Was hast du dir angehört? Welchen Song fandest du gut? Die Musikvideos sind großartig, oder …« Ihr Strudel an Fragen schien kein Ende zu finden, als hätte ich einen Stöpsel gezogen, der ihre Euphorie in meiner Nähe viel zu lange unterdrückt hatte.

Ich hob eine Hand, um sie vorsichtig zu unterbrechen. Liv verstummte mitten im Satz. »Ehrlich gesagt, hab ich mir nur die ersten paar Videos angeschaut, die YouTube mir empfohlen hat.« Ich fing an, sie an meinen Fingern abzuzählen. »Das Musikvideo zu dem Song, den ihr aufgeführt habt. *Fly*, *Take Me*, *My everything*, *I won't say yes*, eins, das ich mir nicht gemerkt habe, weil der Titel koreanisch war, und ein Solosong von diesem … Jae?« Innerlich verzog ich das Gesicht über meine schlechten Schauspielkünste. Wäre Liv nicht Feuer und Flamme für das Thema gewesen, hätte sie vermutlich sofort gerochen, dass irgendetwas nicht stimmte.

Livs Grinsen veränderte sich und wurde zu einem verträumten Lächeln. »Seine Stimme ist unglaublich, oder?«

Wenn du wüsstest, wie viel unglaublicher sie in echt klingt …

»Ja, sie ist sehr … angenehm.«

»Ich vermisse seine blonden Haare ja sehr. Wobei mir das Grau auch gefallen hat. Aber man kann sagen, was man will, die schwarzen Haare stehen ihm einfach am besten.« Ihr Blick schoss über die Wand in meinem Rücken. »Sie lassen ihn irgendwie … erwachsener wirken.«

Ich folgte ihrem Blick – und erstarrte. Livs Wand war übersät mit NXT-Postern. Zwei hingen sogar an der Decke. Und von allen starrten mir zwei schmerzlich bekannte dunkelbraune Augen entgegen. Mal aus der Mitte der ganzen Gruppe, mal von einem Einzelposter. Es war absolut surreal. Ihn in allen möglichen Posen und Situationen zu sehen, für immer verewigt an der Wand meiner Schwester.

An. Der. Wand. Meiner. Schwester.

Ein Schauer lief mir über den Rücken und gleichzeitig zog sich mein Bauch krampfartig zusammen. Das hier war vermutlich eine von Hunderten, nein, Tausenden von Wänden, die so aussahen. Die ihn verletzlich zeigten und fröhlich und sexy und nachdenklich und …

Leute sahen zu ihm auf. Personen wie meine Schwester sahen in Jae-yong ein Idol, das sie nachahmten. Dessen Songs sie coverten, den sie anhimmelten, für den sie schwärmten.

Mein Mund war mit einem Mal trocken.

»Ich glaube, ich muss mich hinlegen«, sagte ich schwach. Ich wartete Livs Antwort nicht ab, sondern schlich zurück zu meinem Zimmer, schloss die Tür hinter mir und kroch unter meine Bettdecke, bis es um mich herum völlig dunkel war. Dann kniff ich die Augen zu und betete, dass sich das Ganze beim Aufwachen als ein Traum entpuppen würde.

Ein sehr, sehr beängstigender Traum.

13. KAPITEL

Ein nervtötendes Piepen weckte mich aus meinem Tiefschlaf. Es dauerte einige Sekunden, bis ich es zuordnen konnte und mit meiner Hand unter die Kissen fuhr, um mein Handy zu finden. Als ich es zu greifen bekam, wischte ich nach links, ohne die Augen zu öffnen, und ließ es zurück auf die Matratze fallen. Gähnend vergrub ich mein Gesicht im Kissen und umschlang es mit meinen Armen. Ein grauer Nebel waberte schützend zwischen mir und jeglichen klaren Gedanken. Ich genoss die Ruhe. Die Unbekümmertheit, die diese wenigen Minuten nach dem Aufwachen mit sich brachten.

Nach und nach verschwand der Nebel und ließ die Geschehnisse des gestrigen Tages zurück in meinen Kopf fließen. Ich zog einen Arm unter dem Kissen hervor und rieb mir über die Augen, ehe ich sie öffnete. Die Uhr war das Erste, was ich sah. 7:26. Ich hatte mehr als zehn Stunden geschlafen und fühlte mich trotzdem kein bisschen erholt.

Seufzend drehte ich mich auf den Rücken. Die Uni begann für mich donnerstags erst am frühen Nachmittag. Aber der Gedanke, mich dorthin schleppen und mich mehrere Stunden mit uninteressanten Themen auseinandersetzen zu müssen, lag schwer wie ein Backstein auf meiner Brust.

Ich streckte die Arme über dem Kopf aus, versuchte vergeblich, den Unwillen beiseitezuschieben, und warf einen Blick auf mein Handy. Keine neuen Nachrichten. Ein winziger, nagender Gedanke nistete sich in meinem Kopf ein: *Vielleicht war's das. Vielleicht meldet er sich einfach nicht mehr.*

Auf eine verdrehte Art und Weise würde ich diese Reaktion sogar verstehen. Es war sicher leichter, den Kontakt vollkommen einzustellen, als alles in einem Gespräch zu erklären. Es wäre ein glatter Schnitt. Wem sollte ich auch davon erzählen? Keiner würde mir glauben, dass ich mich mehrere Wochen lang mit einem Popstar unterhalten hatte. Trotzdem nahm der Backstein auf meiner Brust an Gewicht zu. Ein kaum merkbarer Stich zuckte durch meinen Brustkorb und war ebenso schnell wieder verschwunden.

Vielleicht ist es besser so, versuchte ich mir einzureden. Ich drückte mich vom Bett hoch und suchte aus meiner Kommode Kleidung für den Tag heraus. Als mein Handy kaum zehn Minuten später einen eingehenden Anruf meldete, verlor dieser tröstende Gedanke jedoch ziemlich schnell an Wirkung. Ich hielt mich gerade so davon ab, auf mein Bett zu hechten und sofort abzunehmen. Stattdessen nahm ich es zögerlich aus dem Kissenhaufen. Mein Herz trommelte in der Brust, als ich Jae-yongs Namen auf dem Display las.

Ich atmete einmal tief durch, nahm den Anruf entgegen und hielt das Handy wortlos an mein Ohr. Er sollte den ersten Schritt machen.

»Hey.« Mehr sagte er nicht. Ein Wort und dennoch hörte ich deutlich, wie sich all meine Unsicherheiten in seiner Stimme spiegelten.

Trotzdem brach ich mein Schweigen nicht. Ich saß auf meinem Bett, das Handy fest umklammert, und sah meinen nackten Zehen dabei zu, wie sie über den kalten Fußboden strichen.

»Hast du gut geschlafen?«, fragte er vorsichtig. Vermutlich war ihm klar, dass ich im Augenblick einem Vulkan glich, der kurz vor dem Ausbruch stand.

Doch damit schürte er nur das Feuer. Meine Geduld hing an einem seidenen Faden und Small Talk, der um das eigentliche Thema herumschlich, spannte ihn bis zum Zerreißen.

»Ob ich gut geschlafen habe?«, wiederholte ich ungläubig. »Mal überlegen. Ich habe durch Zufall erfahren, dass ich während der letzten beiden Wochen mit einer Person Freundschaft geschlossen habe, die mir verheimlicht hat, dass die ganze Welt sie kennt. Aber ja, Jae-yong, ich habe gut geschlafen. Danke der Nachfrage.«

Meine freie Hand zitterte am Ende meines Wortschwalls vor unterdrückten Emotionen.

»Und das war falsch, aber …«

»Du hast es mir verheimlicht!«, unterbrach ich ihn aufgebracht.

Und endlich schien auch bei ihm der Damm zu brechen. »Was hätte ich sagen sollen? ›Übrigens, Ella, ich bin ein koreanisches Idol, das die halbe Welt kennt? Die Leute schreien meinen Namen, wenn ich irgendwo in der Öffentlichkeit auftauche‹?«, gab er frustriert zurück.

»Zum Beispiel!«, rief ich, ebenso gefrustet. »Alles wäre besser gewesen, als es mir nicht zu erzählen und mich ins offene Messer laufen zu lassen.«

Er seufzte geschlagen. Ich stellte mir vor, wie er sich mit der Hand durch die Haare fuhr. »›Ins offene Messer laufen lassen‹? Meinst du nicht, du übertreibst etwas?«

Ich lachte freudlos auf. »Du findest, ich übertreibe? Die ganze Welt kennt dich, Jae-yong. Hollywoodstars sind deine Freunde. Du bist eine *Berühmtheit*!«

»Ich bin auch ein Mensch«, brach es aus ihm hervor. »Ich bin nur ein Mensch, Ella.«

Mit einem Mal klang er so erschöpft, als lastete ein Gewicht auf seinen Schultern, das er müde war, mit sich herumzutragen.

»Hör zu. Ich wollte es dir sagen. Jeden Tag …« Er stockte auf der Suche nach den richtigen Worten. Als er wieder zu sprechen begann, war seine Stimme leiser. Sanfter. »Aber ich habe das erste Mal seit … ich weiß gar nicht wie vielen Jahren, jemanden kennengelernt, der sich *meinetwegen* mit mir unterhalten hat. Jemand, der nett ist. Und süß und witzig und dem egal ist, ob ich zwei Dollar oder zwei Millionen Dollar auf dem Konto habe.«

Schweigen machte sich zwischen uns breit. Der Ärger glühte noch immer heiß in meinem Magen, aber … Ich biss mir auf die Unterlippe und atmete einmal tief durch. Wir konnten dieses Spiel den gesamten Tag so weitermachen. Nur würde es uns nirgends hinbringen. Zumindest versuchte mir mein Verstand das einzureden. Mein verletzter Stolz hingegen bat mich, meinem Ärger weiterhin Luft zu machen.

Ich räusperte mich. »Wieso hast du es dann nicht getan? Wenn du es erzählen wolltest, wieso …« Ich ließ die Frage unvollendet in der Luft hängen, unsicher, wie ich sie formulieren sollte.

»Hättest du dich weiterhin genauso mit mir unterhalten?«

Meine erste Reaktion war »natürlich« in den Hörer zu rufen, aber … es wäre nicht ganz die Wahrheit gewesen.

Mein Schweigen bestätigte ihm anscheinend seine Vermutung. Er seufzte. »Ist es so verwerflich, dass ich dich kennenlernen wollte, ohne irgendwelche Reporter und ausgedachte Skandale der Presse zwischen uns stehen zu haben?«

Ein Wort blieb bei mir besonders hängen: »Wollte?«, wiederholte ich zögerlich und pulte an einem Loch in den Leggins, die ich mir nach dem Aufstehen angezogen hatte.

»Will«, korrigierte Jae-yong sich. »Das hat sich nicht geändert. Im Gegenteil.«

»Aber der Rest … ändert sich, oder?«

»Nichts muss sich ändern, Ella. Ich bin die gleiche Person, die du in den letzten Tagen kennengelernt hast.«

»Aber das ist es ja! Die Band, die Musik, die Fans – das alles ist ein großer Teil von dir, oder nicht?« Sein Schweigen reichte mir als Antwort. »Welchen Teil habe ich kennengelernt, wenn du mir den größten verschwiegen hast?«

»Den wichtigsten«, sagte er mit Nachdruck und nahm mir damit den Wind aus den Segeln. »Du hast die Person kennengelernt, die ich bin, wenn die Kameras aus sind und niemand erwartet, Jae von NXT zu sehen. Zählt das nichts?«

»Doch, natürlich«, erwiderte ich leise. Irgendwie schien sich damit etwas zwischen uns zu verschieben. Der Ärger, die Wut und die Verletztheit in mir waren nicht verschwunden. Aber sie waren weniger stechend. Weniger scharfkantig in ihrer Intensität. Als hätte jemand Eis daraufgelegt, um den Schmerz zu mildern.

Ein paar Augenblicke sagte keiner von uns etwas. Dann ergriff er das Wort. »Du hast vermutlich einige Fragen.«

Das war gar kein Ausdruck für den Strom an Gedanken, der seit gestern Abend nicht abbrechen wollte. »Ein paar.«

»Schieß los.«

Mein Blick zuckte zu meinem Wecker. »Jetzt?«

»Ich habe nichts vor.«

Ich durchwühlte meinen Kopf auf der Suche nach der Frage, die ich als Erstes stellen wollte. »Wo bist du gerade?«

Darüber hatte ich bisher noch gar nicht weiter nachgedacht. Die Wahrscheinlichkeit, dass er sich in Chicago aufhielt, war wohl verschwindend gering.

»Japan«, bestätigte er meine Vermutung. »In einem Hotel in Osaka. Wir geben morgen ein Konzert im Nagai-Stadium. Danach fliegen wir zurück nach Seoul.«

Ich erinnerte mich an unser Gespräch vor Kurzem, in dem er sagte, er sei wegen der Arbeit nach Seoul gezogen. Ich hatte automatisch angenommen, er hätte von den Jobs seiner Eltern gesprochen. »Du wohnst in Seoul, richtig?«

»Ja, seit ich vierzehn bin, also … knapp sieben Jahre.«

Schien, als hätte sich nicht nur mein Leben vor sieben Jahren von Grund auf verändert. »Und deine Familie?«

»Wohnt immer noch in Busan.«

Ich runzelte die Stirn. »Deine Eltern sind nicht mit dir nach Seoul gegangen?«

»Nein. Sie hatten damals schon ihr eigenes kleines Restaurant in Busan. Ich bin nach Seoul, weil dort die meisten *Entertainment Companies* ansässig sind und ich nach einem Vorsprechen bei einer angenommen wurde.«

»Dann wusstest du damals schon, dass du in eine Band wolltest?«

Ein nachdenkliches »Hm« vibrierte in seinem tiefen Bariton durch die Leitung. »Ich wusste damals schon, dass Musik alles für mich ist. Dass mich das hierhin führen würde, war mir allerdings noch nicht klar.«

Hierhin – in die Herzen von Millionen von Fans. Vor meinem inneren Auge blitzte Livs Tanzaufführung von gestern auf. Die Leidenschaft in ihr und den anderen. Dass er sie mit beiden Händen gepackt hatte und nun davon leben konnte …

Neid flammte in mir auf, aber ich erstickte ihn, bevor er sich ausbreiten konnte. Jae-yong konnte nichts für meine Situation. Trotzdem hinterließ es einen Nachgeschmack, der nicht sofort wieder von meiner Zunge verschwand.

»Und … die anderen Mitglieder. Sind sie auch so früh von zu Hause weggegangen?«, brachte ich uns zum vorherigen Thema zurück.

»Min-ho ist ein Jahr vor mir Trainee geworden. Wooseok und Hyun-woo sind mit zwanzig nach Seoul gekommen, und Ed hat hier schon sein ganzes Leben gewohnt und wurde von der Straße weg gecastet«, erklärte er.

»M…moment.« Ich rieb mir über die Stirn, hinter der sich ein schwaches Pochen ankündigte. »Trainee?« Das Wort hatte Liv gestern auch schon benutzt, und ich konnte mir nicht vorstellen, was es in diesem Zusammenhang bedeutete.

»Ah«, machte Jae-yong. »Die Musikindustrie funktioniert bei uns anders als im Westen. Bevor man debütiert, also Musik veröffentlichen kann, wird man Trainee. In der Zeit bekommt man eine Ausbildung in allen möglichen Bereichen, die für Musiker als wichtig erachtet werden.«

»So was wie Gesang, meinst du?« Ich schob mich auf meinem Bett so weit nach hinten, dass ich mich mit dem Rücken an die Wand lehnen konnte.

»Gesang, Tanz, Musikinstrumente, Benehmen …«

»Du wurdest in *Benehmen* ausgebildet?«

»Wenn du ständig in der Öffentlichkeit stehst, stellen die Agenturen sicher, dass du weißt, wie du dich zu benehmen hast«, erklärte er und klang mit einem Mal bitter. Es war deutlich, dass mehr dahintersteckte, als er mir mit den wenigen Worten erzählt hatte. Für den Moment fehlte mir jedoch der Mut nachzuhaken.

Stattdessen wechselte ich zu einem Thema, das schon die ganze Zeit in meinem Hinterkopf herumschwirrte. »Die anderen NXT-Mitglieder und du … versteht ihr euch gut?«

»Mal mehr, mal weniger«, erwiderte er. »Die letzten Jahre waren nicht immer leicht, aber sie sind meine Familie.«

Was mich zu meiner eigentlichen Frage brachte. »Wissen sie davon? Dass …« – *ich Schmetterlinge im Bauch habe, wenn ich mich mit dir unterhalte?* – »… du mit einem Normalo wie mir befreundet bist?«

Plötzlich herrschte Stille. Ich nahm das Handy von meinem Ohr und rechnete beinah damit, dass die Verbindung abgebrochen war. Aber sein Name wurde noch immer auf dem Display angezeigt, und die Sekunden tickten ebenfalls weiter.

Ich hielt das Handy wieder ans Ohr. »Jae-yong?«

Er atmete schwer aus, und ich wusste instinktiv, dass das Gespräch ein weiteres Mal eine Wendung nehmen würde, die mir nicht gefallen dürfte.

»Es gibt da noch etwas, das du wissen solltest«, begann er. »Die Musikindustrie ist nicht nur, was die Ausbildung betrifft, anders als eure. Beziehungen oder Freundschaften zu … einem anderen Geschlecht werden hier ungern gesehen.«

»Das heißt?« Ich ahnte, was er als Nächstes sagen würde. Trotzdem wollte ich es von ihm hören.

»Es wäre besser, wenn du niemandem erzählst, dass du mich kennst.«

Ah. Da war es.

Nicht dass ich in nächster Zeit vorgehabt hätte, es Liv oder Mel unter die Nase zu reiben. Ich war mir sicher, dass beide genügend dazu zu sagen gehabt hätten. Trotzdem irritierte es mich, dass er ein Geheimnis aus unserer – ja, was eigentlich? Freundschaft? – aus dem, was zwischen uns war, machen wollte. Ich war mir nicht einmal sicher, worum genau es sich bei uns handelte. Das ungeduldige

Warten auf Antworten, die Gespräche über nichts und alles, das Kribbeln im Bauch. Damit befand ich mich auf unbekanntem Terrain, und die Tatsache, dass es keinen wirklichen Begriff für dieses Mittelding gab, machte das Ganze nicht unbedingt leichter.

»Ich hatte nicht vor, damit zur Presse zu gehen, falls du dir darüber Sorgen machst«, versicherte ich ihm. Eventuell war mein Tonfall ein klein wenig säuerlich. Rein logisch betrachtet war mir klar, dass es eine legitime Bitte war. Dennoch wich das Kribbeln in meinem Bauch sehr schnell einem Ziehen in meinem Brustkorb. Ich rieb mir abwesend mit der freien Hand über die Brust.

Ein Seufzen. »*Ella.*« Mein Name klang wie eine Bitte um Verständnis. »Glaub mir – jedes Mal, wenn die Jungs mich dümmlich grinsend an meinem Handy erwischen, weil ich eine Nachricht von dir lese, würde ich ihnen am liebsten alles erzählen.«

Poch, poch. Mein Herz legte einen Takt zu, als er dieses Bild von sich malte. Ich stellte mir vor, wie er heimlich auf sein Handy schaute und wie das Lächeln, das sich auf sein Gesicht stahl, seine dunklen Augen glänzen ließ.

Ein warmes Gefühl durchzog mich träge und legte sich schützend über meine aufgewühlten Gedanken.

»Ich würde nicht darum bitten, wenn ich eine andere Wahl hätte«, fuhr er fort, ohne auch nur den Hauch einer Ahnung zu haben, wie sehr seine vorherigen Worte mich beruhigten.

Ich atmete tief ein und aus. »Ich vertraue dir. Auch wenn ich nicht verstehe, warum es ein Problem ist, wenn wir nur Freunde sind«, schob ich hinterher.

Ein raues, freudloses Lachen drang aus meinem Telefon. »Die Medien schlachten so etwas sofort aus. In den meisten Fällen interessiert es sie reichlich wenig, ob es völlig unschuldig ist oder nicht.«

»Das klingt … anstrengend«, sagte ich mangels passenderer Worte. Das traf es sicher nicht einmal annähernd.

»Ja, das kannst du laut sagen, aber … man gewöhnt sich daran.«

Ich bezweifelte die Wahrhaftigkeit dieser Aussage. Wie könnte es sich jemals normal anfühlen, wenn Medien ständig über einen berichteten und einen auf Schritt und Tritt verfolgten?

»Das heißt, wir können uns nicht sehen?«, fragte ich.

»Hattest du vor, dich in nächster Zeit mit mir in der Öffentlichkeit fotografieren zu lassen?«, neckte Jae-yong mich.

»Nein, aber … Ich meine, es würde ohnehin keinen Unterschied machen. Südkorea ist nicht gerade einen Katzensprung entfernt. Aber nur für den Fall, dass du dich wieder nach Chicago verirrst.«

»Wo du das gerade ansprichst«, sagte Jae-yong und überging meinen Wortschwall. »Was machst du in zwei Wochen?«

Ich rief mir gedanklich meinen Terminkalender vor Augen. Uni, Arbeit, Uni, Uni. »Nichts. Warum?«

»Was, wenn wir uns sehen könnten?«

Stille. Die Worte sanken nur langsam in mein Hirn durch.

»Du meinst … Wie meinst du das?«, fragte ich verwirrt.

»In ein paar Wochen ist unser Comeback, und wir haben vorher mehrere Aufnahmen bei ein paar Sendern und Radiostationen in New York«, erklärte er.

Ich hatte nicht mehr die Kraft, meine Ungeduld zu bremsen. »Und?«

»Und«, begann er und machte eine unnötig lange Pause. Ich war mir hundertprozentig sicher, dass er mich damit nur ärgern wollte. »Eventuell haben wir ein bisschen Freizeit, die lang genug ist, um Personen in anderen Städten zu besuchen.«

»Meinst du das ernst?«, fragte ich und presste mein Handy ans Ohr, als könnte ich so den Wahrheitsgehalt seiner Aussage überprüfen.

»Todernst«, war alles, was er darauf erwiderte, und ich konnte in seiner Stimme hören, dass er ein Grinsen unterdrückte.

»Ich …« *Freue mich? Kann es nicht erwarten? Würde die Zeit am liebsten schneller vergehen lassen?* Statt einen dieser Gedanken auszusprechen, machte ich im letzten Moment eine Kehrtwende: »Ich müsste eine Schicht auf Arbeit tauschen.«

Ich konnte förmlich vor mir sehen, wie Jae-yong den Mund sprachlos öffnete und schloss. Vermutlich hatte er die Antwort genauso wenig kommen sehen wie ich.

»Ist das ein Problem?« Die Frage zwischen den Zeilen war eine andere: *Möchtest du mich überhaupt sehen, Ella?*

Wollte ich? Bis gestern hätte ich über die Antwort nicht einmal nachdenken müssen. Ich hätte einfach Ja gesagt, worauf auch immer es am Ende hinausgelaufen wäre. Gott, ich wollte die Tatsache, dass er weltweit bekannt war, nicht zwischen das kommen lassen, was zwischen uns in den vergangenen Wochen so zaghaft entstanden war.

Aber hier stand dieser Fakt nun vor mir wie der sprichwörtliche Elefant im Raum. Ich konnte ihn entweder ignorieren oder auf ihn zustürmen und hoffen, dass er mich nicht unter sich erdrückte.

»Nein«, erwiderte ich ehrlich. »Nein, es ist kein Problem.«

14. KAPITEL

Wir redeten noch eine ganze Weile miteinander. Über NXT, über ihn, über Gott und die Welt und alles und nichts gleichzeitig. Als ich schließlich auflegte, war meine erste Vorlesung bereits zur Hälfte vorbei, und bei Jaeyong musste es mitten in der Nacht sein.

Liv hatte sich in der Zwischenzeit für die Schule fertig gemacht. Die Wohnungstür war vor etwa einer Stunde zugeknallt. Meine Schwester schaffte es nie, Türen zu schließen, ohne die halbe Nachbarschaft zu wecken. Mel musste bereits auf Arbeit verschwunden sein, bevor ich überhaupt aufgewacht war.

Nach dem Auflegen hielt ich mein Handy für ein paar Minuten nur in der Hand und starrte auf das dunkle Display.

War das Gespräch gerade tatsächlich passiert? *Ich habe mir das nicht eingebildet, oder?* Ich hatte das Gefühl, auf heißen Kohlen zu sitzen – ohne die Möglichkeit, sie auch nur ansatzweise zu löschen.

Er erwartete von mir, niemandem davon zu erzählen und einfach bis zu unserem Treffen abzuwarten? Weniger als zehn Minuten nach unserem Telefonat fiel es mir bereits schwer, nicht aufzuspringen und nervös durch mein

Zimmer zu tigern. Meine Gedanken drehten sich seit den Neuigkeiten gestern im Kreis, und wenn ich alles in mir drin behalten würde, würde ich ziemlich sicher sehr bald an die Decke gehen.

Ich hob mein Handy hoch und warf einen Blick darauf. Legte es neben mich. Strich mit den Füßen über den kalten Boden. Schaute noch mal aufs Handy. Trommelte mit den Fingern auf der Bettdecke.

Bis ich es schließlich nicht mehr aushielt und mit mir selbst verhandelte. Was, wenn ich Erin davon erzählte? Nicht den Teil mit NXT und Jae-yong als Weltstar. Er hatte seine Gründe, mich um Verschwiegenheit zu bitten – diese Bitte würde ich sicher nicht missachten, egal wie sehr es mir in den Fingern brannte. Aber den Rest … Ich konnte ihr erzählen, dass ich jemanden kennengelernt hatte. Jemanden, den ich eventuell auf eine Weise mögen konnte, die mir ein Kribbeln im Bauch bereitete. In den Jahren, in denen Erin und ich uns kannten, war das so gut wie nie vorgekommen.

Von uns beiden war sie schon immer der Menschenmagnet gewesen. Sie hatte diese herzliche, offene Art, bei der man sich sofort wohl und angekommen fühlte, als würde man sie bereits seit unzähligen Jahren kennen und nicht erst seit fünf Minuten.

Ich wollte ihr davon erzählen.

Ich konnte ihr nicht *nicht* davon erzählen.

Ich: Hast du heute Zeit für einen Videochat?

Glücklicherweise brauchte sie für ihre Antwort nur ein paar wenige Minuten.

Erin: Kannst du Gedanken lesen? Ich wollte dir gerade die gleiche Frage stellen. Ich platze, wenn ich nicht bald mit dir reden kann!
Erin: Wann??
Ich: Heute Abend.
Erin: Dein heute Abend oder meins?
Ich: Meins. Also etwa dein … 13 Uhr?
Erin: Hmm, in meiner Mittagspause. Ja, passt.
Ich: Sehr gut.
Ich: Aber sag mal …
Ich: Warum bist du noch wach??
Erin: Ich kann nicht schlafen. Und hab mir gerade ein Tiervideo angeschaut, als du geschrieben hast.
Ich: Alles gut?
Erin: Ja, eigentlich schon. Keine Ahnung, woran es liegt. Vielleicht ist schon wieder Vollmond oder so.
Ich: Hast du schon probiert, dein Handy zur Seite zu legen?
Erin: Haha, Schlaumeier. Ja, habe ich. Aber dann fängt mein Kopf an, über Dinge von vor zehn Jahren nachzudenken, und ich kann erst recht nicht schlafen.
Ich: ☹ Kommt mir bekannt vor.
Ich: Ich muss jetzt erst mal los. Aber sag Bescheid, wenn du ein Schlaflied von mir brauchst.
Erin: :P Hab dich lieb.

Nachdem ich ihr die gleichen Worte zurückgeschrieben hatte, ließ ich mich stöhnend auf mein Bett fallen.

Ich wünschte mir nichts sehnlicher, als die Zeit vordrehen zu können. Die letzten Monate ohne Erin waren so schmerzlich langsam vergangen. Ich vermisste es, mich mit ihr auszutauschen, bis in die Nacht Filme zu gucken und zu lachen oder einfach mit ihr in einen Buchladen zu gehen und über all die Bücher zu reden, die wir gelesen hatten oder lesen wollten.

Am liebsten hätte ich mich für den Rest des Tages einfach unter meine Bettdecke verkrochen und mit irgendeiner Serie abgelenkt. Leider wusste ich aus Erfahrung, dass genau das das Schlimmste war, was ich tun konnte, wenn mein Kopf so überfüllt war. Diese Art der Ablenkung half zwar für den Moment, machte das Zurückkommen in das Gedankenchaos allerdings nur schwieriger.

So wenig Lust ich darauf hatte, erschien es mir im Augenblick sogar angenehmer, in die Uni zu gehen und die Vorlesungen abzusitzen, als den ganzen Tag allein zu Hause zu sein, bis mir die Decke auf den Kopf fiel. Entschlossen drückte ich mich vom Bett hoch. Aus der Kommode zog ich eine schwarze Jeans und mein bequemstes Shirt, das mit dem Sailor-Moon-Aufdruck, das ich bestimmt seit vier oder fünf Jahren hatte und nicht aufgeben konnte.

Ich schlüpfte in die Sachen, band meine Haare zu einem Zopf zusammen und hoffte, dass ich nicht ganz so erschöpft aussah, wie ich mich fühlte. Vor dem Losgehen schnappte ich mir aus der Obstschale auf dem Küchentisch eine Banane und war schneller aus der Tür, als ich normalerweise brauchte, um aufzustehen.

Die Banane war bereits Geschichte, als ich in meinem

Vorlesungssaal für *Human Resources* ankam. Ich ließ meinen Blick durch die Menge schweifen, bis ich Matt sah, der relativ mittig saß und einen Platz neben sich freigehalten hatte. Schnell drängte ich mich zwischen den anderen Studierenden hindurch und ließ mich mit einem »Guten Morgen« neben ihn fallen. Er beugte sich über seine Notizen und schien sie vor der Vorlesung noch mal durchzugehen. Ohne aufzusehen schob er mir ein paar Blätter zu.

»Mr Fitzpatrick hat uns heute Morgen die prüfungsrelevanten Themen gesagt und wiederholt. Schreib's dir am besten ab. Es sind in der Stunde noch ein paar neue Themen dazugekommen, die sterbenslangweilig, aber wohl unglaublich wichtig sind, um eine gute Note zu bekommen.«

»Für Mr Fitzpatrick ist jedes neue Thema das wichtigste«, meinte ich nur und schob die Papiere in meinen Notizblock, ohne sie mir anzusehen.

Nun setzte sich Matt aufrecht hin. »Ganz ehrlich, dieser Mann treibt mich noch in den Wahnsinn. Es ist ja nicht so, als hätte ich noch andere Fächer, für die ich lernen muss. Ich dachte, er hört nie wieder auf, Themen aufzulisten. Sei froh, dass du nicht da warst.«

Die Dozentin bat um Ruhe, daher lachte ich so leise wie möglich. »Danke fürs Mitschreiben.«

»Schon gut. Ich hoffe auf deine Mitschriften, wenn ich demnächst ausschlafen will«, sagte er und konzentrierte sich dann auf den Unterricht.

Ich versuchte, es ihm gleichzutun. Ich richtete meine volle Aufmerksamkeit auf die Dozentin. Schon nach kurzer Zeit drifteten meine Gedanken trotzdem ab. Nach einer Weile gab ich es auf. Ich blätterte in meinem Notizblock, bis ich eine leere Seite fand, und begann, mit meinem Kugelschreiber zu doodeln.

Ich ließ den Blick durch den Raum schweifen. Ein Mädchen zwei Reihen vor mir sprang mir ins Auge. Sie hatte blaue kinnlange Haare und mehrere silberne Piercings im Ohr. Auf ihrem Tisch stand eine blassrosa Trinkflasche mit den Umrissen einer Eule darauf, und ich meinte, auf ihrer Federtasche eine Regenbogenflagge zu erkennen. Wie von selbst ging meine Hand dazu über, einen groben Umriss ihrer Figur auf dem Papier festzuhalten. Ihre zierliche Statur, ihr Gesicht, das ich nur von schräg hinten erkennen konnte. Und der Kontrast zwischen der schwarzen Kleidung, die sie trug, und den vielen Farben um sie herum, die dadurch intensiver leuchteten. Ich tauchte erst wieder aus der Zeichnung auf, als Matt mir mit den Ellenbogen in die Seite stieß und mit einem Nicken vor uns deutete.

»Pass auf.«

Die Dozentin war einige Schritte in unsere Richtung gelaufen und sah sich aufmerksam in den Reihen um. Vermutlich, um jemanden zu finden, der – wie ich – nicht aufpasste und ihre Frage nicht gehört hatte. Ja, sie war diese Art von Dozentin. Ich wandte den Blick schnell ab, tat aber so, als würde ich über meine Notizen gehen und versuchen, eine Antwort zu finden. Glücklicherweise entschied sie sich schließlich für einen Jungen ein paar Reihen hinter mir, den sie aus seinem Halbschlaf aufschreckte.

Als sie wieder in den vorderen Teil des Saals zurückging, beugte sich Matt zu mir.

»Alles okay bei dir?«

Ich runzelte die Stirn. »Ja, warum?«

Sein Blick glitt kurz zu der Zeichnung, die ich so gut wie möglich mit meinen Armen zu verdecken versuchte.

»Normalerweise schreibst du jedes Wort mit.«

Ich zuckte möglichst gleichgültig mit den Schultern. »Ich hab einfach nicht gut geschlafen.«

Seine Augenbrauen schossen in die Höhe. Er kaufte mir meine Antwort offensichtlich nicht ab, schien sich aber auch nicht genügend dafür zu interessieren, um nachzufragen.

Den Rest der Stunde widmete ich mich meiner Zeichnung, hörte aber mit einem halben Ohr zu, falls die Dozentin noch einmal eine Frage stellte. Als alle begannen, ihre Sachen zusammenzupacken, klappte ich mein Notizbuch zu und verstaute es in meinem Rucksack.

»Ich geh deine Mitschriften kopieren. Du kriegst sie nachher wieder«, sagte ich zu Matt und machte mich auf den Weg zur Bibliothek.

Der Anblick und Geruch der Bücher legte sich sofort wie ein tröstender Umhang über meine aufgewühlten Nerven. Ich nahm mir einen blickgeschützten Platz nahe dem Eingang und machte mich daran, die Notizen durchzugehen und Stück für Stück abzuschreiben. Glücklicherweise hatte ich nicht allzu viel verpasst. Der größte Teil war Wiederholungen, und ich war mir ziemlich sicher, dass ich die neuen Inhalte ohne Weiteres nachholen konnte, wenn ich die Zeit und Ruhe fand, mich hinzusetzen und zu lernen.

Allerdings merkte ich schnell, dass die Ablenkung nur

oberflächlicher Natur war. Ich verlor ständig den Faden, meine Gedanken wanderten von dem Gespräch mit Jae-yong heute Morgen zu dem bevorstehenden Gespräch mit Erin, bei dem ich gar nicht wusste, wie ich es überhaupt beginnen sollte.

Irgendwann ging ich dazu über, die Stichpunkte nur noch stupide abzuschreiben. Es frustrierte mich unglaublich, dass ich mich nicht so konzentrieren konnte, wie ich wollte. Ich musste wohl oder übel hoffen, dass es nach dem Gespräch mit Erin besser werden würde. Doch vermutlich würde das nicht geschehen, bis ich Jae-yong wiedersah.

Ich schrieb die letzten Wörter ab und packte meine Sachen zusammen. Für die letzte Vorlesung musste ich mich beeilen. Offenbar war Zuspätkommen in den letzten Tagen meine neue Spezialität geworden.

15. KAPITEL

Zwei Stunden später schloss ich die Wohnungstür hinter mir und stieß ein Seufzen aus. Ich stützte mich mit der Hand an der Wand ab und balancierte auf einem Bein, um meinen Schuh vom Fuß zu ziehen.

Anscheinend war das Seufzen lauter gewesen als beabsichtigt. Liv streckte ihren Kopf aus der Küche.

»Langer Tag?«, fragte sie.

Ich nickte und stellte meine Schuhe ordentlich neben der Tür ab. »Kann man so sagen.«

»Ich hab Cupcakes für mich und die anderen zur Feier unseres Auftritts gebacken. Es fällt bestimmt keinem auf, wenn da einer fehlt«, sagte sie mit einem Grinsen auf den Lippen. Am liebsten wäre ich ihr um den Hals gefallen.

»Ein Cupcake klingt gerade himmlisch«, erwiderte ich und lächelte sie dankbar an.

»Kommt sofort.« Damit verschwand sie wieder in der Küche, klapperte mit Geschirr und präsentierte mir im nächsten Moment auf einem weißen Teller einen Cupcake, den ich ihr am liebsten sofort aus den Händen gerissen hätte. Heller Teig, weißes Topping. Er roch einfach unglaublich.

»Apple-Pie-Cupcake«, erklärte Liv. »Der Teig hat eine

Apfel-Zimt-Füllung und das Topping besteht aus Sahne, ein wenig Zitronensaft und etwas Karamellsirup.«

Mir lief schon das Wasser im Mund zusammen. An Thanksgiving brauchten wir meistens zwei Apple Pies, weil ich einen für mich allein beanspruchte. Ausgerechnet heute eine Miniversion meines Lieblings-Pies serviert zu bekommen, war wie ein kleiner Silberstreifen am Horizont. Ich hob den Teller an meine Nase und hätte bei dem Duft am liebsten sofort hineingebissen.

»Danke«, sagte ich und meinte es.

Livs Grinsen wurde, wenn möglich, einen Tick fröhlicher, ehe sie kehrtmachte und sich in die Küche verzog. Kurz darauf begann das Klappern von Töpfen und Pfannen wieder.

Ich stellte den Cupcake auf meinem Schreibtisch neben dem Laptop ab. Mein Rucksack landete auf dem Boden daneben. Ich löste meine Haare aus dem Zopf und stieß ein zufriedenes Seufzen aus, als meine Kopfhaut vor Erleichterung kribbelte. Nach einem langen Tag endlich eine zu strenge Frisur lösen zu können, war eines der besten Gefühle der Welt. Das und die Kleidung wechseln. Ich tauschte meine Jeans durch eine Leggings aus und setzte mich im Schneidersitz auf meinen Schreibtischstuhl. Während der Laptop hochfuhr, nahm ich den Cupcake vorsichtig in die Hand und biss hinein. Und …

Oh Gott. Wow.

Ich wusste, dass Liv gut im Backen war. Sie hatte früher schon jedes Wochenende mit Mom oder Dad alle möglichen Dinge gezaubert. Trotzdem erstaunte es mich jedes Mal wieder, wenn sie mir etwas Neues präsentierte. Ich hoffte sehr, dass sie für immer damit weitermachen würde. Vorzugsweise jeden Tag. Ich würde mich sogar aufopferungsvoll als Testperson melden.

Ein Pling ertönte, und ich öffnete den Skype-Chat, der eben aufgeploppt war.

Erin: Bereit?

Ich schluckte den Bissen herunter und schob den Cupcake mit einem sehnsüchtigen Blick beiseite. Immerhin hatte ich nach dem Gespräch noch etwas, worauf ich mich freuen konnte.

Ich: As ready as can be.

Kaum eine Sekunde später ertönte das penetrante Klingeln eines Skype-Anrufes. Ich nahm den Videoanruf an und wurde von Tausenden und Abertausenden Pixeln begrüßt, die sich langsam zu meiner besten Freundin zusammensetzten.

»Ellaaa.« Erins Stimme erklang blechern und abgehackt durch die Lautsprecher, aber im Moment war mir das völlig egal.

Ich erkannte eine weiße Wand und ein einfaches, gemachtes Bett im Hintergrund. Vermutlich befand sie sich in der Unterkunft, die sie sich gesucht hatte, nachdem sie vor ein paar Tagen für einen neuen Job nach Melbourne gereist war. Es war simpel, sah aber gemütlich aus. Mich überkam das Bedürfnis, den Bildschirm zu umarmen. Als könnte ich mich so davon überzeugen, dass Erin eigentlich hier bei mir war und nicht am anderen Ende der Welt.

»Du hast neue Haare«, war meine erste Aussage, als das Bild nach ein paar Minuten endlich klarer wurde.

Sie fuhr sich mit der Hand durch die Haare und schüttelte den Kopf hin und her, um mir die ganze Pracht ihrer neuen Frisur zu präsentieren. »Frisch für dich, meine Liebe.«

Ich kniff die Augen zusammen. Zwar probierte sie ständig neue Dinge aus, seit sie in Australien war, aber in den Jahren, in denen ich sie kannte, hatte sie, wenn überhaupt, nur die Spitzen ihrer braunen Haare schneiden lassen – und selbst das gerade ein- oder zweimal im Jahr. Jetzt saß sie mit einem akkuraten Bob und Strähnen in allen Farben des Regenbogens vor mir.

Immerhin war mir die dunkelblaue ärmellose Bluse, die sie trug, vertraut. Sie war am Kragen mit Blumen bestickt – mein Geschenk zu ihrer Abschiedsfeier vor ein paar Monaten.

»Von wegen ›meine Liebe‹«, gab ich zurück. »Wenn du im September zurückkommst und ich dich nicht mehr wiedererkenne, musst du dich mächtig auf was gefasst machen.«

Ich konnte es aufgrund der schlechten Qualität des Videos nicht gut erkennen, aber ich war mir ziemlich sicher, dass sie das Gesicht verzog, als hätte sie in einen sauren Apfel gebissen.

»Dein Gesicht gefällt mir gar nicht«, sagte ich bemüht locker.

Statt auf die Stichelei einzugehen, fuhr sie sich ein weiteres Mal durch die kurzen Haare und seufzte. »Ich hab gute und ich hab … na ja, nicht ganz so gute Nachrichten, nehme ich an.«

Ein kleiner Knoten bildete sich in meinem Magen. Ich kannte den Ton in ihrer Stimme.

»Warum habe ich das Gefühl, dass ich deine nächsten Worte nicht wirklich mögen werde?«, fragte ich.

Sie zog den Kopf ein, als würde sie sich für den weiteren Verlauf des Gesprächs wappnen. »Weil du eventuell weißt, dass ich darüber nachdenke, ein paar Monate mehr an meine Zeit hier dranzuhängen …?«

Ich hatte mich verhört. Ich *musste* mich verhört haben. »Wie bitte?«

Erin stieß ein Seufzen aus und lehnte sich auf ihrem Stuhl zurück. Sie verschränkte die Arme vor der Brust. »Ich wusste, dass es dir nicht gefallen würde.«

»Ich meine …« Ich stockte, suchte nach Worten. Gab es etwas Richtiges, das man in dieser Situation sagen konnte? »Von wie vielen Monaten mehr reden wir?«

»Fünf? Oder sechs?«, sagte sie leise, aber ernst. Als würde sie schon länger darüber nachdenken – und es mir jetzt erst erzählen.

»Sechs *Monate?*« Mit großen Augen starrte ich Erin an.

Zwei kleine Worte, und plötzlich kam mir die Entfernung zwischen uns wieder so viel größer vor. Das war noch einmal die Zeit, die sie jetzt im Augenblick noch vor sich hatte. Ich würde sie bis März nächsten Jahres nicht sehen.

Elf Monate.

Ich atmete tief durch. Die Zahl sprang wie ein aufgeschreckter Gummiball durch meine Gedanken.

Elf Monate.

»Warum?«, fragte ich. Ich bemühte mich, meine Gefühle aus meiner Stimme rauszuhalten. Ich kannte Erin. Sie musste einen guten Grund dafür haben.

Sie zuckte mit den Schultern. Ihr Blick glitt zu einem Punkt hinter ihrem Laptop, den ich nicht sehen konnte, ehe er zurück zu mir wanderte. Der Ausdruck in ihren Augen war ehrlich. Um Verständnis bittend.

»Ich fühl mich hier wirklich wohl, Ella.«

Der Satz ließ mich stocken. Ich schluckte. Erin war, seit ich denken konnte, ein fröhlicher Mensch. Sie blühte in der Anwesenheit von anderen auf. Doch im letzten Jahr vor ihrer Abreise hatte sie sich verändert. Sie war stiller geworden. Zurückgezogener. Dass ich sie noch regelmäßig getroffen hatte, lag ziemlich sicher daran, dass ich kein Nein akzeptieren wollte.

Wir hatten viel Zeit damit verbracht, über alles und nichts zu sprechen. Über Ängste und Sorgen und Träume und Wünsche. Und Erin hatte mir in der Zeit Stück für Stück erzählt, wie … verloren sie sich fühlte. Dass sie nicht wusste, wohin sie gehen oder wer sie mal sein wollte. Dass es sie verunsicherte, wie viele Leute mit einem konkreten Plan durchs Leben gingen, während sie das Gefühl hatte, mit aller Kraft darum kämpfen zu müssen, überhaupt über Wasser zu bleiben.

Ich erinnerte mich an diese Gespräche auch Monate später noch sehr deutlich. Sie waren in meinem Kopf hängen geblieben, weil ich genau wusste, wie sie sich fühlte. Und keine Ahnung hatte, wie ich ihr helfen konnte.

Dass ausgerechnet in Australien das Leuchten in ihre Augen zurückkam … Wie konnte ich enttäuscht oder verärgert oder traurig sein, wenn ich endlich wieder eine selbstbewusstere und weniger verkopfte Erin vor mir sitzen sah?

»Ich wusste nicht, dass Australien dich *so* sehr verzaubert hat …«, sagte ich letztlich.

Ein kleines Lächeln stahl sich auf ihre Lippen. »Du glaubst gar nicht, wie offen und herzlich die Leute hier sind. Die Mentalität ist eine ganz andere als daheim. Die Sonne tut gut, die Wärme tut gut und …«

Sie brach ab, verkniff sich ein Grinsen.

Neugierig näherte ich mich dem Bildschirm. »Und?«

»Und vielleicht habe ich auch jemanden kennengelernt, der mir hilft, aus meinem Kopf rauszukommen«, gab sie nach kurzem Zögern zu.

»Was?«, platzte es aus mir heraus.

Erin zuckte zusammen und schob sich fahrig ihre kurzen Haare hinters Ohr. »Den Schrei hat man von Chicago bis nach Australien gehört.«

»Das hoffe ich doch!«, gab ich zurück. »Und jetzt erzähl. Ich will alles wissen.«

»Es gibt gar nicht so viel zu erzählen«, fing sie an. Obwohl ich nur ihren Oberkörper sehen konnte, war ich mir sicher, dass sie ihre Hände gerade nervös in ihrem Schoß knetete.

Ich verdrehte die Augen mit gespielter Genervtheit. »Wem versuchst du, das weiszumachen?«

»Uns beiden?«, war ihre zögerliche Antwort. »Ich weiß auch nicht, Ella. Es ist nicht, was du denkst.«

»Ihr reitet nicht jeden Abend glücklich in den australischen Sonnenuntergang?«

Erin warf mir einen vernichtenden Blick zu. »Du weißt genau, dass ich nicht reiten kann.«

»Oh, und wie du *reiten* …«

»AHH«, schrie sie. »Ist ja gut! Sprich es nicht aus.«

Eine Sekunde verging, dann zwei, und im nächsten Augenblick brachen wir in schallendes Gelächter aus. Als ich wieder dazu kam, Luft zu holen, tat mir der Bauch so weh, dass ich nur vornübergebeugt auf meinem Stuhl sitzen konnte.

Nach ein paar Atemzügen richtete ich mich wieder auf und sah, wie Erin sich die Lachtränen aus den Augen wischte. »Ich hatte vergessen, wie direkt du sein kannst, wenn du es drauf anlegst.«

Ich stützte meinen Arm auf dem Tisch ab, legte mein Kinn auf meiner Hand ab und musterte sie. »Du redest um den heißen Brei herum, Erin.«

Das war nicht ihre Art. Wenn es eines gab, was Erin nicht konnte, dann mit Neuigkeiten hinter dem Berg zu halten.

»Ja«, erwiderte sie. »Weil … du doch auch was zu sagen hattest.«

Und … da war es wieder. Das Thema, über das wir uns in den letzten Jahren mehrfach gestritten hatten: Erin war diese Art Person, die all ihre Bedürfnisse und Wünsche und Träume und Ziele hinten anstellte, wenn sie bemerkte, dass mich etwas beschäftigte. Sie redete nie über die Dinge, die sie bedrückten, sondern steckte sie mit einer sturen Verbissenheit in den hintersten Winkel ihrer Gedanken. Entweder bemerkte ich sie dort und schaffte es, sie aus ihr herauszukitzeln, oder sie trug sie tage-, wochen-, manchmal monatelang mit sich herum, ohne sie mit irgendwem zu teilen.

Ich liebte sie dafür, dass sie immer für mich da war, aber manchmal konnte ich den Gedanken nicht vollständig unterdrücken, dass sie mir nicht so sehr vertraute, wie sie sollte. Tief in mir drin wusste ich natürlich, dass das nicht die Wahrheit war. Sie war ganz einfach der Meinung, dass sie allein mit allem zurechtkam und keine Unterstützung benötigte. Dabei wusste ich selbst nur zu gut, wie sehr man manchmal Hilfe brauchte – gerade wenn man dachte, man könnte es alleine packen.

Deswegen unterdrückte ich das tiefe Seufzen, das sich bei ihrer Aussage in meinen Brustkorb geschlichen hatte, zusammen mit all den Dingen, die seit gestern in meinem Kopf herumschwammen. Ich schob die Gedanken an Jaeyong, an unser Telefonat, an die vielen Nachrichten beiseite und konzentrierte mich auf Erin. Ich würde ihr noch davon erzählen. Nur nicht heute. Heute wollte ich für sie da sein, so wie sie es immer für mich war.

»Die Ausrede kannst du immer wieder versuchen, aber du weißt genau, dass ich mir meine Starrköpfigkeit bei dir abgeguckt habe«, gab ich zu bedenken. Ich warf einen Blick auf die Uhr an meinem Laptop. »Ich hab genügend Zeit, ich kann warten.«

»Musst du morgen nicht zur Uni?«, warf sie ein, um wieder vom Thema abzulenken.

Also lehnte ich mich in meinem Stuhl zurück, verschränkte die Arme vor der Brust und zog abwartend eine Augenbraue hoch.

Eine Weile bot sie mir die Stirn und schwieg ebenso. Mein Handy suchte sich diesen Augenblick aus, um neben mir leise zu vibrieren, und während ich wartete, entsperrte ich den Bildschirm außerhalb des Kamerabereichs. Ich musste mich sehr bemühen, den gleichgültigen Ausdruck auf meinem Gesicht zu behalten.

Jae-yong hatte ein Foto geschickt. Ein Selfie, das in einem großen Spiegel, vor dem er saß, entstanden war. Er trug eine zu große Jeansjacke und ein bunt gemustertes Shirt darunter. Seine Haare gewellt, seine Augen leicht mit Make-up betont.

Darunter hatte er geschrieben: »Bereit für Netflix und eine große Pizza.«

Mein Hirn war leer, während ich darüber nachdachte, was ich antworten sollte. Ich konnte den Blick nicht von dem Bild lösen und schluckte einige Male.

»Na gut«, riss mich Erin aus meinen Gedanken. Für einen Augenblick hatte ich den Videoanruf vergessen. Sie hätte mir vermutlich jede Regung auf meinem Gesicht ablesen können, wenn sie nicht völlig mit sich selbst beschäftigt gewesen wäre. Schnell legte ich mein Handy beiseite und konzentrierte mich wieder auf sie.

»Er heißt Eric«, begann sie. »Und er ist … nicht mal wirklich an mir interessiert, also bleib ruhig.«

Empört legte ich mir die flache Hand auf die Brust. »Ich? Bitte. Wenn ich eins besingen würde, dann die Tatsache, dass ihr quasi den gleichen Namen habt.«

Sie verdrehte die Augen. »Fang lieber damit an, dass bei uns Namen mit E wohl der ganz große Renner sind.«

Ich hob meinen rechten Zeigefinger in die Höhe. »Nicht abschweifen.«

»Du bist schlimmer als meine Mom«, murmelte sie.

»Deine Mom ist wundervoll, und das weißt du.« Sie setzte zu einer Antwort an, aber ich unterbrach sie rigoros. »Konzentrier dich, Erin.« Wenn sie wollte, konnte sie stundenlang über alles und nichts reden, während ich mir vor Frustration die Haare raufte.

Auf ihr »meine Güte« folgte ein weiteres Seufzen. Schien, als wäre genervt heute ihr Status quo.

»Er ist der Sohn des Paars, bei dem ich hier untergekommen bin«, erklärte sie. »Ich hab Eric in Sydney kennengelernt, als ich im Café gearbeitet habe.« Sie stockte, und ich nickte ihr zu – ich konnte mich an den Job erinnern. »Wir sind ins Gespräch gekommen, und er hat mir von der Farm erzählt, die er mit seiner Familie außerhalb von Melbourne bewirtschaftet. Er meinte, wenn ich mal einen Tapetenwechsel brauche, kann ich bei ihnen aushelfen.« Sie machte eine umfassende Handbewegung. »Und hier bin ich.«

Ich runzelte die Stirn. Die Dinge, die sie sagte, passten nicht ganz zu ihrem Gesichtsausdruck, der irgendwo zwischen verträumt und besorgt steckte. »Für mein Verständnis: Du hast einen Mann getroffen. Der Mann hat dich auf seine Farm eingeladen. Und … du hast das Angebot angenommen, weil fremde Leute, die einen zu sich nach Hause einladen, prinzipiell immer sehr vertrauenerweckend wirken?«

Ihre Stimme war mit einem Mal leiser. Zurückhaltender. »Eventuell sind zwischen dem Aufeinandertreffen und dem neuen Job hier noch ein paar andere Dinge passiert.«

»Was für Dinge?«, hakte ich nach. Sie hatte die Schulter in die Höhe gezogen, als wappnete sie sich schon für meine Reaktion.

»Einige Gespräche. Viele Nachrichten … Ein Kuss.«

»Ein Kuss?«

Erin nickte, hielt den Blick aber immer noch abgewandt.

»Und … wo genau ist das Problem?«, fragte ich.

Daraufhin verzog sie das Gesicht. »Es gibt kein Problem. So wirklich. Er hat es nie wieder erwähnt, ich hab es nie wieder erwähnt. Wir leben in glücklicher Verdrängung.«

Meine Augenbrauen schossen in die Höhe. »Ich versteh nicht ganz … Wieso redet ihr nicht darüber?«

»Ich habe doch gesagt, dass er nicht interessiert ist.«

»Aber woher weißt du das denn, wenn ihr es nicht ansprecht?«

»Weil er mir vor dem Kuss-Debakel von seiner Exfreundin erzählt hat, an der er immer noch hängt.«

»Ah«, machte ich. Die Puzzleteile fügten sich langsam zusammen. »Und wieso bleibst du dort?«

Ich versuchte, mich an den Kern des Ganzen heranzutasten, aber es war, wie im Dunkeln nach einer Stecknadel zu suchen. Sie verschwieg mir weiterhin einen Teil der Geschichte – mir war nur nicht ganz klar, warum.

Erin schüttelte den Kopf und zuckte mit den Schultern. Eine Geste, die so hilflos wirkte, dass ich am liebsten durch den Bildschirm gestiegen wäre, um sie zu umarmen.

»Es ist … kompliziert.«

»›Ich kann nicht drüber reden‹-kompliziert?«

»›Ich weiß selber nicht, wo mir der Kopf steht, aber er tut mir gut, das hier tut mir gut, und ich möchte es so lang wie möglich auskosten‹-kompliziert.«

»Oh.« Ich war nur noch zu Lauten fähig. Ein Augenblick verging, in dem ich damit beschäftigt war, meine Gedanken zu ordnen. Und Erin schien es ähnlich zu gehen.

»Ich möchte einfach nicht gehen, bevor ich nicht weiß, wohin mich das … alles hier bringt. Ergibt das Sinn?«

So ungern ich es auch zugab … »Sehr.«

Mit einem Mal schien sich die Spannung in Erin ein bisschen zu lösen. Sie ließ die Schultern sinken und setzte sich aufrechter hin, als wäre ihr eine Last genommen worden. Nur leider hatte sich die Sorge nun bei mir breitgemacht.

Ich versuchte, mir nichts anmerken zu lassen, aber … Dass sie wegen eines Mannes darüber nachdachte, eventuell länger in Australien zu bleiben, lag mir schwer im Magen. Es passte nicht zu ihr, und ich hatte Angst, dass es sie letztlich vielleicht sogar an den Punkt zurückbringen könnte, an dem sie vor einem guten Jahr war.

»Pass einfach auf dich auf, okay?«, sagte ich.

»Immer. Das weißt du doch.«

Ich stellte nicht die Fragen, die mir auf der Seele brannten. Ob es das wert wäre. Ob die Gefahr, verletzt zu werden, nicht zu groß war. Sie waren zu nah an dem, was mir die letzten Tage durch den Kopf gegangen war. Und wie Erin so schön gesagt hatte: In glücklicher Verdrängung lebte es sich manchmal leichter.

16. KAPITEL

Ich: Lieblingsgericht?
Jae-yong: Jajangmyeon
Jae-yong: NEIN, warte!
Jae-yong: Naengmyeon
Jae-yong: … Pizza? Können es auch drei Gerichte sein?
Ich: Wenn du dich für ein einziges entscheiden müsstest und nur noch das bis ans Ende deiner Tage essen dürftest …
Jae-yong: Dann Tteokbokki
Ich: Das ist doch wieder was Neues?!:D
Jae-yong: Versuch du doch mal, dich für eins zu entscheiden.
Ich: Das ist einfach – Schokolade.
Jae-yong: Netter Versuch, aber Schokolade ist kein Gericht.
Ich: Dann eben Schokoladenkuchen. So besser?
Jae-yong: Sollte ich mir Sorgen um deinen Zuckerkonsum machen?
Ich: … vermutlich. Aber! Ich hatte einen Salat zum Abendbrot, das sollte es ausgleichen.
Jae-yong: …

Jae-yong: Ich bin mir nicht sicher, ob das so funktioniert.
Ich: Shhhh

Ein Grinsen unterdrückend las ich mir die Nachrichten durch, die wir letzte Nacht ausgetauscht hatten. Ich scrollte immer wieder nach unten, als könnte ich dadurch eine Antwort von ihm heraufbeschwören. In Korea musste es gerade kurz vor Mitternacht sein, und ich hätte nur zu gern gewusst, ob er bereits ins Bett gefallen war oder noch Dinge zu erledigen hatte.

»Halloooo, Erde an Ella.«

Livs fuchtelnde Hand direkt vor meiner Nase holte mich aus meinen Gedanken. Ich blinzelte, um zurück ins Hier und Jetzt zu kommen, ehe ich antwortete. »Ja?«

»Ich hab gefragt, was du davon hältst«, wiederholte sie ihre Frage – nicht sonderlich hilfreich.

Meine Aufmerksamkeit war in den letzten Minuten zwischen meinem Handy und dem Porridge vor mir hin- und hergewandert – ich konnte nicht behaupten, dass ich irgendwas von dem Gespräch mitbekommen hatte, in das Liv mich gerade einbinden wollte.

»Vonnn …« Ich hoffte, dass mein Gesichtsausdruck zu gleichen Teilen eine Entschuldigung vermittelte und die Bitte, das Thema des Gespräches grob für mich zusammenzufassen. Allerdings hatte ich das wohl in den letzten Tagen und Wochen ein bisschen zu häufig probiert.

»Wo zum Teufel bist du mit deinem Kopf? Das geht jetzt schon seit Tagen so. Du bist noch stiller als sonst – und das muss man erst mal schaffen«, meckerte Liv, die Stirn in Falten gelegt.

Ich zuckte mit den Schultern, in der Hoffnung, das Thema irgendwie abwenden zu können. So langsam gingen mir die Ausreden aus. »Ich denke nur an die Prüfungen nächste Woche.«

Jetzt runzelte Mel ebenfalls die Stirn. »Du bist die Letzte, die sich Sorgen machen müsste. Du bist doch ständig bis mitten in der Nacht wach und lernst.«

Nun ja. Ich versuchte zu lernen. In neunundneunzig Prozent der Fälle lief es darauf hinaus, dass ich mit Jaeyong schrieb, aber das behielt ich für mich. Wenn es bei mir nachts war, war es bei ihm später Nachmittag und meistens hatte er dann ein oder zwei Stunden frei, in denen wir miteinander chatten konnten. Wobei »frei« übertrieben war. Das war die Zeit, in der er keine Interviews, Konzerte, Proben, Meetings oder Trainings hatte und sich mit trivialen Dingen wie essen, an neuen Liedern arbeiten oder sozialen Kontakten beschäftigen konnte. Wann genau er jemals schlief, hatte ich noch nicht herausgefunden. Aber ich glaubte mittlerweile zu verstehen, was er damals meinte, als er sagte, dass man sich an wenig Schlaf gewöhnte, wenn man keine andere Wahl hatte.

»Schon«, sagte ich ausweichend. »Aber es ist so viel Stoff, und ich weiß nicht, ob ich alles behalten kann.«

Oder ob ich mich überhaupt aufraffen konnte, alles zu lernen.

Mel schenkte mir ein beruhigendes Lächeln. Für sie schien es keinen Grund zur Sorge zu geben. »Wohin ist dein Selbstbewusstsein vom Anfang des Studiums verschwunden?«

Vermutlich dort, wo auch die Motivation, es überhaupt erst durchzuziehen, hingekrochen ist.

Ich zuckte mit den Schultern.

»Du schaffst das schon, Ella«, sagte Liv. Sie stand auf und brachte ihren leeren Teller zur Spüle. Dann wandte sie sich an Mel. »Können wir dann los zu Charlie?«

Mel nickte und stand ebenfalls auf. Sie drückte aufmunternd meine Schulter, als sie an mir vorbeiging. »Sie hat recht, Ella. Du schaffst das. Ich ziehe mich schnell um, Liv, dann können wir los.«

Während die beiden in ihren Zimmern verschwanden, blieb ich in der Küche sitzen – zusammen mit ihren Worten, die in meinem Kopf sofort begannen, Kreise zu ziehen.

Du schaffst das, Ella.

Ich stocherte in meinem Porridge herum. Aß die Bananen-Stücke daraus, die ich vorhin hineingeschnitten hatte. Dass Mel und Liv an mich glaubten, hätte mich beruhigen sollen. Stattdessen sorgte es dafür, dass mein Magen Purzelbäume schlug und mir die Lust auf mein Frühstück verging.

Will ich es denn überhaupt schaffen?

Mein Kopf schmerzte, wenn ich nur in Betracht zog, den Gedanken weiter zu hinterfragen. Wenn nicht das Studium – was dann? Das war es, woran ich mich festklammerte, seit … Seit wann eigentlich? Seit Liv und ich bei Mel lebten? Seit unsere Eltern nicht mehr da waren? Es war eine Konstante, mit der ich umgehen konnte. Die leicht war, sich nicht veränderte, während alles andere ständig wie ein Wirbelwind um mich herumfegte.

Mein Handywecker unterbrach meinen Gedankenstrudel. Mir blieben noch zwanzig Minuten, um mich anzuziehen, das Nest, das mein Haar im Augenblick war, zu bändigen und zur Bushaltestelle zu laufen, um pünktlich bei der Arbeit zu sein. Mit einem Stöhnen schob ich meinen Stuhl vom Tisch weg und stand auf. Gut, dass ich mittlerweile geübt darin war, mich in Lichtgeschwindigkeit fertig zu machen.

»Du siehst wesentlich gehetzter aus, als für einen Sonntag gut ist«, begrüßte mich Lana und legte ihre Stricknadeln auf dem Tisch ab.

Letztendlich hatte es mich einen verpassten Bus und einiges an Verspätung gekostet, um endlich beim Museum anzukommen.

»Ich bin auch wesentlich weiter von meinem Bett entfernt, als für einen Sonntag gut ist.« Ich ließ mich auf den freien Stuhl neben ihr fallen. »Du wirkst viel zu munter für jemanden, der gestern erst die halbe Erdkugel umrundet hat.«

Sie lehnte sich zurück und schlug die Beine übereinander. »Mein Körper ist immun gegen Jetlags.«

»Deswegen hast du auch zwei unterschiedliche Schuhe an, ja?« Ich deutete auf ihre Füße, die jeweils in einem roten und einem schwarzen High Heel steckten.

Lanas Blick zuckte ebenfalls zu ihren Füßen. »Unter Umständen habe ich seit der Landung aber auch einfach durchgemacht und bin jetzt nur so munter, weil ich mir alle halbe Stunde intravenös einen Kaffee spritze.«

»Klingt wie eine sehr gesunde Alternative zum Schlafen«, merkte ich trocken an. »Aber bitte verrate mir dein Geheimnis: Wie siehst du trotzdem aus, als hättest du in deinem ganzen Leben noch keine Nacht mit weniger als acht Stunden Schlaf gehabt?«

»Gute Hautpflege und jahrelange Erfahrung, wie man Augenringe gekonnt abdeckt«, erklärte sie.

»Gibst du das Wissen an ahnungslose Muggel weiter oder ist das etwas, das du mit ins Grab nehmen wirst?«

»Also, erst einmal: Glückwunsch. Bist du auch endlich unter die *Harry-Potter*-Fanatiker gegangen, ja?« Sie grinste. »Und zweitens: Das kommt ganz auf die Bezahlung an.«

Eventuell sollte ich mir für die Zukunft Freunde suchen, die nicht für alles Mögliche eine Bezahlung verlangten.

»Wie wäre es damit?«, begann ich und beugte mich nach vorn, als hätte ich die Idee schlechthin. »Du kannst in zwei Wochen meine Schicht übernehmen und sogar das Geld dafür behalten?« Ich verschränkte die Hände bittend vor meiner Brust und hoffte, dass mein flehender Blick überzeugend genug war.

Lana öffnete den Mund und schloss ihn gleich darauf wieder. »Weißt du, so unschuldig, wie du guckst, war ich einen kurzen Moment davon überzeugt, dass das ein guter Deal ist.«

Ich senkte meinen Kopf und hob meine verschränkten Hände weiter in die Höhe. »Bitte, bitte?«

»Die Sonntagsschicht?«

Ich nickte. »Genau die.«

»Ich habe kein Problem damit.« Sie sammelte ihre Stricknadeln samt Wolle ein und stopfte sie in ihre Tasche. »Aber wenn ich vor Langeweile eingehe, musst du meiner Familie sagen, dass sie meine Tagebücher ungelesen verbrennen sollen.«

Ein Lachen bildete sich in meiner Brust. »Ich denke, das lässt sich einrichten.«

Lana zog den Reißverschluss ihrer Tasche zu und stand auf. Sie glättete mit den Händen ihre weinrote Bluse und strich sich die Haare hinters Ohr. Ich konnte mich nicht erinnern, sie schon einmal mit einer Hose gesehen zu haben – genau die hatte sie heute an. Sie war hell und ausgewaschen, mit einem Taillenbund und umgekrempelten Säumen, die kurz über ihren Knöcheln endeten. Das Einzige, was an dem Outfit hervorstach, waren weiterhin die unterschiedlich farbigen Schuhe. Aber selbst die wirkten an Lana eher gewollt als ungewöhnlich.

»Na gut. Dann überlass ich dich mal der Meute«, sagte Lana und meinte damit die gähnende Leere, die hier so gut wie immer vorherrschte. »Meine Freundin wartet mit Donuts einen Block weiter auf mich.«

Ich verabschiedete sie mit einem kleinen Winken und einem »Bis Dienstag«, ehe sie verschwand, dann holte ich meinen Skizzenblock heraus in der Erwartung, die Zeit mühsam totschlagen zu müssen. Überraschenderweise hielt die Langeweile aber nur eine halbe Stunde an. Je später es wurde, desto mehr Leute schlugen auf.

Mein Skizzenblock lag die ganze Zeit über aufgeschlagen vor mir auf dem Tisch, aber die einzelnen Personen und kleinen Gruppen, die alle zehn Minuten herkamen, um etwas abzugeben, lenkten mich zu sehr ab, als dass ich mich auf die Zeichnung konzentrieren konnte. Ich wollte eine Szene einfangen, die mir auf dem Weg hierher ins Auge gefallen war: ein Pärchen auf einer Parkbank, die Kaffeebecher in der Hand und beide in ihren Handys versunken. Und nur unweit entfernt ein Mann mit langen, zotteligen Haaren und löchriger Kleidung, der auf dem Boden saß und um Spenden bat. Meist lief ich selbst mit Scheuklappen durch die Stadt. Aber hin und wieder sprang mir so etwas ins Auge – und solche Kontraste auf die Nase gebunden zu bekommen, war jedes Mal aufs Neue schwer zu schlucken.

Ich war bei der Zeichnung nicht weiter als bis zur Parkbank gekommen, bevor mehr Leute kamen und mich vom Weitermachen abhielten. Das Pärchen hatte ich nur grob skizziert. Um mich richtig in einer Zeichnung zu verlieren, brauchte ich Zeit und Ruhe.

»Viel Spaß bei der Ausstellung«, sagte ich mit einem Lächeln und überreichte einer älteren Dame ihre Marke. Sie bedankte sich und verschwand kurz darauf außerhalb meiner Sichtweite. Ich ließ mich zurück auf den Stuhl fallen und nahm mein Handy zur Hand, das bereits seit einer Viertelstunde blinkend neue Nachrichten signalisierte.

Jae-yong: Und deine Schwester hat wirklich eine unserer Choreografien aufgeführt?

Liv hatte mir vorhin einen Ausschnitt ihrer Aufführung geschickt, bei der ich dabei gewesen war. Ich konnte immer noch nicht glauben, dass es tatsächlich meine kleine Schwester war, die so voller Gefühl dort getanzt hatte. Ganz zu schweigen davon, wie merkwürdig es mir vorkam, das Video mit dem Hintergrundwissen zu sehen, dass es Jae-yong und NXT waren, die sie coverten.

Ich: Ja, und sie war unglaublich. Ich wusste nicht, dass sie so tanzen kann.
Jae-yong: »Unglaublich« ist ein gutes Wort für unsere Fans.
Jae-yong: Sie tun so viel für uns, sind kreativ und wesentlich eindrucksvoller als eine Gruppe von fünf Kerlen, die singend über eine Bühne hüpfen.
Ich: Eine Gruppe von fünf talentierten Kerlen, die ziemlich synchron über eine Bühne hüpfen, meinst du wohl. Ich glaube, du verkaufst euch gerade unter Wert.
Ich: Es gäbe diese Fangemeinde gar nicht, wenn ihr nicht wärt.
Jae-yong: Es gäbe uns nicht, wenn sie nicht wären.

Seine Antwort ließ mich stocken. Aus den Dingen, die Jae-yong und Liv mir über NXT erzählt hatten, hatte ich herausgehört, dass es eine Zeit gab, in der sie es schwerer hatten. Er hatte es nicht ausgeführt, und ich hatte nicht weiter nachgefragt. Was auch immer sie durchgemacht hatten – es hatte wohl dazu geführt, dass sie umso dankbarer für das waren, was sie heute hatten.

Ich: Warum bist du schon wach??
Jae-yong: Es ist Punkt fünf Uhr. Ed hat für heute ein außerplanmäßiges Training angesetzt, und ich wollte vorher noch einen Song aufnehmen, der mir nicht aus dem Kopf geht.

Darüber konnte ich nur den Kopf schütteln.

Ich: Ich bin mir ziemlich sicher, dass ihr alle in Wahrheit Zombies seid. Und selbst die schlafen mehr als ihr.
Jae-yong: Eigentlich fühle ich mich sogar überraschend erholt. Alles über vier Stunden ist Luxus.
Ich: Alles über vier Stunden ist *gesund.*

Vor allem wenn man bedachte, dass er – anders als ich – nicht jede Woche mindestens einen Tag zum Ausschlafen hatte. Samstag war mein Tag, um alle Wecker auszustellen, alles außerhalb der Wohnung zu ignorieren und meine Energiereserven für die nächste Woche aufzutanken. Die ganzen restlichen Tage über arbeitete ich auf den Samstag hin. Und wenn er mehrmals hintereinander wegfiel, wurde ich nicht selten ziemlich mürrisch.

Jae-yong: Du klingst wie Woo-seok.
Ich: Wer war noch mal Woo-seok?
Jae-yong: Der Älteste in unserer Gruppe. Mit den dunklen Haaren.
Ich: ...
Ich: IHR WECHSELT ALLE DREI TAGE DIE HAARFARBE.

Das war nicht einmal übertrieben. Sie wechselten ihre Haarfarben tatsächlich öfter als andere Leute ihre Kleidung. Ich hatte bei meinen Recherchearbeiten zu NXT schnell herausgefunden, dass es keine gute Idee war, die Mitglieder daran festzumachen.

Ich: Ich bin fasziniert, dass sie noch niemandem von euch ausgefallen sind.

Seine Antwort kam prompt.

Jae-yong: Ich bete jeden Abend, dass ich nicht mit einer Glatze aufwache.

Ich prustete laut auf und konnte mir bildlich vorstellen, wie ihn dieser Albtraum verfolgen musste. Mir war es ähnlich gegangen, als ich meine Haare eine Zeit lang pink gefärbt hatte. Dabei war ich da nur alle drei Monate beim Nachfärben gewesen und musste es nicht wöchentlich auffrischen lassen. Meine Kopfhaut dankte es mir noch heute, dass ich nach zwei Jahren wieder damit aufgehört hatte.

Ich: Ich wette, ihr habt Zugang zu den besten Perücken, die es gibt.
Jae-yong: Das ist nur bedingt beruhigend.
Ich: Meine Mission ist es nicht, dich zu beruhigen.
Jae-yong: Sondern?
Ich: Mich nicht zu bewegen, damit die ältere Dame vor mir mich nicht wahrnimmt.

Jae-yong: Sie ist kein Raubtier.
Ich: Denkst DU.

Ich legte mein Handy kurz beiseite, als ebendiese Dame mich nach dem Weg zur Ausstellung der zeitgenössischen Kunst fragte.

»Die gesamte Ausstellung beschäftigt sich mit zeitgenössischer Kunst«, erklärte ich so freundlich wie möglich. »Suchen Sie einen bestimmten Künstler? Vielleicht kann ich Ihnen sagen, wo Sie den finden.«

»Sie haben im gesamten Museum keine andere Zeitepoche abgedeckt?«, fragte die Dame ungläubig. Sie sah mich über ihre Brille hinweg naserümpfend an, als würde ich die Verantwortung dafür tragen, was hier ausgestellt wurde.

»Nein«, sagte ich langsam und bedacht. »Sie sind hier im *Museum of Contemporary Art.*«

Es gab nur selten Probleme mit Besuchern – dafür machten sich zu wenige die Mühe, in dem Gebäude nach der Garderobe zu suchen. Aber wenn es doch einmal dazu kam, musste ich aufpassen, dass mein festgetackertes Lächeln nicht verrutschte.

»Sind Sie sich sicher?«, hakte sie eisern nach. »Können Sie nicht vielleicht einen Ihrer Kollegen fragen?«

Innerlich verdrehte ich die Augen. »Ich bin allein für die Garderobe zuständig. Wenn Sie möchten, können Sie sich gern zur Information begeben und meine Kollegen dort fragen.«

»Ja, das werde ich«, grummelte sie vor sich hin, ehe sie sich abwandte und nach einem kurzen, orientierenden

Blick nach rechts lief – in Richtung der Ausstellung, nicht der Information. Einen Augenblick lang war ich versucht, sie darauf hinzuweisen. Allerdings war das Teufelchen auf meiner Schulter lauter. Ich konnte auf eine weitere Auseinandersetzung dieser Art gut und gerne verzichten.

Mit einem Seufzen ließ ich mich zurück auf meinen Stuhl fallen und griff wieder nach meinem Handy.

Jae-yong: Kannst du ihr sagen, dass du mir noch mein Harry-Potter-Buch zurückgeben musst, bevor sie dich auffressen kann?
Ich: Deine Sorge rührt mich.
Jae-yong: *Harry Potter,* Ella. Darüber macht man keine Scherze.
Jae-yong: Aber du kannst dich auch in meiner Wohnung vor ihr verstecken.
Ich: Ich glaube, du hättest es nicht mehr nach einem nachgeschobenen Gedanken klingen lassen können, wenn du es versucht hättest.
Jae-yong: Was es natürlich nicht war.
Ich: Du hast Glück, dass sie schon weitergezogen ist und das erst mal ein hypothetisches Szenario bleibt.

Ich wartete ein paar Minuten ab, um zu sehen, ob er antworten würde, aber vermutlich war er bereits wieder in seiner Arbeit versunken. Er hatte mir erzählt, dass er morgens am kreativsten war. Dafür schälte er sich sogar freiwillig mitten in der Nacht aus dem Bett, was ich gleichermaßen unverständlich wie bemerkenswert fand. Die Musik war wirklich sein Leben.

Ich schob mein Handy in den Rucksack, der zu meinen Füßen auf dem Boden stand, und setzte mich wieder an meine Skizze. Hin und wieder unterbrachen mich Besucher, die nach dem Weg fragten, oder ihre Taschen und Jacken abgeben oder holen wollten. Etwa anderthalb Stunden, bevor das Museum schloss, war der Bereich um die Garderobe allerdings wieder wie ausgestorben, und ich konnte mich voll dem Zeichnen widmen. Und das tat ich auch. Mein Fokus war auf das Papier gerichtet, auf meinen Stift, der darüberkratzte, und die Linien, die nach und nach ein Bild ergaben.

Es war einfach, mich darin zu verlieren. Beinahe so einfach, wie in einem Buch abzutauchen und alles um mich herum zu vergessen. Zu sehen, wie ein Bild aus meinen Gedanken vor meinen Augen Gestalt annahm, war ein unglaublich befriedigendes Gefühl. Mal ganz davon abgesehen hielt es meine Gedanken zumindest für eine Weile im Zaum.

Irgendwann hörte ich die Durchsage, dass das Museum nun schließen würde. Es war bereits der letzte Aufruf, das Gebäude zu verlassen. Erst jetzt legte ich den Stift beiseite. Während die automatische Ansage lief, dehnte ich mich ausgiebig, streckte die Arme über dem Kopf aus und ließ meine müden Handgelenke kreisen, ehe ich den Stift in meine kleine Federmappe schob, den Skizzenblock zusammenklappte und beides in meinem Rucksack verstaute.

Glücklicherweise waren die Haken der Garderobe ausnahmsweise bereits leer. Ich musste also nicht auf die allerletzten Nachzügler warten.

Ein kühler Wind begrüßte mich draußen vor der Tür. Es war eine willkommene Erfrischung zu den Temperaturen, die den Tag über geherrscht hatten. Eine leichte Gänsehaut bildete sich auf meinen Armen, aber es war alles andere als ein unangenehmes Gefühl. Die Sonne war dabei, hinter den Hochhäusern zu verschwinden. Das warme Licht spiegelte sich in der Glasfront des Krankenhauses, das sich neben dem Museum befand.

Ich lief die lange Treppe vor dem Museumseingang hinunter und überquerte die Straße zum Park gegenüber, in dem ich vorhin das Pärchen und den alten Mann gesehen hatte. Ich wollte mir die Umgebung noch einmal genauer ansehen, um das Bild so realitätsnah wie möglich hinzubekommen.

Der Park – oder vielmehr die grüne Insel mitten in der Stadt – war wirklich winzig. Es gab nur einen Weg, der geradewegs vom Eingang zum Ausgang und zurück führte. Rechts und links hatte man ein paar Ausbuchtungen für Bänke angelegt. Es waren nur eine Handvoll Bäume gepflanzt worden, deren Äste sich auf eine Art und Weise über dem Weg ineinander verschlangen, dass man sich beinahe einbilden konnte, nicht in einer Großstadt zu sein. Zumindest, wenn man den Lärm der Autos und Menschen ignorieren konnte, die die ganze Zeit um diese Insel herumliefen.

Die Bank, auf der das Pärchen zuvor gesessen hatte, befand sich genau in der Mitte zwischen den zwei Eingängen. Eine Taube hüpfte davor herum und pickte auf dem Boden – ansonsten war der Park leer. Ich stellte meinen Rucksack vor der Bank ab und setzte mich. Mein Blick schweifte über das Grün und die unzähligen grauen Flächen, die zwischen den Blättern der Bäume hindurchblitzten.

In der Natur zu sitzen – auch wenn sie von Beton, Stahl und Glas umgeben war –, half mir immer dabei, meinen Kopf zu sortieren. Ich liebte das Gefühl, nicht sprechen oder denken zu müssen, sondern einfach … sein zu können. Es hatte etwas sehr Beruhigendes.

Ein kleiner Stich fuhr mir durchs Herz, als ich das Lachen meiner Mom in meinen Ohren hörte. Ich widerstand dem Drang, mich umzudrehen, um nachzuschauen, ob sie hinter mir stand. Mir war bewusst, wie unsinnig der Gedanke war. Aber vor allem in der Natur, zwischen Bäumen und Büschen und Sträuchern, fiel es mir schwer, nicht an meine Eltern zu denken. Wir waren häufig wandern oder campen oder picknicken gewesen, ich hatte zahllose Erinnerungen daran. Es war … bittersüß. Hier zu sitzen und in Erinnerungen zu schwelgen. Nicht oft erlaubte ich mir, dem »Was wäre, wenn …?« nachzuhängen. Das hatte ich nach dem Autounfall lange genug getan.

Wie Mel es geschafft hatte, so schnell wieder dort weiterzumachen, wo sie aufgehört hatte, war mir bis heute ein Rätsel.

Ich nahm mein Skizzenbuch aus der Tasche, schlug es auf meinen Beinen auf und machte mich daran, die Umgebung so gut wie möglich auf Papier zu bringen. Mit jeder Minute, die verging, nahm die Skizze mehr Form an – wirkte lebendiger und echter. Mit den Fingerkuppen verwischte ich einzelne Linien, die zu stark geraten waren, und auch mein Handballen war bereits grau vom Graphit.

Nur am Rande nahm ich wahr, wie es um mich herum Stück für Stück dunkler wurde. Wie der Wind und die Temperaturen abkühlten und ich zu frösteln begann. Ich war gerade dabei, die Schattierungen des Pärchens zu korrigieren, als mein Handy sich in meinem Rucksack bemerkbar machte. Ich legte den Stift zwischen die Seiten des Blocks und klappte ihn zu. Dann kramte ich das Handy hervor.

Jae-yong: Ein Heilmittel gegen stressinduzierte Kopfschmerzen bitte.

Ich lehnte mich auf der Bank zurück, während ich über eine Antwort nachdachte.

Ich: Was für eine Art Stress ist es denn?
Jae-yong: Min-ho, der die Choreos fürs Comeback noch nicht ganz draufhat, und Ed, der deswegen vermutlich in ein paar Minuten völlig durchdrehen wird.
Ich: Oh je. So schlimm?
Jae-yong: Es geht. Wir sind alle ein wenig angespannt und hängen die ganze Zeit aufeinander. Dann streiten wir uns und vertragen uns wieder. So war's schon immer.
Ich: Warum angespannt?
Jae-yong: Unser Management hat uns heute eröffnet, dass sie mit den Choreos nicht zufrieden sind – speziell mit denen, an denen Ed mitgearbeitet hat. Sie wollen

kurzfristig noch was ändern, aber bisher haben sie nichts weiter durchscheinen lassen.
Jae-yong: Was auch alles nur halb so wild wäre, wenn unser Comeback nicht in einem Monat wäre.
Ich: Ihr nennt jedes neue Album ein Comeback, oder?
Jae-yong: Ja, genau.
Ich: Aber ist es dann nicht ein bisschen spät für Änderungen?
Jae-yong: An sich schon, aber wenn die von oben das so möchten, können wir nicht viel dagegen sagen.
Ich: Wie blöd. Ich dachte immer, dass man ab einem gewissen Grad an Erfolg … keine Ahnung, mehr Mitspracherecht hat?
Jae-yong: Es ist nicht so, dass wir gar nichts von uns aus tun können, aber … es ist kompliziert.

Ich hörte sein Seufzen bei den letzten Worten bis hierher.

Ich: Ich hoffe, sie vertragen sich bald wieder. Und dass Ed keinen Anfall wegen Min-ho bekommt.
Ich: Ah, und dass sich deine Kopfschmerzen bessern.
Jae-yong: Danke, Ella.

Eine weitere Nachricht kam vorerst nicht, und ich nahm das als Zeichen dafür, dass er sich wieder dem Training gewidmet hatte. Erst da sah ich endlich auf – im Park war es mittlerweile ziemlich düster geworden. Fröstelnd rieb ich mir mit einer Hand über den Oberarm. Dann packte ich meine Sachen zusammen und machte mich auf den Weg nach Hause.

17. KAPITEL

Der Trott aus Uni und Arbeit war in der darauffolgenden Woche ein willkommener Rhythmus, in den ich mich fallen lassen konnte, ohne mir Sorgen machen zu müssen, dass etwas Unerwartetes passieren würde. Zumindest wusste ich, was ich hier zu erwarten hatte. Ich verbrachte mehr Zeit in der Bibliothek – manchmal mit Matt, der mit mir lernte –, schrieb eine Hausarbeit zu Ende und versank in meiner Freizeit zwischen Büchern und unfertigen Zeichnungen.

Das Einzige, das weiterhin aus der Reihe tanzte, waren die Gespräche mit Jae-yong. Dank seines straffen Zeitplans beschränkten diese sich auf Textnachrichten, dennoch kostete es mich einiges an Energie, den riesigen Elefanten, der in meine Komfortzone eingedrungen war, nicht panisch zurück vor die Tür zu setzen. Wäre mein Leben ein Buch, hätte ich nur zu gern bis ans Ende des nächsten Kapitels vorgeblättert. Das Warten auf das nächste Wochenende machte mich nervös und hibbelig. Obwohl ich versuchte, mich beschäftigt zu halten, kam ich spätestens abends im Bett, wenn es still um mich herum war, nicht umhin, meinen eigenen Gedanken zuhören zu müssen.

Den Kopf ausstellen – eine Kunst, die ich vermutlich mein Leben lang nicht erlernen würde.

Mit einem Seufzen schloss ich die Tür zur Wohnung auf. Die Geräuschkulisse, die mich heute begrüßte, klang wesentlich aggressiver als normalerweise. Ich erkannte an den Schuhen neben der Tür, dass es Liv sein musste, die durch die Küche wütete. Was merkwürdig war, denn normalerweise hatte sie immer Musik laufen und trällerte dazu, wenn sie backte. Diesmal herrschte Stille, abgesehen vom Klappern von Töpfen und Schüsseln. Es war beinahe beängstigend.

Wenn Liv diese Art von Tag hatte, war es normalerweise schlauer, sie abkühlen zu lassen und zu warten, bis sie von allein aus ihrer Höhle gekrochen kam. Aber mein Magen hörte seit der letzten Vorlesung nicht mehr auf zu knurren, und ich hatte bereits im ersten überfüllten und überhitzten Vorlesungssaal von der kalten Cola geträumt, die im Kühlschrank auf mich wartete.

Vorsichtig ging ich den Flur entlang und blieb an der Schwelle zwischen Wohnzimmer und Küche stehen. Bei dem Anblick, der sich mir bot, entgleiste mir beinahe mein Gesichtsausdruck. Ein Tornado hätte weniger Chaos hinterlassen.

»Ist der Teig ausfallend geworden, oder warum schlägst du so auf ihn ein?«

Liv sah für ihre Antwort nicht einmal auf. Sie bearbeitete den Teig einfach weiter, als befände sie sich in einem Boxstudio und nicht in unserer kleinen Küche.

»Haha, Ella.« Sie warf mir einen Blick zu, der deutlich »Achtung, Explosionsgefahr« sagte. »Sehr witzig.«

Ich blieb vorsorglich im Türrahmen stehen. Ein kleiner Sicherheitsabstand konnte nicht schaden. »Ist was passiert, über das du reden möchtest?«

Plötzlich schmiss sie den Teig so heftig auf die Tischplatte, dass ich zusammenzuckte und mir sehnlichst einen noch größeren Abstand zu ihr herbeiwünschte.

»Sehe ich so aus, als würde ich darüber reden wollen?«, motzte sie und stoppte nun doch für einen kurzen Augenblick ihren Boxkampf.

»Nein?«, antwortete ich vorsichtig und betete leise dafür, dass sie das nicht noch provozierte.

Darauf erwiderte sie nichts, sondern zog nur ihre Augenbrauen hoch, wie um zu sagen »Na also«, und widmete sich wieder dem Teig.

Ich zog mich augenblicklich zurück. Essen und Cola konnten warten – lieber behielt ich meinen Kopf noch etwas länger.

Die Zimmertür ließ ich einen Spaltbreit offen, für den Fall, dass Liv in näherer Zukunft doch reden wollte. Mein Schreibtischstuhl knarzte lautstark, als ich mich hinsetzte. Ich rutschte so weit nach unten, bis ich meinen Nacken auf der Rückenlehne abstützen und mein Handy über mein Gesicht halten konnte. Heute hatte ich mit Jae-yong noch so gut wie nichts geschrieben, und das ließ mich merkwürdig hibbelig zurück. Normalerweise schickte er zur Mitte des Tages zumindest eine kleine Nachricht oder antwortete auf eine, die ich zuvor geschrieben hatte. Aber heute herrschte Funkstille.

Ich las mir die letzte Nachricht durch, die ich gesendet hatte – »Taylor Swifts neues Album ist um Längen besser als das von Ariana Grande« – und öffnete dann meinen Internetbrowser. In meinen Fingern kribbelte es, Jaeyongs Namen in die Suchleiste einzugeben. Dabei wusste ich genau, dass ich das eigentlich nicht tun sollte.

Nur hatte ich meinem Verstand in den letzten Tagen ohnehin nicht großartig zugehört, daher erwischte ich mich im gleichen Augenblick noch dabei, wie ich »NXT Jae-yong« eingab und darauf wartete, dass die Ergebnisse ausgespuckt wurden. Ziemlich weit oben wurden mir die aktuellsten Videos angezeigt, und weil ich schwach war und aufgegeben hatte, mich vom Gegenteil überzeugen zu wollen, klickte ich sofort auf das erste.

Das Video ging nur drei Minuten und im Titel stand etwas von »Jae-yong Focus Fancam«. Was genau das bedeuten sollte, wurde mir klar, als das Video anlief – und Jae-yong in Großaufnahme gezeigt wurde. Die Musik begann mit einem schweren Bass und rechts und links von ihm tauchten zwei andere Personen auf, bei denen ich mir fast sicher war, dass es sich um Ed und Woo-seok handelte. Die Aufnahme war verwackelt, man wurde ständig von den Scheinwerfern im Hintergrund geblendet, trotzdem konnte ich mich nicht davon lösen. Meine Augen wanderten immer wieder von dem weit geschnittenen Hemd, das zwei Knöpfe zu weit offen stand, zu der eng anliegenden schwarzen Hose. Als er dann noch im Takt des Basses mit den Hüften kreiste, schossen mir Bilder in den Kopf, bei denen mir die Wangen glühten.

Ich stoppte das Video, schaltete den Bildschirm aus und platzierte mein Handy so weit von mir weg, wie ich nur konnte. Mit meinen Händen versuchte ich, meine

Wangen zu kühlen, und hoffte, dass das Blut schnell wieder den Weg aus meinem Gesicht fand. Ich war gerade dabei, meine Gedanken zurück in andere Richtungen zu lenken, als es zaghaft an der Tür klopfte.

»Ja?« Der süße Geruch von frischem Gebäck stieg mir in die Nase, und ich bemühte mich, mir nicht anmerken zu lassen, was das Video mit mir angestellt hatte.

Liv stieß die Tür mit ihrem Fuß ein Stück auf, bis sie mich zu sehen bekam. »Ich bringe ein Friedensangebot und hoffe auf ein offenes Ohr.«

Ich räusperte mich. »Ich kann sogar zwei bieten, wenn das auf deinem Teller Zimtschnecken sind«, sagte ich und winkte sie herein.

Sie stellte den Teller auf meinem Nachttisch ab und machte es sich auf dem Bett bequem. »Die kannst du alle essen. Ich hab ungefähr zweihundert Stück gemacht.«

Das Mehl auf ihrer Wange und die weißen Fingerabdrücke auf ihrer Hose waren ein deutliches Zeichen dafür, dass sie länger in der Küche tätig gewesen war.

Ich kletterte zu ihr aufs Bett, setzte mich im Schneidersitz neben sie. So gut die Zimtschnecken auch rochen, für den Augenblick würden sie warten müssen. »Spuck's aus. Was ist los?«

Sie strich sich fahrig ein paar widerspenstige Locken hinters Ohr. »Ich bin nur genervt.«

»Das hat man ein bisschen gemerkt«, sagte ich und schickte ein halbes Lächeln hinterher. »Warum?«

Kopfschüttelnd zuckte sie mit den Achseln. Es war eine hilflose Geste, bei der ich sie am liebsten sofort in die Arme genommen hätte, nur war ich mir nicht sicher, ob es das war, was sie gerade brauchte. Stattdessen verschränkte ich die Finger in meinem Schoß und wartete auf ihre Antwort.

»Du erinnerst dich an Charlie, oder?«

Ich nickte.

»Ich versteh sie einfach manchmal nicht«, sprudelten die Worte nur so hervor. »Sie tut immer so, als wäre sie zu cool für alles und nichts würde sie umhauen, dabei weiß ich ganz genau, dass sie irgendwas beschäftigt.« Sie schüttelte aufgeregt den Kopf. »Ich hab ihr gesagt, dass sie mit mir reden soll und dass sie vor mir nicht so tun muss, als wäre alles wunderbar.«

Als ich sah, wie wütende Tränen in Livs Augen stiegen, rutschte ich ein Stück näher an sie heran und legte meine Hand auf ihr Bein.

»Und statt dann endlich mit mir drüber zu reden, sagt sie, ich solle es halt so hinnehmen, so sei sie schon immer gewesen.« Sie schniefte kurz, ehe sie fortfuhr. »Und wenn ich damit nicht umgehen kann, soll ich mir andere Freunde suchen.«

»Das hat sie gesagt?«, versicherte ich mich ungläubig. Ich kannte Charlie nur von der einen Begegnung und dem Besuch im Cupcake-Laden. Trotzdem fiel es mir schwer, so eine Aussage mit ihr in Verbindung zu bringen.

Liv nickte und starrte auf den Boden. Als sie ein weiteres Mal schniefte, breitete ich meine Arme aus.

»Wie klingt eine Umarmung?«, fragte ich vorsichtig.

Liv hielt ihren Blick weiterhin gesenkt. Eine Träne kullerte ihr über die Wange. Sie rutschte auf dem Bett ein wenig hin und her, ehe sie sich seitlich an mich lehnte und ich die Arme um sie schloss. Ich legte mein Kinn auf ihrem Kopf ab und ignorierte, wie ihre Haare mich an der Nase kitzelten.

»Habt ihr darüber gesprochen, dass dich das verletzt hat?«, fragte ich nach einer Weile.

Ich spürte, wie Liv den Kopf schüttelte. »Ich war so wütend und hab zu ihr gesagt, dass ich das vielleicht wirklich tun sollte, und dann bin ich gegangen.« Sie wischte mit einer Hand über die Wangen. »Meinst du … Meinst du, sie wird jetzt nicht mehr mit mir sprechen?«

Wie traurig sie klang, als sie die Frage stellte, ließ mir das Herz schwer werden. Häufig vergaß ich die vier Jahre, die uns trennten. Liv war meine kleine Schwester, aber auch eine meiner besten Freundinnen. So deprimiert erlebte ich sie selten. Aber wenn doch, erinnerte es mich daran, dass vier Jahre eine ganz schön lange Zeit sein konnten.

Mit meiner Antwort ließ ich mir einen Augenblick Zeit. Ich wollte Worte finden, die Liv trösteten und die graue Wolke über ihr vertrieben.

»Ich glaube, du solltest mit ihr reden. Ihr sagen, was du denkst. Ich bin mir sicher, dass sie sich nicht einfach neue Freunde sucht. Da würde sie ganz schön was verpassen, und das weiß sie bestimmt«, fügte ich in einem lockereren Tonfall hinzu. Livs Schnauben daraufhin war wie Musik in meinen Ohren.

Ein paar Minuten saßen wir schweigend so da. Das leise Ticken meines Weckers war das einzige Geräusch, das den Raum erfüllte, während jeder für sich seinen Gedanken nachging.

Liv durchbrach die Stille mit einem Seufzen. »Warum muss das so schwer sein?«

Das wüsste ich auch gern, murmelte eine Stimme in meinem Hinterkopf. Ich ignorierte sie. »Was hältst du davon, wenn wir uns eine Pizza bestellen und einen spontanen Filmabend einlegen?«, fragte ich. Vielleicht würde sie das ein wenig aufmuntern.

Sie brauchte ein paar Sekunden, ehe sie sich zu einem Nicken aufraffen konnte. »Disney?«

»Disney.«

18. KAPITEL

»Sie hat doch gesagt, dass die letzten zwei Themen nur für unser Allgemeinwissen wären und nicht relevant für irgendwelche Prüfungen«, beschwerte Matt sich lautstark.

Ich schob das Essen auf meinem Teller hin und her. Auf dem Schild an der Ausgabe hatte was von »Kartoffelbrei« gestanden, aber was auch immer das vor mir war – es schmeckte nicht mal annähernd nach Kartoffeln.

»Wenn Dozenten oder Lehrer so was sagen, heißt das doch prinzipiell, dass sie definitiv relevant sind«, gab ich zurück. Zumindest war das in der Highschool immer so gelaufen.

Matt stöhnte verzweifelt auf und klappte das Lehrbuch, das er vor sich liegen hatte, zu. »Einmal! Wenn sie einmal etwas sagen und es dann auch meinen – das würde mein Leben so sehr vereinfachen.«

Ich zuckte nur mit den Schultern. Es war nicht das erste Mal und würde auch nicht das letzte Mal bleiben, und ich hatte es schon lange aufgegeben, mich darüber zu ärgern.

»Oh, übrigens …« Matt kramte in seiner Tasche und zauberte ein paar Blätter hervor, die er zwischen uns ausbreitete. Darauf waren mehrere Kohlezeichnungen von

Personen in unterschiedlichen Positionen zu sehen. »Die haben wir diese Woche in dem Kurs gemacht, von dem ich dir erzählt hatte.«

Ich beugte mich über den Tisch, um die Zeichnungen genauer zu betrachten. »Hattet ihr Modelle da?«

Matt nickte. »Ja, das erste Mal. Wurde auch Zeit nach dem ganzen theoretischen Part, wenn du mich fragst.«

Ich zog die Bilder zu mir heran und betrachtete sie genauer. Es waren immer einzelne Körperteile, nie ein gesamter Mensch. Eine seitliche Ansicht eines Rückens, angewinkelte Beine von vorne.

»Das hast du auch mit Kohle gezeichnet?«, fragte ich erstaunt und deutete auf ein männliches Gesicht, das aussah wie eine Schwarz-Weiß-Fotografie.

»Ziemlich cool, oder? Ich bin ein bisschen stolz darauf.«

»Das kannst du auch sein«, sagte ich und schob ihm die Bilder wieder zu. Er verstaute sie sicher in einer Mappe, die er zurück in seine Tasche schob. Dann sah er wieder mich an. »Und du willst so einen Kurs wirklich nicht mal probieren?«

Ich schüttelte den Kopf und zwang mir noch eine Gabel voll Kartoffelbrei runter. »Nein, danke. Ich komme mit den Vorlesungen jetzt schon kaum hinterher.«

»Schade«, sagte er und widmete sich seinem eigenen Essen.

Nachdem ich die Gemüsebeilage gegessen hatte, schob ich den Teller von mir, zog mein Handy hervor und legte es in meinen Schoß.

Jae-yong: Ehrlich gesagt, habe ich ein schlechtes Gewissen, dass du deine Schwestern wegen mir anlügen musst.
Ich: Ich lüge sie ja nicht an. Ich erzähle ihr nur nicht die ganze Wahrheit.
Jae-yong: Jeder Lügner. Immer.
Ich: Hast du mich gerade als Lügnerin bezeichnet?
Jae-yong: Ich sagte, dass Lügner diese Ausrede gern benutzen. Zu dem Schluss, dass dich das zu einem macht, bist du selbst gekommen.
Ich: Wow.

Ich bemühte mich, das Grinsen auf meinem Gesicht so gut wie möglich unter Kontrolle zu halten. Allerdings schien es mir nicht allzu gut zu gelingen. Als ich Matts Blick auf mir spürte, senkte ich den Kopf ein bisschen tiefer.

Ich: Meine große Schwester würde mich niemals kommentarlos gehen lassen, wenn ich ihr sage, dass ich mich mit Leuten, deren Namen ich ihr nicht nennen kann, an einem Ort treffe, den ich ihr auch nicht nennen kann.
Jae-yong: Warum kannst du ihr den Ort nicht nennen?
Ich: …
Ich: Weil du ihn mir noch nicht gesagt hast, du Held.

Mein Grinsen reichte wahrscheinlich von einem Ohr zum anderen, aber ich konnte nicht anders. Mit ihm zu schreiben, sorgte bei mir jedes Mal für ein Kribbeln im ganzen Körper.

Jae-yong: … hattest du vor, mich jemals darauf hinzuweisen, oder wärst du einfach nicht aufgetaucht?
Ich: Ich hätte Batman darauf angesetzt, die Stadt nach Eindringlingen zu erkunden.
Jae-yong: Eindringlinge? Du verletzt mich, Ella.
Ich: Und ich hab nicht mal das Bedürfnis, mich dafür zu entschuldigen :P
Jae-yong: Wenn ich vorher gewusst hätte, was dein wahres Ich ist …
Ich: Dann?

Ich trommelte auf meinem Oberschenkel, während ich auf seine Antwort wartete. An meiner Schulter spürte ich hin und wieder Rucksäcke von Leuten, die mich auf ihrem Weg nach draußen anrempelten.

Jae-yong: Dann hätte ich vermutlich nichts anders gemacht als bisher.
Ich: Ist das deine masochistische Ader, die da aus dir spricht?
Jae-yong: Hat nicht jeder so eine Ader?
Ich: Ich weiß nicht, ob das ein Gesprächsthema ist, das ich um diese Uhrzeit mitten in der Uni anschneiden möchte, um ehrlich zu sein.
Jae-yong: Vermutlich die bessere Entscheidung.
Ich: Da bin ich mir ziemlich sicher, ja.

Ich sah auf, als Matt mir auf die Schulter tippte. Er stand neben mir, das Tablett in der Hand, und deutete zum Ausgang. »Ich gehe vor und halte dir einen Platz frei.«

»Danke«, rief ich ihm hinterher, als er schon halb durch die Menge verschwunden war.

Ich: Meine Mittagspause ist fast vorbei …
Ich: Ist es legitim, die nächsten Vorlesungen zu schwänzen und nach Hause zu gehen?

Oder nach Südkorea zu fliegen …

Jae-yong: Oh, das klingt nicht gut.
Jae-yong: Schwerer Tag?
Ich: Nein, eigentlich nicht mal unbedingt das. Ich hab nur keine Lust. Das ist aber in letzter Zeit, wie es scheint, ein Dauerzustand. Ich hoffe, dass es bald vergeht.
Jae-yong: Keine Lust aufs College?
Ich: Aufs College, das Mensaessen, auf die Leute, auf das Studium an sich.
Jae-yong: Gibt es etwas, das dir dabei gefällt?
Ich: Das Ende des Tages.
Ich: Das klingt jetzt viel dramatischer, als es ist. Mir ist einfach irgendwo im Laufe des Semesters die Puste ausgegangen
Jae-yong: Versteh ich.
Jae-yong: Und was hindert dich daran, eine Pause zu machen, um wieder Luft holen zu können?

Ich zögerte einen Augenblick, bevor ich die Antwort tippte. Es fiel mir schwer genug, es selbst als Wahrheit anzunehmen – es mit jemanden zu teilen, war nervenaufreibend.

Ich: Ich hab Angst, dass ich dann nie wieder damit weitermache.
Jae-yong: Wäre das so schlimm?
Ich: Ich habe dir erzählt, dass unsere Eltern nicht mehr leben, richtig?
Jae-yong: Ja, hast du.
Ich: Liv und ich wohnen seitdem bei Mel, und sie muss Tag und Nacht arbeiten, weil sie sonst keine drei Leute versorgen kann.
Ich: Unsere Eltern haben uns jeweils zur Geburt ein Sparkonto angelegt, in das sie regelmäßig eingezahlt haben. Ich habe Zugriff auf meins bekommen, als ich achtzehn geworden bin. Damals hatte Mel zu mir gesagt, ich solle es »in meine Zukunft investieren«. Ihr Geld war da schon lange in ihr abgeschlossenes Studium geflossen. Und, na ja … das hab ich gemacht.
Jae-yong: Indem du dir einen »vernünftigen« Studiengang ausgesucht hast.
Ich: Ich weiß nicht, ob du eine Ahnung davon hast, wie hoch die Studiengebühren in den USA, und vor allem auch in Chicago, sind. Es gibt Leute, die den Rest ihres Lebens damit verbringen, sie abzuzahlen.
Ich: Wenn ich darüber nachdenke, wie viel Geld in dem einen Jahr schon in das Studium geflossen ist, wird mir schlecht. Jetzt damit aufzuhören, nur weil es mir nicht richtig Spaß macht … Wie würde ich das Mel jemals erklären? Mit dem Wissen, dass es Geld ist, das ich ihr hätte geben können, um es etwas leichter für sie zu machen?
Ich: Dann sitz ich lieber die paar Jahre durch und kann am Ende auf eigenen Beinen stehen.

Meine Hände zitterten, nachdem ich den letzten Satz abgeschickt hatte. So sehr, dass ich mein Handy kurz ablegen musste, um sie auszuschütteln und mich wieder zu beruhigen. Die Worte waren nur so aus mir herausgeflossen, und ich musste mich dazu zwingen, die Tür, die ich damit geöffnet hatte, wieder zu schließen.

Erst da bemerkte ich, wie still es plötzlich war. Das stetige Summen um mich herum war zu einem Flüstern hier und da geworden. Ich sah auf. Die Mensa war beinah komplett leer. Meine Vorlesung hatte bereits vor zehn Minuten begonnen. Und obwohl ich nicht den geringsten Wunsch verspürte, mich jetzt noch dazuzusetzen, packte ich meine Sachen zusammen und machte mich auf dem Weg zum Vorlesungssaal.

Noch weniger Lust hatte ich nämlich, mir für Matt eine Ausrede ausdenken zu müssen, weshalb ich schon wieder eine Vorlesung verpasst hatte. Ich schlich mich in den Saal, mehr als froh darüber, dass Matt sich fast immer einen Platz in einer der hinteren Reihen suchte, und setzte mich neben ihn. Der Dozent unterbrach seinen Monolog für mein spätes Eintreffen nicht einmal.

»Sorry, ich musste noch was erledigen«, sagte ich, ehe Matt fragen konnte. Er nickte, weiterhin auf seine Notizen konzentriert, und ich wusste nicht, ob er meine Worte überhaupt realisiert hatte oder nur automatisch genickt hatte.

Ich schlug meinen Block vor mir auf, nahm einen Kugelschreiber zu Hand und … tat zumindest so, als würde ich aufpassen, während ich unter dem Tisch weiter mit Jae-yong schrieb.

Jae-yong: Hast du schon mal mit ihr darüber gesprochen?
Ich: Mit Mel? Nein, nie. Ich sag ja, ich wüsste nicht, wie.
Ich: Ich will auch, glaube ich, gar nicht darüber nachdenken. Das zieht meistens Kopfschmerzen nach sich.
Jae-yong: Dann lass uns über was anderes reden.
Ich: Guter Plan.
Ich: Wie die Tatsache, dass du wach bist, wenn es bei dir gerade … wie spät ist?
Jae-yong: 5:36 Uhr.
Ich: Morgens??
Jae-yong: Ja, ich konnte nicht schlafen und dachte, dass ich dann genauso gut ins Studio gehen und an einem Song arbeiten kann.
Jae-yong: [.jpg]

Ich öffnete das Bild und beugte mich tief über das Handy, um es hoffentlich zu allen Seiten hin abzuschirmen. Keine Ahnung, was ich erwartete – ein Selfie ohne jegliche Ankündigung allerdings nicht. Jae-yongs Haare waren vom Schlaf zerzaust und standen in alle Richtungen ab, als wäre er in der letzten Stunde ständig mit der Hand durchgefahren. Er schaute genau in die Kamera, was es mir schwer machte, mir das Bild richtig anzusehen, ohne hibbelig auf meinem Stuhl hin und her zu rutschen. Ich hatte das Gefühl, als würde er wirklich mich angucken.

Die dunkelbraunen Augen, das graue T-Shirt, von dem man nur den Kragen sehen konnte, das entspannte Lächeln … Man sah genau, dass er diese Art von Foto gewohnt war. Dass er öfter vor der Kamera stand und sich genau dort auch wohlfühlte. Im Hintergrund war ein Teil eines Schreibtisches zu sehen. Zwei hell leuchtende Computerbildschirme befanden sich darauf und rechts davon eine große Soundanlage. Neben der Maus stand ein kleiner, unauffälliger Bilderrahmen. Das Gruppenfoto darin war allerdings nicht scharf genug, um es zu erkennen.

Ich brauchte ein paar Anläufe, bis ich meine nächste Nachricht getippt hatte. Ich ließ mich zwischendurch immer wieder von dem Foto ablenken und der Tatsache, dass er es so … einfach und schnell geschickt hatte. Mir fiel es bei Selfies schwer, mich nicht in Kritik über meine Pose, meine rechte Hand oder einzelne Haarsträhnen zu verlieren.

Ich: Ich werde gar nicht erst versuchen, das auf deinem Computer zu entschlüsseln.
Jae-yong: Ein Schnittprogramm. Ich hatte dir doch letztens erzählt, dass ich einen Song aufnehmen wollte? Ich bin nicht wirklich zufrieden damit, aber ich komme nicht darauf, was das Problem ist. Hyun-woo will ihn sich gleich mal anhören, vielleicht hat er eine Idee.
Ich: Ist das schwer? Sich Songs auszudenken?
Jae-yong: Unterschiedlich. Nach sieben Jahren hat man zwar ein gewisses Gefühl dafür, aber dass wir Songs alleine ohne andere Producer oder Textdichter machen, ist eher die Ausnahme.
Ich: Das heißt, ihr schreibt eure Lieder gar nicht selber?
Jae-yong: Nicht die für unsere Comebacks. Unsere Solotracks schon.

Mir kam sein Solosong in den Sinn, über den ich gestolpert war, nachdem ich die Sache mit NXT rausgefunden hatte. Ich konnte mich nicht mehr richtig an das Lied erinnern, nur die Melodie hing mir noch grob im Kopf. Ich machte mir eine mentale Notiz, es mir zu Hause noch einmal anzuhören.

Einen Großteil der Vorlesung verbrachte ich damit, Jae-yong weitere Nachrichten zu schicken. Hin und wieder zuckte ich zusammen, wenn mich das Niesen eines Sitznachbarn oder Matts genervtes Seufzen aus meiner Blase holte. Aber ich fand mich gleich darauf an meinem Handybildschirm klebend wieder. Irgendwann, kurz vor dem Ende der Lesung, meinte Jae-yong, dass er bereits spät dran war und sich für ein paar Proben fertig machen müsste. Erst da legte ich mein Handy zur Seite und bemerkte das Grinsen, das sich anfühlte, als wäre es auf meinem Gesicht festgefroren.

19. KAPITEL

Als ich am nächsten Morgen aufwachte, war mein Grinsen Loopings drehenden Schmetterlingen gewichen – und einer Nervosität, die sich in meinem Magen breitmachte. Ich fühlte mich ab der Sekunde, in der ich die Augen aufschlug, unglaublich unruhig, so als hätte ich drei Tassen Kaffee und dazu noch einen halben Liter Cola getrunken. Der Tag zog schneller als gewöhnlich an mir vorbei, und jede Stunde, die mich näher an den Samstag brachte, ließ den Knoten in meinem Magen nur größer werden.

Ich konzentrierte mich so gut wie möglich auf die Vorlesungen in der Uni, um mein Hirn zumindest für den halben Tag abzulenken und nicht völlig durchzudrehen. Wieso musste das Warten auch immer der schlimmste Teil sein? Ich freute mich auf das Treffen mit Jae-yong. Sehr sogar. Aber meinen Körperreaktionen nach zu urteilen, hätte mir genauso gut ein Referat vor Hunderten von Leuten bevorstehen können. Ich versuchte mir einzureden, dass ich einfach abwarten müsste. Trotzdem drehte sich das Gedankenkarussell im Kreis, sobald ich stehen blieb.

Weswegen ich nach der Uni das tat, woran ich sonst

im Traum nicht gedacht hätte: Ich suchte meine Sportsachen aus der hintersten Ecke meiner Kommode, entstaubte meine Turnschuhe und begann, ein paar Runden um den Block zu drehen. Zwar musste ich alle paar Meter ins langsame Laufen übergehen, weil meine Kondition nur für den Weg von der Küche bis ins Wohnzimmer reichte, dennoch fühlte sich die Bewegung gut an. Als ich schwer atmend die Stufen im Treppenhaus hochlief, merkte ich, dass meine Schultern sich ein wenig entspannt hatten. Das Karussell hatte etwas an Geschwindigkeit verloren, und mein Magen verlangte nach Essen statt nach Kamillentee und Beruhigungstropfen.

Ich nahm mir mehr Zeit als sonst für die Dusche. Die heißen Strahlen massierten den Großteil der verbliebenen Anspannung aus meinen Schultern, und als ich in mein Zimmer ging und mich auf mein Bett fallen ließ, fühlte ich mich fast wieder wie ein normaler Mensch.

Zumindest bis ich auf mein Handy guckte.

Erin: Wenn er noch einmal oben ohne durch das Haus läuft, tacker ich ihm seine Hemden an.
Ich: Vorsicht. Deine Hormone laufen Amok.
Erin: Die sitzen gefesselt hinter Gittern, weil sie gegen alle auferlegten Regeln verstoßen!!

Was auch immer zwischen Erin und Eric vor sich ging … In den letzten Tagen und Wochen hatte sich zumindest auf Erins Seite nur noch mehr Frustration angestaut. Es verging kein Tag, an dem sie nicht gleichzeitig darüber fluchte und dem Himmel dafür dankte, dass sie sein Angebot angenommen hatte. Ich hätte nichts lieber getan, als mich in einen Flieger zu setzen und ihr vor Ort beizustehen, aber mir war leider klar, dass ich nichts tun konnte, um die Situation zu verbessern.

Also war ich aufmerksam, wenn sie schwärmte, und genauso, wenn sie fluchte. Und hörte in mir drin immer wieder eine Stimme sagen, dass ich ihr von Jae-yong erzählen sollte. Von dem, was am Wochenende anstand. Nur … wurde ich irgendwie das Gefühl nicht los, als hätte ich das Zeitfenster dafür verpasst. Den Moment, bis zu dem es noch in Ordnung gewesen wäre, ihr verspätet davon zu erzählen, hatte ich längst überschritten, und jetzt wusste ich nicht, wie ich überhaupt anfangen sollte.

Als Erin nicht antwortete, switchte ich zum anderen Chat, in dem eine ungelesene Nachricht auf mich wartete.

Jae-yong: Als Erstes das Konzert und dann … eine kleine Überraschung.

Ich: Du kannst mir doch erzählen, was es ist. Ich schwöre auch, dass ich es vor mir geheim halten werde!

Jae-yong: Netter Versuch, Ella, aber du wirst dich gedulden müssen.

Ich: Gibt es für den zweiten Part eine Kleiderordnung? Verhaltensregeln? Muss ich mein Königinnen-Winken üben?

Jae-yong: Was glaubst du? Dass ich die Queen habe einfliegen lassen? Wir haben zwar sehr viel Einfluss, aber das übersteigt selbst mein Können.

Ich: Gut, dass du so bescheiden bist.

Jae-yong hatte mir erzählt, dass Freunde von ihm und Min-ho hier in Chicago ein Konzert gaben. Eine K-Pop-Band, von der ich noch nie gehört hatte, die wohl aber sehr gut war. Dem Lied nach zu urteilen, das er mir von ihnen geschickt hatte, stimmte ich ihm da zu. Sie hielten sich eher im Rock-Genre auf, und ich war schon mehr als gespannt, sie live zu erleben. Zumal ich die Anzahl von Konzerten, auf die ich bisher in meinem Leben gegangen war, an einer Hand abzählen konnte.

Nur den zweiten Teil – die Überraschung – wollte er mir partout nicht verraten. Egal, wie oft ich ihn darum bat, er schwieg eisern. Es trieb mich in den Wahnsinn. Die Heimlichtuerei ließ meine Nerven nur weiter in die Höhe schießen.

Ich war mir ziemlich sicher, dass ihm das bewusst war.

Jae-yong: ;)
Ich: Weißt du, dass ich Antworten, die nur aus Smileys bestehen, ganz schrecklich finde?
Jae-yong: Weil?
Ich: Na ja, was soll ich darauf antworten?? Das Gespräch wird damit doch völlig gestoppt. Im normalen Leben würdest du doch auch nicht einfach mitten im Gespräch der anderen Person zuzwinkern und es dabei dann belassen.
Jae-yong: Ich nehme an, dass die wenigsten Leute in Echt so reden oder sich so verhalten, wie sie schreiben.
Ich: Hmm
Ich: Das ist zwar nicht falsch, aber ich finde trotzdem, dass ich recht habe.

Jae-yong: Du bist sehr merkwürdig, Ella Archer.
Ich: :P

Ich sperrte mein Handy und ließ es neben mich auf das Bett fallen. In Gedanken ging ich im Schnelldurchlauf all die Szenarien durch, die morgen aufkommen könnten. Was, wenn wir uns nichts zu sagen hatten? Was, wenn die zwei Male, die wir uns bisher gesehen hatten, ein falsches Bild von mir gezeichnet hatten? Und er mich – wie er gerade schon gesagt hatte – tatsächlich merkwürdig fand?

Ich stieß ein genervtes Stöhnen aus. Gab es keinen Knopf, um seine eigenen Gedanken wenigstens für ein paar Minuten auf stumm zu schalten? Nach ein paar weiteren Minuten gab ich es auf, meinen Kopf gewaltsam zum Stillschweigen zu bringen. Gedanken mit Gedanken zu bekämpfen, war in etwa so, wie Feuer mit Feuer löschen zu wollen: Manchmal funktionierte es, aber meistens entstand dadurch nur ein Inferno.

Ich drückte mich von meinem Bett hoch und bahnte mir einen Weg in die Küche. Dort ließ ich meinen Blick durch den Raum schweifen, überlegte, ob ich mir etwas zu essen machen sollte oder doch lieber etwas bestellen wollte. Unser Kühlschrank war genauso leer wie immer, aber Lust einzukaufen hatte ich nicht. Und auf den Lieferdienst zu warten, klang im Augenblick eher nach einer Qual als nach einer guten Wahl.

Meine Augen blieben für eine Sekunde am Backofen hängen und … Wenn es Liv half, Stress zu reduzieren, konnte ein Versuch nicht schaden, oder?

Entschlossen durchkramte ich die Schränke, suchte alle

möglichen Zutaten zusammen und reihte sie eine nach der anderen auf dem Tisch auf. Ich konnte nicht backen wie Liv und hatte auch gar nicht die Ambitionen dafür, aber es gab ein Rezept von unserer Mom, das ich vermutlich nie vergessen würde. Die Cookies waren nicht sonderlich kompliziert. Vermutlich handelte es sich dabei um die grundlegendsten Schritte beim Backen. Trotzdem brauchte ich länger als erwartet, um den Teig meinen Erinnerungen entsprechend zuzubereiten. Einmal war ich mit dem Mehl etwas zu übereifrig und kippte den gesamten Inhalt der Dose in die Schüssel. Ich brauchte einige Minuten, um es sauber wieder zurückzulöffeln, bevor ich weitermachen konnte.

Ich formte kleine Kügelchen auf dem Backblech und schob es in den Ofen, bevor ich mich dem Aufräumen widmete – mit einem Gefühl irgendwo zwischen Nostalgie und warmer Vertrautheit. Im Hintergrund hörte ich die Wohnungstür, als Liv nach Hause kam. Fröhlich pfeifend erschien sie im Türrahmen zur Küche und zog die Augenbrauen hoch. Ihr Blick schweifte über den Tisch, wo ein gefülltes Blech voll Teig darauf wartete, gebacken zu werden, über das Mehl, das gefühlt überall verbreitet war, und schließlich zum Backofen, den ich in meiner Abwasch-Manie völlig vergessen hatte.

Livs Augen wurden groß. Sie machte große Schritte, riss die Backofentür auf und zog das Blech ein Stück hervor. »Die können schon lange raus, Ella!«

»Oh.« Ich zog den Stöpsel aus dem Waschbecken, ehe ich mich ihr zuwandte. Die Cookies waren an ihren Rändern bereits dunkelbraun, einige Stellen waren kurz davor, sich schwarz zu verfärben. Ich verzog das Gesicht. »Ich hab die Zeit vergessen.«

Sie nahm sich ein Geschirrtuch, zog das Blech aus dem Ofen und stellte es auf dem Tisch ab. »Was genau machst du?«

»Moms Cookies«, antwortete ich.

Ihr Blick wanderte zurück zu dem Blech. »Die hab ich schon ewig nicht mehr gegessen«, sagte sie leise. »Die hab ich das letzte Mal gegessen, als …«

Als sie unsere Mom mit uns gemacht hatte. Ich konnte mich gar nicht mehr erinnern, ob es einen besonderen Anlass gegeben hatte oder wir sie einfach so lange genervt hatten, bis sie mit uns in die Küche gegangen war.

»Ich weiß«, erwiderte ich. »Grund genug, sie endlich mal wieder zu machen, meinst du nicht?«

Ich spürte ihren Blick auf mir ruhen, ignorierte ihn aber weitestgehend. »Magst du das zweite Blech in den Ofen schieben?«

Kurz zögerte sie, nickte dann aber und kam meiner Bitte nach. Wir arbeiteten schweigend nebeneinanderher. Ich trocknete das Geschirr ab und verräumte es in die Schränke. Liv löste die frischen Cookies vom Blech und legte sie auf ein Rost, damit sie auskühlen konnten. Es war eine merkwürdig komfortable Stille, die zwischen uns herrschte. Wir mussten nichts sagen. Allein die Anwesenheit meiner Schwester reichte aus, dass meine Nerven sich beruhigten.

Der Geruch, der die Wohnung erfüllte, als wir das letzte Blech aus dem Ofen geholt hatten, war unglaublich nostalgisch. Es fühlte sich an, als könnten unsere Eltern jeden

Moment in die Küche spaziert kommen. Dass sie das niemals wieder tun würden, war ein befremdliches Gefühl. Es zog längst nicht mehr den lähmenden Schmerz nach sich, der mich früher immer überfallen hatte, wenn ich an die beiden und unser Zuhause dachte. Aber ein kleines Stechen würde vermutlich immer bleiben.

Liv schnappte sich einen Cookie von dem Blech, das frisch aus dem Ofen gekommen war, und schob ihn sich in den Mund. »Heif, heif.«

Ich grinste. »Selber schuld. Du hättest einfach welche nehmen können, die schon abgekühlt sind.«

»Die waren weiter entfernt.« Sie wischte sich die Krümel an der Hose ab. »Was machen wir jetzt mit den ganzen Cookies?«

»Wir essen sie?« Ich hatte kein Problem damit, die nächsten Mahlzeiten durch Kekse zu ersetzen.

»Du weißt genau, dass du diejenige bist, die dann heute Nacht nicht schlafen kann«, erinnerte Liv mich.

»Das Risiko gehe ich ein.«

Wir verstauten die Cookies in Dosen. Als Liv vorschlug, es uns damit auf der Couch bequem zu machen und einen Film zu schauen, stimmte ich begeistert zu. Alles, um meinem eigenen Kopf aus dem Weg zu gehen.

»Was sagst du zu *König der Löwen*?«, fragte Liv mich vor dem DVD-Regal.

»Wenn du mich unbedingt weinen sehen willst, wäre das die perfekte Wahl.«

»Immerhin kannst du deinen Kummer dann in Keksen ersticken.« Sie legte die DVD ein und ließ sich neben mich auf die Couch fallen. »Ich habe die Realverfilmung immer noch nicht gesehen, das sollten wir auch unbedingt nachholen.«

»Ganz bestimmt nicht.«

»Wieso?« Ihr Blick verwandelte sich in den eines Welpen. Sie wusste genau, dass ich nicht Nein sagen konnte, wenn sie diesen Ausdruck aufsetzte.

»Weil das den ganzen Film ruinieren könnte!«

Ihre Augen wurden nur größer, flehender. Hätte nur gefehlt, dass sie die Hände vor der Brust zusammenschlug.

»Nein, Liv. Ich werde ihn mir nicht ansehen.«

Ich versuchte, so unnachgiebig wie möglich zu klingen, aber mein Entschluss geriet jedes Mal wieder ins Wanken, wenn ich in ihr Gesicht sah. Und als wäre das nicht genug, entwickelte sie bei Dingen, die sie sich einmal in den Kopf gesetzt hatte, eine Ausdauer und Sturheit, die selbst die von Mel erblassen ließ.

»Aber ich würde ihn mit niemandem lieber gucken wollen«, sagte sie unschuldig.

Mit einem Seufzen ließ ich meinen Kopf auf die Rückenlehne sinken. »Irgendwann kannst du diesen Welpenblick nicht mehr einsetzen und wirst ganz schön ins Straucheln kommen.«

Besagter Ausdruck verschwand von jetzt auf gleich von ihrem Gesicht, und sie klatschte erfreut. »Ist das ein Ja?«

»Jaaa …« Ich zog das Wort in die Länge. *Außer du vergisst es.*

»Ich werde es nicht vergessen!«

Verdammt.

Mein Kopf verhielt sich ab diesem Augenblick glücklicherweise ruhiger. Wir waren gerade beim Ende des zweiten Films angekommen, als Mel nach Hause kam.

»Habt ihr schon wieder gebacken?«, rief sie von der Wohnungstür aus, ehe sie sich zu uns gesellte. Sie warf sich rechts von mir auf die Couch und löste den Dutt, mit dem sie heute Morgen das Haus verlassen hatte. Den ganzen Tag über hatte sich von der Frisur keine einzige Strähne gelöst. Ein deutliches Zeichen für Mels Perfektionismus.

Liv reichte ihre halb leer gegessene Dose über mich hinweg an Mel weiter. »Ella hat Moms Cookies gemacht.«

Mels Blick zuckte kurz zu mir, dann nahm sie sich zwei davon aus der Dose. »Dass ich die hatte, ist schon eine Weile her.«

Ich verkniff mir die Worte, die sich einen Weg nach draußen bahnen wollten, und biss ein Stück von meinem Cookie ab.

Liv nickte zustimmend. »Hab ich auch gesagt. Aber es sind die besten, oder? Ich glaube, ich könnte die ganze Dose allein aufessen.«

»Hast du das nicht schon mal?«, fragte ich, als eine Erinnerung in mir aufblitzte. »Ich meine, dass Mom mal ein Blech voller Kekse gemacht hat und dich dann kurz aus den Augen gelassen hat. Mel und ich haben von denen nie was gesehen und Mom war stinksauer, weil du die Hälfte davon quer über den Küchenboden verteilt hast.«

Livs Augen leuchteten auf, und sie lachte. »Wirklich? Das klingt nach mir, aber daran erinnern kann ich mich nicht.«

»Ja, ehrlich«, bestätigte ich. Ich wandte mich Mel zu. »Erinnerst du dich? Wir sind gleichzeitig nach Hause gekommen, und Mom hatte Liv aufs Sofa verbannt, um alles wieder aufzuräumen.«

Mel schien mit einem Mal übermäßig interessiert an ihrem Cookie zu sein. Sie wog ihn in einer Hand, dann in der anderen, und einzelne Krümel fielen auf den dunklen Rock, den sie trug. »Ich weiß nicht, das ist schon ziemlich lange her.« Sie legte den Keks zurück in die Dose und stand auf. »Ich muss noch ein bisschen arbeiten. Ich bin in meinem Zimmer, wenn ihr mich braucht.«

Liv und ich sahen ihr zu, wie sie in den Flur ging, und hörten ihre Zimmertür, die sich leise schloss. Danach war es in der Wohnung beinahe gespenstisch still.

Ich atmete tief durch und drehte dem Flur den Rücken zu. Dass sie genau in dem Moment gegangen war …

»Haben wir was falsch gemacht?«, fragte Liv und sprach damit aus, was ich dachte.

Ich schüttelte den Kopf. »Mach dir keine Gedanken. Sie ist bestimmt nur müde von der Arbeit«, sagte ich und war selbst nicht überzeugt davon.

Liv verzog nachdenklich das Gesicht. Wir wussten beide, dass das nicht die ganze Wahrheit war. Aber manchmal war Schweigen einfacher, als das Offensichtliche auszusprechen. Eine Devise, die leider auch häufig bei Themen griff, die ich nicht nachvollziehen konnte.

»Wir haben uns übrigens wieder versöhnt«, sagte Liv in meine Gedanken.

Ich brauchte einen Moment, um zu verstehen, was sie meinte. »Du und Charlie?«

Liv nickte. »Ich habe direkt am nächsten Tag mit ihr geredet, wie du es vorgeschlagen hattest. Sie hat sich sogar bei mir entschuldigt und gesagt, dass sie es nicht so meinte. Ich glaube zwar nicht, dass sie von heute auf morgen etwas ändern wird, aber … es ist ein Anfang.«

Ich legte meine Hand auf ihre und drückte sie kurz. »Zum Glück.«

Sie lächelte kurz, dann sagte sie: »Ich glaube, ich gehe auch ins Bett. Ich sollte eh mal daran arbeiten, einen normalen Schlafrhythmus hinzukriegen, wenn ich nicht immer im Zombie-Modus durch die Schule schleichen will.«

Sie stand auf und wünschte mir mit einer Umarmung eine gute Nacht, ehe sie ebenfalls in ihrem Zimmer verschwand.

Der Film lief noch, ohne dass ihn in den letzten fünfzehn Minuten jemand auch nur annähernd verfolgt hätte. Für ein paar Herzschläge starrte ich auf den flackernden Bildschirm, während ich das Gespräch von eben Revue passieren ließ. Dass wir nicht über unsere Eltern redeten, war nichts Neues. An den schlimmsten Tagen kam es mir wie ein Tabu vor, um das wir herumschlichen, weil niemand genau wusste, was man sagen konnte und was nicht.

Aber dass Mel einfach aufsteht und geht …

Ich wusste nicht mal mehr, ob es bereits mit unserem Einzug hierher so gewesen war oder ob wir mit den Jahren, die vergingen, immer weniger Sätze über sie verloren. Die muntere Musik, die aus dem Fernseher erklang, bildete einen so frustrierend starken Kontrast zu dem, was ich gerade fühlte, dass ich ihn schnell ausschaltete. Ich tastete die Couch nach meinem Handy ab und zog meine Beine an den Oberkörper, als ich es mir vor das Gesicht hielt.

Ich: Hast du einen Zeitumkehrer griffbereit?

Die Antwort ließ keine zwei Minuten auf sich warten.

Jae-yong: Ich habe ihn zu Hause liegen lassen. Aber wenn du willst, bring ich ihn das nächste Mal mit.
Jae-yong: Was ist los?

Stimmt – er war bereits heute auf dem Weg nach New York. Zwar hatte er keine genaue Uhrzeit genannt, aber von einem Interview erzählt, das morgen früh bei einem Radiosender anstehen würde. Demnach waren sie vermutlich kurz vor der Landung oder sogar schon in ihrem Hotel.

Ich: Ich hätte einfach gern einen zweiten Versuch für die letzte halbe Stunde.
Jae-yong: Willst du darüber reden?
Ich: Eigentlich nicht.
Ich: Aber irgendwie schon?

Ich drehte das Handy unentschlossen in meinen Händen, während ich auf seine Antwort wartete. Mein Blick fiel auf die zwei Dosen mit den Cookies, die auf dem Tisch standen. Um mich zu beschäftigen, räumte ich sie vom Couchtisch in unseren Süßigkeitenschrank in der Küche, beseitigte das Chaos, das wir hinterlassen hatten, und zog mich schließlich in mein Zimmer zurück. Das Klicken, als die Tür hinter mir ins Schloss fiel, war seltsam beruhigend.

Der leichte Geruch des Parfüms, das ich ab und an benutzte, hing in der Luft. Auf meinem Schreibtisch lagen Skizzen und fertiggestellte Zeichnungen neben unzähligen Zeichenutensilien. In jeder Ecke stapelten sich Bücher. Allein die Tatsache, dass ich hier jederzeit zu einem Stift oder einem Buch greifen konnte, sorgte dafür, dass die Anspannung aus meinen Schultern wich.

Hier war ich ich.

Hier war die Stille nicht so erdrückend.

Das Vibrieren meines Handys ließ mich zusammenzucken. Als ich auf den Bildschirm sah, wäre es mir beinahe aus der Hand gefallen. Normalerweise rief er mich nie an.

Ich zögerte kaum, bevor ich es an mein Ohr hielt. Mit einem atemlosen »Hallo« nahm ich ab.

»Ähnliche Zeitzonen machen unsere Unterhaltungen schon wesentlich leichter«, war das Erste, was er sagte.

Mein Herz machte einen Sprung, als ich seine Stimme an meinem Ohr hörte. »Sind es die Zeitzonen, die sie schwierig machen, oder dein voller Zeitplan?«

Sein nachdenkliches »Hm« spürte ich durch meinen gesamten Körper vibrieren. »Definitiv die Zeitzonen.«

Ich setzte mich auf mein Bett und zog die Beine an. »Warum rufst du an?«

»Ich wollte deine Stimme hören«, erwiderte er.

Die Aussage reichte aus, um die Wolken an meinem Himmel ein wenig aufzuklären. »Auf einmal?«

»Ich wollte wissen, ob sie so traurig klingt wie deine geschriebenen Worte.«

»Manchmal sprichst du, als würdest du Songtexte zitieren«, sagte ich schwach, konnte das Lächeln auf meinem Gesicht aber nicht unterdrücken. Er musste es in meiner Stimme hören.

»Berufskrankheit«, erwiderte er, ehe er wieder zum eigentlichen Thema zurückkam. »Zum Glück klingst du nicht traurig. Dann muss ich meine Aufheiterungstaktik gar nicht erst anwenden.«

Das ließ mich aufhorchen. »Nur weil ich nicht traurig bin, heißt das nicht, dass ich nicht etwas Aufheiterung vertragen könnte …«

»Tut mir leid, das Angebot kommt erst nach einer bestimmten Zeit wieder auf.«

»Na gut.« Ich ließ mich in meine Kissen fallen, den Blick an die Zimmerdecke gerichtet. »Seid ihr im Hotel?«

Ich hörte ein leises Rascheln durch den Hörer, das verdächtig nach einer Bettdecke klang. »Seit ein paar Stunden, ja. Wir haben eingecheckt, und dann ist jeder in sein Zimmer gegangen. Das Essen hier ist übrigens nicht so gut wie das in Chicago«, fügte er noch hinzu.

»Das Hotelessen, meinst du?«

»Allgemein. Ich träume seit dem letzten Mal von eurer Deep Dish Pizza.«

»Du könntest dir sicher welche bestellen, und die Leute würden Himmel und Hölle in Bewegung setzen, um dir eine authentische Deep Dish Pizza zu liefern«, merkte ich an.

»Mag sein.« Seine Stimme klang gedämpfter. »Aber

ich muss niemandem unnötig Arbeit machen, wenn ich auch einfach einen Tag warten kann.«

Ich strich abwesend mit dem Daumen meiner freien Hand über den Bezug meiner Bettdecke. »Andere würden das sicher ausnutzen.«

»Muss ich mich so verhalten, nur weil ich das könnte?«

»Natürlich nicht.« Ich seufzte leise. »Ich glaube, heute ist einfach kein guter Tag.«

»Was ist passiert?«

Seine Frage klang ehrlich interessiert, und ich schilderte ihm, ohne viel darüber nachzudenken, den Abend. Einige Details ließ ich aus, an anderen biss ich mich fest. Vor allem auf die Tatsache, dass Mel ohne Weiteres aufgestanden und gegangen war, kam ich immer wieder zurück.

»Auf die Gefahr hin, dass die Frage ungünstig ist, aber …«, begann Jae-yong, nachdem ich fertig war. »Warum sprichst du deine Schwester nicht darauf an?«

»Auf unsere Eltern?«

»Ja. Du sagtest, ihr redet nicht wirklich über sie, und für mich klingt das, als würdest du es auch nicht tun«, sagte er. »Versteh mich nicht falsch, ich finde es nicht gut, dass sie einfach weggegangen ist. Aber hast du sie schon mal gefragt, warum sie das tut? Ihr gesagt, dass es dich auch verletzt?«

Ich setzte zu einer Antwort an, aber mir wollte nichts einfallen, was als Erklärung hätte dienen können. Ich hatte es die letzten Jahre hingenommen, weil … weil …

»Ich hab Angst«, sagte ich leise. Es auszusprechen fühlte sich merkwürdig an. Unbeholfen.

»Wovor?«

Ich sah mich in meinem Zimmer um, suchte nach der Antwort, die ich so gut versteckt hatte, um im Alltag ja nie über sie zu stolpern. »Dass sie denkt, ich wüsste nicht zu schätzen, was sie alles für uns getan hat. Ich bin ihr so dankbar, aber … wenn ich sie auf unsere Eltern anspreche … Was, wenn sie sich deswegen schlecht fühlt? Oder sauer wird? Wenn sie sauer auf mich ist und … und …?«

»Und nicht mehr mit dir spricht? Ist es das?«, fragte Jae-yong vorsichtig.

Ich biss mir auf die Zunge, um die aufsteigenden Tränen zurückzuhalten. Volltreffer.

»Ich will nicht, dass sie böse auf mich ist«, sagte ich und fühlte mich plötzlich wieder wie das Kind, das zu früh und zu plötzlich ihren Eltern auf Wiedersehen sagen musste.

»Sie wird dich nicht wegen eines Streits verlassen, Ella.«

Er klang so sicher. Ich hätte mich am liebsten in seine Worte gehüllt, mich in seinen Armen versteckt und den Rest der Welt ignoriert.

»Was, wenn doch?«

Kurz herrschte Stille. »Du hast auch viel aufgegeben, oder?«, sagte er dann. »Hast du deine Eltern nicht auch verloren? Musstest du nicht genauso dein bisheriges Leben hinter dir lassen wie deine Schwestern?«

Meine Antwort kam nur zögerlich. »Schon, aber …«

»Nein«, unterbrach er meine wirren Gedanken. »Nein, nicht aber. Du hast mindestens so viel verloren wie sie. Und ich bin mir sicher, dass sie das weiß.«

Wie komisch es war, dass er mich nach so kurzer Zeit bereits so gut verstand. Er fand genau die Worte, die ich hören musste, an die ich mich klammern konnte, obwohl ich meinen Gedankengängen teilweise selbst nicht folgen konnte.

»Möchtest du mir erzählen, was mit ihnen passiert ist? Deinen Eltern, meine ich«, fragte er leise, zurückhaltend.

Ich schloss die Augen, als die Frage die Flut der Erinnerungen auf mich einstürzen ließ. Da war Blaulicht in der Nacht. Lautes Schallen der Türklingel, das mich aus dem Schlaf riss. Zwei Polizisten, die vor der Haustür standen.

»Ein Autounfall«, war jedoch alles, was ich hervorbrachte. Es klang so unglaublich … trivial. Etwas, das jeden Tag passierte. Das ständig in den Nachrichten kam. In jedem zweiten Buch wurde ein Autounfall beschrieben. Trotzdem war da dieses Brennen in meiner Brust, wenn ich an die Worte der Polizisten zurückdachte. An meine Verwirrung, die Müdigkeit, die Verzweiflung und schließlich der Horror, als mir klar wurde, was für Neuigkeiten mir direkt vor unserer Haustür überbracht wurden, während Liv ein Stockwerk höher schlief und nichts von alldem ahnte.

Damals wusste ich noch nicht, dass dieser Autounfall mein ganzes Leben über den Haufen werfen würde. Ich musste Freunde zurücklassen, an deren Namen ich mich heute kaum noch erinnerte. Die Schule, auf die ich damals gegangen war, war in meinen Erinnerungen kaum mehr als ein paar verschwommene Bilder. Alles wurde ersetzt durch den Umzug nach Chicago. Neue Freunde. Neue Schule. Neue Ziele für die Zukunft.

Neues Ich.

»Die gleiche Story, die du bestimmt schon zigmal in den Nachrichten gehört hast«, fuhr ich fort. »Pärchen wird spät abends von betrunkenem Fahrer gerammt. Beide sterben noch am Unfallort. Der betrunkene Fahrer entkommt«, gab ich nüchterner wieder, als ich selbst von mir erwartet hätte. Schien, als hätten meine Emotionen sich an einen sicheren Ort zurückgezogen. Mein Hirn funktionierte in Augenblicken wie diesen auf Autopilot.

»Danach seid ihr zu deiner Schwester gezogen?«

»Ja.« Ich wandte den Blick aus dem Fenster, durch das das Scheinwerferlicht vorbeifahrender Autos drang und Figuren an meine Wände malte. »Sie lebte damals schon einige Jahre hier in Chicago und hatte sich in ihrem Job hochgearbeitet. Und dann … kamen wir.« Und machten sie von jetzt auf gleich zur Erziehungsberechtigten zweier Minderjähriger.

»Versteht ihr euch gut?«

»Meistens, ja. An den Tagen, an denen unsere Eltern kein Gesprächsthema sind«, sagte ich und seufzte.

Bei Jae-yong erklangen im Hintergrund ein paar Geräusche. »Warte kurz«, sagte er, ehe ein leises Knacken verkündete, dass er das Mikrofon stumm gestellt hatte.

Während ich darauf wartete, dass er zurück ans Telefon kam, rollte ich mich auf die Seite und zog meine Decke unter mir hervor. Ich hatte meinen Schlafanzug zwar noch nicht angezogen, aber im Augenblick fühlte ich mich zu müde, um aufzustehen und mich umzuziehen.

Ein weiteres Knacken. »Entschuldige. Min-ho ist unangemeldet vor meinem Zimmer aufgetaucht.«

»Liegen eure Zimmer weit auseinander?«

Ein Rascheln. »Nein, seins ist direkt nebenan. Er hat seinen eigenen Rekord bei Mario Kart gebrochen und wollte das mit mir teilen.«

»Er klingt nett.«

»Das ist er.« Noch ein Rascheln. Kurze Stille. Dann: »Zumindest wenn er nicht gerade ohne Ankündigung in mein Zimmer stürzt.«

Ich zog meine Beine an und kuschelte mich etwas mehr unter die Decke. »Er darf hiervon auch nichts wissen, oder?«

»Um ehrlich zu sein …«, begann Jae-yong, und ich wurde hellhörig. »Ich habe es ihm erzählt.«

Meine Müdigkeit war plötzlich wie weggepustet. »Wie bitte? Ich dachte, es müsste unbedingt ein Geheimnis bleiben.«

»Er hilft dabei, es geheim zu halten«, erklärte Jae-yong. »Ich bin nicht so diskret, wie ich es gern wäre, und Minho hat mich gedeckt, als er noch nicht einmal wusste, was vor sich geht.«

»Zumindest hast du jetzt jemanden, mit dem du darüber reden kannst …« Ich konnte einen leicht schmollenden Unterton nicht aus meiner Stimme fernhalten.

»Du kannst mit mir reden, wenn du möchtest.«

Ich stöhnte und rollte mich zurück auf den Rücken. »Weißt du nicht, wie diese Dinge funktionieren? Ich kann mit dir nicht *über dich* reden.«

Sein Tonfall wurde neckend. »Warum? Was genau möchtest du denn mit anderen bereden, was ich nicht hören darf?«

»Dein Männerhirn spricht aus dir, Jae-yong.«

Ein tiefes Lachen klang durch den Hörer und zauberte mir eine Gänsehaut auf die Arme. »Ich bin auch nur ein Mensch, Ella.«

»Eine schwache Ausrede, wenn du mich fragst.«

»Zum Glück habe ich dich nicht gefragt.«

»Was sind das denn für verletzende Worte bitte?« Ich fasste mir theatralisch ans Herz – auch wenn er es nicht sehen konnte.

Wieder lachte er. »Du musst zugeben, dass das eine Steilvorlage war. Anders hätte ich gar nicht antworten können.«

Ich stieß einen undefinierbaren Laut der Entrüstung aus und musste grinsen. »Na gut. Dann sind wir hiermit quitt.«

Jae-yong holte Luft, als wollte er Einspruch erheben, schien sich aber dagegen zu entscheiden. »Du musst morgen übrigens nichts anziehen, was du zum Tee mit der Queen tragen würdest«, wechselte er das Thema.

»Und du willst mir wirklich nicht verraten, wohin wir nach dem Konzert gehen?«, bettelte ich – ein weiteres Mal.

»Und die wochenlange Planerei verderben? Ganz bestimmt nicht.«

Wochenlang? »Du hast daran doch sicher nicht die ganzen letzten zwei Wochen gefeilt, oder?«

»Eventuell nicht die ganze Zeit«, bestätigte er. »Aber es gab einiges zu planen.«

In Gedanken durchlief ich alle Möglichkeiten, die ein gewisses Maß an Planung mit sich brachten. »Ich sollte allerdings im Lauf der Nacht wieder nach Hause kommen, wenn ich will, dass Mel jemals wieder ein Wort mit mir wechselt.«

»Was genau, denkst du, werden wir tun?«

»Ich weiß nicht«, überlegte ich laut. »Camping?«

Jae-yong lachte nur.

»Ein spontaner Kurztrip?« *Ein Ausflug in dein Hotelzimmer?* Ich schüttelte den Kopf.

»Kalt, alles kalt. Du kommst sicher nicht darauf. Was auch gut ist«, fügte er noch hinzu. »Wenn dein Gesichtsausdruck morgen nicht überrascht ist, bin ich enttäuscht.«

Ich stöhnte genervt auf. »Du bist gemein.«

Wieder ein Lachen. »Ich schicke dir gleich noch die Adresse für das Konzert. Mir wurde gesagt, dass es in der Nähe vom West Loop ist. Meinst du, du findest allein hin?«

»Ich glaube schon«, sagte ich selbstbewusst. Ich hatte zwar bei Weitem nicht alle Stadtteile Chicagos auswendig im Kopf, aber durch den West Loop hatte ich mich schon öfter navigieren müssen. »Hättest du mir sonst eine Limousine geschickt?«

»Wow. Gut, dass deine Ansprüche so klein sind«, sagte Jae-yong trocken.

Mit dem Gesicht ins Kissen gedrückt versteckte ich mein Grinsen. »Sorry. Ich hätte gern gesehen, wie du, ganz der Popstar, aus der Limousine steigst und deine Fans reihenweise in Ohnmacht fallen.«

»Mir war nicht bewusst, dass vor eurer Wohnung immer eine Traube NXT-Fans steht.«

»Das nicht. Aber Liv ist doch ein Riesenfan. Ich wette, sie würde dich sofort erkennen.«

»Zu sehen, wie du reagierst, wenn ich dich persönlich abhole, wäre das Risiko fast schon wert.«

»Manchmal lässt du deinen inneren Sadisten ein bisschen zu weit raushängen.«

»Du machst es mir einfach zu leicht«, sagte er, ehe seine Stimme einen versöhnlichen Klang annahm. »Keine Sorge. Ich warte dort auf dich.«

»Muss ich irgendwas mitbringen?«

»Nur dich selbst und ein wenig Durchhaltevermögen. Es könnte später werden.«

Meine Fantasie wollte direkt wieder durch die Decke gehen, aber ich rangelte sie nieder und räusperte mich so unauffällig wie möglich. »In dem Fall sollte ich vermutlich ins Bett gehen, sonst wird das ohne intravenös gespritztes Koffein nichts.«

»Du könntest einfach wie jeder normale Mensch einen Kaffee trinken«, war seine Antwort, gefolgt von einem Gähnen.

»Kaffee ist absolut ungenießbar«, erwiderte ich.

»Moment. Du trinkst keinen Kaffee?«

Die Ungläubigkeit war nicht zu überhören. »Nur in Müdigkeitsnotfällen. Ich nehme tagsüber genügend Zucker zu mir – wenn ich noch Kaffee dazukippe, würde ich nie wieder ein Auge zumachen.«

»Das lasse ich dir nur als Antwort durchgehen, weil ich zu müde bin, um eine Grundsatzdiskussion zu starten.«

Jetzt, wo er es erwähnt hatte, meinte ich tatsächlich die Müdigkeit in seiner Stimme zu hören. Sein Akzent schien stärker zu werden, als könnten sein Mund und seine Zunge nur mit größter Mühe englische Worte bilden.

»Du solltest vermutlich schon längst schlafen, oder?«

»Hm«, machte er träge. »Vermutlich.«

»Warum tust du es nicht?« Ich strich mit meiner Hand abwesend über das Bettlaken.

Er brauchte einige Sekunden, ehe er antwortete. Für einen kurzen Augenblick dachte ich, er wäre eingeschlafen. »Ich wollte sichergehen, dass bei dir alles in Ordnung ist.«

Mein Herz machte einen kleinen Hüpfer. Ich presste meine Handfläche auf meinen Brustkorb, um das Flattern darin zu stoppen. »Alles in Ordnung.«

Es war keine Lüge – mit ihm darüber zu reden, hatte das Chaos des Abends etwas kleiner wirken lassen. Die Gedanken auszusprechen, hatte gereicht, um ihnen die Bedrohlichkeit zu nehmen.

»Gut …« Das Wort war lang gezogen, gerade so gehaucht. Er musste kurz davor sein, einzuschlafen.

»Schlaf gut, Jae-yong.« Ich wartete ab, ob er noch etwas erwidern würde. Als nur noch sein tiefer werdender Atem zu mir drang, legte ich auf.

Und schlief selbst ein paar Minuten später ein.

20. KAPITEL

Lautes Gehämmer an meiner Tür weckte mich.

»Ellaaaaaaa.«

Es gab nur eine Person, die meinen Namen so in die Länge zog. Murrend richtete ich mich aus meinem Decken- und Kissennest auf, in das ich mich im Laufe der Nacht vergraben hatte. Der merkwürdige Geschmack im Mund sagte mir, dass ich mir gestern nicht mal mehr die Zähne geputzt hatte, bevor ich eingeschlafen war. Oder meine Schlafsachen angezogen.

Ich streckte mich kurz und kroch zum Fußende des Betts. Meine Augen wollten sich noch nicht ganz öffnen, und ich stolperte mehr zur Tür als alles andere.

Liv stand mit einem schiefen Grinsen und ihrem Disney-Pyjama davor und drückte mir sofort ihr Handy ins Gesicht. »Rate mal, wer gestern in New York gelandet ist.«

Ich nahm ihr das Handy aus der Hand und blinzelte ein paarmal, um etwas zu erkennen. Ein Bild von fünf Personen mit Mundschutz im Gesicht und Hüten in unterschiedlichen Nuancen von Schwarz auf den Köpfen leuchtete mir entgegen.

»Die fünf dunklen Ritter?«

»ELLA! Das sind NXT!!«

Ihre Worte ließen mein Trommelfell vibrieren. Trotzdem dauerte es einige Sekunden, ehe sie zu meinem Hirn durchdrangen. Ich riss meine Augen auf, schob alle Müdigkeit beiseite und hielt mir den Bildschirm noch einmal direkt vor die Nase. Man konnte kaum etwas von ihren Gesichtern erkennen. Sie standen in einer Reihe nebeneinander vor einem schwarzen Van – vermutlich am Flughafen. Zwei von ihnen winkten, einer schaute gelangweilt in die Kameras und ein weiterer machte ein »Peace«-Zeichen. Ich meinte, dass es sich bei einem der beiden Winkenden um Jae-yong handelte – sicher war ich mir allerdings nicht.

»Sie sind nur wenige Stunden von hier entfernt«, schwärmte Liv. Man konnte die Herzchen in ihren Augen förmlich sehen, und in jeder anderen Situation hätte ich die Art und Weise, wie sie von NXT redete, süß gefunden.

»Ein paar Stunden und mehrere Monate deines Taschengeldes entfernt, ja«, sagte ich trocken.

Sofort veränderte sich Livs Gesichtsausdruck. Sie schob die Unterlippe in gespielter Theatralik nach vorn. »Musst du mir alles verderben?«

Ich wuschelte ihr durch die zerzausten Haare, die sie seit dem Aufstehen definitiv noch nicht gekämmt hatte. »Dafür sind große Schwestern da.«

Sie verdrehte gespielt genervt die Augen und ging mit einem gemurrten »Ja, ja« zurück in ihr Zimmer.

Ich schloss meine Tür und lehnte mich mit dem Rücken gegen das kühle Holz.

Natürlich ist meine Schwester sein größter Fan und verfolgt jeden seiner Schritte.

Als wäre das Ganze nicht schon kompliziert genug, musste ich auch noch vorsichtig sein, dass ich mich mit keinem Satz verriet. Dieses stetige Herumtippeln um die Wahrheit minderte meine generelle Nervosität in der ganzen Situation nicht unbedingt. Und mit »nicht unbedingt« meinte ich: absolut gar nicht.

Mein Blick glitt durch mein Zimmer. Irgendwann innerhalb der letzten Wochen hatte ich jegliche Ordnung über den Haufen geworfen und das Chaos einziehen lassen. Meine Zeichenutensilien waren kreuz und quer über die gesamte Tischfläche verteilt. Über der Stuhllehne hingen Klamotten, die ich abends einfach von mir und daraufgeworfen hatte. Selbst mein Buchregal, das ich normalerweise nach Verlag und Autoren sortiert hatte, war eine Manifestierung meines momentanen geistigen Zustandes: hier ein Stapel gelesener und ungelesener Bücher, dort ein paar umgekippte Hardcover.

Entschlossen drückte ich mich von der Tür weg. Bis heute Abend hatte ich ohnehin keine weiteren Pläne, und statt Löcher in die Luft zu starren und zu hoffen, dass die Zeit langsamer und schneller zugleich verging, konnte ich genauso gut ein bisschen Ordnung in meinen Rückzugsort bringen.

Zwei Stunden später lehnte ich mich in meinem Stuhl zurück und betrachtete mein Werk. Hätte ich einen Comic von mir selbst gezeichnet, würde mein Schreibtisch darin blitzen und funkeln. Die letzten zwei Stunden hatte ich damit verbracht, ihn von oben bis unten zu organisieren. Ich hatte meine Bleistifte angespitzt und nach Härte sortiert in mehrere Stiftehalter gestellt. Die Schubladen nach Papieren, Farben, Zeichenutensilien und angefangenen und beendeten Bildern geordnet. Womöglich hätte ich noch die Tischplatte abgewischt und poliert, wenn ich dann nicht mit Livs fragenden Blicken hätte rechnen müssen.

Vom Boden hob ich einen zusammengeknüllten Haufen Rechnungen auf, die mindestens schon drei Jahre alt waren, und entsorgte sie in der Küche.

»Bist du endlich fertig?«, fragte Liv, die auf der Couch saß. »Was auch immer du in deinem Zimmer gemacht hast, es klang nicht sehr spaßig.«

»Ich hab meinen Schreibtisch aufgeräumt«, sagte ich. »Und dabei Stifte gefunden, von denen ich angenommen hatte, dass du sie mir vor Jahren geklaut hast.«

»Ich würde es nicht wagen, irgendwas anzufassen, das du zum Zeichnen brauchst. Dafür ist mir mein Leben zu lieb.« Livs Blick zuckte zwischen dem Fernseher und mir hin und her.

»Ist das ein NXT-Video?«, fragte ich so unschuldig wie möglich. Es hatte mich einiges an Kraft gekostet, nicht ganz YouTube nach Videos von ihnen zu durchforsten. Aber wenn es hier so offen lief …

»Oh ja«, rief Liv begeistert. »Sie haben es vor ein paar Tagen völlig ohne Vorankündigung veröffentlicht. Wir versuchen gerade, den Rekord des letzten Musikvideos zu knacken.«

»Den Rekord?«, fragte ich abwesend. Meine Augen

versuchten wie von selbst, Jae-yong in dem Video zu finden. Es war relativ düster, mit viel schwarzer Kleidung und wütend klingenden Lyrics. Anders als die Lieder, die ich bisher gehört hatte – trotzdem erkannte ich ihn sofort, als er endlich vor der Kamera auftauchte. Seine Augen waren sehr dunkel geschminkt, und ich sah neben den langen, silbernen Ohrringen ein Helix-Piercing aufblitzen. Hatte ich es bei unseren letzten Treffen übersehen? Ich konnte mich beim besten Willen nicht an dieses Piercing erinnern.

Ich schaute kurz zu Liv, die weiterhin gespannt auf den Fernseher starrte, und biss mir auf die Unterlippe. Ich haderte mit mir, wusste nicht, wie ich meine Frage ausdrücken sollte, wenn der Gedanke an die Antwort mir bereits den Magen umdrehte. Dann gab ich mir einen Ruck.

»Gibt es eigentlich jemanden, den du bei NXT am meisten magst?« *Bitte nicht Jae-yong, bitte nicht Jae-yong, bitte nicht Jae-yong.*

»Ed«, antwortete Liv, ohne zu zögern.

»Oh.« Zum Glück konnte sie nicht hören, wie mir ein Stein vom Herzen fiel. Ich räusperte mich und bemühte mich, meine Frage eher beiläufig interessiert als freudig klingen zu lassen. »Warum?«

Liv zuckte mit den Schultern. »Er ist der Main Dancer. Man sieht einfach, wie sehr er es liebt zu tanzen, sobald er auf der Bühne steht oder irgendwo Musik läuft.«

Ich dachte daran, wie Jae-yong erzählt hatte, dass Ed kurz davor war zu platzen, weil Min-ho die Choreografie noch nicht beherrschte. Das Lächeln konnte ich mir daraufhin nicht verkneifen.

»Haben NXT eigentlich ein bestimmtes Musikgenre, in dem sie sich bewegen?«

Nachdenklich legte Liv den Kopf schief. »Größtenteils schon, wobei ihr Stil sich zwischendurch immer mal wieder verändert. Sie versuchen eigentlich so ziemlich mit jedem Album was Neues. So wie bei dem Lied.« Dabei zeigte sie auf den Fernseher.

Ich ging um die Couch herum und ließ mich neben Liv in die weichen Polster fallen. Sie breitete die Decke, die über ihren Schoß lag, mit über meine Beine aus. Obwohl mir bereits unglaublich warm war, vergrub ich meine Finger in dem flauschigen Stoff und genoss das Gefühl.

»Probieren sich nicht die meisten Musiker bei einem neuen Album auch an einem neuen Stil?« Man brauchte nur ältere und neuere Alben von Fall Out Boy, Imagine Dragons, Taylor Swift und Co. zu vergleichen.

»Aber Stil ist nicht gleich Genre«, erklärte Liv, während sie das Musikvideo weiterhin aufmerksam verfolgte. Wie sie bei den vielen Dingen, die darin abgingen, einen klaren Gedanken fassen konnte, war mir schleierhaft. »Man kann sich fünfzig Jahre in einem Genre bewegen und trotzdem völlig unterschiedliche Stile ausprobieren. Im New Adult oder Young Adult liest du doch auch nicht immer ein und dasselbe Buch, oder? Selbst wenn sie vom gleichen Autor sind.«

So hatte ich das noch nicht betrachtet. Immer den gleichen Stil beizubehalten, würde Stagnation bedeuten. Beim Zeichnen hatte ich über all die Jahre auch ständig unterschiedliche Richtungen eingeschlagen.

Das Video kam gerade wieder im Refrain an und zeigte

eine Aufnahme der Gruppe auf einem verlassenen Industriegelände.

»Wie lange brauchen sie, bis sie die Choreo so draufhaben?«, fragte ich. Ich hätte mir vermutlich längst ein Bein bei dem Versuch gebrochen, so zu tanzen wie sie.

Liv zuckte die Schultern. »Schwer zu sagen. Zwischen zwei Comebacks liegt manchmal ein Jahr, manchmal weniger. Wie viel Zeit davon sie mit Choreografie-Training verbringen, weiß ich ehrlich gesagt gar nicht.« Sie runzelte die Stirn. »Wir haben vor unserem Auftritt einen oder zwei Monate trainiert, glaube ich. Und wir sind lange nicht so gut wie die meisten Idols. Mal ganz davon abgesehen, dass sie ja nicht nur eine Choreo draufhaben müssen.«

»Ich fand, ihr saht wirklich gut aus«, sagte ich nachdrücklich. Leider drückte ich den Stolz, den ich für Liv empfand, nicht häufig genug mit Worten aus.

»So gut, dass du noch mal zu einem Auftritt kommen würdest?«

»Natürlich würde ich!«

Die Haustür wurde aufgestoßen und knallte mit einem dumpfen Geräusch gegen die Wand. Mel kam schnaufend hineingestolpert.

»Danke, ihr müsst mir nicht helfen«, sagte sie hinter dem Berg an Tüten, der sich in ihren Armen stapelte.

Liv und ich tauschten einen Blick aus, ehe wir aufstanden und ihr zu Hilfe eilten. Wir nahmen ihr jeweils eine Tüte ab und brachten sie in die Küche, wo Mel die Einkäufe systematisch in den Schränken verstaute. Milch, Eier, Obst, Gemüse, Konserven, Süßigkeiten, …

Ich brauchte ein paar Augenblicke, bis mir aufging, warum mich das Bild so irritierte. Nicht nur, dass Mel eine Jogginghose trug, nein, ihre Haare waren vollkommen wirr und hingen ihr in langen, unordentlichen Strähnen über den Rücken. Mir fiel nicht ein, wann ich ihre Haare jemals so ungezähmt gesehen hatte – vor allem nicht, wenn sie draußen unterwegs war. Und eine Jogginghose hatte sie das letzte Mal getragen, als sie dank einer Grippe bettlägerig gewesen war.

»Melanie …«, sagte ich vorsichtig.

Die Schranktüren knallten, als sie sie nach dem Verräumen zuwarf, und ich sah aus dem Augenwinkel, wie Liv sich vorsichtig rückwärts aus der Küche entfernte. Mel war gerade dabei, die letzten Dinge zu verstauen.

»Ist alles in Ordnung?«, versuchte ich es noch einmal.

Momente wie diese kamen selten vor, aber ich wusste aus Erfahrung, dass es in dieser Situation zwei mögliche Reaktionen gab: Entweder zog sie sich zurück und fraß alles in sich hinein – oder alles platzte wasserfallartig aus ihr hervor. In diesem Punkt waren Liv und sie sich ziemlich ähnlich.

Die Milchpackung landete mit einem bedenklichen Klatschen auf der Arbeitsfläche neben dem Kühlschrank. Mehrere Sekunden des Schweigens vergingen, und ich überlegte, ob ich ebenfalls den Rückzug antreten oder warten sollte.

Mel holte tief Luft und stieß sie lautstark wieder aus. Ihre Haltung entspannte sich dabei kaum merklich.

»Männer sind scheiße.«

Sie hatte nicht ganz unrecht. Männer waren … Halt, stopp. *Wie bitte?*

»Wie bitte?«

Sie stieß ein schweres Seufzen aus. »Männer, Ella. Lach dir einfach keinen Freund an, okay?« Damit lief sie an mir vorbei und wollte vermutlich in ihr eigenes Zimmer fliehen. Ich brauchte ein paar Sekunden, ehe ich mich aus meiner verdatterten Starre gelöst hatte und ihr nachlief.

»Einen Freund?«, fragte ich.

Liv, die noch im Flur stand, wurde hellhörig. »Wer hat einen Freund?«, fragte sie, die Augen riesig.

Ich deutete auf Mel.

Livs Blick schoss zu ihr. »WAS?«, rief sie.

Mel zuckte zusammen und warf mir einen »Wieso hast du nicht den Mund gehalten«-Blick zu. Meine Antwort war ein einfaches Schulterzucken. Sie hatte damit angefangen.

Melanie hatte in den Jahren, die wir mittlerweile zusammenlebten, nie auch nur den Anschein gemacht, als hätte sie irgendwelches romantisches Interesse. Sie war immer in ihre Arbeit vertieft.

»Es ist nicht, wie ihr denkt«, versuchte sie, sich herauszureden.

Liv schien die Lüge zu riechen. »Also hast du keinen Freund?«, fragte sie unschuldig.

Mel wand sich. Vermutlich fühlte sie sich mit unserer ungeteilten Aufmerksamkeit unwohl, aber wenn es eine Regel gab, die wir drei so gut wie immer befolgt hatten, dann war es die, uns gegenseitig nicht anzulügen. Ein weiterer Grund, weswegen mir das Treffen heute Abend Bauchschmerzen bereitete. Ich schob den Gedanken schnell beiseite.

»Doch«, gab Mel kleinlaut zu. »Irgendwie schon?«

»Irgendwie?«, hakte ich nach.

»Wie hat man irgendwie einen Freund?«, fragte Liv.

»Habt ihr eine Freundschaft plus?«, hakte ich nach.

»Eine Freundschaft mit gewissen Vorzügen?«

»Eine offene Beziehung?«

»Himmel, Herrgott, stopp!«, rief Mel und unterbrach unser Fragenspiel. Sie seufzte und massierte sich mit den Fingern die Schläfen, als würde ihr das Gespräch Kopfschmerzen bereiten. »Nichts davon. Ja, es ist eine Beziehung, in Ordnung? ›Irgendwie‹, weil ich nicht weiß, wann genau das überhaupt passiert ist ... oder ob ich es überhaupt will«, fügte sie leise hinzu.

Plötzlich wirkte sie um einiges verletzlicher, als ich meine große Schwester kannte. Ich verspürte den Drang, sie in die Arme zu nehmen, doch mit dieser Art der Zuneigung konnte sie bekanntlich nicht umgehen. Wenn Liv und ich einen schlechten Tag hatten, nahmen wir uns immer in die Arme. Oder hielten den anderen an der Hand. Irgendwas, das zeigte, dass wir füreinander da waren. Es waren nur kleine Gesten, aber mir bedeuteten sie die Welt.

Dass Mel sie nur selten tolerierte, schaffte eine zusätzliche Distanz zwischen uns, die ich nicht mochte. Wie lange sie wohl gewartet hätte, uns von ihrem Freund zu erzählen, wenn ich vorhin nicht nachgefragt hätte? Der Gedanke hinterließ einen bitteren Nachgeschmack.

»Wie lange seid ihr schon zusammen?«, fragte Liv vorsichtig, deren Gedanken eine ähnliche Richtung wie meine eingeschlagen haben mussten.

»Ein, zwei Wochen vielleicht«, antwortete Mel. »Ich habe ihn dieses Jahr in New York getroffen.«

»Habt ihr euch dort kennengelernt?«, sprudelte die Neugier aus mir hervor.

Melanie nickte, stockte für einen Moment und zuckte mit den Schultern. »Er sagt, wir hätten uns schon vor einem Jahr kennengelernt, ich kann mich daran allerdings nicht erinnern.«

In meinem Kopf ploppten mehrere Fragen gleichzeitig auf. Glücklicherweise musste ich sie nicht stellen. Liv hatte sich in der Zwischenzeit wieder auf die Couch gesetzt und winkte Mel und mich zu sich. Sie machte für uns Platz und bombardierte Mel mit allen möglichen Fragen. So erfuhren wir, dass Mel und ihr Freund, dessen Name Josh war, sich das erste Mal vor einem Jahr auf einer Konferenz in New York getroffen hatten. Anfangs hatte Mel sich anscheinend nicht einmal an seinen Namen erinnern können. Ich konnte mir die Situation bildlich vorstellen und verspürte ein wenig Mitleid mit Josh. Was diese Sachen anging, waren wir drei wohl alle gleichermaßen unbeholfen.

Sie hatten sich bei der Konferenz gut verstanden, und er kam zufälligerweise ebenfalls aus Chicago. Seitdem hatten sie sich mehrere Male getroffen, und während Mel zögerte, es als eine richtige Beziehung zu betiteln, hatte er offenbar weniger Probleme damit, diesen Schritt zu gehen.

»Und weshalb bist du heute dann so mies gelaunt?«, fragte ich nach einer Weile.

Mel verzog das Gesicht. »Er hat gefragt, ob er euch kennenlernen kann.«

Liv sah mich über Mels Kopf hinweg an – wir dachten beide dasselbe. »Und du möchtest nicht, dass er uns kennenlernt?«

Mels Blick löste sich von dem Punkt auf dem Boden, den sie die ganze Zeit über fixiert hatte, und sprang von Liv zu mir und wieder zurück. »Natürlich nicht!«

Das gab mir einen Stich ins Herz, und auch Liv runzelte die Stirn.

»Nein, hört zu«, sagte Mel, als ihr aufzugehen schien, wie man ihre Worte interpretieren konnte. »So meine ich das nicht. Ich …« Sie seufzte, suchte nach den richtigen Worten. »Ihr seid meine Familie. Ich möchte niemanden in unser Leben bringen, bei dem ich mir nicht sicher bin, ob er nach ein paar Monaten vielleicht wieder verschwindet.«

Vor Erstaunen wusste ich nicht, was ich sagen sollte.

»Mel«, begann ich nach einigen Augenblicken und legte meine Hand auf ihre – einfach, weil es sich richtig anfühlte. »Ich weiß, dass du dir Sorgen um uns machst, aber wir sind schon groß.«

»Du kannst auch mal ein bisschen selbstsüchtig sein«, fügte Liv gutmütig hinzu. »Das würde dir bestimmt guttun.«

Mel sah alles andere als überzeugt aus – die steile Falte zwischen ihren Augenbrauen war deutlich sichtbar.

Ich zögerte einige Sekunden, ehe ich meine Gedanken aussprach, aus Angst, eventuell einen Streit vom Zaun zu brechen … Aber ich hatte das drängende Gefühl, dass Mel diese Worte hören musste.

»Du musst Mom und Dad nicht ersetzen, weißt du.«

Ich beeilte mich, die Erklärung hinterherzuschieben, ehe sie etwas erwidern konnte. »Du hast schon so viel für uns getan. Du kannst auch einfach mal Melanie sein, ohne uns in die Gleichung reinzusetzen. So wie eine große Schwester eben.«

»Ich werde euch immer mit in die Gleichung setzen«, sagte sie leise. Trotzdem hatte ich das Gefühl, dass meine Worte zumindest ansatzweise zu ihr durchdrangen.

»Das kannst du auch«, mischte Liv sich mit ein. »Bring ihn einfach zum Abendessen her – und schon hast du eine Lösung.«

Ich grinste in mich hinein wegen der merkwürdigen Metapher, die wir benutzten.

Mel zögerte. »Sicher?«

Wir nickten. Liv boxte sie leicht auf den Arm. »Los, hol dein Handy! Wir essen heute alle zusammen Pizza.«

Ihr Vorschlag ließ mich aufhorchen. »Also … Ich meine, könnten wir das zufällig auf nächstes Wochenende verschieben?«

Sofort richtete sich die Aufmerksamkeit beider auf mich.

»Warum?«, wollte Mel wissen.

»Du verlässt samstags doch nie die Wohnung«, fügte Liv hinzu.

Ich unterdrückte ein Augenrollen, auch wenn sie recht hatte.

»Ich bin … verabredet«, sagte ich und bereute meine Wortwahl augenblicklich.

»Was?«, rief Liv schon wieder. »Hast du etwa auch

einen Freund?« Sie hielt kurz inne. »Oder eine Freundin natürlich«, fügte sie hinzu.

»Nein«, erwiderte ich nachdrücklich. »Ich treffe mich nur mit ein paar Leuten von der Uni zum Lernen.« Ich verurteilte mich innerlich für die Lüge.

Mel zog eine Augenbraue in die Höhe. »Am Samstagabend?«

Ich nickte. »Die anderen haben vorher keine Zeit.«

»Und wo trefft ihr euch?«

»Zu Hause bei Matt«, sagte ich und kreuzte hinter meinem Rücken die Finger einer Hand, dass Matt mir nicht böse sein würde, wenn ich seinen Namen für diese kleine Notlüge verwendete. Hoffentlich würden Liv und Mel es dabei belassen. Ich wollte weitere Notlügen gern vermeiden.

»Aha.« Das kam von Mel. Ihr war anzusehen, dass sie mir meine Geschichte nicht abkaufte. Aber sie hatte auch keinen Grund, sie zu hinterfragen. Solange sie und Liv dachten, dass ich vielleicht oder vielleicht auch nicht etwas mit jemandem vom College anfing, war ich auf der sicheren Seite.

»Dann eben nächste Woche!«

Gelobt sei meine kleine Schwester, dass sie die Zweifel im Raum einfach überging.

Nachdem wir Mel mehr oder weniger genötigt hatten, Josh zu schreiben und ihn zu fragen, ob er Lust hätte, uns nächste Woche kennenzulernen, verzog ich mich in mein Zimmer. Ein Blick auf die Uhr, und die Schmetterlinge in meinem Bauch tanzten Samba. Durch das Aufräumen und das Gespräch mit meinen Schwestern hatte ich nur noch anderthalb Stunden, um mich zu duschen, anzuziehen und nicht in Panik auszubrechen.

Wundervoll.

Glücklicherweise waren sowohl Liv als auch Mel in ihren Zimmern und bekamen nicht mit, wie ich aufgeregt zwischen meinem und dem Badezimmer hin- und herlief. Oder falls doch, war das der Grund, weswegen sie sich nicht aus ihren Zimmern trauten. Mir war nur zu bewusst, wie wackelig die »Treffe mich zum Lernen«-Ausrede war. Meine Schwestern müssten nur einen Schritt vor ihre Türen wagen, um zu sehen, wie sehr ich an der Auswahl der richtigen Sachen verzweifelte, und wüssten sofort Bescheid. Mein Gedanken sprangen die ganze Zeit hin und her zwischen »zu süß«, »zu abgedreht«, »zu … viel«.

Inmitten meiner Kleidung auf dem Bett sitzend – ich hatte meinen Kleiderschrank zur Hälfte ausgeräumt – wurde mir bewusst, was ich gerade tat.

Das war nicht ich.

Ich mochte es, mich über meine Kleidung auszudrücken, aber ich brauchte selten so lange, mich für ein Outfit zu entscheiden. Mir ging mit einem Mal auf, dass ich diese Entscheidung nicht an dem festmachte, was ich gern tragen würde – sondern daran, was Jae-yong gefallen könnte.

Entschlossen richtete ich mich in dem Kleiderhaufen auf, suchte meinen liebsten braunen Rock und eine dunkelgrüne Bluse hervor und zog mir die Sachen über. Die Bluse steckte ich in den Bund des Rocks und band einen schwarzen Ledergürtel um meine Taille. Durch diese Kleinigkeit fühlte ich mich etwas ruhiger. Die Angespanntheit verschwand nicht plötzlich – das hatte ich auch nicht erwartet –, aber ich fühlte mich besser gewappnet. Als würde die Kleidung, in der ich mich wohlfühlte, in der ich mich wie ich selbst fühlte, wie ein Schutzanzug fungieren.

Meine nassen Haare ließ ich an der Luft trocknen, packte meinen Geldbeutel und andere Kleinigkeiten in eine kleine Tasche und warf mir diese über die Schulter. Mit einem gerufenen »Bis später« verließ ich die Wohnung.

21. KAPITEL

Der Weg zur Konzerthalle zog nur so an mir vorbei. Die Bahn ratterte von einer Haltestelle zur nächsten und um mich herum summten angeregte Gespräche. Ich versuchte so gut wie möglich, meine Gedanken zu ignorieren. Stattdessen konzentrierte ich mich auf die Häuser und Menschen, an denen wir vorbeifuhren.

Nach dem Aussteigen las ich mir die letzte Nachricht von Jae-yong noch einmal durch.

> **Jae-yong:** Es gibt eine Empore, die nur für eingeladene Gäste vorgesehen ist. Dein Name steht auf der Liste, du musst ihn nur nennen und bekommst dann ein Ticket. Die Mitarbeiter am Einlass müssten Bescheid wissen, dass du allein kommst und sie dich zum richtigen Ort bringen sollen. Aber falls was ist, ruf mich an.

Ich musste mir nicht mal die Mühe machen, Google Maps nach dem Weg zu befragen. Unzählige Menschen strömten in Grüppchen in eine Richtung. Zur Sicherheit warf ich dennoch einen Blick auf die Ausschilderungen, bevor ich ihnen folgte. Jae-yong hatte etwas von einem separaten Eingang an der Westseite des Gebäudes erzählt, der für VIP-Besucher und geladene Gäste reserviert war. Ich schlug einen anderen Weg als die Menge ein und umrundete die Halle, bis ich auf eine deutlich kleinere Schlange stieß. Ich reihte mich hinten ein und ließ meinen Blick schweifen. Es kam mir komisch vor, ohne Ticket anzustehen. Die Angst, dass sie mir am Einlass mitteilen könnten, ich hätte mich getäuscht und mein Name stünde auf keiner Liste, war übermächtig.

Ich atmete tief durch und redete mir gut zu. Jae-yong würde mich nicht anlügen. Das hier *war* die Westseite. Wenn etwas nicht stimmte, konnte ich ihm jederzeit schreiben. Aber meinen Magen interessierte das nicht. Er schlug Purzelbäume, je näher ich dem Einlass kam. Als die kleine Gruppe, die unmittelbar vor mir in der Schlange stand, nach drinnen verschwand, gesellte sich mein Herz mit einem unnatürlich schnellen Rhythmus dazu.

Entgegen allen Erwartungen gab es keine Probleme. Ich sagte meinen Namen und erklärte, dass ich auf der Gästeliste stehen sollte. Daraufhin prüfte der Einlasser nur meinen Ausweis, und ich bekam eine Eintrittskarte sowie ein dunkelgrünes Armband, das ich um mein Handgelenk band.

»Hinter dem Eingang stehen zwei Mitarbeiter. Zeigen Sie Ihnen Ihr Ticket und das Armband. Die führen Sie dann zur Empore«, sagte der Mann von seinem Platz hinter der Glasscheibe. Er wartete meine Antwort nicht mal ab, sondern begrüßte direkt die nächsten Personen hinter mir.

Glücklicherweise waren die zwei Mitarbeiter hinter dem Eingang etwas zugänglicher. Ob sie mir meine Unsicherheit vom Gesicht ablesen konnten oder das Lächeln auf ihren Gesichtern geübt war, hinterfragte ich nicht – ich nahm es einfach dankend an. Ich spürte, wie mein Herzschlag sich beruhigte, als eine der beiden Frauen mich mit freundlicher Stimme bat, ihr zu folgen.

Wir durchquerten die große Eingangshalle, in der die Stimmen der Besucher von den Wänden widerhallten. Ich war froh, als eine Tür hinter uns zufiel und es abrupt stiller wurde. Die Mitarbeiterin bahnte uns einen Weg zu einer Treppe. Währenddessen versuchte sie, höflichen Small Talk zu treiben. Leider brachte ich in meiner Nervosität kaum mehr als ein bis zwei Worte hervor.

Es war eine kleine Odyssee, bis wir vor einer Tür zum Stehen kamen. Der Securitymitarbeiter dort fragte ebenfalls nach meiner Eintrittskarte und ließ mich dann mit einem steifen »Viel Spaß« in den Raum hinein. Als Erstes fiel mir die Glasfront auf. Dieser Bereich musste sich zwischen der ersten und zweiten Ebene befinden, denn von der Empore aus hatte man einen ziemlich guten Blick auf die Bühne darunter. Die zahllosen Sitzreihen, die ich von hier aus sehen konnte, waren bereits zur Hälfte gefüllt.

Ich löste den Blick von der Fensterfront und befreite mich aus meiner Starre, um nach Jae-yong Ausschau zu halten. Fünfzehn, vielleicht zwanzig Leute befanden sich in dem Raum und unterhielten sich in Grüppchen. Rechts von mir standen sich zwei große weiße Sofas gegenüber, auf denen ein paar Leute saßen. Ein langer Holztisch dazwischen war mit Snacks, Knabberkram und ein paar Getränken bestückt.

Unsicher trat ich von einem Fuß auf den anderen. Keine einzige Person hier kam mir bekannt vor. Einige hatten kurz aufgeschaut, als ich zur Tür reingekommen war, aber nun waren alle wieder in ihre Gespräche vertieft. Ich öffnete den Reißverschluss meiner Tasche und kramte nach meinem Handy. So selbstbewusst, wie die Mitarbeiterin mich durch die Gänge geführt hatte, nahm ich zwar an, dass sie die Räume in- und auswendig kannte … Aber für den Fall, dass Jae-yong kurz verschwunden war oder an einem anderen Ort wartete, wollte ich ihm schreiben.

Hinter mir spürte ich einen sanften Luftzug. Im nächsten Augenblick berührte eine Hand meine Schulter.

»Ein Penny für deine Gedanken gerade«, drang leise an mein Ohr.

Ich wirbelte herum und tat zwei Schritte zurück, als ich bemerkte, wie nah Jae-yong vor mir stand. Er sah mich schweigend an, ein leichtes Lächeln auf den Lippen und … ich spürte, wie die Nervosität einen neuen Höhepunkt erreichte.

Hier war die Person, die ich in den letzten Wochen kennengelernt hatte. Mit der ich täglich geredet hatte. Aber gleichzeitig … war er diese Person überhaupt nicht. Die schwarzen Haare, an die ich mich erinnerte, waren blond und ein paar Zentimeter länger. Leicht gewellt hingen sie ihm in die Augen. Er hatte ein einfaches schwarzes Shirt und eine dunkle Hose an, aber er trug sie so selbstbewusst, als wäre es ein maßgeschneiderter Anzug.

Mir blieb das »Hallo« im Hals stecken, als seine dunklen Augen langsam über mich wanderten und schließlich auf meine trafen. So, als müsste er sich versichern, dass ich tatsächlich hier war. Vor ihm. Real.

»Ehrlich gesagt, ist mein Kopf gerade ziemlich leer«, gab ich zu. Ich strich mir eine Haarsträhne hinters Ohr, ließ meine Hand wieder an die Seite fallen. »Ich glaube, dass du plötzlich vor mir aufgetaucht bist, hat mein Hirn in eine Schreckstarre versetzt.«

»Ich habe draußen kurz telefoniert, sonst hätte ich mich nicht so von hinten angeschlichen«, sagte er.

»Nein, das meine ich gar nicht«, erwiderte ich und suchte einen Augenblick nach den richtigen Worten. »Irgendwie … habe ich wohl halbwegs angenommen, dass du nur ein Hirngespinst meiner Fantasie bist.«

Auf seinem Gesicht erschien ein Lächeln, das beinahe … schüchtern war?

»Ich weiß, was du meinst.«

Der zurückhaltende Tonfall und das Grübchen in seiner Wange sorgten dafür, dass das Eis, das meinen Körper und meine Worte hatte steif werden lassen, langsam schmolz. Es war merkwürdig, ihn hier zu sehen. Auf allen Ebenen. Als wäre mit der Distanz eine sichere Decke verschwunden, unter der ich mich jetzt nicht mehr verstecken konnte.

»Warum ein Konzert?«, fragte ich nach ein paar Sekunden des Schweigens. Der Gedanke war mir vorher schon gekommen, in der Aufregung aber wieder untergegangen. »Warum wolltest du, dass wir uns hier treffen, meine ich?«

Mittlerweile waren draußen beinahe alle Plätze belegt. Ein mir unbekanntes Lied tönte im Playback durch die Lautsprecher, und ich meinte, einige Leute mitsingen zu hören, obwohl die Bühne noch leer war.

»Die Leute, die gleich auftreten, sind Freunde von uns«, erklärte Jae-yong. »Von Min-ho und mir. Es ist ihre erste USA-Tour, und wir hatten versprochen, uns eine ihrer Shows anzusehen.«

Das erklärte zumindest, warum er mich einfach so auf die Gästeliste hatte setzen können.

»Außerdem …«, fuhr er fort und lächelte entschuldigend, »hat Min-ho mir keine Wahl gelassen. Er wollte dich kennenlernen, bevor ich dich entführe.« Er hielt kurz inne. »Seine Worte, nicht meine.«

Ich öffnete den Mund, um etwas zu erwidern, brachte aber kein Wort hervor.

»Und ich würde mich auch freuen, wenn ihr euch kennenlernt«, fügte er hinzu. Er sah mich an, als wartete er auf meine Zustimmung.

Ich musste nicht darüber nachdenken, bevor ich nickte und sie ihm damit erteilte. Das Grinsen, das er mir daraufhin schenkte, war es allemal wert.

»Der blaue Punkt, der so tut, als wäre die Bühne das Interessanteste, was er je gesehen hat, das ist er.«

Ich folgte seinem Finger, bis ich eine Person ganz nah an der Fensterfront stehen sah. Seine Haarfarbe leuchtete mir nur so entgegen. Er hatte uns den Rücken zugewandt und hielt eine Coladose in der Hand.

»In Wahrheit kann er es nicht abwarten, dir endlich alle meine peinlichen Geheimnisse zu erzählen«, sagte Jae-yong und ging in Richtung seines Freundes.

»Ich bin enttäuscht, dass du sie mir nicht selbst erzählst«, sagte ich leise, woraufhin ich einen gespielt bösen Blick über die Schulter erntete.

Jae-yong blieb neben Min-ho stehen. Als Letzterer so tat, als würde es ihn einige Anstrengung kosten, seinen Blick von der Menschenmasse draußen zu lösen, verdrehte Jae-yong die Augen.

Min-ho wandte sich zu uns um. Neben seinen blauen Haaren fielen mir als Erstes seine Augen auf. Sie hatten beinahe die gleiche stechende Farbe wie seine Haare. Ich meinte, einen schwachen Ring um seine Iris zu erkennen, der auf Kontaktlinsen hinwies.

»Darf ich vorstellen«, sagte Jae-yong schließlich. »Der Fluch meiner Existenz, Min-ho. Min-ho, das ist Ella.«

»Ich hab schon viel von dir gehört, Ella. Nett, dich kennenzulernen«, sagte Min-ho und reichte mir seine Hand. Sie war warm. Er drückte meine fest, ließ sie dann wieder los und schob sie in seine Hosentasche. Dann sah er Jae-yong an. »Und du brauchst gar nicht so zu tun. Nach dem Wochenende bist du mir was schuldig.«

»Ich stell dir einen Präsentkorb in dein Zimmer«, erwiderte Jae-yong trocken.

»Glaubst du, ich lasse mich mit einem lieblosen Präsentkorb abwimmeln?«, schnaubte Min-ho. »Wenn wir wieder zu Hause sind, machst du mir Hotteok zum Frühstück. Mit frisch gepresstem Orangensaft.«

Jae-yong schaute seinen Freund an, als wäre ihm ein zweiter Kopf gewachsen. »Ich habe in meinem Leben noch keine Hotteok selbst gemacht. Geh auf die Straße und kauf sie dir.«

Min-ho antwortete auf Koreanisch und deutete dabei zur anderen Seite des Raums, wo zwei in Schwarz gekleidete Männer standen und sich stirnrunzelnd über etwas unterhielten. Jae-yong wechselte ebenfalls die Sprache und seine Stimme veränderte sich dabei, wurde ein paar Nuancen tiefer. Ich war mir nicht sicher, ob er genervt oder amüsiert klang, während ich ihr Hin und Her fasziniert beobachtete und kein Wort verstand.

Es war offensichtlich, dass Jae-yong und Min-ho sich sehr gut kannten. Trotz der Sticheleien wirkten sie aufeinander abgestimmt, wie es nur Leute waren, die viel miteinander erlebt und durchgemacht hatten. Es war die Art von Vertrautheit, die ich von Erin und mir kannte. Das Wissen, dass die andere Person immer für einen da sein würde, gekoppelt mit dem Verständnis, das man nur über Jahre und viele Gespräche hinweg aufbaute.

Min-ho schnalzte mit der Zunge und stieß einen Laut aus, der ein merkwürdiger Mix aus »ey« und »ay« war. »Dann kauf eben welche.«

Ob ihnen überhaupt bewusst war, dass sie die ganze Zeit zwischen zwei Sprachen hin- und hersprangen?

Jae-yong schüttelte den Kopf und zwickte sich in den Nasenrücken. »Meinetwegen.«

Min-ho grinste, als hätte er mit der Diskussion den Jackpot gewonnen. »Deswegen sind wir Freunde, Jae.«

»Ist Min-ho dein richtiger Name?« Die Frage war mir vorher noch gar nicht gekommen, aber gerade kam es mir merkwürdig vor, mich mit jemandem zu unterhalten, von dem ich nur den Künstlernamen kannte.

»Ja. Im Gegensatz zu Jae-yong hier mussten sie sich für mich keine Abkürzung ausdenken«, antwortete er. »Mein Name ist einzigartig genug.«

Ich spürte, wie Jae-yong neben mir tief ein- und ausatmete. Seine Haltung war lockerer als noch vor ein paar Minuten. Ich merkte, dass es mir ähnlich ging. Mein Magen hatte sich beruhigt, mein Herzschlag war beinahe auf einem normalen Level angekommen.

»Mir fallen spontan mindestens drei andere Leute in unserem Freundeskreis ein, die den gleichen Namen haben wie du«, sagte er.

»Vielleicht lag es auch daran, dass internationale Fans meinen Namen aussprechen können, ohne sich die Zunge zu verknoten«, gab Min-ho zu. »Es gibt verschiedene Meinungen.«

»Du …«, setzte Jae-yong an, unterbrach sich aber selbst. »Weißt du was, ja. Glaub an die verschiedenen Meinungen, wenn es dich glücklich macht.«

»Zu gütig«, erwiderte Min-ho. Dann an mich gewandt: »Viel Spaß mit ihm. Jae ist richtig gut drauf, seit wir erfahren haben, dass uns unsere Security«, er deutete auf die in Schwarz gekleideten Männer, »das ganze Wochenende wie Babysitter verfolgen werden.«

»Ist das nicht normal? Wenn euch überall jederzeit irgendjemand erkennen und überrennen könnte?«, fragte ich. Ich hatte angenommen, dass sie ohnehin keinen Schritt ohne Security vor die Tür setzen durften.

Min-ho blinzelte, als bräuchte er Zeit, um meine Antwort zu verarbeiten. Dann schüttelte er den Kopf und sagte zu Jae-yong: »Warum denkt sie so rational?«

Dieser zog eine Augenbraue in die Höhe. »*Sie* steht direkt neben dir und kann deine Frage sicher besser beantworten als ich.«

»Ein Feminist«, merkte ich an. »Gefällt mir. Das erhöht deine Sympathiepunkte.«

»Ich dachte, ich hätte schon alle gesammelt, die es gibt«, antwortete er. Eine steile Falte erschien zwischen seinen Augenbrauen, als würde ihn das tatsächlich beschäftigen.

»Eh«, erwiderte ich mit einem Schulterzucken und grinste ihn an.

Das amüsierte Funkeln in seinen Augen entging mir nicht.

Min-hos Blick zuckte während unseres Austauschs hin und her, als würde er ein Tennisturnier verfolgen. »Wenn ihr weiter so herzerwärmend vor meinen Augen flirtet, fange ich an zu weinen.«

Das brachte mich genügend aus dem Konzept, und ich klappte den Mund schnell wieder zu. Ein Blick zu Jae-yong verriet mir, dass der Kommentar nicht nur mich hatte stocken lassen. Ich glaubte, eine leichte Röte auf seinen Wangen zu erkennen.

Glücklicherweise fand ich meine Stimme einen Tick schneller wieder. Nur dachte ich dabei nicht über meine Worte nach. »Bitte wein leise«, sprach ich einfach aus, was mir in den Kopf kam.

Eine, zwei, drei Sekunden war es still, und ich überlegte fieberhaft, wie ich die Worte zurücknehmen konnte. Dann brach Min-ho in schallendes Gelächter aus. Er musste sich sogar an Jae-yongs Schulter festhalten, um nicht vornüberzukippen.

Als er sich wieder unter Kontrolle hatte, richtete er sich auf und grinste breit. »Ich versteh schon. Ich gehe zurück in meine Schmollecke und lass euch beide allein.«

»Ich wollte nicht …«, setzte ich an, aber Min-ho zwinkerte mir zu, klopfte Jae-yong auf die Schulter und kehrte uns im nächsten Moment den Rücken zu.

»Er wird jetzt nicht wirklich weinen, oder?«, fragte ich Jae-yong, während ich Min-ho hinterhersah.

»Die Chancen stehen fünfzig zu fünfzig.«

Ich sah Jae-yong mit großen Augen an. Wenn der Abend jetzt schon so losging … »Ernsthaft?«

Er lachte und schüttelte den Kopf. »Er weint nur bei Videos von Hundebabys und am Ende von *Pocahontas*.«

»Natürlich weint man am Ende von *Pocahontas*.« Alles andere war inakzeptabel. »Du etwa nicht?«

»Ich habe ihn nie gesehen.«

»Ja, eh… Was?« Entgeistert starrte ich ihn an. »Wie kann man denn *Pocahontas* noch nie gesehen haben?«

Ein weiteres Schulterzucken. »Es gibt bessere Filme.«

»Das ist doch kein Kriterium!« Worüber hatten wir uns in den letzten Wochen unterhalten, wenn ich so etwas nicht über ihn wusste? »Natürlich hat Disney bessere Filme als *Pocahontas*, aber …« Ich hielt inne, als ich seinen Blick sah. »Was?«

»Ich bin nicht gerade ein Disney-Fan.«

Die Worte, die er da benutzte, ergaben keinen Sinn. »Wie bitte?«

Jae-yong schmunzelte, und das Grübchen blitzte wieder auf. Einen Augenblick lenkte es mich von seiner letzten Aussage ab. »Zugegeben, ich habe nicht unbedingt viele gesehen. Und die, die ich gesehen habe, waren nicht gerade die besten.«

Ich schüttelte den Kopf ungläubig. »Warum stehen wir dann noch hier? Wir könnten bereits beim dritten Disneyfilm sein!« Ich machte Anstalten, zur Tür zu gehen, aber er machte einen Schritt zur Seite und versperrte mir den Weg.

»Weil nach dem Konzert noch die Überraschung folgt, die du gerade versuchst zu umgehen«, sagte er.

Ich hob den Zeigefinger in die Höhe, hatte aber nichts zu meiner Verteidigung zu sagen. Jae-yongs Grinsen wurde immer breiter, und ich senkte meinen Arm wieder.

»Nur weil du daraus so ein Geheimnis machen musst.« Ich verschränkte die Arme vor der Brust. »Außerdem versuche ich nicht, es zu umgehen. Ich mache mir nur Sorgen um dein Allgemeinwissen. Du kannst froh sein, dass ich nicht meine kleine Schwester bin. Liv würde dir jetzt nämlich das gesamte Disney-Universum erklären.«

Er breitete die Arme in einer einladenden Geste aus. »Tu dir keinen Zwang an.«

Ich bereute meine Worte sofort. »Beim nächsten Mal«, murmelte ich und legte damit das Thema auf Eis. Stattdessen wanderte mein Blick zu seinen blonden Haaren, an die ich mich noch immer nicht gewöhnt hatte. »Die Farbe steht dir.«

Auf meine Worte hin strich Jae-yong sich besagte Haare aus den Augen. »Findest du?«

Ich nickte. Zwar hatte mir die Natürlichkeit der dunklen Haare gefallen, aber er trug die Farbe mit einem Selbstbewusstsein, das sie zu einem Teil von ihm machte. Wahrscheinlich könnten seine Haare pink sein, und niemand würde es hinterfragen.

Lautes Gelächter lenkte seine Aufmerksamkeit von uns zu einem Punkt irgendwo hinter mir. Ich nutzte die Ablenkung schamlos aus, um ihn genauer zu betrachten. Die Ringe unter seinen Augen konnte man nur erahnen, wenn man genau hinsah. Dabei hatter er nicht mehr als ein paar Stunden Schlaf gehabt. Wie er dennoch hier vor mir stand und so munter und erholt wirken konnte, war entweder jahrelange Übung oder die Arbeit von unglaublich guten Make-up-Artists.

Als ein weiteres Mal lautes Gelächter aufkam, drehte ich mich doch um. Min-ho hatte sich zu den zwei Männern gesellt, die am anderen Ende des Raumes standen – Jae-yongs und seine Security. Es schien, als hätte er sie ohne große Mühe in ein Gespräch verwickelt. Er zog die Aufmerksamkeit der beiden gekonnt auf sich wie jemand, der es gewohnt ist, im Mittelpunkt zu stehen.

»Er liebt die Aufmerksamkeit«, sagte Jae-yong, als er sich von seinem Freund abwandte.

Mein Blick verweilte noch eine Sekunde auf Min-hos blauem Schopf, ehe ich mich ebenfalls losriss. »Scheint, als hätte er den perfekten Job.«

»Man lernt, sich anzupassen.«

Ich runzelte die Stirn. »Was meinst du?«

Er nahm sich einen Moment, in dem seine Augen über mein Gesicht glitten. »Als ich Min-ho kennengelernt habe, war er um einiges schüchterner und zurückhaltender. Das sind nicht unbedingt Charakterzüge, die in unserem Umfeld lange überleben – oder gern gesehen werden«, fügte er hinzu.

»Und wie warst du? Früher, meine ich?«

Jae-yong zuckte mit den Schultern. »Min-ho und ich waren uns schon immer ziemlich ähnlich. Deswegen verstehen wir uns so gut.«

»Hm«, war das Einzige, was ich hervorbrachte, während ich versuchte, mir eine junge, schüchterne Version von Jae-yong vorzustellen.

»Muss ich dich mit einem Stück Schokolade bezahlen, damit du mir einen deiner Gedanken verrätst?«

Ich schnaubte und legte den Kopf in den Nacken, um ihm skeptisch in die Augen sehen zu können. »Die du wo genau versteckst?« Weder sein T-Shirt noch seine Hose sahen so aus, als könnte man darin Schokolade mit sich herumtragen, ohne Gefahr zu laufen, dass sie wegschmolz.

Sein Mund verzog sich zu einem halben Grinsen. »Ich bin eine Person mit vielen Geheimnissen.«

Mit seinen Worten rückte er ungewollt seinen bis vor Kurzem vor mir verheimlichten Status als Weltstar wieder in den Fokus. Damals hätte ich ein offenes Buch einem mit sieben Siegeln definitiv vorgezogen.

Er fuhr sich mit der Hand über den Nacken und sah mich zerknirscht an. »Zu früh?« Anscheinend war ihm aufgegangen, dass das Thema *Geheimnisse* eher dünnes Eis war.

Ich hob eine Hand und verdeutlichte mit Daumen und Zeigefinger einen kleinen Abstand. »Ein kleines bisschen.«

»Tut mir leid, Ella«, sagte er. Seine tiefe Stimme wurde plötzlich etwas leiser, als wollte er dieses Gespräch von den Ohren neugieriger Lauscher fernhalten. »Glaub mir, ich wollte es dir hundertmal sagen.«

»Ja, das hattest du erwähnt.« Ich sagte die Worte nicht mit Bitterkeit. In den letzten zwei Wochen hatte ich genügend Zeit gehabt, das zu verarbeiten. Der Gedanke an NXT und daran, dass Liv und Tausende andere Leute Fan dieser Band waren, war nicht weniger merkwürdig geworden. Aber ein Teil von mir wollte ihm vertrauen und Glauben schenken, wenn er sagte, dass es ihm leidtat. Ihn hier vor mir stehen zu sehen – so real und … greifbar –, unterstrich dieses Gefühl nur.

»Ich weiß«, erwiderte er ernst. Er ließ meinen Blick nicht los. »Nur ändert das nichts daran, dass ich es dir viel früher hätte sagen können.«

»Hättest du«, bestätigte ich nickend. »Aber wenn die Menschheit in der Lage wäre, die Zeit zurückzudrehen, hätten alle Geschichtslehrer ein arges Problem.«

Das entlockte ihm ein kleines, verwirrtes Lachen. »Weil ihnen noch weniger Leute zuhören würden als ohnehin schon?«

»Weil sie nichts mehr zu erzählen hätten, wenn jegliche Superhelden in der Zeit zurückreisen, um alle möglichen Kriege ungeschehen zu machen.«

Sein Gesichtsausdruck schwankte zwischen amüsiert und merkwürdig fasziniert. »Manchmal frag ich mich ehrlich, was in deinem Kopf vorgeht.«

»Da bist du nicht der Einzige«, murmelte ich, schüttelte auf seinen fragenden Blick hin allerdings nur den Kopf. »Bist du nur mit Min-ho hier oder muss ich mich darauf vorbereiten, auch die anderen zu treffen?«

»Möchtest du sie denn treffen?«

Ich hatte mir bisher nicht erlaubt, darüber nachzudenken, wie es wäre, sie tatsächlich zu treffen. Min-ho kennenzulernen war das eine – Jae-yong hatte öfter von ihm erzählt als von den anderen.

Das Treffen mit Jae-yong allein hatte jedoch schon genug Energiereserven verbraucht, ich konnte mir gar nicht vorstellen, wie viel Kraft es mich kosten würde, wenn die anderen drei plötzlich auch noch vor mir auftauchten.

»Nicht heute«, gab ich vorsichtig zu.

Später. Wenn wir uns besser kannten und mehr Zeit miteinander verbracht hatten. Schließlich wusste ich, dass die Meinung seiner Freunde ihm sehr wichtig war. Aber im Augenblick fühlte ich mich noch zu nervös und unsicher, um die kritischen Blicke anderer aushalten zu können.

»Sie sind nicht hier«, beruhigte Jae-yong mich. »Sie wissen nicht, dass ich hier bin, um dich zu treffen.«

Ich wusste, dass er es ihnen nicht erzählen konnte, trotzdem hatten seine Worte einen bitteren Beigeschmack. Sie erinnerten mich daran, dass niemand hiervon erfahren durfte. Dass wir vorsichtig sein und das hier erst einmal ein Geheimnis bleiben musste.

Als hätte er meinen Gedankengang gehört, hob er die Hand. Ich zuckte leicht zusammen, als seine Finger hauchzart meine Wange berührten. Er strich mir eine lose Haarsträhne hinter das Ohr und hinterließ eine glühende Spur auf seinem Weg. Seine Berührung war federleicht, aber meine Nervenenden gaukelten mir vor, nie etwas intensiver gespürt zu haben.

»Habe ich schon erwähnt, dass du sehr schön aussiehst?« Seine raue Stimme strich über mich hinweg. Die

Gänsehaut auf meinen Armen kam definitiv nicht von der Kälte. Ich schüttelte den Kopf. Spürte deutlich, dass meine Wangen mehr und mehr glühten. Vor Scham? Freude? Erregung? Ich war mir nicht sicher.

Er war mir so nah, dass ich das Gefühl hatte, wir befänden uns in unserer ganz eigenen Blase. Ich konnte außer ihm niemanden sehen, dachte nicht mal darüber nach, ob uns irgendwer beobachten könnte. Er schirmte uns mit seinem Körper weitestgehend von den anderen ab und stand so nah vor mir, dass ich die Wärme, die von ihm ausging, spüren konnte.

In mir kämpfte das Verlangen, den Abstand zwischen uns wieder zu vergrößern, mit dem Bedürfnis, mich fallen zu lassen. Blind. Unvorbereitet. Nur mit der Hoffnung, dass jemand … er … mich auffangen würde.

Ehe ich mich für eine der zwei Seiten entscheiden konnte, ertönte ein Knall, der mich erneut zusammenzucken ließ. Kurz darauf folgten ein schwerer Bass und das Einsetzen von Gesang. Das Gekreische der Fans wurde ohrenbetäubend laut. Ich drehte mich zur Fensterfront um, um zu sehen, was draußen gerade passierte.

Die Band stand samt Instrumenten mittig auf der Bühne. Die Stimme des Sängers erklang anfangs nur in Begleitung des Bassisten, bis nach und nach mehr Instrumente einsetzten. Ich verstand natürlich kein Wort von dem, was gesungen wurde. Trotzdem begann ich nach ein paar Sekunden mit dem Fuß im Takt zu wippen.

Jae-yong stellte sich neben mich und schaute ebenfalls nach unten.

»Spielt ihr auch Instrumente auf der Bühne?«, fragte ich ihn über die Musik hinweg.

Er schüttelte den Kopf. »Unsere Choreografien würden das gar nicht zulassen.«

»Aber ihr könnt welche spielen, oder?«

»Ja, wir kennen uns an der Gitarre und am Keyboard aus. Ich wollte eigentlich immer mal Schlagzeug lernen, aber bisher hat mir die Zeit dazu gefehlt.«

Mein nachdenkliches »Hm« ging in der Lautstärke des Konzerts unter. Ich war zu beschäftigt, der Band zuzusehen, die sich in ihrer Musik verlor. Sie schienen das Kreischen der Fans sogar zu genießen, es heraufzubeschwören, indem der Sänger einige Zeilen lang stumm blieb und die Leute dazu animierte, den Text weiterzusingen.

Ich war schon lange auf keinem Konzert mehr gewesen und genoss es, die Musik live zu erleben. Mit jedem Song wippte ich ein bisschen mehr mit und merkte dabei kaum, wie die Zeit verging. Die Bandmitglieder interagierten zwischen den Liedern ab und zu mit dem Publikum, brachten die Leute zum Lachen. Ich konnte mir Liv genau vorstellen, wie sie inmitten der Menge herumspringen und zu jedem Song aus voller Seele mitgrölen würde.

Irgendwann während der ersten Zugabe tippte mir Jae-yong auf die Schulter. Ich sah zu ihm auf.

»Bist du bereit für den zweiten Teil?«, fragte er.

»Die Überraschung?«

»Genau die.«

Ich sah auf die Menschenmasse hinunter. Zurück zu Jae-yong. »Es hat nichts damit zu tun, dort runterzugehen und irgendetwas zu tun, das mir den Rest meines Lebens peinlich sein wird, oder?«

»Nein zum ersten Teil. Und ich hoffe, das Zweite trifft auch nicht zu.« Er sah mir meine Unentschlossenheit an, redete aber nicht weiter auf mich ein. Er wartete. Darauf, dass ich ihm sagte, dass es in Ordnung war.

Als ich nickte, erschien ein Lächeln auf seinem Gesicht. Sein Blick richtete sich daraufhin auf etwas in meinem Rücken und eine konzentrierte Falte bildete sich zwischen seinen Augenbrauen. Ich spürte seine Finger an meiner Hand.

Er umschloss sie mit seiner. »Komm«, sagte er leise.

Verwirrt blinzelte ich zu ihm auf. »Wohin?«

Statt einer Antwort, ging er ein paar Schritte rückwärts – mich nicht aus den Augen lassend –, ehe er sich umdrehte und mich mit sich zog. Zielstrebig bewegte er sich zu der Tür, durch die ich vor nicht allzu langer Zeit gekommen war. Er öffnete sie, schob mich nach draußen und ließ meine Hand dabei nicht einmal los. Der Mann, der vor der Tür stand, beachtete uns kaum, so vertieft war er in sein Handy.

Jae-yong schloss die Tür hinter uns wieder und bog nach rechts ab – in die Richtung, aus der ich gekommen war, wenn ich mich richtig erinnerte. Wir liefen die Gänge entlang, hier und da an ein paar Personen vorbei, die sich alle beeilten, zurück zum Konzert zu kommen. Niemand schenkte uns Aufmerksamkeit. Die Musik hallte dumpf durch die Gänge.

»Wohin gehen wir?«, fragte ich gerade laut genug, dass Jae-yong mich hören konnte. Aus irgendeinem Grund hatte ich das Gefühl, dass das, was wir vorhatten, bei seinen Security-Männern nicht auf Zustimmung gestoßen wäre.

»Das ist Teil der Überraschung«, erwiderte er nur.

Ich stöhnte.

Er warf mir über die Schulter einen amüsierten Blick zu. »Vertraust du mir?«

Ich zögerte nur einen Augenblick. »Ja.«

Der Ausdruck in seinen Augen wurde weich, ehe er den Blick wieder nach vorn richtete. »Dann verdirb sie dir nicht.«

22. KAPITEL

»Die Überraschung ist … der Gedanke an Essen?«

Wir standen vor den verschlossenen Türen eines Restaurants. Ich konnte die Schriftzeichen über uns nicht entziffern, war mir aber ziemlich sicher, dass es sich um koreanische handelte. Es lag nah am Wasser, mitten in der Innenstadt.

Wir waren mit einem Taxi hierhergefahren, am Lake Michigan vorbei. Die Sonne war zwar längst hinter dem Horizont verschwunden, aber der Anblick, wie Himmel auf Wasser traf, war auch bei schwachem Licht beeindruckend. Es war ein Ausblick, den ich mir immer und immer wieder ansehen konnte, egal, wie lange ich schon in Chicago lebte.

Das Restaurant war im Vergleich mit dieser Aussicht eher unscheinbar. Es befand sich direkt an einer Kreuzung, mit einer Pizzeria links daneben und einem Friseur auf der anderen Straßenseite.

Im Fenster der weißen Holztür hing von innen ein »Geschlossen«-Schild. Ich versuchte, einen Blick hineinzuwerfen, aber es war völlig dunkel, und die Fenster reflektierten das Licht der Straßenlaternen. Nur mein eigenes Spiegelbild schaute mir mit zerzausten Haaren entgegen.

»Genau«, erwiderte Jae-yong trocken. »Überraschung, so sieht ein koreanisches Restaurant von außen aus. Bis später.« Er hob die Hand in einem kurzen Winken, wandte mir den Rücken zu und ging zwei Schritte.

»Hey!«, beschwerte ich mich. Ich griff nach seinem Arm und hielt ihn davon ab, mich einfach hier stehen zu lassen.

Das Lachen, das aus ihm hervorbrach, ließ die Schmetterlinge in meinem Bauch aufflattern. Ich hatte sie bisher gut unterdrücken können, aber jetzt, da wir allein waren, fiel es mir wesentlich schwerer.

Jae-yong legte seine freie Hand auf meine, die weiterhin seinen Arm festhielt. Er drückte sie einmal kurz und verschränkte unsere Finger miteinander, als wäre es das Natürlichste auf der Welt.

»Die Leute, die das Restaurant betreiben, sind Freunde von Min-ho«, erklärte er ruhig, während mein Herz weiter Purzelbäume in meiner Brust schlug.

Seine Hand ist so warm …

»Eventuell habe ich ihn gezwungen, sie zu bitten, uns Essen vorzubereiten«, fuhr er fort.

Meine Augenbrauen zuckten in die Höhe. »*Gezwungen?*«

»Ich kann sehr überzeugend sein, wenn ich es will.«

Das glaubte ich ihm aufs Wort.

Er ließ meine Hand los, um einen Schlüssel aus seiner Hosentasche zu ziehen. Während er damit beschäftigt war, die Tür aufzuschließen, wischte ich meine klamme Hand so unauffällig wie möglich an meinem Rock ab – in der Hoffnung, dass er es nicht bemerkt hatte. Ich versuchte mir Mut zuzureden. Mir zu sagen, dass es genauso gut einfach nur ein Treffen zwischen zwei Freunden sein konnte. Allerdings war ich noch nie gut darin gewesen, mich selbst zu belügen.

Jae-yong zog die Tür auf und bedeutete mir, vor ihm einzutreten. Hinter sich ließ er sie zurück ins Schloss fallen und drehte den Schlüssel einmal herum – vermutlich, damit sich niemand in den Laden verirrte, während wir hier waren. Ich blieb unschlüssig in der Nähe des Eingangs stehen. Die Straßenbeleuchtung von draußen erhellte den Laden nur schwach, mehr als Umrisse konnte ich nicht erkennen.

Ich hörte, wie Jae-yong hinter mir ein paar Schritte machte und die Hand über die Wand gleiten ließ. Kurz darauf ging das Licht an, und ich musste meine Augen zusammenkneifen, weil die plötzliche Helligkeit mich blendete.

Ich öffnete sie wieder, als ich Jae-yong an meiner Seite spürte. Der Laden wirkte von innen beinahe ebenso unscheinbar wie von außen. Die kleine Bestelltheke in der hinteren Ecke und die Stühle und Tische waren alle aus dem gleichen Eichenholz gemacht. Auch die zwei Sitznischen an der rechten Wand wurden mit einem hölzernen Sichtschutz abgeschirmt.

Links von mir stand ein runder Tisch mit Barhockern statt Stühlen, in dessen Mitte eine Art Grill eingelassen war. Dahinter an der Wand hingen einige Urkunden, die ich aus der Distanz nicht entziffern konnte, eine Uhr, mehrere Bilder und eingerahmte Zeitungsausschnitte.

»Es sieht nicht nach viel aus, nicht wahr?«, erriet Jae-yong meine Gedanken.

Ich verzog das Gesicht entschuldigend, als hätte ich ihn persönlich damit angegriffen. »Es ist … gemütlich.«

Er legte den Kopf schief, als wüsste er genau, dass ich nur das erstbeste, positive Wort genommen hatte, das mir in den Sinn gekommen war. »Es ist chaotisch und unauffällig – aber das Essen ist besser als alles, was du jemals probiert hast.«

»Woher kennt Min-ho die Inhaber?«, fragte ich neugierig, während ich ihm zu der hinteren der beiden Sitznischen folgte.

»Er ist mit ihrer Tochter zusammen zur Schule gegangen, bevor er Trainee geworden ist und sie und ihre Familie hierher ausgewandert sind.«

Mich beschlich die leise Ahnung, dass sie mehr gewesen sein könnten als reine Schulkameraden. Aber das war Min-hos private Angelegenheit, ich traute mich nicht nachzufragen.

»Und woher weißt du, dass sie gutes Essen machen?«

»Min-ho kommt jedes Mal hierher, wenn wir wegen einer Tour oder anderer Termine in der Stadt sind. Ich nehme an, er hofft, sie hier zu treffen. Bisher haben sie sich allerdings meistens verpasst.«

Damit bestätigte er meine Vermutung.

»Setz dich«, sagte er und deutete auf einen der Stühle. Dann verschwand er durch eine Schwingtür in den hinteren Bereich, in dem ich die Küche vermutete.

Ich zog den Stuhl unter dem Tisch hervor und ließ mich darauf sinken. Es juckte mir in den Fingern, Erin zu schreiben, wo ich mich gerade befand. Ich hatte in den letzten zwei Wochen öfter versucht, ihr von Jae-yong zu erzählen, aber ... irgendetwas hatte mich jedes Mal davon abgehalten. Ihre glücklich strahlenden Augen eventuell, wenn sie mir ungehalten von Eric erzählte. Vielleicht war es aber auch nur meine eigene Angst, das Unbekannte auszusprechen und ihm somit einen Raum – einen Namen – zu geben. Ein Gutes hatte das Ganze jedenfalls: Ich war mittlerweile zu einem Meister im Verdrängen geworden.

Bevor ich tiefer in den Gedankenstrudel versinken konnte, klirrte es laut, gefolgt von einem Klappern und dem Geräusch der Schwingtür, die aufgestoßen wurde. Ich lehnte mich zur Seite, um zu sehen, was Jae-yong tat, um solchen Lärm zu fabrizieren. Nur mit Mühe unterdrückte ich das Grinsen, als ich ihn mit zwei Tabletts und der Tür kämpfen sah. Auf einem standen zwei volle Gläser, die sich in einer gefährlichen Schieflage befanden und aussahen, als könnten sie jeden Moment kippen.

Eilig stand ich auf, um ihm ein Tablett abzunehmen. »Ich nehme an, Kellnern zählt nicht zu den Dingen, die du in deiner Ausbildung gelernt hast.«

Zur Antwort machte er ein zerknirschtes Gesicht. »Ist es so auffällig?«

Ich nahm die Gläser vom Tablett und stellte sie in die Mitte des Tisches. »Wenn du nicht gerade versuchen wolltest, physikalische Gesetzte außer Kraft zu setzen – schon, ja.«

»Ich habe andere Stärken«, murmelte er. Er griff nach einem der Holzbrettchen auf seinem Tablett und stellte es vor mir ab. Darauf stand ein dunkelgrauer Steintopf, aus dem es dampfte. »Vorsicht, der Topf ist heiß.«

»Was ist das?«, fragte ich neugierig und beugte mich über die Schüssel. Karotten, Gurke, Pilze – was ich sah, ähnelte diesen neumodischen Bowls, die man mittlerweile überall zu kaufen bekam. Dazu gesellten sich nach und nach noch vier kleine Schälchen, deren Inhalt ich – bis auf das Kimchi – nicht benennen konnte.

»*Dolsot-Bibimbap*«, antwortete Jae-yong. Er legte einen Löffel und zwei Metallstäbchen an meinen Platz, dann an seinen.

»Dol…«, begann ich, beließ es aber bei dem Versuch. Allein ihm dabei zuzuhören, wie er koreanische Worte aussprach, sorgte dafür, dass meine Zunge sich spontan verknotete.

»Dolsot-Bibimbap«, wiederholte er. Als er sich mir gegenüber hinsetzte, blitzte eine silberne Kette auf, die er um den Hals trug, ehe sie wieder unter seinem T-Shirt verschwand. Ich beobachtete ihn dabei, wie er den Löffel in die Hand nahm, und tat es ihm nach.

»Und das ist?«

Er hielt inne, mit dem Löffel über der Schüssel schwebend. »Reis mit Gemüse und … normalerweise, was man sonst noch so im Kühlschrank findet?«

»Fragst du mich oder erklärst du es mir?«

»Ich bin mir nicht sicher.«

Das Bedürfnis, amüsiert mit den Augen zu rollen, war für einen kurzen Augenblick übermächtig.

Jae-yong begann, die einzelnen Zutaten in der Schüssel miteinander zu vermischen.

Ein rohes Eigelb thronte auf dem Gemüse. Ich konnte mich nicht daran erinnern, jemals ein rohes Ei auf meinem Essen oder in irgendeinem Rezept gesehen zu haben – von dem ein oder anderen Video im Internet mal abgesehen, in dem Shakes aus Eigelb und Milch als der Gesundheitstipp schlechthin angepriesen wurden.

»Hast du schon mal Koreanisch gegessen?«

Ich schüttelte den Kopf. »Nein, noch nie. Ich war einmal in einem japanischen Restaurant, aber abgesehen von Bratreis und Bratnudeln ist das alles, was ich über asiatisches Essen weiß.«

»Dann ist das dein erstes Mal«, sagte Jae-yong nachdenklich.

Ich war gerade dabei gewesen, ein Schluck von der Cola zu nehmen, als ich sie bei seinen Worten beinahe im hohen Bogen wieder ausgespuckt hätte. Hustend stellte ich das Glas ab.

Als ich mich einigermaßen beruhigt hatte, lehnte ich mich auf meinem Stuhl zurück.

»Alles in Ordnung?«, fragte Jae-yong.

Bei dem Gedanken daran, laut auszusprechen, was mir gerade durch den Kopf gegangen war, schoss mir die Röte in die Wangen. »Bestens.«

Ich hielt meine Augen starr auf das Essen gerichtet und ignorierte seinen wenig überzeugten Gesichtsausdruck geflissentlich.

»Woher kannst du eigentlich so gut Englisch?«, fragte ich nach einer Weile, um die Stille zwischen uns zu durchbrechen und das Thema unauffällig zu wechseln.

»Ich bin damit aufgewachsen«, erklärte er. »Meine

Mom hat in meinem Alter ein Jahr in Amerika gelebt, bevor sie meinen Dad in Korea geheiratet hat. Sie wollte unbedingt, dass meine Schwester und ich es auch lernen, weil sie wusste, wie wichtig es ist.«

»Du hast kaum einen Akzent«, merkte ich an.

Er zuckte die Achseln und schob sich einen Löffel Reis in den Mund. »Als ich Trainee geworden bin, habe ich mich mehr dahintergeklemmt. Woo-seok und Ed waren damals die Einzigen, die ein richtiges Gespräch auf Englisch führen konnten. Mittlerweile versuche ich, mir unterwegs Podcasts anzuhören, wenn ich Zeit habe. Man lernt ziemlich viel, wenn man sich die ganze Zeit nur auf die Stimmen konzentrieren muss.«

»Du sagst das, als wäre es ein Kinderspiel, eine neue Sprache zu lernen«, sagte ich und ließ den vollen Löffel in meiner Hand zurück in die Schüssel sinken. »Ich hatte jahrelang Spanisch in der Schule, aber mein Sprachniveau ist trotzdem noch auf dem Level eines zweijährigen Kindes, das gerade anfängt zu sprechen.«

»Wolltest du denn Spanisch lernen?«

»Ich hatte nicht wirklich eine andere Wahl. Es war immer ein Pflichtfach.«

Er schmunzelte. »Vielleicht war meine Motivation, in Interviews nicht immer nur nett lächeln zu müssen, dann einfach größer.«

Ich öffnete den Mund, um etwas zu erwidern … und schloss ihn wieder. Meine Motivation, Spanisch zu lernen, belief sich über Jahre hinweg tatsächlich nur auf den Wunsch, in der Schule keine unterirdisch schlechten Noten zu schreiben. Außerhalb hatte ich die Sprache nie benutzt, weil es meistens nur bis zu einem »Wie geht es dir?« reichte, ehe ich ins Straucheln kam.

»Sprachen sind mir aber schon immer leichtgefallen«, fügte er nach einem Augenblick hinzu.

»Wie viele sprichst du?«, fragte ich, hob meinen Löffel wieder an und nahm endlich meinen ersten Bissen. Es war … Reis mit Gemüse. Ich wusste nicht, was ich erwartet hatte. Es schmeckte tatsächlich ähnlich wie die Reis-Bowl, die ich vor ein paar Wochen mal gegessen hatte. Nur die Schärfe, die sich langsam in meinem Mund breitmachte, brachte mich aus dem Konzept. Scharfem Essen gegenüber war ich absolut intolerant. Ich konnte nicht mal ein gewöhnliches Chili essen, ohne das Gefühl zu haben, von innen zu verbrennen. Und die rote Paste, die mittlerweile großzügig alles in meiner Schüssel überzog, schien einen ordentlichen Kick zu haben.

»Koreanisch, Englisch, Japanisch – aber die können ohnehin die meisten von uns fünf«, erklärte er in Ruhe, während ich weiterhin mit dem Essen kämpfte.

Ich griff nach meinem Glas und nahm einen großen Schluck von der eiskalten Cola, ehe ich antwortete. »Warum Japanisch?«

»Die koreanische und die japanische Musikindustrie hängen enger zusammen als die meisten anderen. Wir haben japanische Alben, drehen dort Werbespots, geben Konzerte und Interviews.«

Als er seinen Löffel beiseitelegte und sich im Stuhl zurücklehnte, stellte ich erstaunt fest, dass er mit seinem Essen bereits so gut wie fertig war. Ich hatte noch nicht mal die Hälfte der Schüssel geleert.

Jae-yong bemerkte das ebenfalls. »Schmeckt es dir nicht?«

»Doch«, sagte ich ehrlich. »Aber ich bin eine Mimose, wenn es um scharfes Essen geht.«

Seine Augen wurden groß. »Das wusste ich nicht. Du hättest es nicht essen müssen, wenn es dir nicht schmeckt.«

Ich zog den Kopf ein und rührte das Essen in der Schüssel ein weiteres Mal um – nur, damit ich etwas zu tun hatte. »Ich wollte nicht unhöflich wirken.«

Im Augenwinkel sah ich, wie Jae-yong den Kopf schüttelte.

»Lieber quälst du dich durch das Essen?«, erkundigte er sich mit einer Mischung aus Belustigung und Unglaube.

Ich zuckte mit den Schultern. In meinem Kopf klang es nach der besseren Variante, auch wenn ich jetzt selbst bemerkte, wie unsinnig das war. In meinem Kopf hörten sich Dinge oft wesentlich logischer an, als wenn ich sie aussprach.

»Möchtest du trotzdem noch etwas probieren?«, fragte Jae-yong. »Ich verspreche, es ist nicht so scharf.«

Zwar stimmte mich »nicht so scharf« nicht allzu optimistisch – seine Empfindung von *scharf* war eindeutig eine andere als meine –, dennoch stimmte ich zu.

»Warte kurz.« Damit drückte er sich vom Stuhl hoch. Sein schwarzes Shirt spannte sich über seinem Rücken. Mit jedem Schritt, den er tat, bewegten sich die Muskeln darunter.

Ich schüttelte den Kopf, um wieder zu mir zu kommen. Für eine Sekunde war ich mit meinen Gedanken an Orte abgedriftet, die ich mir neu waren. Allerdings passierte mir das in Jae-yongs Gegenwart schneller, als mir lieb war. Meine Reaktionen hatte ich von unseren ersten zwei Aufeinandertreffen nicht so in Erinnerung. Oder vielleicht hatte ich meine Erinnerung auch einfach nur so überschrieben, wie ich es gern haben wollte. Manchmal verstand ich meinen eigenen Kopf nicht ganz.

Jae-yong verschwand in der Küche. Keine drei Minuten später kam er wieder durch die Tür und mit zwei befüllten Tellern zu unserem Tisch. Der Duft, der mir in die Nase stieg, ließ mir das Wasser im Mund zusammenlaufen. Süß und zuckrig und fettig und genau das, wonach ich mich nach dem vorherigen Essen sehnte.

Er stellte einen Teller vor mir ab, und ich musste mich beherrschen, mich nicht sofort darauf zu stürzen. Um mich abzulenken, warf ich ihm einen Blick zu und zog beide Augenbrauen fragend in die Höhe.

Er grinste, als er verstand, was ich von ihm wissen wollte. *»Hotteok.«*

»Sind das Pancakes?«, fragte ich, denn genauso sahen sie aus. Nur ein bisschen weniger ebenmäßig gebräunt, als Liv sie normalerweise zubereitete. Und auch nicht ganz so fluffig.

»Hm«, machte Jae-yong, den Kopf nachdenklich schiefgelegt. »So etwas Ähnliches? Ich glaube, am ehesten sind es noch gefüllte Pancakes. In Südkorea sind sie ein beliebtes Streetfood.«

»Dann kann ich sie mit der Hand essen?«, fragte ich und war kurz davor, mir einfach einen zu schnappen.

Sein Lachen schallte durch den Raum. »Du kannst sie essen, wie du willst. Sie sind nur etwas klebrig, und vermutlich ist die Füllung noch ziemlich heiß, also sei vorsichtig.«

Nach dem ersten Satz hatte ich nur noch mit einem Ohr zugehört und sofort in einen der *Hotteok* – meine Aussprache des Wortes hätte Jae-yong vermutlich ein weiteres Mal zum Lachen gebracht – hineingebissen. Prompt verbrannte ich mir die Zunge. Die Füllung war sogar *verdammt* heiß, aber ich bemerkte es nicht einmal, als der Geschmack sich in meinem Mund ausbreitete. In der Mitte befand sich ein karamellartiges Sirup, das sich beim Kauen mit dem leicht knusprigen Teig vermischte.

Ich hatte beinahe ein schlechtes Gewissen, weil ich sie geschmacklich sofort auf die gleiche Stufe mit Livs Pancakes stellen musste. Allerdings verflog jede Reue, als ich den zweiten Bissen nahm, mir ein weiteres Mal die Zunge verbrannte, vor Verliebtheit in diese Süßspeise aber trotzdem beinahe aufgestöhnt hätte. So musste das Essen im Himmel schmecken – da war ich mir ziemlich sicher.

»Erzähl mir was über dich«, sagte Jae-yong, als ich fertig war. Er hatte das Essen vor sich nicht angerührt.

»Ich liebe Hotteok.«

Er lachte und schaute dabei zu, wie ich meine klebrigen Finger an einer Serviette abwischte. »Etwas, das ich noch nicht weiß.«

»Ich habe als Kind mal ganz kurz einen Ballettkurs belegt.«

»Ganz kurz?«

»Ja, ich habe nur einen Monat durchgehalten. Grobmotorik ist nicht mein Fall. Ich bin feinmotorisch veranlagt«, sagte ich und wackelte mit meinen Fingern in der Luft. Seine Augen sprangen kurz zu meinen Händen, dann zurück zu meinem Gesicht.

»Und wann hast du mit Zeichnen angefangen?«

»Ich habe als Kind einfach nie aufgehört«, sagte ich ehrlich. »Nach den Fingerfarben kamen die Buntstifte, dann Deckfarben, Aquarell … Es war einfach immer da, ich habe nie groß darüber nachgedacht. Und du?«, setzte ich hinterher, als ich seinen nachdenklichen Blick bemerkte. Er richtete seine Aufmerksamkeit auf mich. »Wann hast du gewusst, dass du Musik machen willst?«

»Als ich das erste Mal an einem Klavier gesessen habe«, sagte er sofort. »Ich weiß nicht mal mehr, wie alt ich da war. Ich habe auf dem Hocker gesessen, und meine Beine haben nicht mal annähernd den Boden erreicht.«

»Hattest du Klavierunterricht?«

Jae-yong nickte. »Später. Anfangs habe ich nur meinem Vater zugehört oder auf irgendwelche Tasten gedrückt.«

Ich fuhr mit dem Finger über den Rand meines Glases, versuchte einen Ton zu erzeugen und scheiterte. »Hast du ein gutes Verhältnis zu deinen Eltern?«

»Meistens, ja«, antwortete er. »Wir sehen uns nicht sehr häufig, seit ich Trainee geworden bin. Aber wir telefonieren regelmäßig, und meine Schwester schickt mir von allem, was sie interessant findet, Bilder.«

Ich fragte mich unwillkürlich, wie es wäre, wenn meine Eltern noch leben würden. Ob ich noch bei ihnen in unserem alten Haus wohnen würde oder mir eine eigene Wohnung gesucht hätte. Ob Liv und ich uns jemals so gut angefreundet hätten, ob Mel trotzdem so hart arbeiten würde, ob …

Ich stoppte mich. Es war viel zu leicht, in dieses Gedankenspiel zu fallen.

»Wie alt ist deine Schwester?«, fragte ich stattdessen.

»Sechzehn«, antwortete Jae-yong. Er holte sein Handy hervor und tippte kurz darauf herum, ehe er es mir zudrehte. »Das rechts ist sie, Ha-eun. Ich glaube, das war letztes Jahr an ihrem Geburtstag.«

Ich sah ein junges Mädchen breit grinsend zwischen zwei Erwachsenen stehen. Seine Eltern, nahm ich an.

»Dann ist sie in Livs Alter«, sagte ich mehr zu mir selbst.

Trotzdem lächelte er mir zu. »Ich glaube, sie würden sich ziemlich gut verstehen. Das denke ich jedes Mal, wenn du von Liv erzählst.«

Ich sah mir das Foto noch einen Augenblick an, dann legte er sein Handy wieder beiseite.

»Versteht ihr euch gut?«, fragte ich.

»Ja, sehr. Sie ist mein größter Fan.«

Ich hörte in jeder Silbe, wie viel ihm das bedeutete.

Schweigen legte sich wie ein vertrauter Freund über uns. Es war … schön. Einfach hier zu sitzen und die Nähe zu genießen. Als befänden wir uns außerhalb der Realität, in einer kleinen Nische des Universums, die wir nur für uns beide geschaffen hatten. Meine Gedanken wanderten träge von einem Thema zum anderen, hielten sich aber nirgends lange auf. Es war ein angenehmes Gefühl. Ich verspürte eine Ruhe in meinem Körper, die ich sonst kaum kannte.

»Ich glaube, wenn Liv wüsste, dass ich gerade mit dir zusammen bin, hätte sie mir einiges zu sagen.« Warum mein Kopf ausgerechnet dort stehen blieb, war mir nicht ganz klar.

Aber dass ich ihr nichts erzählen konnte, beschäftigte mich, auch wenn es in den letzten Stunden weit in die Ferne gerückt schien.

»Du meinst, sie würde es nicht gutheißen?«, fragte er vorsichtig, beinahe ein wenig schüchtern.

Ich versuchte, ehrlich über seine Frage nachzudenken. Aber es fiel mir schwer, nicht sofort ins Katastrophendenken zu verfallen. »Nein, ich glaube eher, sie wäre … enttäuscht.« Das letzte Wort fiel als winziges Flüstern aus meinem Mund. Es ausgesprochen zu hören, versetzte mir einen Stich in der Brust.

»Du musst nicht hierbleiben, wenn du dich deswegen unwohl fühlst«, erklärte er.

»Ich fühle mich nicht unwohl«, erwiderte ich nachdrücklich. »Wie kommst du darauf?«

»Du sagtest, sie wäre enttäuscht …« Er senkte den Blick auf den Tisch, kräuselte die Nase leicht. Ich wurde das Gefühl nicht los, dass er meinen Blick mied. »Wegen mir«, fügte er schließlich noch hinzu.

Ich brauchte ein paar Sekunden, um zu verstehen, was er meinen Worten entnommen hatte. »Oh. Nein.« Ich schüttelte den Kopf. »Nein, ich meinte nicht enttäuscht wegen dir, sondern enttäuscht, weil ich ihr nichts davon erzählt habe. Von uns.« Ich stolperte über meine Worte, als hätte ich gerade erst sprechen gelernt.

»Oh.« Im nächsten Moment stützte er seine Stirn auf der Handfläche ab und lachte leise über sich selbst. »Verstehe.«

»Ich bin gerne hier, falls du dir darum Gedanken machen solltest«, betonte ich.

Er sagte nichts dazu, aber ich konnte deutlich sehen, wie er sich entspannte.

Mein Blick fiel auf seinen Teller, und ich beschloss, unser Gespräch wieder in eine seichtere Richtung zu lenken. »Isst du das noch?«

Seine Augen folgten meinem Zeigefinger zu dem Hotteok, der unangetastet vor ihm lag. »Hast du es darauf abgesehen?« Sein Tonfall war neckend, sein Blick dankbar.

»Eventuell«, sagte ich und versuchte, so unschuldig wie möglich dabei auszusehen.

Er lächelte und schob mir den Teller entgegen. »Du kannst ihn haben. Ich esse sie gefühlt jeden zweiten Tag.«

Schon nahm ich den Hotteok in die Hand und biss genüsslich davon ab. Wenn Süßes in Südkorea so schmeckte, fragte ich mich ernsthaft, warum ich bisher noch nicht dort gewesen war. Geschweige denn das Land kaum auf dem Schirm gehabt hatte. Liv würde vermutlich sofort aufspringen und die Koffer packen, wenn ich sie fragte, ob sie mitkommen würde …

»Du schaust ihn an, als würdest du ihm einen Heiratsantrag machen wollen«, sagte Jae-yong in die Stille.

Ich hielt meinen Zeigefinger in die Höhe. »Shh. Gib uns einen Moment.«

Aus dem Augenwinkel nahm ich wahr, wie er amüsiert den Kopf über mich schüttelte.

Es dauerte nicht lang, bis ich auch diesen Hotteok verschlungen hatte. Diese Spezialität war einfach zu süß, zu fettig, zu süchtig machend. Wenn Jae-yong wieder zurück in Südkorea war, würde er mir regelmäßig einen Vorrat davon schicken müssen.

Wenn er wieder in Südkorea war …

Natürlich beschloss mein Hirn, sich diesen Teil herauszupicken und unter das Vergrößerungsglas zu legen. Plötzlich verlor der Nachgeschmack des Hotteoks ein wenig an Süße.

Jae-yong schien dieser emotionale Wandel nicht zu entgehen. Er streckte seine Hand, die auf dem Tisch lag, in meine Richtung aus, stoppte aber, bevor seine Fingerspitzen meinen Arm berühren konnten. »Deine Gedanken sind ziemlich laut.«

Ich versuchte, die Anspannung, die aus dem Nichts gekommen war, wieder dorthin zurückzuverfrachten. Es gelang mir nur halbwegs. »Das ist ein Nebeneffekt.«

»Wovon?«

Ich zuckte die Schultern. »Der Evolution?«

»Und möchtest du mir sagen, was für Gedanken die Evolution dir gerade in den Kopf gesetzt hat?«

Ich seufzte. »Dass Korea am anderen Ende der Welt liegt.«

Jae-yong legte den Kopf schief. Seine Hand lag weiterhin nur wenige Zentimeter von meinem Arm entfernt, die Handfläche dem Tisch zugedreht. Ob es eine stumme Aufforderung seinerseits war, die Distanz zu überwinden? Das Zeichen, dass er mir die Entscheidung überlassen würde?

»Jetzt gerade bin ich hier«, sagte er. »Meinst du, du kannst dich darauf konzentrieren?«

Ich sah ihm ins Gesicht, in seine dunklen Augen, und

stellte fest, dass es mir nicht so schwerfiel wie gedacht, seiner Frage nachzukommen. Statt ihm zu antworten, schob ich meine Hand die paar Zentimeter über den Tisch, bis ich sie auf seine legen konnte. Er drehte seine Handfläche nach oben und umschloss meine Finger mit seinen. Sein Daumen strich wieder und wieder über meinen Handrücken.

»Stört dich die ständige Überwachung nicht?«, fragte ich Jae-yong Minuten später.

Er blinzelte verwirrt. »Ich glaube, ich kann dir nicht ganz folgen. Was meinst du?«

»Die mit der Berühmtheit einhergeht. Ich habe nur überlegt, ob für mich an deiner Stelle die Nachteile nicht überwiegen würden.«

Ein nachdenklicher Ausdruck legte sich über sein Gesicht. »Als ich damals nach Seoul gezogen bin, habe ich öfter darüber nachgedacht, ob es nicht besser wäre umzudrehen. Wir hatten nie viel Geld, und meine Schwester war noch nicht mal in der Pubertät, als ich gegangen bin. Aber ich hatte diesen jugendlichen Glauben, dass ich der Eine unter einer Million sein könnte und meinen Eltern das Leben erleichtern würde, sobald ich mehr verdiente.«

In meiner Brust zog es schmerzhaft. Diesen Glauben trug ich bis heute noch mit mir herum.

Er lachte freudlos auf und schüttelte über sich selbst den Kopf. »Die wenigsten Gruppen oder Idols werden überhaupt bekannt genug, um ihre Schulden gegenüber ihrer Entertainment Company ansatzweise begleichen zu können. Bis vor anderthalb Jahren hätte es genauso gut sein können, dass wir uns einfach noch mehr Schulden aufbrummen.«

»Wieso hast du trotzdem weitergemacht?«, fragte ich leise.

»Min-ho, Woo-seok, Ed, Hyun-woo … Jeder von uns lebt für die Musik. Wir sind alle ohne jegliche Backup-Pläne in das Trainee-Programm gestartet. Wir hatten kaum Geld, haben zu fünft in Dreizimmerwohnungen gelebt und uns von dem ernährt, was gerade am billigsten war. Ich habe mir bis vor ein paar Jahren das Zimmer mit Min-ho geteilt. Aber keiner von ihnen hat sich je wirklich beschwert.« Ein kleines Lächeln zog seine Mundwinkel in die Höhe. »Weil es ihre Leidenschaft ist. Und weil sie sich ein Leben ohne Musik nicht vorstellen können.« Er lehnte sich ein Stück zurück, ließ meine Hand aber nicht los. »Und ich wollte das – ganz egoistisch – auch. Ich wollte mit Hingabe für etwas arbeiten, das ich mag – und nicht, weil ich das Gefühl habe, anderen damit das Leben zu erleichtern.«

Seine Worte sickerten nur langsam zu mir durch. Ich verstand, was er sagte. Ich *fühlte* jedes seiner Worte mit so einer Vertrautheit, dass ich Gänsehaut bekam.

»Hast du es je bereut?«, fragte ich. »In der Band geblieben zu sein, statt etwas … Normales zu tun?«

»Es gibt acht Milliarden Menschen auf der Welt.« Sein Blick ließ meinen nicht los. »Ich glaube, die Bedeutung von ›normal‹ ist relativ, weil jeder eine andere Definition davon hat.«

»Du weißt, was ich meine«, sagte ich.

Das Grübchen tauchte in seiner Wange auf. »Tue ich.

Ich habe nur keine richtige Antwort darauf. Bereust du denn dein Studium?«

Bei seiner Frage holte ich tief Luft, wie um mich zu wappnen. »Die Sache ist … ich habe keine Ahnung, was ich sonst tun sollte. Das Studium war immer etwas, an dem ich festgehalten habe, seit meine Eltern gestorben sind.« Ich fuhr mit meinem Zeigefinger über das kondensierte Wasser an meinem Colaglas. Mehrere Gedanken drückten gegen die Tür, hinter der ich sie verschlossen hielt. Für den Moment hielt das Schloss noch.

»Du könntest einfach den Studiengang wechseln.«

»Und noch mal von vorne anfangen?« Ich schüttelte den Kopf. »Ich habe dir doch von dem ganzen Geld erzählt, das dort schon reingeflossen ist. Ich möchte nach dem Studium ausziehen oder arbeiten gehen und Mel zumindest ein wenig von der Last abnehmen.«

»Hat sie sich je beschwert?«

»Sie muss nichts sagen, damit ich sehe, wie sie müde nach Hause kommt und müde aufsteht.« Oder wie dieser bestimmte Ausdruck in ihre Augen trat, wenn Liv neue Klamotten brauchte. Die Abende, an denen sie über dem Haushaltsbuch brütete …

Ich sah, dass meine Worte ihn genauso trafen wie seine vorher mich. Letztendlich unterschieden sich unsere Pläne nicht wirklich – von den äußeren Umständen einmal abgesehen. Vielleicht fiel es mir deshalb so leicht, diese Dinge ihm gegenüber zuzugeben. Ich hatte in keinem Moment das Gefühl, er würde mich verurteilen.

Schweigen legte sich über uns, während wir unseren Gedanken nachhingen. Zu gern hätte ich gewusst, was ihm gerade durch den Kopf ging, aber ich traute mich nicht nachzufragen. Stattdessen beschäftigte ich mich damit, das Besteck an meinem Platz zu verschieben, bis Löffel und Essstäbchen parallel zueinander lagen.

Jae-yong sprach als Erster wieder. »Ich glaube, es gab Momente, vor allem in der Anfangszeit, in denen ich das Gefühl hatte, einen Fehler gemacht zu haben. Aber … ich habe es nie bereut.« Ich brauchte eine Sekunde, bis ich verstand, dass er auf meine vorherige Frage antwortete. »Unser Management sagte uns ständig, dass wir besser werden müssten, wenn wir mit der Konkurrenz mithalten wollten. Dass wir noch härter, noch länger dafür arbeiten mussten, wenn wir es wirklich wollten«, redete er weiter. »Vermutlich waren sie sich sicher, dass wir nach zwei, drei Jahren einfach aufgeben und gehen würden.«

»Aber das habt ihr nicht. Ihr habt es geschafft.«

Jae-yong nickte stumm. Sein Blick, der bis zu diesem Augenblick auf den Tisch gerichtet war, traf auf meinen. »Manchmal frage ich mich, ob es den Preis wert ist.«

»Welchen Preis?«

»Hast du unsere Musik gehört?«, fragte er unvermittelt. »Die neueren Dinge, meine ich.«

»Nicht allzu viel«, sagte ich ehrlich. »Ich fand es … merkwürdig, dich in diesen Videos zu sehen.«

Er zog die Mundwinkel leicht nach oben, als würde er genau verstehen, was ich meinte. Dann seufzte er. »Sie sind … nicht gut.«

»Nicht gut?« Ich legte den Kopf schief. Liv hätte dazu sicher eine völlig andere Meinung. »Aber jeder liebt doch eure Musik.«

»Ja, und dafür bin ich dankbar. Aber die Musik, die wir momentan produzieren, ist austauschbar. Es ist das, von dem unser Label denkt, dass es die Mehrheit will – und nicht das, was wir wollen. Es fühlt sich nicht mehr so an wie früher.« Sehnsucht lag in seiner Stimme.

»Warum produziert ihr dann nicht das, was euch gefällt?«

»Unsere Musikindustrie ist etwas anders als eure«, begann er. »Unser Label hat bestimmte Vorstellungen dahingehend, wie wir nach außenhin wirken sollen.«

Er nahm sein Colaglas in die Hand, trank aber nichts davon. »Sagt dir das Prinzip der Persona etwas?«

Als ich mit einem stummen Kopfschütteln antwortete, fuhr er fort: »Man erstellt Personas, um Zielgruppen zu veranschaulichen. Eine vollständige, nicht existente Persönlichkeit samt Gesicht, Namen, Alter, Ängsten, Wünschen, Bedürfnissen … Um diese herum wird eine Marketingstrategie aufgebaut, um möglichst zielgenau die Leute zu erreichen, von der man denkt, dass sie auf das Produkt anspringen würde.«

Während seiner Erklärung meldeten sich leise Erinnerungsfetzen aus meinem ersten Semester. Eine der Dozentinnen hatte dieses Prinzip erwähnt – ich konnte mich allerdings nur schwammig daran erinnern.

Jae-yong lehnte sich in seinem Stuhl zurück, ein Arm über der Lehne, der andere weiterhin auf dem Tisch liegend. »Je mehr Personas dein Produkt abdeckt, desto schwieriger ist die Vermarktung. Aber desto mehr Leute kannst du im besten Fall auch erreichen.«

Einen Moment schwieg er.

»In diesem Fall sind unsere Lieder, unsere Musik, unser Merchandise das Produkt. Und Min-ho, Ed, Woo-seok, Hyun-woo und ich – wir sind die Personas.«

»M-moment.« Ich hatte Mühe, seine Aussage zu verstehen. »Ihr seid die Personas?«

Er nickte. »Die Sätze, die wir sagen, die Kleidung, die wir tragen. Vieles von dem, was wir im Auge der Öffentlichkeit tun, passiert nicht durch Zufall. Der Starke, der Stille, der Witzige, der Nachdenkliche. Sportskanonen, Alleskönner, Frauenheld … Kommt dir das bekannt vor?«

»Aus Büchern vielleicht«, murmelte ich.

»Ja«, bestätigte Jae-yong. »Nur kommt es nicht nur dort vor, sondern auch in der Realität.«

»Das heißt … Das heißt, die Personen, die eure Fans in Interviews kennenlernen, das seid nicht wirklich ihr?«

Er verzog das Gesicht ein wenig, als ob ihm die Frage Schmerzen bereiten würde. »Doch, natürlich bin das trotzdem ich. Ich gebe meine eigene Persönlichkeit nicht auf, um eine komplett andere anzunehmen. Und wie wir mit unseren Fans umgehen und die Dankbarkeit ihnen gegenüber ist etwas, das keiner von uns jemals ausnutzen würde. Aber …«, er überlegte einen Augenblick, »… je klarer ein Charakter definiert ist, desto eher fühlen sich andere Leute zu ihm hingezogen, nehme ich an.«

»Also nehmen sie euch die Ecken und Kanten«, schlussfolgerte ich und wurde mit einem müden Lächeln von ihm belohnt.

»Wenn du es so ausdrückst, klingt es wie ein Märchen, in dem die Bösen den Helden die Kräfte rauben.«

»Aber das ist es doch auch«, sagte ich etwas lauter als gewollt. »Oder nicht? Diese Ecken und Kanten sind das, was eine Person ausmacht. Wenn ihr die versteckt halten müsst, um immer aalglatt zu erscheinen – was macht euch dann so besonders?«

Ich wollte die Worte in dem Moment wieder einfangen, in dem sie aus meinem Mund flohen. Noch viel mehr, als ich sah, wie Jae-yong bei ihnen zusammenzuckte.

»Tut mir leid«, sagte ich wesentlich leiser. »So meinte ich das nicht.«

»Du hast recht. Jetzt im Augenblick könnte uns mit etwas Glück jeder ersetzen.«

»Eure Fans …«

»Ich möchte den Leuten mit unserer Musik mehr geben als das, was sie momentan bekommen. Versteh mich nicht falsch, wir arbeiten alle mit Herzblut an den Liedern und Konzepten. Zumindest im Rahmen dessen, was uns möglich ist.«

Sein Blick traf meinen, und mein Atem stockte, als ich die Leidenschaft sah, die seine Augen förmlich glühen ließ. »Aber da ist so viel mehr. So viel mehr, das wir tun könnten, um anderen zu helfen. Mit dem Geld, was wir haben, unserer Musik und – mit uns selbst.«

»Was würdest du tun?«, fragte ich vorsichtig.

»Ich würde den Menschen, die kämpfen und mit sich selbst ringen, zeigen, dass so viel mehr in ihnen steckt, als irgendjemand je in Worte fassen könnte. Dass eine Gesellschaft, die versucht, die Welten in ihnen zu erdrücken, keine gute ist.«

Damit stahl er mir ein kleines Stück meines Herzens.

Ich atmete tief durch, ehe ich sprach, denn ich traute meiner Stimme kaum. »Gibt es keine Möglichkeit, das irgendwie zu realisieren?«

Seine Antwort war ein Mix aus Schulterzucken und Kopfschütteln. »Unsere Verträge sind zu umfangreich. Wir könnten versuchen, uns in ein paar Jahren aufzulösen, und es dann auf eigene Faust probieren, aber …«

Er musste es nicht aussprechen, damit ich verstand. Es steckte so viel von allen von ihnen in NXT. Wie Jaeyong und Min-ho vorhin miteinander umgegangen waren, machte deutlich, dass dieses ganze Erlebnis sie auf eine Art zusammengeschweißt hatte, wie sie nur wenige Leute jemals erlebten.

Ich drückte seine Hand. Nun war ich es, die ihm mit dem Daumen beruhigend über die Haut strich. Sie war warm unter meinen kalten Fingern, und mein Herz machte einen Hüpfer in meiner Brust, als er unsere Finger miteinander verschränkte.

»So ernst sollte dieses Gespräch gar nicht werden.« Seine Stimme klang rauer und ein wenig emotionaler als noch Sekunden zuvor. Dass er das Thema wechseln wollte, war mehr als offensichtlich. Wie oft er sich darüber wohl Gedanken machte? Er hatte bisher nur angedeutet, dass es mit der Band nicht immer glattlief.

Trotz meiner Neugier brachte ich es nicht über mich, weiter nachzuhaken, wenn es ihn so quälte. Stattdessen zog ich eine Augenbraue in die Höhe. »Hattest du einen genauen Plan davon, wie es ablaufen sollte?«

Er drückte meine Finger leicht und lächelte. Dankbar, dass ich ebenfalls einen leichteren Ton anschlug. »Ich wollte dich mit dem Essen überraschen und dann mit meiner charmanten Art den Rest erledigen.«

»Die Überraschung ist dir jedenfalls gelungen.« Ich deutete auf den leeren Teller. »Ich glaube, ich habe ein neues Lieblingsessen.«

»Und den charmanten Teil wirst du einfach ignorieren?«

»Bettelst du gerade um Komplimente?«

»Absolut.«

Ich lachte auf. Die Schmetterlinge in meinem Bauch stoben auf und hinterließen ein angenehmes Gefühl an ihrer Stelle.

Die nächste Stunde redeten wir über alles und nichts: Von Geschichten über sein Zusammenleben mit vier anderen Kerlen bis hin zu trivialen Fragen nach unseren Lieblingspokémon kam alles vor. Und nicht eine Sekunde ließ er meine Hand los. Jedes Mal, wenn ich mir seiner Hand in meiner bewusst wurde, bescherte es mir eine Gänsehaut und ein Kribbeln, das sich durch meinen gesamten Körper zog. Mein Blick fiel immer wieder auf seine Lippen, wenn er sprach. Sie waren voll, und ich fragte mich, ob sie sich genauso weich anfühlen würden, wie sie aussahen …

Ich war so sehr in Gedanken vertieft, dass ich im ersten Moment gar nicht mitbekam, dass mein Handy vibrierte. Erst als Jae-yong aufhörte zu sprechen, bemerkte ich es – und spürte prompt, wie mir die Röte in die Wangen schoss, als ich seinen wissenden Blick wahrnahm.

Ich räusperte mich, griff mit der freien Hand nach meinem Handy und warf einen schnellen Blick darauf. In der nächsten Sekunde wünschte ich mir, es nicht getan zu haben. Ich hatte vier Nachrichten.

Liv: Hast du dir schon wieder meine Kopfhörer ausgeliehen?
Liv: Vergiss das, hab sie gefunden.
Liv: PS: Ich bin mir ziemlich sicher, dass Mel wie in diesen Teenie-Filmen erst ins Bett gehen wird, wenn du wieder zu Hause bist.
Liv: Sie hat mich gefragt, ob ich wüsste, wie lange eure »Lerngruppe« plant zu »lernen« …

»Alles in Ordnung?«, fragte Jae-yong.

»Ich denke schon«, sagte ich unsicher. »Aber ich glaube, dass meine Schwestern mir die Ausrede mit der Lerngruppe nicht ganz abgekauft haben.«

»Du hast gesagt, dass du zu einer Lerngruppe gehst?« Er holte sein Handy hervor und sah kurz darauf, ehe er es zurück in seine Hosentasche gleiten ließ. »Abends gegen zweiundzwanzig Uhr?«

Ich hatte nicht einmal bemerkt, dass es bereits so spät war. Zwar hatte Mel mir seit Jahren keine wirklichen Vorschriften mehr dazu gemacht, wann ich zu Hause zu sein hatte, aber für gewöhnlich war ich spätabends auch nicht so lange weg, ohne mich zu melden.

»Eventuell muss ich an den Ausreden noch ein wenig feilen.«

»Findest du?« Sein Gesichtsausdruck sprach Bände.

Ich streckte ihm die Zunge entgegen und genoss es, als sein Lachen an meine Ohren drang.

Ich mochte es, ihn so zu sehen. Er wirkte viel unbeschwerter als vorhin.

»Ich denke, ich sollte Min-ho allerdings auch langsam erlösen«, sagte er da. »Vermutlich muss ich mir nachher anhören, wie sehr er gelitten hat, während er die Security beschäftigt halten musste.«

Enttäuschung blubberte in mir auf. Dieser Abend sollte einfach nicht enden. Ich wünschte mir plötzlich nichts sehnlicher, als den Moment einfrieren zu können. Ich wollte die Außenwelt noch etwas länger ignorieren und so tun, als gäbe es nur uns beide.

»Hast du dir für morgen schon etwas vorgenommen?«, fragte Jae-yong.

»Für morgen?«, wiederholte ich und hoffte, dass ich nur in meinen Ohren so übermäßig hoffnungsvoll klang. »Nein, nichts.«

»Wir können nicht allzu viel machen, weil Min-ho und ich abends zurück nach New York fliegen. Und ich sollte der Security besser nicht noch mehr Gründe geben, mich an das Management zu verpfeifen«, fügte er nachdenklich hinzu. »Aber … Das Hotel ist sehr schön. Und es gibt einen großen Fernseher.«

»Versuchst du, mich gerade zu einem Filmnachmittag zu überreden?«

Er hob eine Augenbraue. »Vielleicht?«

»Wird es Popcorn geben?«

Seine Augen blitzten amüsiert auf. »Ich denke, das ließe sich einrichten … Wenn du möchtest?«

Zwei Sekunden zögerte ich mit der Antwort, obwohl ich genau wusste, wie sie ausfallen würde. Mein Bauchgefühl schrie sie mir quasi entgegen. »Können wir einen *Harry-Potter*-Marathon machen?«

Jae-yongs Augenbrauen zuckten überrascht in die Höhe.

»Wir müssen sie nicht gucken, wenn du dazu keine Lust hast«, setzte ich schnell hinterher. »Aber ich dachte, wo ich jetzt schon mal die Bücher gelesen habe, kann ein direkter Vergleich ja nicht schaden …« Meine Stimme verlor sich, als ich bemerkte, wie sehr dieser Vorschlag bei ihm auf Zustimmung zu treffen schien.

Er grinste bis über beide Ohren und machte den Eindruck, als würde er jeden Augenblick in seinem Stuhl auf und ab hüpfen. Das Bild war süß und jungenhaft und so weit abseits von dem, wie er sich mir gegenüber bisher verhalten hatte, dass ich nicht anders konnte, als zu lachen.

»Ich würde nichts lieber tun.«

Nicht lange danach verließen wir das Restaurant. Das Geschirr hatten wir zurück in die Küche gebracht, ehe Jae-yong ein Taxi gerufen hatte. Ich war in meinem ganzen Leben noch nie so lange Strecken mit einem Taxi gefahren und war froh, so noch etwas mehr Zeit mit ihm verbringen zu können.

Als wir bei meiner Wohnung ankamen, bat Jae-yong den Fahrer, einen Moment zu warten. Dann stieg er mit mir aus und brachte mich bis an die Haustür. Ich war paranoid genug, immer wieder mit einem Blick nach oben zu prüfen, ob in unserem Stockwerk ein Licht brannte – oder jemand am Fenster stand.

»Wirst du Ärger bekommen?«

»Ich glaube nicht«, antwortete ich. *Ich hoffe nicht.*

»Falls sie fragt, kannst du deiner Schwester ausrichten, dass dir zu keiner Zeit Gefahr drohte.«

»Ich bezweifle, dass sie das milder stimmen würde, um ehrlich zu sein.«

Seine Grübchen blitzten auf. »Es wäre auch nicht ganz die Wahrheit.«

Irritiert sah ich zu ihm auf. Der Wind wehte ihm einzelne Haarsträhnen in die Augen, aber er machte keine Anstalten, sie aus seinem Gesicht zu streichen.

Ich ballte meine Hände zu Fäusten, als das Verlangen, es selbst zu tun, übermächtig wurde. »Ich kann mich nicht daran erinnern, dass mir irgendwer gedroht hätte.«

Ein Ausdruck huschte über sein Gesicht, den ich nicht ganz identifizieren konnte. Einen Herzschlag später war er wieder verschwunden. »Vielleicht ist Gefahr das falsche Wort.« Er beugte sich zu mir hinunter, und ich hielt unwillkürlich die Luft an, als sein Gesicht plötzlich nur wenige Zentimeter von meinem entfernt war. Sein Blick strich über mein Gesicht. Er sah … fragend aus. Als würde Jae-yong in meinem Gesicht nach einer Antwort suchen. Die Purzelbäume, die mein Herz schlug, gaben mir eine leise Ahnung, was genau seine stumme Frage war.

Ich spürte seinen Atem an meiner Wange. Sah, wie er den Kopf noch ein kleines Stück senkte. Meine Gedanken flogen wild durcheinander, als ich die Augen zusammenkniff und nervös darauf wartete, was als Nächstes folgen würde.

Eine Sekunde verging.

Zwei, drei …

Als ich bis fünfzehn gezählt hatte und das Einzige, was ich spürte, die Spannung in der Luft war, öffnete ich meine Augen zaghaft wieder. Sein Gesicht war noch immer ganz nah vor meinen. Mir fielen zum ersten Mal die hellen Schlieren auf, die sich in das dunkle Braun seiner Augen mischten. Seine Lippen waren leicht geöffnet, und ich konnte in seinem Gesicht lesen, was er sich in dem Augenblick wünschte. Irgendetwas musste ihn allerdings umgestimmt haben. Statt die letzten Zentimeter zwischen uns zu überwinden, spürte ich seine Hand in meinen Haaren. Seine Lippen auf meiner Wange.

Dann tat er einen Schritt zurück. Seine Hand verschwand aus meinem Haar und nahm die wohlige Wärme mit sich, die sich von dort aus in mir ausgebreitet hatte. »Bis morgen, Ella.«

Er wartete, bis ich die Haustür aufgeschlossen hatte, ehe er in das Taxi stieg und dem Fahrer das Zeichen gab loszufahren.

Schmetterlinge.

Zu Hause würde ich als Erstes die Schmetterlinge wieder einfangen müssen.

23. KAPITEL

Als ich am nächsten Morgen aufwachte, konnte ich von Glück reden, dass Mel und Liv die Wohnung bereits verlassen hatten. Liv war wieder bei Charlie, und wenn mich nicht alles täuschte, verbrachte Mel den Tag zusammen mit Josh. Sie hatten beide schon geschlafen, als ich mich gestern Abend auf leisen Sohlen in mein Zimmer geschlichen hatte.

Ich hatte nicht wirklich Lust auf Mels skeptische Blicke und Livs wissendes Grinsen. Sosehr ich meine Schwestern liebte, die Zeit mit Jae-yong war etwas, das nur mir gehörte. Das ich für mich genießen wollte, ungeteilt, solange ich konnte.

Zwar meldete sich immer wieder eine leise Vorahnung, dass dieses Geheimnis in Anbetracht seines Bekanntheitsgrades nicht allzu lang eines bleiben würde – aber ich ignorierte es, so gut ich konnte. Ich wollte meinem Kopf nicht den Raum geben, diese Tatsache bis ins kleinste Detail zu durchdenken. Dafür kannte ich mich gut genug. Am Ende würde ich deswegen nur einen Rückzieher machen, bevor überhaupt irgendetwas passieren konnte.

Erin: Ich glaube, dir würde es hier gefallen.
Erin: Überall Natur, es ist ruhig, die nächsten Nachbarn sind mindestens fünfzehn Minuten entfernt.
Ich: Weißt du … Vielleicht ist Chicago gar nicht so schlimm, wie ich immer dachte.
Ich: Auch wenn ich ein Herrenhaus, in dem wir unsere eigene Bibliothek haben, natürlich bevorzugen würde.
Erin: Du kennst den Weg in mein Herz einfach.
Erin: Aber woher kommt der plötzliche Sinneswandel zu Chicago??

Ich biss von meinem Marmeladentoast ab, während ich über meine Antwort nachdachte.

Ich: Die vielen Buchläden?
Erin: Versuch's noch mal – und diesmal vielleicht mit der Wahrheit, Madame.
Ich: :P
Ich: Ich hab einfach ein paar nette Leute kennengelernt.
Ich: Genieße die Jugend. Du weißt schon, solche Dinge.
Erin: Wow. Deine Lügen waren noch nie gut, aber damit hast du dich gerade quasi selber übertroffen.

Ihre nächste Nachricht brachte meinen Puls dazu, mehrere Schläge zuzulegen. Sie sagte es im Scherz, schoss dabei aber viel zu nah an der Wahrheit vorbei.

Erin: Du erzählst mir doch, wenn du einem Hollywoodstar Kaffee übers Hemd schüttest und ihr eine stürmische Romanze startet, oder?

Minutenlang starrte ich mein Handy an. Zwei Stimmen stritten sich in meinem Kopf. Die eine fragte empört, aus welchem Grund ich Erin noch nichts davon erzählt hatte, während die andere sich rechtfertigte, dass es nichts zu erzählen gab.

Ich schnaubte. Nichts zu erzählen. Erin hatte recht, was die Lügen anging. Entschlossen griff ich zu meinem Handy und tippte die Worte, die mir schon so lange auf der Seele brannten.

Ich: Ich habe jemanden kennengelernt, aber es ist … kompliziert.
Erin: Facebook-Status-kompliziert oder »Er weiß nicht mal, dass ich existiere?«-kompliziert?
Ich: Eher das Erste.
Erin: Sagst du mir Bescheid, wenn ich in den Flieger springen soll? Wahlweise mit Boxhandschuhen oder riesigem Eisbecher.
Ich: Natürlich.
Erin: Dann zerbrich dir nicht den Kopf darüber, dass du mir noch nichts davon erzählt hast.

Ich wollte gerade widersprechen, als ihre nächste Nachricht eintrudelte.

Erin: Und versuch gar nicht erst, es zu leugnen. Ich kenn dich, Ella. Genieß es einfach. Ob du es jetzt mit der Welt teilst oder für dich behältst. Mir ist nur wichtig, dass du zu mir kommst, sobald du mich brauchst.
Ich: Hab ich schon mal erwähnt, dass du die Beste bist?

Erin: Heute noch nicht.
Ich: Eine Schande.
Ich: Danke, Erin. ♥

Nachdem ich den Rest meines Frühstücks aufgegessen hatte, stellte ich den Teller in die Spüle und ging zurück in mein Zimmer. Mir war erst heute Morgen aufgefallen, dass ich nie nach einer Uhrzeit für unser heutiges Treffen gefragt hatte. Daraufhin hatte ich ihm eine Nachricht geschickt, bisher aber noch keine Antwort erhalten. Daher wechselte ich meinen Schlafanzug pro forma schon einmal gegen Jeans und Shirt aus und setzte mich an meinen Schreibtisch.

Mein Skizzenbuch zeigte meinen letzten Zeichenversuch. Ich wusste nicht, warum ausgerechnet dieses Motiv mich nicht mehr losließ. Aber als ich eines Nachts aufgewacht war und vor meinen Augen einen Kirschbaum sah, hatte ich versuchte, ihn so auf Papier zu bringen, wie er in meinen Gedanken aussah. Allerdings gestaltete sich das schwieriger als erwartet, und seitdem verfolgte er mich. Der Baum selbst war in meinem Kopf so klar, dass es mich keine Stunde gekostet hatte, seine Umrisse zu zeichnen. Was mich dagegen an den Rand der Verzweiflung trieb, war die Landschaft, die ihn umgeben sollte. Ich konnte mich beim besten Willen nicht daran erinnern, wo ich ihn schon einmal gesehen hatte, oder ob er vielleicht einfach nur meiner Fantasie entsprungen war.

Also probierte ich mehrere Dinge aus. Von dem Garten des Hauses, in dem wir aufgewachsen waren, bis zu dem Park, der sich gegenüber der Unibibliothek befand.

Nichts davon fühlte sich richtig an. Als sich auch mein neuester Versuch nicht so entwickelte, wie ich es mir vorstellte – das Winterwunderland konnte ich von den möglichen Landschaften streichen –, legte ich meinen Bleistift ab und streckte mich seufzend.

Gerade ließ ich die Arme wieder sinken, als mein Handy klingelte. So schnell wie in diesem Moment war ich noch nie rangegangen.

»Hallo?«, fragte ich atemlos.

»Läufst du gerade einen Marathon?« Jae-yongs Akzent war stärker, als ich es gewohnt war. Er färbte die Worte dunkler, rundete die scharfen Kanten der Konsonanten ab.

»Nein, ich sitze an meinem Schreibtisch.«

Einen kurzen Augenblick schwieg er. Dann räusperte er sich und fragte: »Möchte ich wissen, was du getan hast, dass du so außer Atem klingst?«

»Nicht, was du denkst«, erwiderte ich sofort – lauter als beabsichtigt.

»Hmm. Was denke ich denn?«, fragte er, kaum überhörbare Belustigung in der Stimme.

»Du willst nicht, dass ich das ausspreche.«

Das Lachen, das folgte, war tief. Rau. Ich spürte es durch meinen Körper vibrieren. »Da wäre ich mir nicht so sicher. Aber so verlockend ich den Gedanken auch finde – deswegen habe ich nicht angerufen.«

»Weshalb dann?«

»Der *Harry-Potter*-Marathon wartet auf dich. Und eine Überraschung, aber die wirst du erst sehen, wenn du hier bist.«

»Was ist das mit dir und Überraschungen? Wüsste ich es nicht besser, würde ich sagen, du magst es, mysteriös zu wirken.«

Er lachte. »Funktioniert es denn?«

»Ich glaube, dafür fehlt dir die geheime Identität.«

»Es wäre eine schlechte geheime Identität, wenn du von ihr wissen würdest.«

Das ließ mich stocken. »Touché.«

Während wir sprachen, klappte ich meinen Skizzenblock zu und packte meine Tasche. Als ich mir Socken anzog, fragte ich: »In welchem Hotel übernachtet ihr eigentlich?«

»Palmer House«, antworte er beinahe beiläufig.

Ich verschluckte mich beinahe. »Palmer House?«, wiederholte ich, einige Oktaven höher.

Das Palmer House lag mitten im Chicago Loop, einem der lebhaftesten Bezirke der Stadt. Es war nicht weit vom Millenium Park entfernt und die Art Hotel, an der man vorbeifuhr und genau wusste, dass eine Nacht darin ein halbes Vermögen kostete.

»Ist das ein Problem?«, fragte er überrascht.

»Nein«, antwortete ich schnell. »Ist es nicht.« War es wirklich nicht. Das Palmer House war mit Sicherheit ein wundervolles Hotel – nur verdeutlichte es mir, dass wir uns in unterschiedliche Galaxien bewegten.

»Soll ich einfach dort hinkommen und … Ich kann mich nicht wirklich an der Rezeption melden, oder?«, überlegte ich laut.

»Besser nicht«, bestätigte Jae-yong meine Vermutung. »Das wäre für die Presse ein gefundenes Fressen. Wenn du nichts dagegen hast, würde ich dir jemanden schicken, der dich abholt.«

»Wird das niemand hinterfragen?«

»Vermutlich schon«, antwortete er unbekümmert. »Aber niemand hier wird etwas an unser Management weitertragen. Sie … müssen nicht unbedingt alle Leute kennen, mit denen wir Zeit verbringen.«

Ich fragte mich, mit wie vielen Leuten sie sich wohl regelmäßig hinter dem Rücken ihres Managements trafen. Es beruhigte mich nur bedingt, dass sie damit bisher wohl noch nicht aufgeflogen waren. Aber ich verdrängte den Gedanken, hielt mich nur an der Vorfreude fest, die ich verspürte, weil ich Jae-yong heute noch für mich haben würde.

»Wehe, es ist kein Popcorn da, wenn ich ankomme«, warnte ich.

»Ist notiert«, antwortete er. »Ich nehme an, es sollte in einer halben Stunde jemand bei dir sein. Bis gleich, Ella.«

»Bis gleich«, sagte ich noch. Dann legte ich auf.

Man sollte meinen, dass dreißig Minuten ausreichend waren. Ich war bereits angezogen, musste keine riesige Tasche packen. Trotzdem war ich gerade dabei, mir zum dritten Mal die Haare zu kämmen, als ich auf die Uhr schaute und feststellte, dass es höchste Zeit war zu gehen.

Ich warf mir meinen Rucksack über die Schulter und verließ die Wohnung, um draußen vor dem Haus zu warten. Ich wusste nicht recht, was ich mit mir anfangen sollte, daher hielt ich meinen Blick auf die Straße gerichtet und wartete darauf, dass jemand auftauchen würde, der mich abholte. Zugegeben, nicht gerade die sicherste Option, wenn ich so darüber nachdachte. Mel würde mit Sicherheit einiges zu sagen haben, wenn sie davon wüsste.

Ich: Woher weiß ich, dass ich in das richtige Auto steige und nicht aus Versehen in das eines Serienmörders?
Jae-yong: Du könntest ihn fragen.
Ich: Hast du schon mal einen Serienmörder erlebt, der von seinen Absichten erzählt?
Jae-yong: Sam holt dich ab. Etwa so groß wie ich, rötlich-blonde Haare. Ich glaube, er hatte heute ein blaues Shirt an, aber nagel mich nicht darauf fest. Ich hab nicht übermäßig darauf geachtet, als ich ihn gebeten habe, dich abzuholen.
Ich: Danke.

Als fünf Minuten später ein Auto vor dem Gehweg hielt, stand ich auf. Ich wartete, bis die Person ausstieg, um zu sehen, ob die Beschreibung passte. Die Befürchtung, ich könnte zur falschen Person ins Auto steigen, lachte mich weiter in meinem Hinterkopf aus. Der Mann mit dem rötlich-blonden Haar und dem blauen Shirt musste um die vierzig sein, und als er sich suchend umschaute, drückte ich mich vom Hauseingang weg und ging auf ihn zu.

Ein höfliches Lächeln erschien auf seinem Gesicht, als er mich entdeckte. Er trat um das Auto herum und reichte mir die Hand.

»Ella, richtig?«, fragte er. Ein leichter Südstaatendialekt färbte seine Worte. »Ich bin Sam. Schön, dich kennenzulernen.«

Ich antwortete mit einem »Hallo«, ehe ich meine Hand zurückzog und nach den Riemen meines Rucksacks griff.

»Hast du alles dabei? Wollen wir los?«

Ich nickte, und nachdem Sam die Tür für mich geöffnet hatte, setzte ich mich auf die Beifahrerseite. Wenige Sekunden später saß er hinter dem Steuer und startete den Wagen.

Ich war froh, dass er nur wenig Small Talk mit mir betrieb. Es war merkwürdig, Personen aus Jae-yongs Umfeld kennenzulernen. Vor allem zusammen mit dem Gedanken, dass wir vorsichtig sein mussten, verstärkte es die Skepsis. Hin und wieder hörte ich Sam leise zur Musik summen, die im Radio lief. Es war beruhigend, dieses unbekümmerte Geräusch.

In der Nähe des Hotels bog Sam in eine recht unauffällige Einfahrt ein, über der mit Großbuchstaben PARKING geschrieben war.

»Das Parkhaus gehört zum Hotel. Die Einfahrt ist ein bisschen versteckter, sonst würden vorne vermutlich Tag und Nacht über Fans und Paparazzi warten«, erklärte er.

»Das Internet dürfte es doch aber ziemlich einfach machen, beides miteinander in Verbindung zu bringen, oder nicht?«, fragte ich.

»Hinten fahren selten Autos ein und aus. Ich nehme an, es lohnt sich nicht, darauf Zeit zu verschwenden. Meistens werden die Stars und Sternchen am Haupteingang empfangen. Ist gut für die Publicity«, sagte er mit einem Zwinkern.

Wir fuhren tiefer und tiefer in die Garage, vorbei an einem teuer aussehenden Auto nach dem anderen. Sams

Wagen reihte sich daneben perfekt ein. Er schaltete den Motor ab, und wir stiegen aus. Ich folgte Sam, und unsere Schritte hallten, während er mich zielstrebig durch das Parklabyrinth führte. Wir passierten den Concierge, der ihm lächelnd zunickte, und kamen in eine Empfangshalle, in der der industrielle Stil des Parkhauses einem pompösen Erscheinungsbild wich. Ich zählte neun Aufzüge, während wir warteten, samt golden glänzenden Türen und Sitzgelegenheit in der Mitte der Empfangshalle. Der teuer aussehende Teppich und der Kronleuchter, der von der Decke hing, waren nur das Tüpfelchen auf dem i.

Wir stiegen in den Aufzug, und Sam zückte einen Schlüssel aus seiner Hosentasche, den er in das Kontrollpanel schob. Er drehte ihn nach rechts und drückte auf den Knopf für die zweiundzwanzigste Etage. Schweigend fuhren wir nach oben, wo sich mir das gleiche Bild bot wie in der Lobby: Kronleuchter, barocke Gemälde in goldenen Rahmen und hohe Decken mit Stuckverzierungen.

»Ziemlich eindrucksvoll, oder?«, fragte Sam, als er bemerkte, wie ich mich umsah.

Ich nickte. »Der Flur sieht aus, als würden sie eine Königin empfangen wollen.« Das letzte Mal, dass ich den Fuß in ein Hotel gesetzt hatte, war zur Highschoolzeit gewesen. Ein Schulausflug nach Washington, D.C. Und es war nicht mal annähernd so luxuriös gewesen.

Sam führte mich einmal quer durch den Hotelflur und blieb vor dem Zimmer mit der Nummer 2505 stehen. Er klopfte zweimal an und tat zwei Schritte zurück, bis er hinter mir stand. Aus dem Inneren des Hotelzimmers war nichts zu hören. Es dauerte eine halbe Minute, bis die Tür endlich aufging.

Der Anblick, der sich mir bot, ließ ein Lachen in mir hochblubbern. Statt mich zu begrüßen, hielt Jae-yong mir einen riesigen Eimer voller Popcorn wie eine Opfergabe entgegen. Seine Augen waren gerade noch über dem Berg zu erkennen und funkelten amüsiert.

»Go big or go home«, war das Erste, was er sagte.

»Ist das das Motto für das gesamte Hotel?«

Er ließ seine Hände, die den Eimer umfasst hielten, sinken, sodass ich sein Gesicht sehen konnte, und zuckte mit einer Schulter. »Zu meiner Verteidigung: Ich habe es nicht gebucht.«

Neugierig, wie ich war, stellte ich mich auf die Zehenspitzen, um über seine Schulter hinweg ins Hotelzimmer sehen zu können. Es war nur die Ecke eines Sessels mit grünem Samtbezug, was ich erspähen konnte, aber das war mehr als genug. Das Zimmer war offensichtlich nicht weniger luxuriös als der Rest des Hotels.

Ein Räuspern erklang hinter mir.

»Wenn ihr nichts mehr von mir braucht, würde ich mich dann erst mal verabschieden«, sagte Sam.

Jae-yong richtete sich auf. Mir war nicht einmal aufgefallen, dass er sich ein Stück kleiner gemacht hatte, um auf einer Augenhöhe mit mir zu sein. Er nickte Sam zu, der mir ein angedeutetes Lächeln schenkte, dann drehte er auf dem Absatz um und verschwand in die Richtung, aus der wir gekommen waren. Jae-yongs Blick folgte ihm für einen Moment. Als Sam um die Ecke gebogen war, zog er mich in sein Zimmer und schloss die Tür hinter mir.

Wieder hielt er mir das Popcorn entgegen. »Wenn du es nicht willst, esse ich es auch gern allein.«

Ich schnappte es mir und hielt es schützend vor meinen Bauch. »Komm dem Eimer zu nahe, und du wirst schon sehen, was passiert.«

Er grinste und deutete mit einem Nicken in den Raum. »Du kannst dich ruhig trauen. Die Möbel beißen nicht.«

»Du hältst dich für besonders witzig, oder?«, fragte ich mit dieser ironischen Art, die sich immer dann einschlich, wenn ich nervös war. Trotzdem ging ich die paar Schritte den kleinen Gang entlang, bis sich der große Raum vor mir auftat.

In der Wand gegenüber der Tür waren zwei deckenhohe Fenster eingelassen, rechts und links gesäumt von Vorhängen, die farblich zum grünen Samtsessel passten. An der angrenzenden Wand standen ein Kingsize-Bett und daneben ein Nachtschrank aus dunkelbraunem Holz, auf dem zwei Bücher lagen. Mein erster Instinkt war es, nachzusehen, um welche Bücher es sich handelte. Ich unterdrückte den Drang und ließ meinen Blick weiter durch den Raum schweifen.

Ich grinste, als ich den langen Tisch links von mir entdeckte – ausgestattet mit jeglichem Knabberkram, den man sich vorstellen konnte: Chips, mehr Popcorn, M&Ms gefolgt von Reese's, Twizzlers, Hershey's-Schokolade, Pop-Tarts in den unterschiedlichsten Varianten und – meine Augen wurden groß – einem kleinen Schokobrunnen, um den herum verschiedenes Obst drapiert war.

Ich drehte mich zu Jae-yong um. »Das meinst du nicht ernst, oder?«

Er fuhr sich mit einer Hand über den Nacken und schenkte mir ein schüchternes Lächeln. »Zu viel?«

»Ich …« … wusste nicht, was ich sagen sollte. »Nicht, wenn du vorhast, mich in ein Zuckerkoma zu versetzen.«

Die Hand fiel von seinem Nacken an seine Seite. »Das ist nicht unbedingt meine Absicht, aber ich kann Erste Hilfe, falls du dich angesichts des Essens nicht beherrschen kannst.«

Ich trug den Popcorneimer vor mir her zu einem dunkelroten Sofa und ließ mich darauf fallen. Dann trat ich mir die Schuhe von den Füßen und zog die Beine an meinen Oberkörper. »Ich bin bereit für unzählige Stunden *Harry Potter*.«

Jae-yong stand mitten im Raum und betrachtete mich mit einem Blick, den ich nicht deuten konnte.

Als ich den Kopf schief legte und fragend die Augenbrauen in die Höhe zog, schüttelte er sich aus seiner Starre und ging zu dem großen Fernseher. Er hatte seinen Laptop daran angeschlossen und brauchte nur wenige Klicks, bis der Film lief. Auf dem Weg zum Sofa schnappte er sich eine Tüte Twizzlers vom Süßigkeitentisch und machte es sich neben mir bequem.

Es fiel mir überraschend leicht, mich in die Welt der Zauberer fallen zu lassen. Ich hatte angenommen, dass Jae-yongs Präsenz neben mir meine Konzentration zerschießen würde. Aber die erwarteten Nerven kamen nicht. Ich spürte ihn an meiner Seite, aber es beruhigte mich.

Abwesend griff ich immer wieder in den Popcorneimer. Einmal angefangen konnte ich nicht mehr aufhören. Liv und ich hatten uns schon lange dafür entschieden, Popcorn nicht mehr miteinander zu teilen, weil alles weg war, bevor der Film überhaupt richtig losging.

Ich wollte gerade eine volle Hand zu meinem Mund führen, als mir etwas auffiel. »Haben Petunia und Dudley im Buch nicht blonde Haare?«

Jae-yong nickte.

»Was für Gründe haben Filmemacher, Haarfarben zu ändern?«

»Die gleichen Gründe, die sie auch dazu bringen, Peeves aus den Filmen zu streichen.«

»Was?« Ich deutete mit meiner freien Hand auf den Fernseher. »Kein Wunder, dass alle immer zögern, sich Buchverfilmungen anzuschauen, wenn die besten Figuren einfach rausgeschnitten werden.«

»Sie hatten seine Rolle sogar eingeplant«, sagte Jae-yong. Er biss von seinem roten Twizzler ab, ehe er weitersprach. »Am Ende fanden sie ihn wohl aber zu monoton, deswegen hat er den Schnitt nicht überstanden.«

»Zu monoton«, grummelte ich ungläubig vor mich hin und lehnte mich wieder zurück.

Während des Films musste ich mir eingestehen, dass er bis auf ein paar Kleinigkeiten ziemlich nah an der Buchvorlage blieb. Zumindest bis zu dem Punkt, wo Harry den sprechenden Hut aufgesetzt bekam. Es war eine meiner Lieblingsszene, weil es auf eine skurile Weise einzigartig war, wenn der sprechende Hut anfing zu singen. Allerdings wartete ich darauf vergeblich. Der Hut sortierte Harry nach einigem Hin und Her nach Gryffindor, Harry ging zurück zu seinem Platz – kein Song weit und breit. Es ärgerte mich. Ich pflegte nämlich keinen gesunden Abstand zu fiktionalen Geschichten und ihren Charakteren.

In der Mitte des Films stellte ich meinen Popcorneimer zu meinen Füßen auf dem Boden ab und stand auf. Ich ließ meinen Blick über den Süßigkeitentisch wandern. Bei der Auswahl fiel mir die Entscheidung schwer. Letztlich nahm ich mir einen Pop-Tart, mehrere Reese's und eine kleine Packung M&Ms mit zurück zu meinem Platz, um nicht ständig aufstehen zu müssen.

Ich stieg über Jae-yongs ausgestreckte Beine hinweg, ließ mich in das Polster fallen und wollte mich gerade wieder in den Film vertiefen, als mein Blick an seinem Shirt hängen blieb.

Ich kniff die Augen skeptisch zusammen. »Hast du von meinem Popcorn gegessen?«

Jae-yong mimte die Unschuld in Person, als er die Hände mit den Handflächen nach außen in die Höhe hielt. »Ich würde es nie wagen.«

Ich streckte den Arm aus und klaubte das einsame Stück Popcorn von seinem Shirt, das ich ihm unter die Nase hielt. »Und was ist das?«

Sein Blick zuckte kurz zu meiner Hand. »Ein Rückbleibsel meines Popcorn-Bads, das ich vorhin genommen habe?«

»Ich weiß, dass du lügst, und bin trotzdem neidisch.«

Jae-yong grinste.

»Wie hast du die ganzen Süßigkeiten eigentlich hierherbekommen? Hat sich niemand gefragt, wofür du so viele brauchst?« Dabei beäugte ich vor allem den Schokobrunnen.

Er zuckte mit den Schultern. »Ich nehme an, dass sie so was unter ›Popstars und ihre merkwürdigen Wünsche‹ verbuchen.«

»Ich glaube, ich würde als Hotelmitarbeiter irgendwann vor Neugier platzen.«

Ich löste den Pop-Tart aus seiner Verpackung und begann, am Rand des Gebäcks entlangzuknabbern, der nicht von Zuckerguss bedeckt war. Dabei spürte ich Jaeyongs Blick auf mir, der mich amüsiert musterte.

»Was?«, fragte ich zwischen zwei Bissen.

»Du isst den Pop-Tart sehr komisch.«

Ich hielt meinen Blick auf den Fernseher gerichtet, als ich ihm antwortete. »Das ist wie bei einem Sandwich – man isst den Rand weg, um das Beste zum Schluss genießen zu können.«

»Du kannst dir auch einfach noch eins nehmen, statt Mäusehappen zu essen.«

»Dafür mag ich sie nicht genug«, erklärte ich.

»Warum isst du sie dann überhaupt?«

Jetzt sah ich ihn doch an.

Das verwirrte Runzeln auf seiner Stirn brachte mich beinahe zum Lachen. »Weil ich auf dem Tisch keinen dieser Pancakes von gestern gesehen habe und meine Enttäuschung in dem ertränke, was ich eben zu greifen bekomme.«

»Du meinst die Hotteok?«

Ich nickte und nahm einen weiteren Bissen. Ungetoastet schmeckten sie, als hätten sie monatelang im Keller gelegen. Der Keks war alles andere als knusprig und die Füllung viel zu zäh. Ich fragte mich nicht zum ersten Mal, wie Liv die auf ihrem Weg zur Schule als Frühstücksersatz essen konnte.

»Hättest du was gesagt, hätte ich versucht, welche zu besorgen.«

»Ich dachte, mein Lobgesang gestern wäre offensichtlich genug gewesen«, neckte ich ihn. Ich wischte mir die Kekskrümel an meiner Hose ab. Dann beugte ich mich nach vorn, um den Popcorneimer wieder aufzuheben, und genau in dem Moment erklang ein markerschütternder Schrei aus dem Fernseher. Ich zuckte so zusammen, dass ein Schwall Popcorn sich über den Boden und meinen Schoß verteilte.

Verdammte verbotene Abteilung. Wenn meine Bücher mich jedes Mal anschreien würden, sobald ich sie aus Regal nahm, statt zu schlafen, hätte ich ein mächtiges Problem.

Ich sammelte das Popcorn so gut wie möglich vom Teppich auf. Beim Aufrichten sah ich aus den Augenwinkeln, wie Jae-yongs Schultern vor unterdrücktem Lachen zuckten.

Ich drehte ihm den Oberkörper zu und fragte so unbeeindruckt wie möglich: »Hast du etwas zu sagen?«

»Ich hätte dir liebend gern etwas davon abgenommen, wenn es dir zu viel ist«, erwiderte er.

»Ha. Ha.«

Er streckte die Hand aus und griff in mein Haar. »Du hast da übrigens etwas übersehen.« Damit schnippte er mir ein Stück Popcorn direkt ins Gesicht.

Vor Empörung blieb mir der Mund offen stehen. »Das hast du nicht getan!«

Sein Lächeln war diesmal definitiv provozierend. »Ich glaube doch.«

Ich war erwachsen genug, um zu wissen, dass ich mich nicht auf diese Art von Niveau einlassen sollte …

… und Kind genug, um es trotzdem zu wollen.

Ich griff in den Eimer und warf ihm eine Handvoll Popcorn ins Gesicht. Für einen Augenblick war er erstarrt, schüttelte es aber überraschend schnell von sich ab und entriss mir den Eimer, bevor ich überhaupt reagieren konnte.

»Wag es bloß nicht«, warnte ich ihn. Er hielt den Eimer auf eine Art und Weise, die deutlich machte, dass gleich der gesamte Inhalt auf mir landen würde.

»Oder was?«

»Oder du wirst die Rache der Ella Archer spüren.«

Er dachte für einen Moment nach. Legte den Kopf schief. »Das macht mir weniger Angst, als du vielleicht erwartet hast.«

Damit flog das Popcorn in meine Richtung. Mindestens die Hälfte blieb in meinem Haar kleben. Einige Stück flogen in den Ausschnitt meines Shirts – der Rest landete auf dem Sofa und dem Boden. Ich griff nach dem Eimer und wollte ihn an mich reißen, aber Jae-yong verstärkte seinen Griff. Wir zogen daran wie zwei kleine Kinder an einem neuen Spielzeug, das keiner von beiden teilen wollte. Und ich hatte solchen Spaß dabei, dass mir der Bauch vom Lachen wehtat.

Ich fühlte mich seit Langem mal wieder wie die neunzehn Jahre, die ich war. Albern, losgelöst, ohne Verpflichtungen. Vermutlich warteten sie vor dem Hotelzimmer auf mich, aber ich genoss die Minuten, die ich ohne sie verbringen konnte.

Nach einigem Hin und Her zog Jae-yong so kräftig am Eimer, dass ich über meine eigenen Füße stolperte. Vermutlich wäre ich, einem klischeehaften Buchcharakter gleich, gegen seine Brust gefallen, hätte ich mich nicht an der Sofalehne festgehalten. Jae-yong hatte einen Arm sogar schon ausgestreckt, um mich notfalls aufzufangen.

Glücklicherweise bedeutete das für mich, dass er weniger auf den Eimer achtete. Ich nutzte den Moment und schnappte ihn mir aus seiner Hand. Allerdings nur halbwegs erfolgreich. Er hielt den Eimer noch immer ziemlich fest, denn als ich ihn zu mir zog, ging ein Ruck durch Jae-yong. *Er* war es, der gegen mich stolperte und mich damit ebenfalls umwarf.

Mein Hinterkopf stieß unsanft auf den Boden. Zwar federte der Teppich den Sturz ein wenig ab, aber Jae-yong landete auf mir, und er war nicht gerade ein Fliegengewicht. Mein Atem entwich mir beim Aufkommen ruckartig. Ich rieb mit meiner Hand über die Stelle an meinem Kopf, auf der ich gelandet war, und verzog das Gesicht. Das würde eine Beule geben.

Rechts und links von meinem Kopf stützten sich zwei Arme auf. Der Druck auf meinem Brustkorb nahm ab, als Jae-yong sich ein Stück aufrichtete. In seinen Augen wechselte Belustigung mit Besorgnis.

»Alles okay?«, fragte er.

Ich hätte mit den Schultern gezuckt, hätte ich den Raum dafür gehabt. »Ich wollte schon immer mal ein

Einhorn sein.« Auch wenn die Beule dafür auf der falschen Seite war.

Er lachte und streckte die Hand aus, fasste an meinem Hinterkopf und schob vorsichtig meine Finger beiseite. Es pochte leicht, als er die wunde Stelle ertastete, und ich verzog das Gesicht bei dem Gefühl.

Er nahm seine Hand von meinem Hinterkopf.

»Und? Was ist dein Urteil?«, fragte ich.

Er schob die Augenbrauen nachdenklich zusammen. »Ich denke, er kann dranbleiben?«

Ein Lachen blubberte aus mir hervor. »Mein Kopf?« Als er meine Frage mit einem Nicken bestätigte, kicherte ich. »Zum Glück. Meine Schwestern hätten mir was erzählt, wenn ich ohne Kopf nach Hause gekommen wäre.«

»Da bekommt ›Nicht den Kopf verlieren‹ direkt eine völlig neue Bedeutung«, scherzte er.

Ich verdrehte die Augen und versuchte, mich aufzurichten, kam allerdings nicht weit, da Jae-yong keine große Hilfe war. Eher hatte ich das Gefühl, dass er sich absichtlich wieder schwerer machte.

Ich tippte ihn auf den Oberarm. »Lässt du mich aufstehen?«

Er betrachtete mich einen Moment eingehend, und mit jeder Sekunde, die verging, wurde mir bewusster, in was für einer Situation wir uns gerade befanden. Ich spürte, wie unsere Oberkörper sich berührten, wenn wir einatmeten. Sein Bauch schwebte gefährlich nah über einer sehr empfindlichen Stelle. Er hatte seine Hüften leicht angehoben, um zumindest einen kleinen Abstand zwischen uns zu halten – ob bewusst oder unbewusst konnte ich nicht sagen.

Ein Blick in sein Gesicht verriet mir, dass er sich unserer Lage mindestens ebenso bewusst war wie ich. Der Ausdruck in seinen Augen war in wenigen Sekunden von amüsiert zu erhitzt gewechselt. Mein Herz hämmerte gegen meine Brust, und ich war mir sicher, dass er es spüren musste. Sein Geruch stieg mir in die Nase. Ein sanfter, leichter Geruch, der ganz anders war als die Parfums, in denen manche Leute badeten.

Nein, sein Geruch war … subtiler. Herb. Warm.

Konnte man Wärme riechen? Oder war es nur seine Nähe, die mich so aus dem Konzept brachte? Ich diskutierte in meinem Kopf mit mir selbst, bis Jae-yongs Hand an meinem Kinn mich zurück ins Jetzt holte.

»Hey«, sagte er leise.

Ich lächelte. »Hi.«

Sein Blick glitt langsam über mein Gesicht, als wollte er sich jedes Detail einprägen. Seine Fingerspitzen folgten seinen Augen, strichen über meinen Nasenbogen und meine Wangenknochen. Unterhalb meines rechten Augenwinkels hielt er inne.

»Die habe ich von Liv«, sagte ich, als mir klar wurde, dass er die winzige Narbe betrachtete. »Fangen spielen macht so lange Spaß, bis einer gegen einen Baum läuft.«

Er lachte. Sein Atem kitzelte über mein Gesicht. »Hat sie dich gezwungen, dagegenzulaufen?«

Ich kniff die Augen zusammen. »Überleg dir gut, auf wessen Seite du dich stellst.«

Er hob eine Hand an seine Augenbraue. »Kleine Schwestern sind ziemlich gefährlich.«

Erst da fiel mir auf, dass seine linke Augenbraue an ihrem höchsten Punkt unterbrochen war. Man konnte es kaum sehen. Die Narbe war nicht viel größer als meine. Vermutlich deckte Make-up sie normalerweise ab.

Ich hob meine Hand. Spürte, wie er mit seiner frei gewordenen Hand über mein Haar fuhr. Mein Daumen strich zaghaft über den Schnitt.

»Was ist passiert?«

»Ich habe sie geärgert«, sagte er. Mit dem Grinsen auf seinen Lippen tauchten auch die Grübchen auf. Meine Hand glitt wie von selbst nach unten, und während mein Zeige- und Mittelfinger auf dem Grübchen verweilten, kam mein Daumen an seinem Mundwinkel zum Liegen.

Er öffnete die Lippen leicht, und plötzlich fühlte sich der Raum zwischen uns an, als wäre er elektrisch geladen. Sein Gesicht kam meinem näher. Mein Blick sprang von seinen Lippen zu seinen Augen und zurück.

Zwei Zentimeter … einer … Wenn möglich pochte mein Herz noch lauter.

Kurz bevor unsere Lippen sich berührten, hielt er inne. »Wenn du das nicht möchtest …«

Ich schüttelte den Kopf. »Ich möchte … Ich will …«

Die Worte verschwanden, als seine Lippen auf meine trafen. Ein sanfter Druck nur, aber er reichte aus, meinen Atem stocken zu lassen. Eine Gänsehaut breitete sich auf meinen Armen aus, und meine Augen schlossen sich wie von selbst.

Er küsste mich so zaghaft, umschloss meine Unterlippe mit seinen, knabberte sanft daran, während ich versuchte, meinen Atem unter Kontrolle zu bringen. Meine Hand glitt von seiner Wange zu seiner Schulter. Als er mit der Zunge gegen meine Lippen stieß, verkrampfte ich meine Finger im Stoff seines Shirts.

Ich wusste nicht, woher die Anspannung mit einem Mal kam. Aus irgendeinem Grund konnte ich meinen Kopf nicht vollständig abstellen. Jae-yong schien das zu bemerken und zog sich einen Hauch zurück. Mit dem Mund wanderte er an meinem Kiefer entlang zu einer Stelle knapp unterhalb meines Ohrs, die ich nie als besonders empfindlich wahrgenommen hatte.

Bis heute.

»Keine Angst«, sagte er in mein Ohr.

Seine Worte vibrierten durch meinen Körper. Meine verkrampften Finger lösten sich. Er presste sanfte Küsse an meinem Hals entlang bis zum Kragen meines Shirts. Über mein Schlüsselbein. Hals und Kinn hinauf, bis er wieder bei meinem Mund angekommen war. Einen Herzschlag lang zögerte er. Wartete. Dann senkte er seine Lippen wieder auf meine. Und diesmal verkrampfte ich mich nicht.

Der Kuss war zögernd von meiner Seite. Unerfahren. Nachgiebig und führend von seiner Seite. Er war … echt. Seine Zunge fuhr über meine Unterlippe, und ich spürte ein Ziehen in meiner Magengegend. Eines seiner Beine lag zwischen meinen – sein Oberschenkel so nah an der Stelle, die sich nach einer Berührung sehnte.

Ein Klopfen ließ mich zusammenzucken und riss uns

aus der Blase, in die wir uns in den letzten Stunden gemeinsam geflüchtet hatten.

Jae-yong hob den Kopf an, bewegte sich aber nicht von mir fort. Seine Hand strich wirre Strähnen aus meinem Gesicht und er legte sein Finger auf meine Wange. »Das Rot steht dir«, sagte er neckend.

Ich schlug ihn halbherzig mit der Hand. Wann hatte ich sie auf seine Brust gelegt?

Als es wieder klopfte – drängender diesmal und anhaltend –, seufzte Jae-yong. Schließlich richtete er sich auf und zog mich mit sich auf die Beine. Schnell sammelte er Popcorn aus meinen Haaren und ließ es in den Eimer fallen, während ich halbherzig ein paar Krümel von meinen Klamotten klopfte.

»Warte hier«, sagte er, als er sich auf den Weg zur Tür machte.

»Wo soll ich hin? Zum Fenster raus?«, fragte ich mehr mich selbst als ihn.

Er schien mich dennoch gehört zu haben und warf mir im Gehen ein Grinsen zu. »Zutrauen würde ich es dir.«

Schnaubend ließ ich mich auf das Sofa fallen und war überrascht zu sehen, dass Harry mittlerweile nach all den Rätseln auf Professor Quirrell getroffen war. Sein Turban fiel gerade, und obwohl ich wusste, was ich zu erwarten hatte, war Voldemorts Gesicht an Quirrells Hinterkopf um einiges verstörender, als ich gedacht hätte.

Stimmen lenkten mich vom Bildschirm ab. Jae-yong sprach mit jemandem auf Koreanisch. Die Klangfarbe seiner Stimme kam mir bekannt vor. Min-ho?

Die Tür schloss sich und Jae-yong kam um die Ecke, fuhr sich mit der Hand durch die blonden Haare.

»So ein Gesichtsausdruck bedeutet meistens nichts Gutes«, sagte ich, als er neben dem Sofa stehen blieb, statt sich neben mich zu setzen.

»Ich habe eine gute und eine schlechte Nachricht.«

»Die schlechte zuerst«, bat ich, woraufhin er den Mund verzog.

»Eigentlich sind es zwei schlechte Nachrichten.«

Ein unsicheres Lachen entwich mir. »Was ist los?«

Er wand sich mehrere Sekunden, schien seine Worte abzuwägen, ehe er wieder sprach. »Wir müssen früher als erwartet zurück nach New York.«

Ich schaute auf die Uhr, die neben dem Fernseher stand. Es war noch nicht mal fünfzehn Uhr. Ich rieb mit den Handflächen über meine Jeans. »Wie viel früher?«

»Gegen achtzehn Uhr geht der Flieger. Siebzehn Uhr sollten wir am Flughafen sein.«

»Ah.« Von hier bis zum O'Hara-Flughafen würden sie mit dem Auto mindestens vierzig Minuten brauchen – wenn nicht sogar länger.

Ich strich mir eine verirrte Haarsträhne aus dem Gesicht und schaute mich nach meiner Tasche um. »Dann sollte ich wohl besser gehen, oder?«

Er beobachtete mich stumm dabei, wie ich aufstand. Reglos blieb er stehen, obwohl alles in mir ihm zurief, die wenigen Schritte zwischen uns zu überbrücken.

»Tut mir leid, Ella«, sagte er leise.

Beim Klang seiner Stimme sah ich endlich auf. Ihm direkt ins Gesicht. Seine Augen sprachen Bände. Er sah aus, als würde er sich selbst für das abrupte Ende des Tages die Schuld geben.

Kurzerhand überwand ich die Distanz zwischen uns. Ich piekte ihm mit dem Zeigefinger leicht in den Bauch in dem Versuch, die Spannung, die plötzlich den Raum beherrschte, zu lösen. »Du siehst gequält aus.«

Er fuhr sich ein weiteres Mal durch die Haare, bis sie wirr in alle Richtungen abstanden. »Ich möchte nicht, dass du gehst.« Er stockte kurz. Schüttelte den Kopf. »*Ich* möchte nicht gehen.«

Ich umfasste seinen Arm, ließ meine Hand nach unten gleiten, bis sie in seiner lag. »Wisst ihr schon, wann ihr das nächste Mal hier seid? In den USA, meine ich?«

»In zwei Wochen«, sagte er und machte ein Gesicht, als hätte er etwas Saures gegessen.

Lachend warf ich den Kopf in den Nacken. Als er mich mit einer hochgezogenen Augenbraue musterte, sagte ich: »Zwei Wochen? Ich hatte damit gerechnet, mindestens ein halbes Jahr warten zu müssen, bis ich dich wiedersehe.«

»Eher würde ich dich einfliegen, als so lange zu warten.«

Ich lächelte. Ich war enttäuscht – dass der Tag so kurz war, dass er das Land verlassen musste, dass er morgen wieder am anderen Ende der Welt sein würde. Die egoistische Frage, ob er nicht bleiben könnte, lag mir auf der Zunge, aber ich schluckte sie hinunter. Ich wusste, dass sie keinen Sinn hatte, sosehr ich es mir auch wünschen mochte.

Jae-yong fuhr mit den Fingern an meiner Schläfe entlang und legte seine Hand an meine Wange. Ich schmiegte meinen Kopf in seine Handfläche und versuchte, das unbeschwerte Lächeln auf meinen Lippen zu halten. Ich wollte nicht, dass er sich wegen etwas schlecht fühlte, das wir beide nicht ändern konnten.

»Ich sag Sam Bescheid, dass er dich nach Hause fahren soll«, sagte er, aber ich schüttelte den Kopf und drückte seine Hand.

»Ich finde schon allein zurück.«

Er sah nicht sehr glücklich über meine Aussage aus.

»Ich bin schon groß«, fügte ich hinzu und zuckte mit den Schultern. »Außerdem liegen auf dem Weg mehrere Buchläden.«

Das Lächeln, das um seine Mundwinkel spielte, schaffte es nicht ganz bis zu seinen Augen. »Schreib mir, wenn du zu Hause bist.«

»Schreib du mir, wenn du in New York bist«, gab ich zurück.

Er nickte, beugte sich zu mir herunter. Ich stellte mich leicht auf die Zehenspitzen, ahnend, was er wollte. Meine Augen schlossen sich wie von selbst, als sein Mund über meinen strich. Aber statt sich nach einer kurzen Berührung wieder aufzurichten, vertiefte er den Kuss. Ich musste mich an seinen Armen festhalten, weil meine Knie unter mir weich wurden. Dann legte er seine Arme um meine Taille und zog mich näher an sich.

Für einen Augenblick gab ich mich dem Kuss hin. Dem Verlangen, dem Wunsch, ihm so nah wie möglich zu sein.

Bis mein Verstand sich meldete.

Ich löste unseren Kuss, holte tief Luft und lehnte mich in Jae-yongs Armen zurück. »Ich sollte gehen.«

Er sah mich an, als würde ihm kein Gedanke fernerliegen. Seine Augen wirkten beinahe schwarz, mit den Händen hielt er mich immer noch fest. Es dauerte einige Sekunden, bis er mich schließlich losließ und einen Schritt zurücktrat. Sein raues »Ja« klang nicht überzeugt, aber er hielt mich nicht davon ab, als ich meine Sachen zusammensuchte. Ich spürte seinen Blick auf mir, während ich meinen Rucksack aufsetzte und zur Tür ging. Bevor ich sie öffnete und mich wieder der Realität außerhalb stellte, drehte ich mich noch einmal um.

»Bis in zwei Wochen«, sagte ich.

Eine Bitte.

»Bis in zwei Wochen«, wiederholte er.

Ein Versprechen.

24. KAPITEL

Die Tage danach – nach dem Treffen, dem Kuss, der Nähe – waren … Ich hatte keine Worte dafür. Obwohl ich anfangs dachte, zwei Wochen wären kein Problem, nahm diese optimistische Einstellung von Tag zu Tag ab. Ich hatte das Gefühl, die Stunden flogen an mir vorbei und krochen gleichzeitig so langsam wie Schnecken.

Er war zurück in Korea, und ich musste mich wieder in meinen Alltag einfinden. Die Zeitverschiebung und sein dichter Terminplan ließen uns nicht gerade viel Raum, um unser gemeinsames Wochenende zu rekapitulieren. Wir führten kein tief greifendes Gespräch über unsere Gefühle, wir unterhielten uns nicht anders als vorher. Und trotzdem wussten wir beide, dass sich etwas verändert hatte. Etwas, das die Entfernung schwerer machte. Was die Nächte einsamer werden ließ, die Tage ein bisschen weniger bunt und schillernd.

Anders als erwartet hatte mein Hirn aus irgendeinem Grund sogar das Analysieren dieser Situation eingestellt. Es störte mich nicht einmal, dass wir nicht speziell darüber redeten. Obwohl ich immer angenommen hatte, ich müsste bei solchen Sachen genau wissen, wo man stand, bräuchte eine Aussage, an der ich mich festhalten könnte. Aber ... mein Kopf war ruhig. Er ließ es mich einfach genießen. Ich war mir nicht sicher, wie lange diese neue Einstellung anhalten würde, aber für den Moment freute ich mich einfach darüber.

Uni und Arbeit wieder zu meistern, während ich in Gedanken Tausende von Meilen weit entfernt war, gestaltete sich dagegen wesentlich schwieriger. Ich lieh mir mehr als einmal Matts Notizen aus, weil ich irgendwann mitten in den Vorlesungen abgeschaltet hatte. Umso glücklicher war ich, als ich die Woche endlich hinter mir hatte. Als ich am Freitag nach Hause kam, war ich froh, mich einfach in mein Zimmer zurückziehen zu können. Mel war noch nicht zu Hause, Liv bei Charlie. Ich freute mich über den Freiraum zum Abschalten, wollte mich nur unter meine Bettdecke gekuschelt in einem Buch verlieren. Und das tat ich.

Als ich am Samstagmorgen langsam aus meinem Tiefschlaf aufwachte, stach eine Buchecke in meine Wange. Ich schob das Buch grummelnd beiseite und versuchte, wieder zurück in den Schlaf zu finden, aber es funktionierte nicht.

Irgendetwas stimmte nicht.

Es war Samstag, und normalerweise wachte ich zu den Klängen von Livs Musik auf, die durch die Wand schallten, die wir uns teilten. Heute war davon nichts zu hören. Stattdessen herrschte eine beunruhigende Stille in unserer Wohnung, die nur hin und wieder von einem Scheppern abgelöst wurde. Ich schlug die Augen auf, meine Decke zurück und tapste zur Tür, um sie einen Spaltbreit zu öffnen. Mels Tür stand sperrangelweit offen, Livs war geschlossen. Bevor ich michs versah, stand ich vor Livs Zimmer und klopfte leise an. Sie öffnete mir nur zögernd – Beweis genug, dass tatsächlich etwas in der Luft lag.

»Alles in Ordnung?«, fragte ich leise.

Sie blickte den Gang entlang in Richtung Wohnzimmer, ehe sie die Tür weiter aufstieß und mich in ihr Zimmer zog.

»Melanie ist durchgedreht«, sagte sie in einer normalen Lautstärke und lehnte sich gegen die Tür. »Sie putzt seit drei Stunden die Küche. Ich wollte mir vorhin was zu essen machen und habe mein Handy zurücklassen müssen, weil sie plötzlich reingestürmt kam.«

»Macht es sie so nervös, uns ihren Freund vorzustellen?«

Liv zuckte mit den Schultern. »Wir sind ihre Schwestern.«

»Ah, richtig. Denn wenn das Quorum sich gegen ihn äußert, muss er natürlich hochkant aus der Wohnung geworfen werden. Das würde mich auch nervös machen.«

Liv verdrehte die Augen. »Du bist doch die Erste, die ihm einen Tee anbieten wird.«

»Das ist unfair«, sagte ich gekränkt. »Ich biete jedem Tee an, der in unsere Wohnung kommt, unabhängig davon, ob ich die Person mag oder nicht.«

»Dann machst du halt den Good Cop.« Sie verschränkte die Arme vor der Brust und stellte sich breitbeinig hin. »Und ich den Bad Cop.«

Ich lachte prustend. »Du? Bad Cop? Du traust dich nicht mal, dein Handy vor Mel zu retten, und willst einen erwachsenen, *fremden* Kerl einschüchtern?«

»Dein Vertrauen ehrt mich«, erwiderte sie trocken. »Warte nur, bis ich meinen Wachstumsschub habe, dann wirst du dich wundern.«

Meine Augenbrauen wanderten unwillkürlich in die Höhe. »Der nächste Wachstumsschub, den du haben wirst, wird mit sechzig sein und in die andere Richtung führen.«

Liv schnappte empört nach Luft. »Wie gemein. Außerdem bist du älter als ich, du schrumpfst zuerst!«

»Aber im Gegensatz zu dir habe ich mich damit abgefunden, dass ich kleiner als die meisten bin.«

Liv wollte gerade zu einer Antwort ansetzen, als ein lautstarkes Fluchen von Mel durch die Wohnung zog. Wir tauschten einen Blick aus und machten uns zusammen auf den Weg in die Küche.

Was auch immer ich erwartet hatte – die Ausmaße von Mels Putzanfall übertrafen alle meine Vorstellungen. Sie hatte ihre Haare zu einem hohen Pferdeschwanz zusammengebunden und sich eine Schürze über ihre Klamotten gezogen. Über die Arme hatte sie quietschgelbe Gummihandschuhe gestülpt und hätte nicht mehr nach einer klischeehaften Fernseh-Reinigungskraft aussehen können, wenn sie es darauf angelegt hätte. Momentan steckte sie bis zu den Ellenbogen im Abwaschbecken, das sie dem Kratzen nach zu urteilen mit einem Edelstahlschwamm bearbeitete.

Liv blieb mit einigem Abstand hinter mir stehen. Vermutlich nutzte sie mich als Deckung. Wir beobachteten Mel schweigend, das Kratzen das einzige Geräusch, das die Stille durchdrang. Sie war vollkommen in ihrer Arbeit versunken. Nach mehreren Minuten holte sie aus und warf ihren Schwamm mit voller Wucht ins Waschbecken. Ich spürte, wie Liv hinter mir zusammenzuckte und den Kopf einzog.

Als Nächstes widmete sie sich dem Esstisch, auf dem Livs Handy einsam in der Mitte lag. Bevor sie mit ihrer Putzwut irgendwelchen Schaden anrichten konnte, machte ich einige Schritte in die Küche und schnappte mir das Handy vom Tisch und reichte es Liv nach hinten. Nachdem sie das Handy aus meiner Hand genommen hatte, zog sie sich in den Türrahmen zurück. Ihre stillschweigende Aussage war deutlich: »Kümmere du dich um sie.«

Ich stöhnte innerlich. Die Privilegien der kleinsten Schwester hätte ich gern.

»Mel?«, fragte ich vorsichtig. Ich kam mir ein wenig lächerlich dabei vor, sie wie ein wildes Tier zu behandeln. Meistens kam ich gut mit ihr klar, doch in solche Situationen ließ sie oftmals ihren inneren Teufel frei, ohne es überhaupt zu bemerken.

Ohne eine Reaktion putzte sie stur weiter. Also versuchte ich es mit einer anderen Taktik. »Kann ich dir helfen?«

Nun blickte sie irritiert auf. Einige Strähnen hatten sich aus ihrem Pferdeschwanz gelöst und fielen ihr wirr ums Gesicht. Angesichts der schwarzen Schatten, die sich unter ihren Augen andeuteten, der aufgelösten Frisur und des allgemein eher aufgewühlten Erscheinungsbilds machte sich ein Funken Sorge in mir breit.

»Hast du gerade gefragt, ob du mir helfen kannst?«, fragte Mel.

Hinter mir erklang ein »Oh, oh«, das ich gekonnt ignorierte.

Ich zuckte die Achseln. »Du siehst aus, als könntest du Hilfe gebrauchen.« Nicht unbedingt beim Putzen, aber es wäre immerhin ein Anfang, zu ihr durchzudringen.

Sie runzelte die Stirn. »Du putzt nie.«

»Das ist nicht wahr«, verteidigte ich mich. Ich dachte an meinen Schreibtisch, der seit meiner Ordnungsaktion aussah, als hätte ich ihn bisher noch nie benutzt. Ganz offensichtlich hatte ich mir mehr von ihr abgeguckt, als ich immer angenommen hatte.

»Gemeinsam putzen als neue Familientradition?«, murmelte Liv hinter mir. »Kann ich mich da ausklinken?«

Ich warf ihr einen Blick über die Schulter zu. »Alle oder keiner.«

Liv hob ihre Hand in die Höhe. »Ich stimme für keiner.«

»Fall mir doch nicht in den Rücken.« Dann zu Mel: »Liv hilft auch mit.«

Ein leichter Schlag traf auf meinen Oberarm. »Verräterin.«

Mel beobachtete den Austausch zwischen uns. Als ich mich ihr wieder zuwandte, sah sie gerade an sich hinunter. Dann auf den Schwamm in ihrer Hand und schließlich wieder zu uns.

»Auf einer Skala von eins bis zehn – wie verrückt wirke ich gerade?«, fragte sie.

»Dreißig!«, rief Liv sofort.

Ich unterdrückte den Drang, mir gegen die Stirn zu schlagen. Manchmal hatte Liv das Feingefühl eines

Steins. Anscheinend war es aber ausgerechnet diese Direktheit, die Mel gebraucht hatte. Sie stieß einen Mix aus einem Seufzen und einem Lachen aus. Dann ließ sie den Schwamm auf den Tisch fallen und zog sich die Handschuhe einen nach dem anderen von den Händen.

»Seit wann bist du wach?«, fragte ich, während sie ihre Putzmaterialien unter der Spüle verstaute.

»Seit vier etwa.«

Das erklärte zumindest die Augenringe.

»Ich konnte nicht wirklich schlafen. Und mein Buch hat mich auch nicht abgelenkt. Als ich gehört habe, wie Liv aufgestanden ist, dachte ich, es könnte nicht schaden, die Wohnung ein wenig auf Vordermann zu bringen.«

Ich brachte es nicht übers Herz, ihr zu sagen, dass in unserer Wohnung so gut wie kein Möbelstück auch nur die Chance hatte, Staub anzusetzen. Dafür verfiel Mel viel zu häufig in ihr Stress-Putzen.

»Ich glaube, niemand wird auf die Idee kommen, dass wir unordentlich sind«, sagte ich, um sie zu beruhigen. »Aber vielleicht solltest du dich noch mal eine Runde hinlegen, damit Josh dich nicht mit unserer bösen Stiefmutter verwechselt.«

Mel ließ sich von mir aus der Küche in Richtung ihres Zimmers schieben. Die Tatsache, dass sie sich weder gegen meinen schlechten Scherz noch gegen den Mittagsschlaf wehrte, sagte genügend.

»Und wehe, du gehst an deinen Laptop und arbeitest Mails ab«, rief ich ihr hinterher, als sie durch den Flur schlurfte.

Auch dazu kam kein Kommentar, vermutlich rollte sie nur mit den Augen, dann schlug sie die Tür hinter sich zu und ließ mich und Liv in einer weniger angespannten Stille zurück.

»Das mit dem Putzen war hoffentlich nur ein schlechter Scherz«, sagte Liv da. Sie hob ihr Handy in die Höhe. »NXT machen gleich einen Livestream, den ich nicht verpassen möchte.«

»Einen Livestream?«

Sie nickte. »Sie haben heute einen Musikaward gewonnen. Danach gehen sie manchmal online und feiern mit uns.«

Ich musste mindestens so verwirrt aussehen, wie ich mich fühlte, denn Liv seufzte. »Du warst nie ein Fangirl, das merkt man.«

Zumindest nicht auf die Weise, die sie meinte … »Was meinst du damit, dass sie mit euch feiern?«

Ein Achselzucken war die Antwort. »Sie lassen uns einfach an ihrer privaten After-Show-Party teilhaben.«

Neugier regte sich in mir. »Und wo schaust du die?«

Livs Augen wurden groß, als hätte ich ihr gerade ein Date mit einem NXT-Mitglied versprochen. »Willst du mitgucken?«

»Ich … ähm …«, stammelte ich. »Nein, schon gut. Ich muss noch ein … ein paar Dinge erledigen. Ich war nur neugierig.«

Ihr betrübter Blick brachte mich zwar beinahe dazu, mich doch umzuentscheiden, aber bevor ich etwas sagen konnte, pingte ihr Handy mit mehreren eingehenden Nachrichten und lenkte sie ab.

»Der Livestream geht gleich los.« Schon verschwand sie in ihrem Zimmer.

Ich schüttelte den Kopf. Wenn sie nur wüsste.

Da ich noch nicht gefrühstückt hatte, holte ich mir einen Joghurt aus dem Kühlschrank und setzte mich damit auf die Couch. Meine nackten Zehen vergrub ich unter einer Wolldecke, die für die Jahreszeit eigentlich viel zu warm war, und schrieb mit meiner freien Hand eine Nachricht an Jae-yong.

Ich: Nicht dass ich dir Angst einjagen möchte oder so, aber ich glaube, Liv klebt gerade an ihrem Bildschirm, um auch ja kein Detail eures Livestreams zu verpassen.

Die Antwort kam zügig.

Jae-yong: Soll ich sie grüßen?
Ich: Wenn du möchtest, dass ich heute noch den Notarzt wegen eines Herzinfarkts rufen muss.
Jae-yong: Ah
Jae-yong: Dann vielleicht lieber ein anderes Mal.
Ich: Schlaue Entscheidung.

Ich aß ein paar Löffel Joghurt, dann schrieb ich wieder.

Ich: Wie kommt es, dass du schreibst, wenn ihr gerade live seid?
Jae-yong: Ich hab mich aus dem Bild geschlichen.
Ich: Deine armen Fans.
Jae-yong: Schaust du etwa auch zu?

Ich: Das hättest du wohl gern.
Jae-yong: Und wie. Oh, wie es mich freuen würde. Ich hätte Kraft für die ganze Woche …
Ich: Geh zurück vor die Kamera, du Nase.
Jae-yong: Spaßbremse.
Ich: Drama-Queen.

Ich grinste, als ich mir sein Lachen beim Lesen vorstellte.

Jae-yong: Ich glaube, ich gebe dich nicht mehr her, Ella Archer.

Mein Herz machte einen glücklichen Hüpfer. Ich antwortete auf die Nachricht nicht sofort. Einerseits, um ihn dazu zu bringen, wieder zum Rest der Band zu stoßen. Und andererseits, weil ich mir nicht sicher war, was ich darauf erwidern sollte.

Ich: Ich wollte dir eigentlich zu dem Award gratulieren.
Ich: Liv hat erzählt, dass ihr es mit euren Fans feiert. Das fand ich sehr süß.
Jae-yong: Das handhaben einige Bands so. Wir haben das eigentlich eher seltener gemacht, Woo-seok hatte vor ein paar Monaten vorgeschlagen, es regelmäßiger zu tun, und wir fanden die Idee alle gut.
Jae-yong: Ich bin ganz froh darüber, dass ich so meistens eine Ausrede habe, nicht auf eine tatsächliche After-Show-Party zu müssen.
Ich: Sind die nicht gut?
Jae-yong: Doch, eigentlich schon. Aber glaub es oder

nicht, ab und zu finde ich Menschenmassen sehr anstrengend.

Ich: Das glaub ich dir sogar sofort. Ihr seid jeden Tag mitten im Trubel, ich an deiner Stelle würde bei der Gelegenheit, mal etwas Ruhe zu haben, als Erste Ja rufen.

Darauf antwortete er nicht mehr, und ich nahm an, dass er sich wieder zu den anderen gesellt hatte. Ich aß meinen Joghurt auf und schaute ein paar Folgen von Serien, die ich dringend mal wieder aufholen musste. Ich hörte Liv immer mal wieder in ihrem Zimmer herumwuseln, ansonsten war es still.

Hoffentlich konnte Mel noch ein paar Stunden Schlaf nachholen. Sie machte sich schon an normalen Tagen fertig, wenigstens heute sollte sie sich ein wenig ausruhen. Josh würde nicht vor achtzehn Uhr hier eintreffen – und im Augenblick war es gerade mal kurz nach zwei.

Ich schlug mir die nächsten Stunden damit um die Ohren, von einer Serie zur anderen zu wechseln. Es gab so viele Shows, die ich noch gucken wollte. *Stranger Things, The Chilling Adventures of Sabrina, One Day At A Time* … Liv empfahl mir gefühlt alle zwei Tage eine neue Serie. Wann auch immer sie die Zeit fand, die alle zu schauen. Wenn ich an meine Schulzeit dachte, kamen mir immer nur die langen Nachmittage vor meinen Hausaufgaben in den Sinn. Ich hatte mich auf dem Sofa ausgebreitet, die Decke über mich gezogen und war gerade in eine Folge vertieft, als ein lautes *Rumms* mich zusammenzucken ließ.

Mel kam ins Wohnzimmer gestürmt, als wäre der Leibhaftige hinter ihr her. Mit zerzausten Bett-Haaren blieb sie hinter der Couch stehen und hielt mir ihr Handy vors Gesicht, das die Uhrzeit anzeigte. »Warum hast du mich nicht geweckt?«

Es war gerade mal sechzehn Uhr. »Ich wollte dich in einer halben Stunde wecken.« Das hatte sich damit wohl allerdings erledigt.

»In einer halben Stunde?« Sie starrte mich an, als wären mir zwei Köpfe gewachsen. »Und wann genau sollte ich das Abendessen kochen? Oder mich fertig machen?«

Ich runzelte die Stirn. »Mel, wir wollten doch Pizza bestellen …« Meine Stimme wurde immer leiser, als ich ihren Gesichtsausdruck sah.

»Ich habe schon alles eingekauft«, beharrte sie.

Ich setzte mich auf. »Wenn du magst, kann ich dir helfen. Das dauert doch sicher keine zwei Stunden, oder?«

Sie öffnete und schloss den Mund einige Male, ohne etwas zu sagen. Ich griff zur Fernbedienung und schaltete den Fernseher aus. Dann stand ich auf, nahm sie an der Hand und zog sie mit mir in die Küche.

»Was hattest du geplant?«, fragte ich, als wir vor dem Kühlschrank zum Stehen kamen. »Ich kann super Nudeln mit Pesto, wenn du mir das Kochen überlassen willst.«

Sie würdigte meine Aussage nicht mal mit einer Antwort, sondern seufzte nur geschlagen und fuhr sich durch die wirren Haare. »Fenchel Parmigiana. Und ich wollte noch losgehen, um einen Nachtisch zu kaufen, aber das kann ich jetzt wohl vergessen.«

»Du denkst viel zu pessimistisch. Du hast eine Nachtisch-Meisterin unter deinem Dach und willst welchen einkaufen gehen? Liv würde dir das nie verzeihen.«

»Meinst du, sie würde das machen?«, fragte Mel unsicher.

»Liv!«, rief ich den Flur hinunter.

»JA?«, kam es etwas dumpf aus ihrem Zimmer zurück.

»Liiv!«

»JAAA?«

Ich rief ihren Namen noch einmal und wartete, bis ich ihre Schritte zur Küche stampfen hörte. Kaum war sie im Türrahmen erschienen, warf sie mir einen genervten Blick zu. »Was denn?«

Ich deutete auf Mel. »Kannst du etwas zum Nachtisch backen und ihren Freund damit verzaubern?«

Der genervte Gesichtsausdruck verschwand von einer Sekunde auf die andere. Liv sah Mel hoffnungsvoll an. »Ehrlich? Kann ich was machen?«

Mel zögerte mit ihrer Antwort. Sie gab ungern Dinge aus der Hand – und heute Abend musste es ihr besonders schwerfallen. Aber Liv wäre nicht Liv, wenn sie Mels Unentschlossenheit nicht sofort bemerkt und ihren Welpenblick aufgesetzt hätte.

Mel seufzte. »Irgendwann kommst du damit nicht mehr weiter.«

»Das habe ich ihr auch schon gesagt«, meinte ich.

Liv flitzte schon an mir vorbei zu dem Schrank mit den Backutensilien. »Keine Sorge, Mel. Du wirst es nicht bereuen. Ich zaubere den besten Nachtisch, den ihr jemals gesehen habt.«

Aus den Augenwinkeln sah ich, wie sich ein Lächeln auf Mels Gesicht ausbreitete. Vermutlich dachte sie das Gleiche wie ich in diesem Moment: Zum Glück hatten wir uns.

Eine Stunde später war der Auflauf im Ofen und Mel unter der Dusche. Liv schob gerade die Mini-Cheesecakes, die sie vor ein paar Minuten aus dem Ofen genommen hatte, in den Kühlschrank. Und ich beseitigte das Chaos aus Pfannen und Töpfen und begann, den Tisch einzudecken.

»Was glaubst du, wie er sein wird?«, fragte Liv, während sie ein paar Erdbeeren kleinschnitt, die sie auf die Cheesecakes legen wollte.

Darüber musste ich kurz nachzudenken. Ich hatte bisher noch gar keine Überlegungen zu Mels Freund angestellt. Sie hatte auch nicht mehr über ihn erzählt, und wenn ich ehrlich sein sollte, hatte ich für eine kurze Zeit gezweifelt, ob er überhaupt existierte.

»Weißt du – ehrlich gesagt, hab ich keine Ahnung. Ich kann mir nicht mal vorstellen, was für ein Typ ihre Aufmerksamkeit erregen würde.«

Liv schwieg.

Ich stellte je ein Glas an jeden Platz. Dann lehnte ich mich neben sie an die Arbeitsfläche. »Warum fragst du?«

Sie hob den Blick nicht von ihrer Arbeit, als sie antwortete. »Nur so.«

Ich setzte gerade zu einer Erwiderung an, als das Klingeln mich unterbrach. Zwei Sekunden später konnte man hören, wie die Badezimmertür aufgestoßen wurde und

Mel mit einem panischen »Noch nicht, noch nicht, noch nicht« in ihr Zimmer stürmte und die Tür hinter sich zuschlug.

Grinsend begab ich mich zur Tür und nahm den Hörer der Gegensprechanlage ab. »Hallo?«

»Hallo, hier ist Josh«, antwortete eine angenehm tiefe Stimme.

»Fünfter Stock«, sagte ich und drückte auf den Türöffner. Ich wartete, bis ich das Klicken der Haustür durch den Hörer vernahm, dann legte ich auf und öffnete die Wohnungstür.

Das Erste, was ich von Josh sah, waren lockige braune Haare, die ihm bis in den Nacken fielen. Danach wurde ich von dem Blumenstrauß abgelenkt, den er in der Hand hielt. Er schaute auf, als er den Fuß auf unsere Etage setzte, und kam sofort auf mich zu, als er mich entdeckte.

Vor mir angekommen streckte er die Hand mit dem Strauß in meine Richtung. »Die sind für euch«, sagte er anstelle einer Begrüßung. Er hatte ein zurückhaltendes Lächeln auf den Lippen, das ihn sympathisch wirken ließ.

Ich nahm ihm die Blumen ab. Ein bisschen kam ich mir vor, als hätte ich für den Augenblick Moms Rolle eingenommen und würde Mels Date begrüßen, das sie zum Schulball abholen wollte.

»Ich bin Ella.« Mit dem Blumenstrauß deutete ich über meine Schulter. »Und das ist Liv.« Ich musste mich nicht umdrehen, um zu wissen, dass sie den Kopf aus Küche herausgestreckt hatte, um zu beobachten, was an der Haustür vor sich ging.

»Ich bin Josh«, stellte er sich vor, und ich stieß die Tür

in meinem Rücken weiter auf und bedeutete ihm hereinzukommen.

Er zog sich als Erstes die Schuhe im Flur aus.

»Deine Jacke kannst du dort aufhängen.« Ich deutete auf den Kleiderständer hinter der Tür, den wir selten benutzten. Meine Jacken flogen an den meisten Tagen auf die Kommode, vor der meine Schuhe standen.

Josh hängte seine dünne Jeansjacke auf und blieb unschlüssig stehen. »Ist … ist Melanie auch da?«

»Entweder ist sie wieder eingeschlafen oder sie legt gerade ihr Gesicht auf«, sagte Liv fröhlich von der Küche aus.

Als Josh mich verwirrt ansah, lachte ich nur und schüttelte den Kopf. »Sie ist sofort da. Willst du was trinken?«

Josh nickte, und ich deutete auf das Sofa. »Setz dich ruhig«, sagte ich und ging in die Küche, um ihm ein Glas Wasser zu holen.

Liv fing mich sofort ab, als ich meinen Fuß in die Küche setzte. »Und?«, flüsterte sie aufgeregt. »Sieht er von Nahem auch so gut aus wie von hier?«

Ich schnippte ihr mit Daumen und Zeigefinger gegen die Stirn. »Geh halt hin und rede mit ihm.«

Sie rieb sich über die schmerzende Stelle. »Du weißt doch, dass ich keine Menschen mag.«

»Du verwechselst dich mit mir.«

»Stimmt.« Sie warf einen Blick ins Wohnzimmer, während ich ein Glas mit Wasser befüllte. »Ich finde es unfair, dass er schönere Haare hat als ich.«

»Deine Haare sind wundervoll«, sagte ich. Um ihre weichen Locken beneidete ich sie wirklich. »Mach dich mal nützlich.« Ich drückte ihr das Glas in die Hand und schob sie aus dem Raum. Damit ließ ich sie allein, verzog mich kurz in mein Zimmer und griff nach meinem Handy.

Ich: Zwei mögliche Enden zum heutigen Tag: Entweder esse ich zu viel und platze (in welchem Fall ich anmerken möchte, dass ich mit all meinen Büchern begraben werden möchte).
Jae-yong: Oder?
Ich: Hmm. Ehrlicherweise kann ich mir ein anderes Szenario nicht vorstellen.
Ich: Wieso bist du noch wach??
Jae-yong: Mein Handy hat mich geweckt, als du geschrieben hast.
Ich: Ups.
Ich: Schalt es aus und schlaf weiter.
Jae-yong: Erzähl mir morgen, wie es gelaufen ist.
Ich: Mach ich. Gute Nacht!

Ich legte mein Handy wieder auf den Schreibtisch und wurde auf dem Weg ins Wohnzimmer beinahe von Mel umgelaufen. Sie hatte es in der Zwischenzeit nicht nur geschafft, ihre Haare zu trocknen, sodass sie ihr in sanften Wellen um das Gesicht fielen. Sie hatte auch ihre Jeans gegen einen Rock ausgetauscht und sich eine Bluse angezogen, die schick und gleichzeitig mühelos an ihr wirkte.

»Wow.« Ich lief einmal um sie herum. »Du machst dich nicht mal für die Arbeit so schick.«

Sie warf mir einen vernichtenden Blick zu. »Ich bin immer ›schick‹.«

Damit lief sie an mir vorbei ins Wohnzimmer. Ich blieb neben Liv stehen, die sich wieder zur Küche zurückgezogen hatte, als wäre es ihr Schutzbunker, und beobachtete Mel und Josh.

Er stand sofort auf, als er sie kommen sah, und stolperte beinahe über seine eigenen Füße. Sie grinsten sich gegenseitig an. Josh war nicht viel größer als Mel. Irgendwie hatte ich mir immer vorgestellt, dass sie sich zu Männern hingezogen fühlen würde, die sie um einiges überragten. Josh ließ seinen Blick an ihr hinabgleiten, und ich meinte zu sehen, wie sich Mels Wangen leicht rot verfärbten.

Ich wandte mich ab, um den beiden ein wenig Zeit für sich zu geben, und holte den Auflauf aus dem Ofen. Liv war immer noch mit ihren Erdbeeren beschäftigt, als Mel und Josh in den Raum spaziert kamen.

Ich stellte den Auflauf in die Mitte des Tischs. »Ich hoffe, du hast nichts gegen Käse mit ein klein wenig Gemüse.«

Mel verdrehte die Augen. »Musst du mit dem Überbacken immer so übertreiben?«

»Ich kann ja nichts für deine Abneigung.« Ich nahm ihren Teller und schaufelte ihr eine Portion darauf, dann Liv, Josh und als Letztes mir selbst. »Die versteh ich übrigens bis heute nicht. Keine Ahnung, wie wir verwandt sein können.«

»Ich auch nicht«, meldete sich Liv zu Wort. »Vermutlich getrennt bei der Geburt.«

»Wir sind keine Drillinge«, merkte Mel an.

»Geht das nur bei Geschwistern, die zur gleichen Zeit geboren werden?«

Ich runzelte die Stirn. »Wie willst du sonst bei der Geburt getrennt werden?«

»Vielleicht wurde sie bei meiner Geburt gegen ein Alien ausgetauscht«, überlegte Liv laut.

»Ich glaube, wenn überhaupt bist du hier der Alien«, meinte ich und erntete mir eine herausgestreckte Zunge.

Josh verfolgte unser Gespräch mit der Aufmerksamkeit eines Moderators. Ihm schien unser Hin und Her nichts auszumachen – im Gegenteil. Das Lächeln auf seinem Gesicht breitete sich zu einem Grinsen aus, was ihn mir noch sympathischer machte.

Außer Erin hatten wir so selten eine vierte Person an unserem Tisch sitzen gehabt, dass es sich für mich ungewöhnlich anfühlte, in das Gesicht mir gegenüber zu blicken.

Ein paar Minuten aßen wir schweigend. Das Essen war tatsächlich genießbar. Ich klopfte mir innerlich auf die Schulter dafür.

Irgendwann brach Liv die Stille. »Sag mal, Josh. Ist deine Geschichte, wie ihr euch kennengelernt habt, etwas ausführlicher als Mels?«

Josh sah kurz zu Mel, die mit den Schultern zuckte, ehe er sich wieder an Liv wandte. »Das kommt drauf an, was Melanie euch schon erzählt hat.«

»Dass ihr euch in New York kennengelernt habt«, sagte ich. »Das … war so in etwa alles.«

»Dass wir uns in New York kennengelernt haben, stimmt. Aber hat sie euch auch erzählt, wie sie mir während einer Pause auf der Tagung Wasser ins Gesicht geworfen hat?«

»Wieso das?«, fragte Liv und beugte sich gespannt über den Tisch.

Lachfältchen bildeten sich um Joshs Augenwinkel. »Sie dachte, ich hätte etwas … Unpassendes gesagt, obwohl es der Kerl neben mir gewesen war.«

Ich schnaubte. Typisch Mel – sie reagierte erst und dachte dann nach.

Liv neben mir stand der Mund offen. »Was hat er gesagt?«

Mel schob den Käse von ihrem Auflauf an den Tellerrand. »Er hat sich gewundert, warum so viele Frauen für die Tagung zugelassen wurden, wenn sie am Ende doch eh zu Hause bleiben würden, um auf den Nachwuchs aufzupassen.« Sie spießte den Käse mit der Gabel auf und legte ihn kommentarlos auf Joshs Teller. »Die Wortwahl ist etwas abgeschwächt.«

»Ich hoffe, das Wasser war eiskalt«, sagte Liv nachdrücklich.

Josh nickte. »Hätte sie die richtige Person getroffen, wäre *er* am nächsten Tag mit einer Beule zum Seminar gekommen.«

Das entlockte Liv ein Lachen. »Was hast du gesagt, als du bemerkt hast, dass du die falsche Person erwischt hast?«

Mel wand sich auf ihrem Platz hin und her. »Nun ja.« Sie sah Josh entschuldigend an. »Nichts so wirklich?«

Das Grinsen auf Joshs Gesicht wurde breiter. »Sie hat mich vor versammelter Mannschaft zusammengefaltet.«

Ich zog meine Augenbrauen so hoch – sie mussten beinahe meinen Haaransatz berühren. »Ernsthaft?«

Josh nickte. »Was ich mir eigentlich einbilden würde. Warum ich das Gefühl hätte, etwas Besseres zu sein, nur weil – wie sagtest du? – mein Hirn zwischen meinen Beinen baumelt, statt in meinem Kopf zu sitzen.«

Mel vergrub ihr Gesicht stöhnend in ihren Händen. »Kannst du nicht wenigstens ein paar Details weglassen?«

Er rieb ihr liebevoll über den Rücken, machte aber ansonsten nicht den Anschein, als würde es ihm leidtun. Zu uns meinte er: »Wäre ich nicht so perplex gewesen, hätte ich ihr applaudiert.«

»Und weil du so auf Wasserduschen stehst, dachtest du dir, du fragst sie direkt nach ihrer Nummer?«, wollte ich wissen. Wenn mir jemand Wasser ins Gesicht kippen würde, wäre das nicht unbedingt meine erste Reaktion. Liv nickte zustimmend.

Josh zuckte nur mit den Achseln, seine Augen ganz warm, als er sie auf Mel richtete. »Ich habe eine Schwäche für starke Charaktere.«

Liv seufzte verträumt und war völlig eingenommen. Dass sie ihren Segen hatten, konnte ich meiner kleinen Schwester von der Nasenspitze ablesen. »Deine Geschichte ist hundertmal besser als Mels. Wenn es nach ihr ginge, hätten wir vermutlich bis Weihnachten nicht von dir erfahren.«

Ein undefinierbarer Ausdruck zuckte über sein Gesicht, war aber schnell wieder verschwunden. Ich befürchtete, die Stimmung könnte gleich kippen. Daher kratzte ich den letzten Rest Auflauf von meinem Teller und fragte: »Wer hat noch Platz für Nachtisch?«

Nachdem Liv die Cheesecakes serviert hatte, zogen wir damit ins Wohnzimmer und machten es uns auf der Couch bequem. Liv saß auf dem Boden zu meinen Füßen und lehnte sich mit dem Rücken gegen meine Beine, während sie ihren Cheesecake löffelte.

Im Fernsehen lief *Herr der Ringe*, aber wir unterhielten uns mehr, als dass wir dem Film folgten. Mel saß neben Josh. Ihre Füße waren miteinander verschränkt, ansonsten hielten sie einen relativ großzügigen Abstand. Vermutlich unseretwegen.

Mittlerweile war es draußen stockduster. Irgendwann gegen zweiundzwanzig Uhr schien das auch Mel aufzufallen.

»Du hast noch einiges an Weg vor dir«, sagte sie zu Josh. Liv verdrehte die Augen in meine Richtung – unsere Schwester war nicht sehr subtil.

Anscheinend war Josh schon gut auf sie eingespielt. »Möchtest du mich loswerden?«

»Nein, natürlich nicht.« Sie sah Hilfe suchend in unsere Richtung. »Aber Ella muss morgen arbeiten, und Liv hat ihre Tanzgruppe und …«

Er legte ihr eine Hand auf den Oberschenkel. »Melanie, ganz ruhig, ich mache nur Spaß.«

Ihre Anspannung wich so schnell, wie sie gekommen war. »Ich wollte nur nicht …« Sie ließ den Satz in der Luft hängen.

»Ich weiß«, antwortete er leise. Er strich ihr kurz über

die Wange, ehe er aufstand und über Mels Beine stieg. »War nett, euch kennenzulernen.« Er streckte erst Liv, dann mir die Hand entgegen, und wir verabschiedeten uns. »Bringst du mich zur Tür?«, fragte er an Mel gewandt.

Sie nickte, dann stand sie ebenfalls auf und ging hinter ihm entlang zur Haustür. Im Vorbeigehen schnappte sie sich eine Strickjacke vom Kleiderständer und ihre Schlüssel.

»Bis gleich«, sagte sie und zog die Tür hinter sich zu.

Liv sprang auf und rannte zum Fenster, presste ihre Nase dagegen und wartete. Und wartete.

»Man kann von hier oben nichts erkennen«, meckerte sie und zog sich vom Fenster zurück.

»Vielleicht hat Mel dein Gesicht am Fenster kleben sehen und hat sich mit Josh versteckt.«

»Was sagst du? Meinst du, er passt zu Mel? Glaubst du, sie mag ihn? Sie sah ein bisschen distanziert aus, oder?«

Ich lachte. »Atme, Liv«, sagte ich, woraufhin sie einen tiefen Atemzug nahm, um sich zu beruhigen. »Er wirkt nett«, sagte ich nach kurzem Überlegen. »Ich glaube, es ist noch ein bisschen zu früh, um irgendwas zu sagen. Mal davon abgesehen, dass es uns gar nichts angeht.«

»Tu nicht so, als würdest du nicht vor Neugier platzen«, murmelte sie.

»Stimmt«, sagte ich und stellte mich neben sie ans Fenster, um einen Blick zu erhaschen. Es war zu dunkel, um irgendetwas außer unseren eigenen Spiegelungen zu erkennen.

Für einen kurzen Moment überkam mich das Gefühl, es wäre alles zu viel. Zu viele Veränderungen in den letzten Wochen, zu viele neue Dinge, neue Leute, neue Gedanken und Emotionen. Aber ich ignorierte es. Ich wollte nicht darüber nachdenken. Mit einer Entschlossenheit, die mich selbst überraschte, drehte ich mich vom Fenster weg.

»Komm, wir essen noch einen Cheesecake.«

Liv folgte mir nicht sofort, sondern sah noch einmal nach draußen. »Meinst du, sie ist glücklich?«

Ich fragte nicht, was genau sie meinte. Mit Josh? Mit uns? Allgemein? »Ich hoffe es.« So, wie ich hoffte, dass auch Liv glücklich war.

Meine kleine Schwester schüttelte die nachdenkliche Stimmung ab und sah mich lächelnd an. »Noch ein Cheesecake klingt super.«

25. KAPITEL

»Sie hat *was* gemacht?«, fragte Jae-yong ungläubig.

Ich wich einem Mann mit Kinderwagen aus, der mich ansonsten gnadenlos umgefahren hätte. »Ihm ein Glas Wasser samt Eiswürfeln ins Gesicht geschüttet«, wiederholte ich. »Du hättest Livs Gesicht sehen sollen. Ich glaube, sie wäre vor Stolz fast vom Stuhl gefallen.«

»Und er hat Melanie trotzdem um ein Date gebeten?«

»Anscheinend war das der ausschlaggebende Grund für ihn.« Ich wechselte das Handy in die andere Hand, um meine Sonnenbrille aus meinem Rucksack kramen zu können. »Ich finde seinen Geschmack etwas bedenklich, aber Melanie sah ziemlich glücklich aus, also habe ich es nicht hinterfragt.«

Ein lautes Fiepen, das plötzlich durch den Hörer klang, ließ mich zusammenzucken. »Aua. Wie lang seid ihr noch mit der Probe beschäftigt?«

NXT mussten ihren morgigen Auftritt in Seoul vorbereiten, Jae-yong hatte sich nur kurz abgekapselt, um mich anzurufen.

»Wenn es so weiterläuft wie jetzt? Noch ein paar Stunden.« Er beendete den Satz mit einem Gähnen. »Die Technik streikt seit einer halben Stunde. Beim letzten Versuch sind die Mikros mitten im Song ausgefallen.«

»Klingt nach Spaß.«

»Bei dir aber auch«, erwiderte er und meinte damit vermutlich das Hupkonzert, das von der Straße kam, an der ich momentan entlanglief.

»Ich habe meine Bahn verpasst und entschieden, bis zur nächsten Haltestelle zu laufen.« Zum Glück hatte ich noch genügend Zeit, mir nach meinem Couch-Marathon gestern die Beine zu vertreten.

»Bist du unterwegs zur Arbeit?«, fragte er.

»Ja. Mit Bestechung im Gepäck, damit meine Kollegin noch mal meine Schicht übernimmt.« Zwar hatten Jaeyong und ich noch nicht darüber geredet, wie das kommende Wochenende ablaufen würde, wenn NXT wieder in New York waren … Aber ich war lieber vorbereitet.

»Was das angeht …« Er druckste plötzlich herum.

»Wenn du jetzt sagst, dass ihr doch nicht kommt, esse ich die ganzen Cookies selber.«

»Nein, keine Sorge. Unsere Comeback-Stage ist in New York – die können wir schlecht verschieben.«

»Aber?«, hakte ich nach, weil ich ganz deutlich eins heraushörte.

»Ich kann nicht nach Chicago kommen.«

Ich blieb stehen. »Oh.«

»Unsere Termine sind zu eng getaktet. Neben den Aufnahmen und Interviews sind noch einige Meetings geplant. Ich kann mich nicht einfach für einen halben Tag nach Chicago verziehen – so gern ich es auch tun würde.«

»Also werden wir uns vermutlich nicht sehen«, schloss ich.

»Wenn du in New York wärst …«

»Ich kann mir nicht mal eben einen Flug nach New York leisten.« Es brachte mich schon finanziell an die Grenzen, die Studiengebühren für das kommende Semester zusammenzukratzen.

Er schwieg.

Das konnte er mir nicht wirklich übel nehmen, oder? Ich kannte die Situation und dass sein Beruf viele Komplikationen mit sich brachte. Schließlich war …

»Und wenn ich den Flug bezahle?«, fragte er und brachte meine Gedanken damit zum Stillstehen.

Ich ging mit der ersten Reaktion, die in mir aufkam: »Sind das die Sugar-Daddy-Neigungen, die endlich hervorkommen?«

»›Endlich‹? Aha, also hast du es doch nur auf mein Geld abgesehen.«

»Ups. Erwischt«, meinte ich ohne jegliche Scham.

Schweigen zog in unser Gespräch ein. Ich dachte fieberhaft darüber nach, was ich sagen konnte, um die Situation in andere Gefilde zu leiten.

»Ich meine das ernst, weißt du?«, sagte er nach einer Weile.

Ich hatte die Haltestelle erreicht und war gerade dabei, die Treppen zur Hochbahn zu erklimmen, als er das sagte. Ein Seufzen entkam mir. »Ich weiß. Das ist es ja gerade.«

»Ich kann dir nicht folgen.«

»Ich will nicht, dass du Geld wegen mir ausgibst«, versuchte ich meine Gedanken zu erklären. Nicht sonderlich gut, wie mir erschien.

»Was würdest du an meiner Stelle machen?«, fragte er, statt auf meine Aussage einzugehen.

Ich verdrehte die Augen. »Das ist was ganz anderes.«

»Warum? Weil ich ein Mann bin und Geld von mir anzunehmen bedeuten würde, ein Patriarchat zu unterstützen, das schon längst hinfällig ist?«

Ich setzte mich im Schneidersitz auf eine Bank am Gleis. Laut Anzeige würde die nächste Bahn in fünf Minuten kommen. »Also erst einmal: wow. Volle Punktzahl für die Antwort. Aber das ist es gar nicht.«

»Sondern?« Ein Hauch von Frustration war darin zu hören.

Nach einer Antwort suchend ließ ich meinen Blick über die Gleise wandern. »Ich weiß nicht, es fühlt sich einfach nicht richtig an.«

»Kannst du es nicht als etwas sehen, das ich für mich tue, statt für dich?«

»Wie meinst du das?«

»Südkorea und die USA sind nicht gerade benachbarte Länder. Ich würde dich gern sehen, wenn ich die Möglichkeit dazu habe. Und ich habe das Geld, Ella. Letztendlich würde ich es also für mich ausgeben, statt für dich.«

Ich ließ mir seine Worte einen Augenblick durch den Kopf gehen. »Also … bezahlst du mich wie eine Escort-Dame?«

Er stöhnte gequält auf. »*Ella*. Du machst mich wahnsinnig.«

Ich lachte verhalten. »Dafür werde ich mich nicht entschuldigen.«

»Ich würde dir die Entschuldigung ohnehin nicht abkaufen.« Schweigen. Dann: »Tust du mir den Gefallen?«

Mein Hirn wollte sich weiterhin dagegen wehren. Aber mein Herz machte einen kleinen Sprung bei dem Gedanken, ihn wiederzusehen. Unser letztes Treffen im Hotel hatte sich mir ins Gedächtnis gebrannt.

»Okay«, hörte ich mich sagen.

»Danke«, sagte Jae-yong. Der Frustration war Erleichterung gewichen. Vorfreude vielleicht sogar.

Wir redeten noch ein paar Minuten. Er würde einen Flug für mich buchen, und ich müsste mich nur darum kümmern, dass Mel und Liv nichts mitbekamen, wenn ich mich in den Flieger setzen würde.

Ein Klacks quasi.

Kurz darauf wurden die Hintergrundgeräusche bei ihm lauter und kündigten die Fortsetzung der Probe an. Wir verabschiedeten uns in dem Moment, als die Bahn einfuhr.

Glücklicherweise hatte Lana nichts dagegen, meine Schicht ein weiteres Mal zu übernehmen. Allerdings nur, weil sie eine hoffnungslose Romantikerin war und ich ihr von meinen Plänen erzählt hatte.

Den »Er ist ein Popstar«-Teil ließ ich weg.

So konnte ich Jae-yong mitteilen, dass es wegen der Arbeit schon mal keine Probleme gab, und spürte bereits verhaltene Vorfreude in mir blubbern.

Als ich abends nach der Arbeit, über eine Zeichnung gebeugt, in meinem Zimmer saß, erlaubte ich meiner

Fantasie einen Augenblick, das Steuer zu übernehmen. Tagträumereien kannte ich von mir zwar bereits sehr gut, aber dass ich mich mit Jae-yong in New York treffen würde, war Zündholz für meine Gedanken.

Ich schüttelte den Kopf und griff nach meinem Handy, auf dem eine neue Nachricht von Jae-yong auf mich wartete. Er hatte einen Link geschickt, unkommentiert. Er führte mich zum Twitter-Profil von NXT.

In den paar Sekunden, die mein Handy brauchte, bis es die Seite geladen hatte, lehnte ich mich in meinem Stuhl zurück. Eine weise Entscheidung, wie sich herausstellte, als mir ein Bild angezeigt wurde. Ein Selfie, um genau zu sein. Eins von der Sorte, bei der besagte Tagträumereien von zuvor ungezügelt durch die Decke gingen. Es war ziemlich dunkel, ziemlich verpixelt, doch Jae-yong war mit seinen blonden Haaren deutlich zu erkennen. Man sah nur sein Gesicht und einen kleinen Teil seines Oberkörpers. Und das reichte auch. Er schaute in die Kamera, als wollte er jemanden verführen – und ich konnte ehrlich sagen, dass es definitiv funktionierte.

Zu gern hätte ich ihm die hellen Strähnen aus den Augen gestrichten. Gesehen, wie das Grübchen auf seiner Wange erschien. Ihn umarmt oder einfach nur stundenlang neben ihm gesessen und mit ihm geredet.

Ich seufzte. Eine Woche. Nur noch eine Woche.

Als mein Blick zu den Zahlen unter dem Bild wanderte, verabschiedeten sich diese Gedanken urplötzlich. Die Likes, Kommentare und Retweets stiegen innerhalb von Sekunden weiter und weiter und weiter. Ich klickte mich in die Kommentare, und es war nicht nur merkwürdig, sondern absolut befremdlich zu sehen, wie viele Leute ihm ihre Liebe schenkten, ihre Zeit. Memes, die ich nicht verstand, Insiderwitze, und das in unzähligen Sprachen. Es war ein Gefühl wie als Außenseiter einen Freundeskreis zu treffen, der sich bereits ewig kennt und aufeinander eingespielt ist. Und ich stand dabei und hoffte, einen Fuß in die Tür setzen zu können und all die Dinge zu erfahren, die sie bereits voneinander wussten.

Nach einigen Minuten schloss ich die App wieder und schrieb Jae-yong.

Ich: Kommt es dir nicht manchmal komisch vor, dass Leute Hunderte von Fotos von dir auf ihrem Handy gespeichert haben?
Ich: Und wissen, wo du herkommst und wie alt du bist und was deine Lieblingsfarbe ist und wann du wo sein wirst, und darüber nachdenken, wie es ist, mit dir zusammen zu sein, und irgendwie auf eine ungesunde Weise tatsächlich in dich verliebt sind?

Das Symbol, dass er eine Antwort tippte, leuchtete wenige Sekunden später auf.

Jae-yong: Ich denke nicht wirklich darüber nach, wenn ich ehrlich sein soll.
Jae-yong: Ich weiß ja, dass Informationen zu meiner Person öffentlich zugänglich sind und dass die vielen Fotos und Videos dazugehören. Ich hab nicht wirklich ein Problem damit. Es ist halt ihre Art, ihre Unterstützung zu zeigen.

Ich verstand, was er sagte. Trotzdem wurde ich das grummelnde Gefühl in meinem Magen nicht los. Vor allem als mir dann noch die vielen Poster einfielen, die in Livs Zimmer hingen.

Ich: Ja, aber … sie wissen so *viel.* Ich glaube, meine Schwester kennt dich besser als ich dich.

Diesmal brauchte er mit seiner Antwort etwas länger, und ich hatte das Gefühl, er zögerte aus einem bestimmten Grund.

Jae-yong: Ella, korrigier mich, wenn ich falschliege, aber kann es sein …
Jae-yong: Dass du ein wenig eifersüchtig bist?

Meine erste Reaktion war es, mit einem nachdrücklichen »Nein!« zu antworten. Eifersüchtig? Ich wusste nicht einmal, wie sich richtige Eifersucht anfühlte.

Oh. *Ich wusste nicht*, wie sich Eifersucht in diesem Bereich anfühlte. Hatte er recht? Ich hatte all diese Kommentare gelesen und seitdem so stark meine Zähne aufeinandergebissen, dass mein Kiefer sich bereits beschwerte.

Ich: … für den Fall, dass es so ist …
Ich: Hast du Tipps, wie ich nicht zu einem grünäugigen Monster mutiere?
Jae-yong: Mach es wie ich: Schreib mir oder sag dem Monster, dass ich dich unbedingt in New York haben wollte – niemand anderen.

Ich: »Wie ich«? Du … bist eifersüchtig?
Jae-yong: Findest du das schlimm?
Ich: Nein. Ich weiß auch nicht. Ich hätte nicht gedacht, dass jemand wie du eifersüchtig sein könnte.
Jae-yong: Jemand wie ich?
Ich: Du wirkst immer so selbstbewusst. Und … dir liegt die ganze Welt zu Füßen.
Jae-yong: Wenn du den Rest der Welt wegnimmst, bin ich auch nur ein 21-jähriger Junge, der ein Mädchen mag, das am anderen Ende der Welt lebt.
Jae-yong: Ich habe genauso viele Gründe, eifersüchtig zu sein, wie du.
Ich: Das klingt, als wäre es ein Wettkampf.

Statt einer Antwort vibrierte das Handy plötzlich in meiner Hand. Ich war noch immer verwirrt und begrüßte Jae-yong mit einem »Ähm … hallo?«.

»Es ist kein Wettkampf«, sagte er.

Stille.

»Deswegen rufst du an?«

»Ja, weil ich nicht wusste, wie ernst du das meintest, und ich wollte nicht, dass du denkst, ich rede dir deine Gefühle ab. Deswegen dachte ich, ich rufe dich lieber an, um es so zu klären.«

Ich meinte, einen Hauch Nervosität in seiner Stimme zu hören, und biss mir auf die Lippe, um ein Lachen zu unterdrücken.

»Ich habe es nicht wirklich ernst gemeint«, sagte ich und konnte beinahe hören, wie er beruhigt die Schultern fallen ließ.

»Oh, gut«, sagte Jae-yong. »Ich hatte kurz Angst, dass das der Anfang eines Streits sein könnte.«

Gott, er war … er war … »Süß.« Mittlerweile grinste ich groß und breit.

»Hey, ich kann nicht mal eben zu dir rüberkommen, um solche Missverständnisse zu klären. Ob es dir gefällt oder nicht, uns bleibt nichts anderes übrig, als alles totzureden.«

»Mir gefällt es«, sagte ich ehrlich und nahm ihm damit den Wind aus den Segeln.

Wir telefonierten noch ein paar Minuten. Redeten über unseren Tag – ereignislos auf meiner Seite, voller Müdigkeit bei ihm, der nach vier Stunden Schlaf schon wieder auf den Beinen war. Dann musste er schon wieder los.

Nachdem wir aufgelegt hatten, verließ ich mein Zimmer und fand Mel im Gegensatz zu ihrem sonstigen Tatendrang auf der Couch. Sie sah sich einen Film an, der mir nicht bekannt vorkam. Ich setzte mich neben sie.

»Ich habe für das Wochenende einen kleinen Ausflug geplant«, sagte ich nach einer Weile, den Blick auf den Fernseher gerichtet.

Ihre Aufmerksamkeit wanderte von dem Film zu mir. »Allein?«

Ich schüttelte den Kopf und hoffte inständig, dass sie meinen Herzschlag nicht hören konnte. Ich hasste es wirklich, sie anzulügen. »Mit einer Arbeitskollegin. Lana.«

»Wohin fahrt ihr?« Ihre Stimme hatte keinerlei skeptischen Unterton, trotzdem machte mein Magen einen Purzelbaum.

»North Avenue Beach vielleicht?«, sagte ich. »Wir haben uns noch nicht entschieden, aber ein Strand in der Nähe.«

»Hast du genügend Geld oder brauchst du etwas?«

Das schlechte Gewissen breitete sich in meiner Magengegend aus. Ich schluckte den bitteren Geschmack hinunter und setzte ein Lächeln auf. »Nein, schon gut. Ich habe gerade erst von der Arbeit Geld bekommen.«

»Ist gut«, erwiderte sie und konzentrierte sich wieder auf den Fernseher.

Ich atmete so unauffällig wie möglich die angehaltene Luft aus und blieb noch ein bisschen neben ihr sitzen. Dass diese Heimlichtuerei sich nicht gut anfühlen würde, hatte ich von Anfang an geahnt. Dennoch erwischte ich mich dabei, wie ich mir beinahe wünschte, dass Mel die ganze Sache hinterfragen würde, statt es einfach hinzunehmen.

Stattdessen saßen wir schweigend nebeneinander. Wir schauten den Film zu Ende, während ich mich innerlich wand. Ich konzentrierte mich darauf, die Vorfreude auf das Wochenende wieder hervorzulocken. Nur wollte es mir nicht ganz gelingen. Daher verabschiedete ich mich noch während des Abspanns in mein Zimmer und war froh, als die Tür sich mit einem Klicken hinter mir schloss.

26. KAPITEL

Wenn ich mir in der Woche darauf eine Superkraft hätte wünschen können, dann die, die Zeit schneller vergehen zu lassen. Ich saß auf heißen Kohlen, und je näher das Wochenende rückte, desto langsamer vergingen die Stunden.

Liv sprach von nichts anderem als von NXTs Comeback-Stage am Sonntag und ihrem neuen Album. Ich fragte mich nicht zum ersten Mal, wie ich dem ganzen Thema gegenüber so blind hatte sein können. Livs Zimmer war *tapeziert* mit Postern. Es gab Tage, an denen ich mehr über K-Pop, K-Dramen und Korea an sich erfuhr als in den neunzehn Jahren zuvor. Und mindestens so oft führte das Gespräch am Ende zu NXT.

Der Erfolg, den sie sich zuschreiben konnten, war enorm. Am Mittwochabend war ich auf der Suche nach meinem Pulli in Livs Zimmer gestolpert. Sie hatte gerade ein Interview laufen, in dem NXTs Leader, Woo-seok, gefragt wurde, wie sie mit dem ganzen Ruhm umgingen, der sie mehr oder weniger über Nacht erreicht hatte.

Seine Antwort konnte ich auch heute, ein paar Tage später, noch genau abrufen. Schulterzuckend hatte er gesagt: »Wir tun das weiter, was wir bisher auch gemacht haben: Musik.«

Mir gingen seine Worte durch den Kopf, als ich durch das Flugzeugfenster sah, wie die Welt unter mir kleiner und kleiner wurde. Jae-yong hatte im Restaurant etwas Ähnliches gesagt. Dass ihr ganzes Herzblut in ihrer Musik steckte. Und obwohl ihr Label ihnen Vorschriften gab, erreichten sie unglaublich viele Leute mit dem, was sie taten. Halfen ihnen vielleicht sogar mit ihrer Musik.

Ich ließ meinen Blick durch das Flugzeug schweifen. Wie vielen Leuten hatten sie wohl geholfen, ohne auch nur ihre Namen zu kennen? Ich spielte mit meinem Handy, das ich mit beiden Händen festhielt. Noch etwa eine Stunde würde ich hier festsitzen. Vielleicht war es an der Zeit, mir endlich mehr Lieder von ihnen anzuhören als die, über die ich vor ein paar Wochen in meiner Panik gestolpert war.

Entschlossen entsperrte ich den Bildschirm. Durch meine Kopfhörer klang momentan noch Sleeping At Lasts »Saturn« – ein Song, das mir Flügel verlieh und mein Herz gleichzeitig schwer werden ließ. Und vor allem: ein Song, den ich niemals mittendrin abbrechen würde. Ich ließ ihn durchlaufen, während ich nach NXT-Playlists suchte. Ihre Alben wurden mir chronologisch ausgespielt, und ich klickte auf das erste. Es war mit gerade einmal zehn Liedern überraschend kurz. Als das aktuelle Lied vorbei war, drückte ich auf *Play*.

Es begann mit einer leisen Pianomelodie. Ich war kein Musiker – ich konnte nicht mal ein Instrument spielen. Aber bereits die wenigen Töne am Anfang umfingen mich wie eine Umarmung, die längst überfällig war. Ich schloss die Augen und lehnte mich in meinem Sitz zurück. Die Instrumente setzten eines nach dem anderen ein. Dann folgten die Stimmen. Sanft, wie eine zarte Berührung, verwoben sie sich mit der Pianomelodie.

Nach und nach erschien ein Bild vor meinen Augen. Regen. Gedeckte Farben. Vielleicht monochrom? Ein einsames Mädchen, das man nur von hinten sah. Je länger das Lied lief, desto mehr veränderte sich das Bild. Die Stimmen wurden stärker. Statt mit der Melodie zu verschwimmen, ertönten sie darüber. Und nach und nach veränderte sich das Monochrom in meinem Kopf in strahlende Farben.

Als es vorbei war, schlug ich die Augen auf. Ich holte tief Luft und wischte mir unauffällig über die Wangen. Während die Songs nacheinander liefen, sah ich aus dem Fenster auf die Welt hinunter, die plötzlich so weit weg erschien. Und hielt an dem Bild fest.

Die Passagiere drängten sich aus dem Flugzeug, als hätten sie Angst, es sonst nie wieder verlassen zu können. Sie strömten an mir vorbei durch den Gang, und ich wartete, bis der Großteil nach draußen verschwunden war, bevor ich meinen Rucksack griff und den Leuten folgte.

Der LaGuardia-Flughafen war riesig. Ich war in meinem Leben bisher einmal hier gewesen. Vor vielen Jahren, als Liv noch nicht mal richtig laufen konnte und Dad sie am Ende des Tages tragen musste, weil sie im Park eingeschlafen war. Die Erinnerung zog an meinem Herz, wurde aber von dem Gedanken an den heutigen Tag überdeckt.

Es war gerade Mittag, und Jae-yong hatte mir geschrieben, dass er gegen vierzehn Uhr Zeit hatte. Dazu hatte er eine Adresse geschickt. Natürlich konnte ich nicht anders, als nachzuschauen, worum es sich dabei handelte – ein Buchladen. Ich machte einen Freudentanz. Jae-yong konnte mittlerweile gut einschätzen, wo meine Prioritäten lagen.

Da der Buchladen nicht allzu weit vom Flughafen entfernt war, schlenderte ich ein wenig durch die Geschäfte in dem Gebäude. Ich kaufte mir einen Kaffee – die Nacht war viel zu kurz gewesen – und einen Bagel, den ich im Gehen aß.

Damit steuerte ich den Ausgang an und überlegte kurz, ob ich allein zu dem Buchladen finden würde, entschied mich dann aber für ein Taxi. Ich war in New York. Für Geiz hatte ich an anderen Tagen sicher noch genügend Gelegenheit.

Ich nannte dem Fahrer die Adresse. Die Interstate, auf der wir fuhren, ging nach wenigen Minuten in eine der bekannten Hängebrücken über. Durch die Metallstreben versuchte ich, das Wasser unter uns zu erkennen. Allerdings fuhren die Autos so dicht aneinandergedrängt, dass ich außer ihnen kaum etwas sehen konnte. Kurz darauf waren wir in Manhattan.

Wir fuhren durch die Upper East Side, wie mir der Fahrer verriet. Hier tauchte das typische Bild auf, das die meisten von New York hatten. Ein Hochhaus drängte sich an das andere. Die Straßen waren überfüllt, trotzdem schienen alle mit der Verkehrslage klarzukommen.

Zu meiner Erleichterung bogen wir in eine Straße ein, die vergleichsweise ruhig schien. Ich wusste nicht, was ich gemacht hätte, wenn sich der Buchladen mitten in einer belebten New Yorker Shoppingmeile befunden hätte. Chicago streifte mit seiner Größe bereits an der Grenze dessen, was ich aushalten konnte.

Das Taxi hielt vor einem unscheinbaren Haus, vor dem ein Baugerüst aufgebaut war.

»Sind wir an der richtigen Adresse?«, fragte ich den Fahrer. Er nickte genervt und verkündete mir den Preis meiner kleinen Spritztour.

Kaum hatte ich die Beifahrertür hinter mir zugeworfen, fuhr er auch schon weiter – und ließ mich mitten in New York allein. Zwischen Menschen, die zwar meine Sprache teilten, mir aber so fremd waren, als käme ich von einem anderen Planeten.

Ich konnte meinen Finger nicht genau darauflegen, warum mein Herz plötzlich anfing, schneller in meiner Brust zu pochen. So, als wollte es mich zwingen zu fliehen, bevor ich überhaupt einen Schritt in die Richtung des Ladens machen konnte.

Ausnahmsweise hörte ich nicht auf mein Herz. Ich atmete ein paarmal tief ein und aus, um mich zu beruhigen. Alles war in Ordnung. New York war nur zwei Flugstunden von Chicago entfernt. Schon heute Abend würde ich wieder in meinem eigenen Bett liegen. Ich lief um das Baugerüst herum und entdeckte die Front des Buchladens: große Schaufenster, hinter denen sich deckenhohe Bücherregale von einer Wand bis zur anderen erstreckten. Auf der Tür stand in verschnörkelter Schrift *Simone's Bookshop*. Kühle Klimaanlagenluft kam mir entgegen, als ich eintrat. Nach der Hitze draußen überzog ein leichtes Frösteln meine Haut.

»Willkommen«, sagte eine freundliche Stimme. Sie gehörte zu einer älteren Dame, die hinter der Kasse saß und bis eben in einem Buch gelesen hatte.

»Hallo.« Ich sah mich kurz in dem Laden um. »Haben Sie auch eine Ecke für Young-Adult-Bücher?«

Die Dame lächelte. Sie hatte ihr ergrautes Haar, ähnlich wie ich, zu einem unordentlichen Dutt auf ihrem Kopf zusammengebunden.

»Natürlich, Liebes.« Sie deutete zu der Treppe, die sich im hinteren Teil des Ladens versteckte. »Eine Etage nach oben, dann stolperst du direkt darüber.«

Ich erwiderte ihr Lächeln. »Danke.«

Die Regale standen so eng beieinander, dass sie mir die Sicht auf den Eingangsbereich versperrten, als ich bei der Treppe angekommen war. Ich ging die knarzenden Stufen nach oben und fühlte mich sofort etwas leichter. Hier oben war außer mir sonst niemand. Neugierig inspizierte ich die Regale. Wäre ich mit einem Koffer angereist, hätte ich später am Flughafen vermutlich wegen Übergewicht zuzahlen müssen. So strich ich jedoch ziellos durch die Gänge. Sah alte Bekannte, die ich schon vor Jahren gelesen hatte, sowie neue Freunde, die noch erkundet werden wollten.

Es war ein traumhafter Buchladen. Die Auswahl war grandios, und müsste ich in New York leben, dann würde ich vermutlich hier einziehen. Oder hätte zumindest Unsummen an Geld in Bücher gesteckt, die ich hier fand.

Ich hatte gerade die *Harry-Potter*-Bände entdeckt, als ich plötzlich spürte, wie jemand hinter mich trat. Bevor ich mich umdrehen konnte, hatten zwei Hände meine

Schultern gepackt und ein kühler Mund drückte einen Kuss auf meine Wange.

Das Quietschen, das erklang, kam möglicherweise von mir. Aber das würde ich in jedem Fall bis ans Ende aller Tage verleugnen. Schockiert drehte ich mich um, und Jae-yong brachte gleich mehrere Schritte Sicherheitsabstand zwischen uns.

»Oh, oh«, sagte er. »Und ich dachte, das wäre eine romantische Geste.«

»Wenn du dich von hinten anschleichst und jemanden festhältst, hat das eher was von Joe Goldberg aus *YOU* als alles andere.«

Er grinste nur. »Jeder liebt Joe.«

Woraufhin ich die Augen verdrehte. »Das ist nicht der Punkt.« Mein Lächeln durchbrach jedoch meinen irritierten Gesichtsausdruck.

Jae-yong breitete die Arme aus. »Ist es diesmal privat genug für eine Umarmung?«

Ich betrachtete ihn skeptisch: seine glänzenden Schuhe, die schwarze Hose, das weiße Hemd, bei dem oben mehrere Knöpfe offen standen und die silberne Kette dahinter erahnen ließen, darüber das blaue Jackett, ein dunkles Halstuch und seine Haare.

Die schon wieder eine andere Farbe hatten.

»Rosa?«, fragte ich.

Er trug sie in einem leichten Mittelscheitel und einige Strähnen fielen ihm wellig in die Stirn. Unvermittelt fuhr er sich mit der Hand durch die Haare und zerzauste sie gekonnt. »Für das Comeback. Deswegen der Hut.« Er hielt besagte Kopfbedeckung in die Höhe.

Ich zog eine Augenbraue nach oben. »Also bekomme ich es als eine der Ersten zu sehen?«

»Fühlst du dich geehrt?«

Ich dachte eine Sekunde darüber nach. Nickte dann. »Aber ich bin vor allem neugierig, wie lang deine Haare das ständige Färben aushalten, bevor sie freiwillig von deinem Kopf springen.«

»Das hatten wir doch schon, Ella. Ich erwarte meine Glatze jeden Tag.«

Ich lachte. Mir wurde ganz warm ums Herz, als ich sah, wie er mich dabei lächelnd beobachtete. Die Grübchen waren ebenfalls wiederaufgetaucht.

»Du musst mich nicht immer fragen, ob du eine Umarmung bekommst, weißt du«, sagte ich.

Ein erfreuter Ausdruck huschte über sein Gesicht. »Auf die Aussage habe ich nur gewartet.« Damit kam er auf mich zu und zog mich an sich. Ich reichte ihm gerade mal bis zu den Schultern und fühlte mich unerwartet klein, als er die Arme um mich legte. Klein und … beschützt.

Es war ein merkwürdiges Gefühl. Nicht unangenehm, ganz im Gegenteil. Ich schlang meine Arme um seine Taille und legte meine Hände auf seinen Rücken, der sich mit jedem Atemzug hob und senkte. Nach einer Weile lockerte er seinen Griff um mich leicht, ließ mich aber nicht los. Ich legte den Kopf in den Nacken, um zu ihm aufzusehen.

»Wie bist du ohne Massenansturm hierhergekommen?«, fragte ich. Kopfbedeckung hin oder her – ich konnte mir nicht vorstellen, dass die Leute ihn nicht erkennen würden.

»Mit der Kavallerie – ich wurde heute bis vor die Tür des Ladens gefahren.«

Ich lehnte mich in seinen Armen zurück, um ihn besser ansehen zu können. »Was zwei weitere Fragen aufwirft.«

Er legte den Kopf schief. »Schieß los.«

»A: Woher kennst du den Laden überhaupt?«

Seine Antwort war trocken. »Hast du schon mal von diesem Internet gehört? Für manche Leute ist das noch Neuland, aber es ist ziemlich praktisch, wenn man damit umzugehen weiß.«

Ich löste eine Hand von seinem Rücken, um ihn auf den Oberarm zu schlagen. Er quittierte das nur mit einem Grinsen.

»Und was hast du deinen Leuten gesagt, damit sie dich gehen lassen – und sogar bis hierherfahren?«

»Nur die Wahrheit«, meinte er schlicht. »Dass ich neuen Lesestoff brauche.«

»Und das reicht ihnen?« Ich war nicht sonderlich überzeugt. Da war selbst meine Ausrede Mel gegenüber einfallsreicher.

»Sie wissen, dass ich lese, wenn ich nervös bin«, erklärte er. »Unser Comeback ist morgen. Live. In einer amerikanischen Show. Viel nervöser wirst du mich nicht erleben.«

Ich runzelte die Stirn. Er wirkte alles andere als nervös. »Dafür wirkst du ziemlich gefasst.«

»Jahrelange Übung«, erwiderte er nur.

»Hast du gesehen, dass sie hier *Harry-Potter*-Ausgaben in unterschiedlichen Sprachen haben?«, fragte ich, um das Thema zu wechseln.

Er schaute sich suchend auf der Etage um. »Wo?«

Grinsend löste ich mich aus seiner Umarmung. Er ließ mich widerstrebend los, und das enttäuschte Gesicht, das er daraufhin zog, bescherte ihm ein Augenrollen von mir. Ich zeigte ihm die Bücher, und wir stellten überrascht fest, dass es neben deutschen, französischen und italienischen Ausgaben sogar koreanische und japanische gab. Damit hatte ich in diesem unscheinbaren Laden definitiv nicht gerechnet.

Wir stöberten durch die Regale, unterhielten uns über die Bücher, die wir gelesen hatten, solche, die wir lesen wollten, und über Verfilmungen, die uns enttäuscht hatten.

Es war einer dieser Nachmittage, die in Hollywoodfilmen gezeigt wurden. Staubkörnchen tanzten durch die Luft vor dem Fenster, durch das die Nachmittagssonne hereinschien. Es hätte mich nicht gewundert, wäre im nächsten Moment im Hintergrund eine langsame Musik erklungen.

Wir hatten zwei Sessel vor der Fensterfront zusammengeschoben und es uns bequem gemacht. Jae-yong hatte auf meinen Rat hin *Little Women* aus dem Regal gezogen. Ich lehnte mich an seine Schulter und guckte mit ins Buch. Obwohl ich es in- und auswendig kannte, genoss ich es, den Anfang mit ihm zu lesen. Vermutlich würde ich jedes Mal an den Nachmittag denken müssen, wenn ich das Buch zu Hause aufschlug.

Wir wären vermutlich hier oben geblieben, bis er das Buch fertig gelesen hatte, wenn mein Magen uns nicht lautstark einen Strich durch die Rechnung gemacht hätte. Beim ersten Knurren hoffte ich, dass Jae-yong es nicht gehört hatte, da er einfach weiterlas. Als mein Magen sich erneut beschwerte, spürte ich Jae-yongs Schultern unter mir zucken. Sein Blick war noch auf die Seiten gerichtet, aber das unterdrückte Lachen war ihm deutlich anzusehen.

»Hey«, sagte ich mahnend. Dabei amüsierte mich seine Reaktion mehr, als ich zugegeben hätte.

»Entschuldige.« Er schlug das Buch zu. »Aber dein Bauch klang ziemlich wütend.«

»Ist er auch«, meinte ich. »Er hatte seit mindestens zweieinhalb Stunden nichts mehr zu essen.«

Jae-yong schnaubte. »Oh, Schande.«

»Verbannung, die Schande, Verrat, Skandal«, summte ich. »Nun wird er sehen, was er davon hat …«

Kleine Lachfältchen bildeten sich um seine Augen. »Was hat *er* denn davon?«

»Eine hungrige Ella.« Ich sprang von meinem Sessel auf und streckte ihm meine Hand entgegen, um ihn hochzuziehen. »Und das kann ganz schnell in eine *hangry* Ella umschlagen.«

Er nickte, als könnte er das nachvollziehen. »Das können wir natürlich nicht zulassen.« Er klappte das Buch zusammen, stand auf und hielt mir die Hand entgegen. »Komm.«

Ich schnappte mir die Schmuckausgabe von Jane Austens *Stolz und Vorurteil*, die ich vorhin gefunden hatte, und konnte mir ein albernes Grinsen nicht verkneifen, als ich seine Hand nahm. Er lief vor mir die Treppe hinunter und setzte im Gehen seinen Hut wieder auf.

Die Dame hinter der Kasse sah von ihrem Buch auf, als

wir im Erdgeschoss ankamen. Ihr Blick schweifte kurz über unsere verschränkten Hände. »Habt ihr etwas gefunden?«

»Haben wir«, sagte ich und gab ihr mein Buch. Jae-yong legte *Little Women* samt einem Zwanzigdollarschein auf den Tresen. Er ließ meine Hand los, als sein Handy anfing, zu klingeln.

Nach einem Blick auf das Display verzog er den Mund. »Zahlst du für mich? Ich glaube, da muss ich rangehen.«

Ich nickte und sah ihm hinterher, als er sich ein paar Schritte von uns entfernte.

Dann wandte ich mich wieder der Dame zu. »Ihr Buchladen ist wundervoll.«

»Oh, vielen Dank«, erwiderte sie erfreut. »Aber es ist gar nicht mein Buchladen. Meine Tochter hat ihn mit ein paar Freundinnen gegründet. Ich passe nur hin und wieder auf ihn auf. Ich kann die Bücher gratis lesen, während ich hier auf Kundschaft warte.« Sie zwinkerte mir zu, und ich lachte. Ich sah gerade mein Leben in vierzig Jahren vor mir.

Darüber würde ich mich absolut nicht beschweren.

Sie erzählte mir von dem Buch, das sie im Augenblick las. Ein historischer Roman, der so gut klang, dass ich ihn am liebsten direkt mitgenommen hätte. Aber ich konnte mich zum Glück beherrschen.

Gerade so.

Wir tauschten uns so lange über Bücher aus, bis ich mich fragte, wo Jae-yong abgeblieben war. Ich bedankte mich bei der älteren Dame, packte unsere Bücher ein und lief durch die Gänge zwischen den Buchregalen, bis ich ihn nahe der Treppe entdeckte.

Ich spürte, wie sich das Lächeln auf meinem Mund ausbreiten wollte, das mich in seiner Nähe immer zu verfolgen schien.

»Hast du noch etwas gefunden, das du kaufen …«

Ich stockte. Meine Schritte verlangsamten sich wie von selbst, als ich sein Gesicht sah. Der Hut war verschwunden und seine Haare standen ihm wild vom Kopf ab. Aber das war es nicht mal. Nein. Seine Augen waren es, die mir Magenschmerzen bereiteten. Die Verzweiflung darin schrie mir beinahe entgegen.

»Ist was passiert?«, fragte ich alarmiert.

Er schüttelte stumm den Kopf. Nickte. Schüttelte den Kopf. Mein Herz pochte und pochte und pochte.

»Was ist los?« Meine Stimme war nur ein Flüstern.

Sein Blick zuckte über mein Gesicht. Er presste die Lippen zusammen, haderte mit sich selbst. Dann hielt er mir sein Handy entgegen.

Ich nahm es vorsichtig. Der Bildschirm zeigte ein verschwommenes Foto. Ich brauchte einige Sekunden, ehe ich die Sessel im Hintergrund erkannte. Dann nahm ich die zwei Personen im Vordergrund wahr. Wie sie sich umarmten. Völlig in ihrer eigenen Welt versunken nicht mitbekamen, wie jemand auf dem Weg nach oben mitten auf der Treppe angehalten hatte. Sein Handy gezückt hatte.

Und mit einem Klick zwei heimlich verbundene Welten zum Einsturz gebracht hatte.

27. KAPITEL

»Ich versteh nicht …« Jegliche Worte waren mit dem Bild aus meinem Kopf verschwunden. »Ich habe niemanden gesehen …«

»Ich dachte, dass der Laden unbekannt genug wäre. Ich habe wirklich angenommen, dass mich hier niemand erkennt.«

Er sah mich an, als würde er mich um Entschuldigung bitten. Als wäre es seine Schuld, nicht unser beider. Ich hatte während der ganzen Zeit keinen Gedanken daran verschwendet, dass so etwas passieren könnte.

Der Knoten in meinem Magen wurde größer.

»Vielleicht erkennt es niemand«, versuchte ich uns beide zu beruhigen. Ich klammerte mich an diesen naiven Glauben. »Das Bild ist nicht wirklich scharf. Wenn man dich nicht kennt …«

Ich stockte, als mir klar wurde, was ich gerade sagen wollte.

Sein resignierter Gesichtsausdruck nahm mir auch die letzte Hoffnung. »Manche Leute erkennen mich allein an meinem Gang. Das Foto könnte genauso gut ein Video sein, in dem ich direkt in die Kamera schaue und meinen Namen hochhalte.«

»Was bedeutet das?« Ich wollte die Frage nicht stellen. Alles in mir sträubte sich dagegen. Als würde ein Teil von mir die Antwort bereits kennen und mich warnen wollen.

Er nahm sein Handy zurück, wischte einmal mit dem Finger darüber. Fuhr sich angespannt durch die Haare.

»Es ist im Internet – daran lässt sich nichts mehr ändern. Die Leute werden es verbreiten. Tun sie schon«, sagte er und wischte noch einmal über das Display, wie um sich zu vergewissern. »Die Leute wissen, wo wir gerade sind. Und die anderen …« Er schluckte schwer und suchte meinen Blick. »Die anderen werden es sehen. Wenn sie es nicht schon längst mitbekommen haben.«

Die Verzweiflung war ihm ins Gesicht geschrieben. Und das wirkte wie eine Klemme um meinen Brustkorb. Nicht die Tatsache, dass wir fotografiert wurden. Nicht einmal, dass Tausende und Abertausende von Leuten dieses Foto sahen und teilten. Nein. Es war Jae-yongs Nervosität – seine pure Angst –, die sich auf mich übertrug. Mein Herz antrieb und meinen Magen schmerzen ließ.

Er packte meine eiskalte Hand und zog mich zum Ausgang. »Komm. Es werden bald mehr als genügend Leute hier auftauchen. Ich möchte nicht mehr hier sein, wenn das passiert.«

Die Aussage zwischen den Zeilen war deutlich: Ich möchte nicht noch mehr Fotos riskieren. Er schob mich durch die Tür. Den Hut hatte er sich wieder auf den Kopf gesetzt. Wie sinnlos das war. Das Foto existierte bereits. Was für einen Unterschied machte es, ob er ihn trug oder nicht?

Ein Teil von mir wusste, dass das unwichtig war. Das

war schließlich nicht das Problem. Aber ich klammerte mich an diesen Gedanken, der meinen Kopf von all den Szenarien ablenkte, die hinter einer morschen Tür lauerten. Sie warteten nur auf einen unachtsamen Moment, in dem sie auf mich einstürzen konnte.

Jae-yong lief so schnell, dass ich kaum Schritt halten konnte. Ich stolperte mehr als einmal über meine eigenen Füße, aber sein Griff um meine Hand zog mich jedes Mal weiter. Er steuerte direkt auf einen dunklen Wagen zu, der nur unweit vom Buchladen entfernt stand. Sam kam uns bereits entgegen, bevor er uns sah. Er hatte sein Handy in der Hand, sein Blick angespannt.

Die beiden tauschten einen Blick aus, aber keine Worte dieser Welt hätten ausgereicht, um irgendwas erklären zu können. Jae-yong öffnete die Tür, und ich sprang hinein. Dann lief er um den Wagen herum und stieg ebenfalls hinten ein. Sam startete den Motor in der gleichen Sekunde. Mit einem Blick in den Rückspiegel parkte er aus.

Die Anspannung war greifbar, die Dringlichkeit fast noch mehr. Trotzdem erhob Sam nicht als Erster das Wort. Er wartete, bis ich das Gefühl hatte, die Luft im Auto wäre elektrisch geladen.

»Du hast es gesehen, oder?«, fragte Jae-yong schließlich. Er klang auffällig ruhig. Nur die verkrampften Hände, die auf seinem Schoß lagen, verdeutlichten den Sturm, der in ihm tobte.

Sam nickte. *Jeder* hatte es gesehen. Und wenn nicht in diesem Augenblick, dann sobald sie sich das nächste Mal im Internet bewegten. Wenn überhaupt möglich, schien das die Spannung noch drückender zu machen. Ich hatte das Gefühl, dass jeder Atemzug, den ich tat, schwerer wurde.

»Meinst du …«

»Sie haben mich angerufen«, unterbrach Sam ihn, bevor er den Satz beenden konnte. Er warf durch den Rückspiegel einen Blick zu uns, ehe er sich wieder auf die Straße konzentrierte. »Ich soll dich sofort ins Hotel bringen. Sie haben die Interviews für den ganzen Tag abgesagt.« Sams Gesicht war unleserlich. Nur die steile Falte zwischen seinen Augenbrauen verriet ihn. »Du wusstest, dass das keine gute Idee ist.«

Ich spürte, wie Jae-yong sich bei den Worten verkrampfte. Die Knöchel an seinen Händen traten weiß hervor, und ich streckte zaghaft meine Hand aus, um sie über seine zu legen. Seine Wut und seine Nervosität breiteten sich um ihn herum aus wie Wellen auf einem See und übertrugen sich auf mich. Ich wollte meine Hand zurückziehen, als er nicht auf meine Berührung reagierte. Doch da löste er seine Faust und verschränkte seine Finger mit meinen.

Es war nur ein kleiner Trost. Aber in dieser Situation nahm ich alles, was ich kriegen konnte.

Ich warf Jae-yong einen Blick zu, aber er hatte das Gesicht dem Fenster zugewandt. Sein ganzer Körper wirkte, als stünde er unter Hochspannung. Ich suchte verzweifelt nach etwas, das ich sagen konnte, aber da war nichts. Stille. Geschockte Stille war alles, was ich in mir fand.

Die restliche Fahrt verging in eisigem Schweigen. Wir durchquerten die Upper East Side, und an jedem anderen Tag hätte ich die Wolkenkratzer bestaunt, an denen wir vorbeifuhren. Meine Sinne waren jedoch von meinen Gedanken getrübt. Die Außenwelt zog an mir vorbei, als hätte ich Scheuklappen auf, während ich mich immer weiter in meinen Kopf zurückzog.

Es dauerte nicht lang, bis wir vor einem gläsernen Gebäude hielten.

»Geh«, sagte Sam.

Zu mir? Zu Jae-yong? Ich sah unsicher zu ihm hinüber. Er nickte mir zu, stieg aus und wartete die Sekunden, die ich brauchte, um das Auto zu umrunden. Dann griff er nach meiner Hand und lief los. Ich musste mich anstrengen, um Schritt halten zu können. Jae-yong beachtete den Portier nicht, führte uns an der Rezeption vorbei und zielstrebig auf die Fahrstühle zu, die sich versteckt außerhalb der Eingangshalle befanden.

Erst als die Türen sich hinter uns zuschoben, schien die Anspannung von ihm abzufallen. Als hätte ein Puppenmeister die Fäden durchgeschnitten, sackte er in sich zusammen und musste sich sogar an der Spiegelwand anlehnen, um sich aufrechtzuhalten.

Ich traute mich nicht, das Schweigen zu durchbrechen. Mir fehlten die Worte, obwohl unzählige Fragen in Dauerschleife durch meinen Kopf liefen. Jae-yong schien ebenfalls in seinem Kopf gefangen zu sein. Es waren nur wenige Sekunden, aber es kam mir so viel länger vor.

Er stieß die Luft geräuschvoll aus. Dann hob er endlich den Blick an und sah mir in die Augen. »Ich weiß nicht, was jetzt passieren wird.«

Seine Worte trugen eine Dringlichkeit in sich, die mir einen Schauer über den Rücken jagte.

»Wenn sie das Foto gesehen haben, ist es ein Vertragsbruch. Ich will nicht darüber nachdenken, aber im schlimmsten Fall …« Er schluckte, ließ mich aber nicht aus den Augen.

»Vielleicht wird es nicht so schlimm«, sagte ich, aber meine Worte klangen hohl. Ich glaubte mir selbst nicht, und bevor er dazu kam, etwas zu erwidern, hielt der Fahrstuhl.

Ich hatte nur einen Augenblick, um die Aussicht über ganz Manhattan zu bestaunen, die uns gegenüber dem Fahrstuhl begrüßte. Der Central Park lag direkt vor uns, eingerahmt von Häusern, die imposant in die Höhe ragten. Links davon erstreckte sich der Hudson River bis zum Horizont.

Leider war dafür keine Zeit. Viel zu schnell lief Jaeyong los, den Hotelgang entlang in die entgegengesetzte Richtung. Die Wut war aus seinen Schritten gewichen. Zwar trug er sich aufrecht, aber ein Zögern hatte sich eingeschlichen, das bis vor wenigen Minuten noch nicht da war.

Wir bogen um eine Ecke, und ich wäre beinahe in ihn hineingelaufen, so unerwartet blieb er stehen. Ich streckte mich, um über seine Schulter sehen zu können – und wäre am liebsten zurück in die Richtung gelaufen, aus der wir gekommen waren.

Keine zehn Meter entfernt standen zwei Männer. Sie hatten asiatische Züge, vermutlich ebenfalls koreanisch, und sie sahen alles andere als glücklich aus. Der größere von ihnen erblickte uns, unterbrach seinen Kollegen mitten im Wort und kam mit energischen Schritten auf uns zu. Bevor wir überhaupt die Chance hatten, irgendetwas zu sagen, sprach er im Schnellfeuer auf Koreanisch los.

Jae-yong switchte sofort in seine Muttersprache. Er wechselte einige Sätze mit dem Mann, die zwischen frustriert und verärgert hin- und hersprangen, wenn man seiner Tonlage vertrauen durfte.

Der Mann schüttelte immer wieder beharrlich den Kopf und deutete auf den Raum, vor dem der andere der beiden noch immer stand.

Und ich … stand daneben. Stumm. Sah hilflos zwischen den beiden hin und her. Ich verstand kein Wort von dem, was sie sagten. Ich war in einer fremden Stadt mit einem Jungen, den ich mochte, und es war etwas passiert, dessen Tragweite ich nicht einmal annähernd zu verstehen schien.

Mit einem Mal wünschte ich mir so sehnlich Mel und Liv an meine Seite, dass es beinahe wehtat. Ich wollte Livs Umarmung und ihren ewigen Optimismus. Ich wollte … Ich brauchte Mels Bestimmtheit. Das Wissen, sie an meiner Seite zu haben, brachte mir Sicherheit, die ich in diesem Augenblick sehnlichst vermisste.

Nach einigen Minuten fiel dem Mann auf, dass ich ebenfalls da war. Wenn möglich verschloss sich seine Haltung noch mehr. Er hielt es nicht einmal für nötig, mich direkt anzusprechen, sondern redete mit Jae-yong weiter auf Koreanisch.

Als schließlich sogar mein Name fiel, konnte ich mir nicht helfen. Die Ungewissheit und Frustration platzten aus mir heraus, ehe ich es verhindern konnte. »Ich stehe direkt neben euch. Ihr müsst mich nicht aus dem ganzen

Gespräch ausschließen, wenn ich ganz offensichtlich in die Sache involviert bin.«

Jae-yongs entschuldigende Miene ignorierte ich und konzentrierte mich stattdessen auf den Mann. Seine Missgunst verriet, dass er die ganze Zeit über auf Englisch mit uns beiden hätte sprechen können. Er hatte sich bewusst dazu entschlossen, mich aus dem Gespräch auszuschließen. Feuer brodelte heiß in meinem Magen auf und wurde ebenso schnell wieder zu einem kleinen Glimmen, als ich Jae-yongs Hand auf meinem Arm spürte.

Mein Blick schoss zu ihm.

»Unser Management hat ein Meeting einberufen«, erklärte Jae-yong. »Sie wollen dich nicht …« Er räusperte sich. »Sie möchten, dass du hier wartest.«

Man musste mir die Irritation von der Stirn ablesen können. »Ich komme mit. Das Ganze geht nicht nur dich etwas an, ich stecke da genau so mit drin.«

Er sah zu dem Mann, der vehement den Kopf schüttelte und die Lippen aufeinanderpresste.

Eine Falte erschien zwischen Jae-yongs Augenbrauen. Er rieb sich über die Augen. »Ich weiß nicht, wie sie reagieren werden. Ich möchte dich nicht in etwas mit reinziehen, für das du nichts kannst.«

»Aber das ist doch Schwachsinn!«, rief ich lauter als beabsichtigt.

Der Mann achtete gar nicht auf mich, sondern packte Jae-yong am Oberarm und zog ihn von mir weg.

»Warte hier, okay?« Er wehrte sich nicht gegen den Griff des Mannes, aber er sah auch alles andere als glücklich aus. »Bitte.«

Sie ließen mich stehen, gingen in einen Raum. Die Tür fiel hinter ihnen langsam zu und bis auf einen Mann, der anscheinend die Tür bewachte, lag der Flur komplett verlassen vor mir.

Eine Minute verging.

Zwei.

Drei …

Wie angewurzelt blieb ich an Ort und Stelle und starrte stur auf die Tür. Als könnte sie sich dadurch öffnen und das Ganze als ein riesiges Missverständnis erklärt werden. Ich trat näher an die Tür, aber der Mann richtete sich sofort auf.

»Lassen Sie mich rein«, sagte ich ruhiger, als ich mich fühlte.

Seine Antwort kam ohne den Hauch eines Zögerns. »Tut mir leid. Kein unbefugter Zutritt gestattet.«

Das Brennen in meinem Magen flammte wieder auf. »Sie haben gerade gesehen, wie ich mit einem von ihnen gesprochen habe!«

Aber er schüttelte nur den Kopf. »Tut mir leid.«

Ich sah an ihm vorbei. Lauschte konzentrierte. Sosehr ich mich auch anstrengte, konnte ich doch keinen Laut aus dem Raum wahrnehmen.

Fünf Minuten vergingen.

Zehn.

Nach einer Viertelstunde zog ich mich an die gegenüberliegende Wand zurück. Der Mann ließ mich nicht aus den Augen, und sosehr ich es mir auch wünschte – ich würde nicht in den Raum kommen, wenn er mich nicht durchließ.

Ich sah zum ersten Mal, seit ich den Buchladen betreten hatte, auf mein Handy in der Hoffnung, dass Jaeyong vielleicht geschrieben hatte. Eine Erklärung, warum er mich vor der Tür hatte stehen lassen, als würde mich das alles nichts angehen.

Aber statt der Nachrichten, die ich mir herbeisehnte, fand ich die, die mir die Luft zum Atmen nahmen.

Liv, Mel. Sie hatten mir geschrieben, und ich traute mich kaum, die Chats zu öffnen, während um mich herum das wackelige Kartenhaus in sich zusammenbrach.

Liv: [.jpg] WTF ELLA??
Mel: [.jpg] Das ist nicht dein Ernst, oder?
Liv: WAS ZUR HÖLLE
Mel: Du bist in New York??
Liv: Ella, ich schwöre dir, wenn du dafür keine gute Erklärung hast …
Mel: Du hast mich angelogen?
Liv: Komm sofort nach Hause!!!

Das Blut rauschte in meinen Ohren. Die Nachrichten … Die Enttäuschung … Gott, warum hatte ich … Was hatte ich mir dabei gedacht?

Mein Atem ging abgehackt, jeder Atemzug bereitete mir Mühe. Ich legte mir eine Hand auf die Brust, um mich dazu zu zwingen, gleichmäßig Luft zu holen. Meine Gedanken rasten ohne Zügel durch meinen Kopf.

In dem Moment ging die Tür auf. Sie gab den Blick auf einen Tisch frei, an dem zehn, vielleicht zwölf Leute saßen. Viele unbekannte Gesichter blickten mir entgegen. Ich konnte Jae-yong auf die Schnelle nicht ausfindig machen – dafür aber Min-hos blauen Schopf.

Er sah mich mitleidig an. Öffnete den Mund, als wollte er etwas sagen, entschied sich aber im letzten Moment dagegen und senkte den Kopf.

Dann schloss sich die Tür wieder.

Der Mann von vorhin war aus dem Raum gekommen. Er baute sich vor mir auf, hielt einen großen und einen kleinen Umschlag in der Hand. Er bedeutete mir, ihm zu folgen, und ich spürte, wie meine Füße ohne mein Zusagen hinter ihm herliefen. Nicht weit, nur zwei, drei Meter, bis wir in einen kleineren Konferenzsaal kamen.

Er deutete auf einen der Stühle und setzte sich mir gegenüber hin. Ich ließ mich nur vorsichtig auf dem Platz nieder.

»Wie alt sind Sie, Miss Archer?«, fragte er.

Ich sah ihn nicht an. Nur seine blaue Krawatte, die er gerade richtete.

»Neunzehn«, hörte ich mich sagen.

Er griff in den größeren Umschlag, zog ein Dokument mit mehreren Seiten hervor. »Sie verstehen, dass das, was passiert ist, größere Probleme nach sich ziehen könnte, richtig?«

Ich nickte stumm.

Er drehte das Dokument so, dass ich es lesen konnte. »Das ist ein Geheimhaltungsvertrag. Es handelt sich hierbei um einen Standardvertrag, der es Ihnen verbietet, über Jae-yong Park, NXT, dessen Mitglieder und DFH Entertainment mit Journalisten zu sprechen, Interviews zu geben und sich über irgendetwas die vorher genannten Personen betreffend zu äußern.«

»U…und wenn ich den Vertrag breche?«

Der Mann lehnte sich in seinem Stuhl zurück und betrachtete mich von oben herab, als hätte er diese Frage erwartet. »Eine Geldstrafe, die es Ihnen schwer machen würde, in den nächsten Jahren wieder Fuß zu fassen.«

Mir wurde schlecht.

Ein Kugelschreiber wurde mir entgegengeschoben, das Dokument aufgeschlagen. Ganz unten zeigte er auf eine freie Linie. »Dort müssten Sie einmal unterschreiben.«

Meine Hand zitterte, als ich die Mine aufsetzte. Ich dachte nicht darüber nach, wie mein Name Buchstabe für Buchstabe auf dem Blatt erschien. Der Mann zog die Papiere weg, legte genau den gleichen Ausdruck noch einmal vor mich. Und wieder unterschrieb ich. Als ich fertig war, sah ich auf. Ich wollte ihm das Dokument zuschieben, aber er hielt mich mit einem Kopfschütteln auf.

»Das ist Ihrer«, sagte er.

Ich packte die Papiere mit beiden Händen wie eine Rettungsleine.

Dann holte er den zweiten, kleineren Umschlag hervor und reichte ihn mir. »Darin befindet sich Ihr Flugticket nach Chicago«, erklärte er.

Ich starrte ihn an. »Wie bitte?«

»Wir bringen Sie zum Flughafen. Der Flug ist bereits gebucht.« Er straffte die Schultern, als erwartete er, dass ich aufsprang und aus dem Raum stürmte.

»Das kann nicht stimmen«, versuchte ich, ihn umzustimmen. Jae-yong hatte mich gebeten, zu warten. Er würde nicht einfach zulassen, dass ich ohne Weiteres in den nächsten Flieger gesteckt wurde.

Aber der Mann beharrte auf seiner Aussage.

Immer und immer wieder.

So lange, bis ich nachgab. Bis er aufstand und mir den Weg wies. Er lief hinter mir her, um sicherzustellen, dass ich nicht umdrehte und in den Raum stürmte, in dem Jacyong verschwunden war. Trotzdem warf ich immer wieder einen Blick über die Schulter. Die naive Hoffnung, dass die Türen sich noch einmal öffnen würden, verging nicht.

Sie begleitete mich ins Auto. Durch den Sonnenuntergang Manhattans und über die Interstate. Zurück über die Brücke, zum Flughafen, durch den Check-in.

Sie begleitete mich den ganzen Weg bis nach Hause.

Aber sie erfüllte sich nicht. Mein Handy blieb stumm – und die Türen geschlossen.

28. KAPITEL

Die Türen des Taxis knallten hinter mir zu.

Vier Stunden später stand ich vor unserer Haustür – als wäre der ganze Tag nicht passiert. Dabei wusste ich genau, dass mich das Schlimmste noch innerhalb dieser vier Wände erwarten würde.

Ich umklammerte die Riemen meines Rucksacks. Die Sonne war mittlerweile dabei unterzugehen – es musste etwa acht Uhr abends sein. Ich hatte mich nicht mehr getraut, auf mein Handy zu sehen, und wusste nicht, wie ich Liv und Mel erklären sollte, was passiert war. Wie durcheinander ich war.

Im Versuch, mich zu beruhigen, holte ich ein-, zweimal tief Luft, ehe ich meinen Schlüssel hervorkramte und ins Haus ging. Der Weg bis zur Wohnung kam mir noch nie so kurz vor wie in diesem Moment.

Ohne Zögern schloss ich die Tür auf. Das Adrenalin war es, was mich die letzten Stunden über bis hierher getragen hatte – wenn ich jetzt anhielt, würde ich nicht mehr weitergehen können.

Also stieß ich die Tür auf. Lauschte. Nichts regte sich. Weder Mel noch Liv standen sofort vor mir und verlangten Antworten, die ich nicht hatte. Ich stellte meinen

Rucksack vorsichtig auf dem Boden ab. Ging ins Wohnzimmer. Ich traute mich kaum, ein Geräusch zu machen, in der irrationalen Angst, dass meine Schwestern aus ihren Zimmern gestürmt kommen würden.

Ich hatte mich gerade in den Flur vorgearbeitet, als Livs Zimmertür aufging. Sie sah von ihrem Handy auf, schien mich aber nicht oder noch nicht erwartet zu haben. Als sie mich wenige Meter entfernt stehen sah, blieb sie wie angewurzelt stehen.

»Liv …«, begann ich.

Sie drehte sich um und knallte die Tür hinter sich zu. Das Geräusch hallte durch meinen gesamten Körper.

Unsicher blieb ich vor ihrem Zimmer stehen. Wenn sie die Tür öffnen würde … Wenn sie wenigstens herauskommen und mich anschreien würde, würde der Knoten in meinem Magen mich vielleicht nicht in die Knie zwingen.

Aber die Tür blieb zu.

Schon wieder, erklang eine höhnische Stimme in meinem Kopf.

Ich schüttelte sie ab.

Mein Zimmer sah noch genauso aus, wie ich es heute Morgen verlassen hatte. Ich hatte das Gefühl, ewig weg gewesen zu sein – dabei war es nicht mehr als ein halber Tag. Die farbenfrohen Zeichnungen über meinem Schreibtisch passten nicht zu der düsteren Stimmung, die im Augenblick in mir herrschte.

Ich zog meinen Pullover aus und warf ihn achtlos auf den Schreibtischstuhl. Dann setzte ich mich auf mein Bett und schaltete mein Handy ein.

Es fragte mich nach der PIN, aber gerade, als ich sie eingeben wollte, knarzte eine Tür am Ende des Flurs. Ich hörte mit angehaltenem Atem zu, wie Mel den Flur entlangging. Als könnte ich mich so unsichtbar machen. Aber meine Sorge war unbegründet. Mel ging an meiner offenen Zimmertür vorbei Richtung Wohnzimmer. Für einen Augenblick starrte ich nur auf die Badezimmertür auf der gegenüberliegenden Seite des Flurs. Wie konnte sie nicht bemerkt haben, dass ich nach Hause gekommen war? Immerhin hatte Liv die Tür laut genug geknallt.

Nach zwei Minuten hielt ich meine Anspannung nicht mehr aus. Ich drückte mich vom Bett hoch. Acht Schritte bis in das Wohnzimmer. Vier weitere bis zur Küche, wo ich Mel am Esstisch mit einem Glas Wasser sitzend fand.

»Hey«, sagte ich leise. Ich konnte ihre Reaktion absolut nicht einschätzen. Zwar war sie ein sehr aufbrausender Mensch, aber manchmal, wenn sie so verärgert war, dass es ihr die Sprache verschlug, hüllte sie sich in Schweigen. Und der kalten Schulter nach zu urteilen, mit der sie mich im Moment bedachte, hatte ich heute über mehrere Grenzen hinausgeschossen.

Das Schuldgefühl landete wie ein Gewicht auf meinen Schultern und drückte mich nach unten.

»Mel?« Ich tastete mich vorsichtig weiter vor. »Ich bin wieder da.«

Keine Reaktion. Nicht mal, als ich direkt neben ihr stehen blieb.

»Mel?« Der Kloß in meinem Hals wurde mit jeder Minute, die verging, größer. »Melanie. Bitte …« Meine

Stimme brach. »Bitte sag was. Es tut mir leid. Ich mach es wieder gut, ja? Ich …«

Mit einem lauten Knall stellte sie das Glas auf der Tischplatte ab. Das Wasser spritzte über den Rand und auf ihre Hand und ich zuckte zusammen.

»Du willst es wiedergutmachen?«, fragte sie gefährlich leise. »Dass du mich angelogen hast? Dass du nach New York – *New York!* – geflogen bist und nicht das Gefühl hattest, mir davon erzählen zu müssen? Oder meinst du vielleicht das nette Bild, das ich von Liv geschickt bekommen habe, während ich dachte, du würdest einen Ausflug zum Strand mit einer Freundin machen?«

Ich spürte mich unter ihren harschen Worten immer kleiner werden. »Ich konnte es dir nicht erzählen«, versuchte ich mich zu verteidigen, aber plötzlich klang es wie eine lieblose Ausrede in meinen Ohren.

»Ich habe angenommen, dass wir uns alles anvertrauen können«, sagte sie.

Ich nickte sofort. »Das können wir! Aber … Es ist kompliziert. Er sagte, niemand darf davon erfahren …«

»›Er sagte, niemand darf davon erfahren‹?«, unterbrach sie mich ein weiteres Mal. »Hörst du dir selber zu, Ella?«

»Ich weiß, wie es jetzt klingt, aber wenn du es mich erklären lassen würdest …«

»Ach, du weißt also, wie es sich für mich anhört?« Ruckartig stand sie auf. Sie gab mir keine Chance, die Frage zu beantworten. »Denn in meinen Ohren klingt es sehr danach, als hätte sich ein Hollywoodstar da ein schönes Spiel erlaubt und meine kleine Schwester ausgenutzt.«

»Er hat mich nicht ausgenutzt!«, verteidigte ich ihn. Mich. Uns. Die Worte, die sie benutzte, ließen es so … verkehrt klingen.

»Er ist älter als du, oder nicht?«

»Zwei Jahre«, rief ich verzweifelt. »Nichts ist passiert, und davon abgesehen bin ich auch nicht mehr minderjährig oder so leicht manipulierbar, wie du denkst.«

Die Temperaturen im Raum fielen auf einen Nullpunkt. »Wie bitte?«

Ich ruderte so schnell ich konnte zurück. »Nein, das wollte ich nicht sagen.«

Mel schien meine Worte gar nicht richtig wahrzunehmen. Sie verschränkte die Arme vor der Brust. Sah mich von oben herab an, als wäre ich plötzlich wieder der Teenager, auf den sie von heute auf morgen aufpassen musste.

»Nein, schon gut. Erklär mir ruhig, was du damit meinst.«

Ich ballte meine Hände zu Fäusten. Lockerte sie, ballte sie wieder, um der Spannung wenigstens einen kleinen Weg aus meinem Körper zu schaffen. »Ich hab es nicht so gemeint.«

»Du denkst, dass ich dich manipuliere?«

Ich schüttelte den Kopf, sah sie flehend an. Wieso waren mir diese Worte rausgerutscht? Gott, wieso konnte ich die Zeit nicht zurückdrehen? »Das war wirklich nicht, was ich meinte.«

»In Ordnung.« Sie ging an mir vorbei ins Wohnzimmer und ließ mich in der Küche stehen.

Ich zwang meine Beine dazu, ihr nachzulaufen. »Mel, warte. Können wir bitte darüber reden?«

»Ich möchte jetzt wirklich nicht mit dir sprechen, Ella.« Ich spürte beinahe, wie ihre Worte auf meinen Körper prallten.

»So, wie wir auch sonst nie über etwas sprechen, meinst du?« Ich hatte es ausgesprochen, bevor ich mich aufhalten konnte.

Eiserne Stille breitete sich im Raum aus, aber mein Mund hörte einfach nicht auf die Warnzeichen, die mein Hirn sendete.

»Ist dir schon mal aufgefallen, dass wir nie über Mom und Dad sprechen? So, als hätten sie überhaupt nicht existiert?«

»Natürlich haben sie existiert«, fuhr Mel auf. »Wir tun nicht so, als hätte es sie nie gegeben. Es gab sie, und sie waren ein wichtiger Bestandteil unseres Lebens, aber …«

»Sind«, unterbrach ich sie. »Sie *sind* ein wichtiger Bestandteil unseres Lebens, das hat sich mit ihrem Tod nicht plötzlich geändert.«

»Du weißt genau, dass ich das so nicht meinte.« Sie sah mir fest in die Augen, aber ich hielt ihrem Blick stand.

»Warum gehst du dann aus dem Raum, wenn ich mit Liv über sie rede? Warum haben wir keine einzige Erinnerung an sie in der Küche oder im Wohnzimmer? Warum? Warum kannst du nicht einfach sagen, dass du sie auch vermisst?«

»Weil nicht jeder so trauert wie du, Ella!«

Ihre laute Stimme ließ mich zusammenzucken. Vertrieb alle die Worte, all die Wut, die in mir schlummerte.

Mel fuhr unbeirrt fort. »Vielleicht kann nicht jeder von uns die Erinnerungen so offen mit sich herumtragen, hast du darüber schon mal nachgedacht? Denkst du, ich gehe arbeiten, komme nach Hause und fühle den ganzen Tag nichts? Wann soll ich deprimiert oder traurig sein, Ella, wann? Wenn du eine Antwort hast, nehme ich sie gerne, aber bis dahin muss ich für euch sorgen, für mich und nebenbei noch versuchen, vorwärtszugehen und eine Art Leben zu führen.«

Ich starrte sie sprachlos an. Mel wartete nicht, bis ich ihre Aussage verdaut hatte, sondern schüttelte den Kopf, seufzte und ging an mir vorbei. Mit dem Knallen ihrer Zimmertür sprangen mir auch die Tränen in die Augen.

Ich wollte wie ein kleines Kind an ihrem Ärmel ziehen, sie dazu zwingen, mit mir zu reden, mich anzusehen. Aber stattdessen blieb ich wie angewurzelt auf der Stelle stehen. Zum ersten Mal seit langer Zeit wünschte ich mir meine Mom sehnlichst herbei. Ich wollte so sehr, dass sie mich in die Arme nahm und mir sagte, dass alles gut werden würde. Ich brauchte die Geborgenheit, die Sicherheit, das Verständnis – mehr als jemals zuvor.

Ich fuhr mir mit beiden Händen übers Gesicht. Durch meine Haare. Das Ganze hatte sich so schnell von einem wundervollen Nachmittag in eine Katastrophe verwandelt. Ich hatte Mühe, meine Gedanken zu ordnen.

Ob Jae-yong mittlerweile geschrieben hatte? Ob er versucht hatte, mich zu erreichen? Ich tastete meine Hosentasche nach meinem Handy ab, bis mir einfiel, dass ich es auf meinem Bett hatte liegen lassen.

Aber als ich meine Zimmertür hinter mir geschlossen hatte und endlich auf mein Handy sehen konnte, war da nichts. Keine Nachricht, kein verpasster Anruf.

Stattdessen hatte Erin mir geschrieben. Nur ein Foto von einer Aussicht, ohne Text. Meine Sicht verschwamm zwischen den Tränen immer wieder, als ich ihr schrieb.

Ich: Ich glaube, jetzt brauche ich dich.

Und Gott, ich war so dankbar, als sie wenige Minuten später bei mir anrief.

Ich nahm ab, wischte mir die Tränen von der Wange. Versuchte, meinen Atem unter Kontrolle zu bringen, damit Erin sich nicht sorgte. Aber als ich ihre Stimme hörte und sie fragte, was los sei ... brach der Damm einfach. Ich schluchzte und zitterte und weinte und klammerte mich mit aller Kraft an Erins beruhigende Worte, die keinen Sinn ergaben, aber im Augenblick alles waren, was ich brauchte.

Keine Ahnung, wie lange es dauerte, bis ich wieder halbwegs normal sprechen konnte.

»Geht es?«, fragte Erin, ihr Tonfall ganz sanft.

Ich nickte hilflos. »Ja. Tut mir leid.«

»Muss es nicht«, sagte sie, und ich war so froh, so unglaublich froh, sie zu haben. »Magst du drüber reden?«

»Ich weiß gar nicht, wo ich anfangen soll ...« Mir kam ein Gedanke. »Musst du nicht arbeiten?«

»Nein, schon gut. Ich bin gerade in der Mittagspause.«

»Ich ... Also ...« Ich räusperte mich. »Ich hab mich gerade mit Mel gestritten.«

»Worüber?«

»Ich war in New York und hab es ihr nicht erzählt. U...

und …« Meine Stimme verschwand zusammen mit meinen Gedanken.

»Shh, ganz ruhig, Ella«, hörte ich Erin sagen. »Tief durchatmen, hörst du? Komm, ich zähle und du atmest. Einatmen – eins. Zwei. Drei. Vier …«

Ich versuchte, so gut es ging, meinen Atem anzupassen. Es brauchte mehrere Durchläufe, bis ich endlich wieder sprechen konnte und dann … kam alles wie von selbst: Ich erzählte ihr von Jae-yong, von diesem merkwürdig wunderbaren Mann, den ich getroffen hatte, als ich es am wenigsten erwartet hatte. Von meinen Gefühlen, unseren Treffen und allem dazwischen, bis ich beim heutigen Tag ankam. In New York, im Buchladen, im Auto, in dem kleinen Raum mit dem Vertrag vor mir. Im Flugzeug, zu Hause und schließlich beim Streit mit Mel.

Es dauerte lange. Mein Mund wurde trocken, ich trank einen Schluck Wasser und redete dann weiter, bis das Glas auf meinem Nachtschrank leer war.

Erin machte es so leicht. Sie hörte mir zu, unterbrach mich nur, um Unklarheiten besser zu verstehen. Ich spürte keine Urteile von ihr, keine Missbilligung. Sie war für mich da, und ich saugte ihre Wärme auf.

Als ich fertig war, schwiegen wir beide. Erin, weil alles, was ich bisher verheimlicht hatte, erst mal sacken musste. Und ich, weil ich mich leer gesprochen hatte.

»Warum hast du mir denn nichts erzählt?«, fragte Erin schließlich. »Und dass du es nicht sagen durftest, ist keine Ausrede. Du weißt genau, dass du mir mit allem vertrauen kannst.«

In der Zwischenzeit war ich in mein Bett gekrochen,

die Beine an den Körper gezogen. Ich fühlte mich so müde, als könnte ich die nächsten Wochen und Monate durchschlafen.

»Als du das mit Eric erzählt hast … Ich weiß nicht. Ich glaube, ich wollte dir einfach keine Sorgen machen. Du bist so glücklich in Australien, ich hatte Angst …« *Dass du eher dortbleiben würdest, wenn dich hier Chaos erwartet. Dass es zu viel ist, dass* ich *zu viel bin.*

»Oh, Ella.« Ich konnte ihre Gedanken fast bis hierher hören. »Ich werde nie zu glücklich sein, zu beschäftigt oder zu sehr auf einen Kerl fixiert, dass ich keinen Platz für dich in meinem Alltag habe. Niemals, hörst du?«

Vor Dankbarkeit wären beinahe die Tränen wieder aufgestiegen, aber ich kämpfte sie zurück. »Ich weiß. Ich weiß, tut mir leid.«

»Hör auf, dich zu entschuldigen«, sagte sie liebevoll. »Ich bin traurig und, ja, auch ein bisschen verletzt, dass du es mir nicht erzählt hast. Aber darum können wir uns später kümmern, ja? Ich lauf dir deswegen nicht weg, also mach dir keinen Kopf. Ich hör ihn nämlich schon wieder bis nach Australien arbeiten.«

Ein müdes Lachen entkam mir. »Erwischt.«

»Hat er dir in der Zwischenzeit geschrieben?«

Ich nahm das Handy vom Ohr, um einen Blick darauf zu werfen. Die Antwort war ernüchternd. »Nein, hat er nicht.«

»Das wird er«, sagte sie bestimmt. »Wer weiß, was für ein Krisenmeeting sie gerade einberufen haben. Ich bin mir sicher, dass er auch auf heißen Kohlen sitzt.«

Ich war froh, dass sie es mir abnahm, darin zu vertrauen. Im Augenblick fehlte mir sogar dafür die Kraft.

»Ich hoffe es.«

»Ganz bestimmt«, sagte sie. Dann: »Meinst du, du kannst vielleicht ein bisschen schlafen oder dich ausruhen? Meine Mittagspause ist schon vorbei, aber wenn du sagst, dass ich bei dir bleiben soll …«

»Ich krieg das schon hin«, sagte ich. Nickte ins Handy, wie um mich selbst davon zu überzeugen.

»Ruf an, wenn du mich brauchst, okay?«

»Werde ich. Danke, Erin.«

»Ich hab dich lieb, Ella.«

»Ich dich mehr.«

Kurz darauf legten wir auf. Ich ließ mein Handy neben mich fallen, seufzte und schob mich auf meinem Bett nach unten, bis mein Kopf auf dem Kissen lag. Die Stille war eine willkommene Abwechslung zu den letzten Stunden. Wenn ich nur nicht wieder hier rausmüsste …

Ich befand mich irgendwo zwischen Wachsein und Schlafen, als es an der Tür klingelte und ich aufschreckte. Das Geräusch schallte durch die Wohnung, noch mal und noch mal. Das letzte Klingeln war länger, so als würde jemand bewusst lange auf dem Knopf drücken.

Weder Mels noch Livs Zimmertür gingen auf, obwohl es sich für mich in der Stille der Wohnung wie ein Donnerschlag anhörte. Für eine Sekunde spielte ich mit dem Gedanken, es zu ignorieren und unter meine Decke zu kriechen. Früher oder später würde die Person aufgeben oder eine meiner Schwestern die Tür öffnen.

Aber als es noch mal klingelte und sich weiterhin niemand die Mühe machte, an die Tür zu gehen, bemühte ich mich aus dem Bett. Ich wischte mir über meine müden Augen, ehe ich auf die Gegensprechanlage drückte.

»Hallo?«

»Lässt du mich rein?« Bei dem weichen Akzent, der mir vom anderen Ende der Anlage entgegenhallte, fiel mir beinahe der Hörer aus der Hand.

»Jae-yong?«, fragte ich entgeistert.

»Ja«, sagte er. Dann: »Bitte leg jetzt nicht auf. Kann ich zu dir kommen?«

Mein Blick zuckte zum Flur, aber an der beharrlichen Stille hatte sich nichts geändert. Ich biss die Zähne zusammen. »Fünfter Stock.« Damit drückte ich auf den Einlasser.

Ich stellte mich in die Tür, um ihn sofort sehen zu können, wenn er die Treppen hochstieg. Es dauerte keine Minute, bis er auf dem Absatz unserer Etage ankam und sich nach mir umsah. Als sein Blick auf mich fiel, lief er, ohne zu zögern, in meine Richtung. Er trug noch die gleichen Klamotten wie vor wenigen Stunden – nur der Hut fehlte. Hier stand er vor mir, die Haare zerzaust, die Augen groß wie Golfbälle. Sein Blick flog über mein Gesicht, auf der Suche nach etwas – nach was? Er blieb an meinen Augen hängen, die sich von den Tränen geschwollen anfühlten.

»Ella …«, flüsterte er und machte noch einen Schritt auf mich zu.

Dass er vor mir stand, überforderte mich. Ich hatte Nachrichten erwartet, Anrufe vielleicht. Nicht dass er sich in den Flieger setzen und hierherkommen würde. Es war, als träfen zwei Welten aufeinander, die ich in den vergangenen Wochen so mühsam versucht hatte, auseinanderzuhalten.

»W-wie …« Meine Gedanken taten sich schwer, sich zu Worten formen zu lassen. Sie flogen in meinem Kopf wild durcheinander. »Was machst du hier?«, brachte ich schließlich heraus.

Jae-yong überging meine Frage. Seine Augen sahen wütend aus. Verzweifelt. Traurig? Er holte tief Luft, und der Eindruck, dass er sich für etwas zu wappnen schien, gefiel mir ganz und gar nicht. »Können wir reden?«

Ich zögerte einen Moment. Haderte mit mir, ob ich Mel fragen sollte. Dann bat ich ihn einfach hinein. Es war egoistisch, aber ich hätte es nicht ertragen, ihren enttäuschten Gesichtsausdruck ein weiteres Mal zu sehen.

Ich bedeutete Jae-yong, leise zu sein, und führte ihn den Flur entlang in mein Zimmer. Schloss die Tür hinter uns. Er blieb in der Mitte des Raums stehen, und erst da wurde mir bewusst, dass es das erste Mal war, dass er mein Zimmer zu sehen bekam.

Sein Blick wanderte von meinen Buchregalen zu meinem Schreibtisch zum Bett. Blieb nirgends hängen, bis er auf mich traf. Und dann sah er mich schweigend an. So als wollte er sich den Moment ins Gedächtnis brennen.

Bei dem Gedanken beschleunigte sich mein Herzschlag wieder.

»Wenn du was gesagt hättest, hätte ich vorher aufgeräumt«, meinte ich. Ein Versuch, die Anspannung zusammen mit meinem unguten Bauchgefühl zu vertreiben.

Er schenkte mir ein müdes Lächeln für den Versuch. »Es gefällt mir«, sagte er und ließ mich dabei nicht aus den Augen. »Es ist wie du.«

Ich versuchte gar nicht erst, diese Aussage zu entschlüsseln. »Du hast mir nicht geschrieben«, sagte ich in anklagendem Ton, den ich nicht so beabsichtigt hatte. Die letzten Stunden hätten mich vermutlich weniger ausgelaugt, wenn ich wenigstens gewusst hätte, was bei ihm vor sich ging.

Jae-yong verzog das Gesicht, ein wütender Ausdruck blitzte kurz auf, und rieb sich mit einer Hand über die Schläfen. »Ich war kaum in dem Raum, als mein Manager mir mein Handy abgenommen hat.« Er runzelte die Stirn. »Und als ich aus dem Meeting gekommen bin, habe ich dich nirgends finden können. Ich hätte das ganze Hotel umgekrempelt, wenn sie mir nicht gesagt hätten, dass du wieder nach Chicago geflogen bist. Ich dachte …« Er schluckte. Räusperte sich. »Ich bin einfach ins nächste Taxi gesprungen und zum Flughafen gefahren.«

Die Lippen aufeinandergepresst versuchte ich, die Worte zurückzuhalten, die durch meinen Kopf jagten. Ich hatte so sehr auf eine Nachricht gewartet. Gehofft. Die ganze Zeit über.

Jae-yong sah mir meinen Zwiespalt an. »Tut mir leid, Ella. Ich habe erst am Flughafen bemerkt, dass ich mein Handy nicht bei mir habe. Ich wollte … Ich musste dich einfach sehen.«

»Ich wollte nicht gehen«, sagte ich. »Der Kerl hat mir ein Flugticket in die Hand gedrückt und mich zum Flughafen eskortiert.«

Er schüttelte den Kopf, als verstünde er nicht, was ich sagte. »Wer hat dich zum Flughafen gebracht?«

»Der Mann, mit dem du vor dem Meeting gesprochen hattest«, erklärte ich.

»Sung-jin?«, fragte er ungläubig.

Ich zuckte mit den Schultern. Er hatte mir nie seinen Namen genannt – von der Erklärung des Vertrags abgesehen hatte er allgemein kaum ein Wort mit mir gesprochen.

Jae-yong fuhr sich aufgebracht durch die Haare. Er ballte die Hände zu Fäusten und entfernte sich einige Schritte von mir, ehe er sich umdrehte und die Distanz wieder verringerte. »Davon wusste ich nichts, das musst du mir glauben. Ich bin in den Raum und Woo-seok hat sofort auf mich eingeredet. Ich habe nicht mal mitbekommen, dass Sung-jin den Raum verlassen hat.«

Er sah so aufgewühlt aus, wie ich ihn in den letzten Wochen noch nie erlebt hatte. Jae-yong war für mich immer so was wie das Auge des Sturms zu meinem wütenden Unwetter. Ruhig. Gefasst. Ein Anker. Ihn so zu sehen, war auf eine Art besorgniserregend, die mir ganz und gar nicht gefiel.

Meine Reaktion war eine Mischung aus einem Kopfschütteln und einem Schulterzucken. Ich schob mich an Jae-yong vorbei und ließ mich auf mein Bett fallen. Ich hatte das Gefühl, diese Müdigkeit nie wieder loszuwerden – der Tag war bis in meine Knochen gesickert.

Jae-yong setzte sich neben mich. Dabei ließ er einen Abstand zwischen uns, der ein Stück größer war als normal. Irritiert sah ich ihn an und schob mich nach rechts, bis mein Oberschenkel gegen seinen stieß. Auf seinen fragenden Blick antwortete ich ihm mit einem entschlossenen und rührte mich nicht vom Fleck.

Stille legte sich über uns. Ich traute mich nicht, etwas zu sagen, und Jae-yong schien es ähnlich zu gehen. Nur das Ticken des Weckers mischte sich in meine Gedanken.

Ich rieb abwesend mit meinen Händen über meine Jeans. Meine Finger waren eiskalt, und ich wünschte mir nichts sehnlicher, als wieder unter meine Decke kriechen zu können. Vielleicht hätte ich der Realität dort für einen kurzen Augenblick entkommen können.

Jae-yong seufzte. Er drehte mir den Oberkörper zu, streckte den Arm aus und nahm meine Hand in seine. Er schloss sie um meine, wärmte meine kalten Finger. Sein Daumen strich sanft über meine Knöchel, über meine Finger und verweilte auf der Stelle unterhalb meines Handgelenks, wo die Adern leicht bläulich durch meine blasse Haut schienen.

Ich versuchte, seinen Blick zu deuten, als er über mein Gesicht strich, aber irgendetwas hatte sich verändert. In der Zeit, die er gebraucht hatte, um von New York nach Chicago zu kommen, hatte sich das Leuchten darin zurückgezogen. Und ich hatte keine Ahnung, wie ich es zurück an die Oberfläche holen konnte.

Worte flogen durch meinen Kopf. Sie wollten ausgesprochen werden, drängten mich, danach zu fragen, was genau passiert war, während ich im Flugzeug gesessen hatte. Aber … Irgendetwas hielt mich zurück. Vielleicht war es der ernste Ausdruck auf seinem Gesicht, der mich dazu brachte zu zögern. Er war neu. Unbekannt.

Und sosehr ich es auch versuchte, ich wusste ihn nicht einzuordnen – geschweige denn, wie ich mit ihm umgehen sollte.

»Ella.«

Mein Name hatte noch nie so schön und schmerzlich zugleich geklungen. Ich hörte förmlich, wie ungesagte Worte gegen Jae-yongs Zunge drängten. Wie sie darum kämpften, herausgelassen zu werden. Aber ein Blick in seine Augen verriet mir, dass es zu viele auf einmal waren, dass sie ähnlich wie bei mir wirr durcheinanderflogen und keinem roten Faden folgten.

Ein schweres Seufzen entkam ihm, und auf meinen Armen breitete sich eine Gänsehaut aus. Nicht die Sorte, die mich sonst überkam, wenn er in meiner Nähe war. Eher kam sie von einer leisen Vorahnung, die sich langsam in meinem Bauch breit machte, meinen Kopf aber noch nicht erreicht hatte.

»Wie sauer sind sie?«, fragte ich, meine Stimme leise. Ich traute mich nicht, lauter zu sprechen, aus Angst, meine Worte könnten aus diesen vier Wänden getragen werden.

Das halbe Lächeln auf seinem Gesicht war zerknirscht und erzwungen. »Ganz ehrlich?« Ich nickte, und er fuhr sich mit der Hand über das Gesicht. »Dass sie sauer sind, ist nicht mal das Schlimmste. Aber als wir in dem Raum saßen und unser Manager die Bilder offen auf den Tisch gelegt hat … Sie sahen so enttäuscht aus, Ella.«

Mein Herz zog sich schmerzhaft zusammen. Mels Gesicht tauchte vor meinen Augen auf. »Was haben sie gesagt?«

»Dass ich die gesamte Band dadurch in Gefahr bringe – und das wieder und wieder in den unterschiedlichsten Varianten. Als wüsste ich das nicht selbst«, fügte er bitter hinzu.

»Aber wieso hat Min-ho nicht …«

»Ich habe ihm gesagt, dass er sich nicht verraten soll, falls so etwas passiert«, unterbrach mich Jae-yong.

Das ließ mich stocken. »Warum? Er ist dein bester Freund.« Wenn er nicht hinter ihm stand, wer dann?

»Genau deswegen«, erwiderte er ernst. »Sollte ich ihn in etwas hineinziehen, mit dem er nichts zu tun hat? Die anderen wären nur unnötig sauer auf ihn. Es würde an der Situation nichts ändern.«

»Und … Was bedeutet das?« *Für uns?* Ich traute mich nicht, es auszusprechen, aber das brauchte ich auch gar nicht. Er verstand mich wortlos.

Sein Blick senkte sich auf unsere Hände. Dass er es mied, mich direkt anzusehen, brachte den Knoten in meinem Magen nur dazu, sich stärker zu verkrampfen.

»Es ist ein Vertragsbruch«, erklärte er plötzlich, beinahe emotionslos. »Unter normalen Umständen hätten sie mich vermutlich sofort vor die Tür gesetzt.«

Mein Herz trommelte gegen meinen Brustkorb. »Aber?«, hakte ich nach, als es nicht den Anschein machte, dass er weitersprechen würde.

»Wir sind zu bekannt«, fing er an. »Sie würden den Ärger vieler Fans riskieren, wenn sie mich einfach rausschmeißen.«

Mir kam in den Sinn, was er über ihre Fans gesagt hatte. Wie besonders sie waren. Einzigartig. Ich hatte mittlerweile genügend über sie gehört, über ihren ausgeprägten Beschützerinstinkt gegenüber den Bandmitgliedern – und das, obwohl sie sie nicht einmal persönlich kannten.

Zu jedem anderen Zeitpunkt hätte der Gedanke mir Magenschmerzen bereitet. In diesem Augenblick war ich einfach nur erleichtert, denn sie waren der Grund dafür, dass Jae-yong seine Familie nicht verlor.

»Also haben sie mir zwei Möglichkeiten gegeben. Entweder ich verlasse die Band mit einem Statement, dass es meine eigene Entscheidung war …«

»Oder?« Ich ahnte, was die andere Möglichkeit war. Trotzdem wollte … *musste* ich es hören.

Jetzt hob er den Blick doch wieder an und sah mir in die Augen. »Oder ich breche den Kontakt zu dir ab. Ab sofort. Vollständig.«

»Warum …« Ich räusperte mich. Versuchte, die Worte um den Kloß in meinen Hals herum auszusprechen. »Warum bist du dann hier?«

Er senkte den Kopf. Lehnte seine Stirn vorsichtig an meine. »Weil es keine Entscheidung ist, die ich alleine treffen kann, Ella.«

Meine Augen wurden groß. »Du willst, dass ich entscheide?«, fragte ich panisch.

»Wir beide. Zusammen«, korrigierte er mich sanft.

»Aber es ist dein Leben. Deine Band. Deine Entscheidung.«

Ich versuchte, meine Hände aus seinen zu lösen, um wenigstens einen kleinen Abstand zwischen uns zu bringen. Ich konnte nicht logisch denken, wenn er so nah bei mir war.

Er ließ sie nur widerstrebend los. »Warum machst du dich immer kleiner als du bist?«

»Tu ich nicht«, murmelte ich trotzig, auch wenn eine Stimme tief in mir drin flüsterte, dass er recht hatte.

»Und wie du das tust«, sagte er. »Ich wünschte, ich könnte den Gedanken aus deinem Kopf kriegen, dass du dich zurücknehmen musst, weil du denkst, dass andere dich sonst verlassen.«

»W-wovon redest du …« Ich wollte mich abwenden, damit er nicht sah, wie sehr er damit genau in den wunden Punkt getroffen hatte. Aber er ließ es nicht zu, sondern packte meine Handgelenke und zwang mich, ihm nicht auszuweichen.

»Du weißt genau, wovon ich rede. Und ich weiß, dass das nichts ist, worüber wir jetzt sprechen sollten – geschweige denn etwas, worüber du überhaupt jemals reden willst …«

»Dann hör auf damit!«, rief ich aufgebracht. Das Trommeln meines Herzens wurde lauter in meinen Ohren.

Sein Blick war eindringlich. »Womit? Dir die Wahrheit zu sagen?«

Bumm. Bumm. Bumm.

»Dir zu sagen, dass du es verdient hast, glücklich zu sein?«

Bumm. Bumm. Bummbummbumm.

»Dir zu sagen, dass du genug bist?«

Bummbummbummbumm.

»Warum verlässt du mich dann auch?« Meine Augen brannten. Ich hatte Mühe, die Tränen darin zurückzuhalten.

Jae-yong schüttelte den Kopf. »Genau deswegen bin ich hier. Sag mir, dass ich bleiben soll, Ella.«

Ich entzog ihm meine Hände wieder. Presste die Finger auf meine Augen. Die Dunkelheit spendete nur bedingt Trost, aber ich brauchte sie, um meine Gedanken zwischen all den Gefühlen ordnen zu können.

»Und dann?«, fragte ich schwach. »Verlässt du die Band und deine engsten Freunde? Du lässt die Musik und Min-ho und die anderen hinter dir und – was? Bereust in ein paar Jahren, mich jemals kennengelernt zu haben?«

»Ich würde es nicht bereuen«, sagte er ernst, aber ich hörte, wie eine leise Ungewissheit in seiner Stimme mitschwang.

»Das weißt du nicht«, sagte ich und fuhr schnell fort, bevor er etwas darauf erwidern konnte. »Merkst du nicht, wie verrückt das klingt? Du willst alles hinschmeißen, was du dir in jahrelanger, harter Arbeit aufgebaut hast?«

Stille begegnete mir daraufhin. Ich senkte die Hände in meinen Schoß, hob den Kopf an.

Jae-yong blickte aus dem Fenster, sein Kiefer verkrampft. Ich sah, wie er verzweifelt nach einer Lösung suchte, durch die niemand verletzt wurde. Aber als er auch nach mehreren Minuten keine fand, fuhr er sich aufgebracht durch die Haare. Stieß ein wütendes Seufzen aus. Und wandte sich wieder mir zu.

Ich sah es in seinen Augen: Langsam bemerkte er, dass wir beide der Realität nicht mehr aus dem Weg gehen konnten. Dass es keinen goldenen Mittelweg gab.

Irgendwer würde verletzt werden.

Entweder wir beide – oder die halbe Welt.

Jae-yong öffnete den Mund, um etwas zu sagen. Schloss ihn wieder, öffnete ihn. Ich sah den Zwiespalt in seinem Gesicht, gefolgt von Einsicht, Schmerz und so vielen weiteren Emotionen, die ich auf die Schnelle nicht einmal benennen konnte.

»Ich kann sie nicht im Stich lassen«, sagte er nach einer Weile, die mir wie eine Unendlichkeit vorkam. Er betrachtete mich dabei bittend, so als wollte er unbedingt, dass ich verstand, was er nicht in Worten ausdrücken konnte.

Und ich verstand es.

Gott. Es tat weh.

Aber er musste sich entscheiden. Und bei dieser Entscheidung spielten nicht nur er und ich eine Rolle. Vielleicht wäre die Situation eine andere, wenn die Band nicht wie eine Familie für ihn wäre. So war sie allerdings ein Faktor, der gegen das hier sprach. Gegen uns und die zarten Gefühle, die zögernd und zurückhaltend begonnen hatten, zwischen uns zu blühen.

»Es bedeutet nicht niemals, Ella.« Er war unendlich sanft, als er seine Hände an meine Wangen legte. Seine Fingerkuppen berührten gerade so meinen Haaransatz. Seine Daumen lagen auf meinen Wangenknochen. Er führte seine Lippen zu meinem Kopf. Presste sie in einem vorsichtigen Kuss an meine Stirn. »Es bedeutet nur nicht jetzt.«

Ich spürte die Berührung kaum. Nahm die Worte, die er als Nächstes sagte, so gut wie nicht wahr. Ich klammerte mich an die Wärme, die von seinen Händen ausging, und hörte nur das Rauschen in meinen Ohren.

Wie durch einen Schleier registrierte ich, dass die Tür aufging. Mels Gesicht tauchte vor mir auf, eine Mischung aus unterdrückter Wut und Feindseligkeit lag darin. Ihre Stimme bebte, als sie etwas zu Jae-yong sagte.

Seine Erwiderung bekam ich nicht einmal mit. Ich saß auf meinem Bett, hörte die Worte, aber nicht deren Bedeutung, und sah dem Geschehen wie ein stummer Beobachter zu.

Und die ganze Zeit über verfolgte mich das Gefühl, wie mein Herz bei seinen letzten Worten leise brach.

DANKSAGUNG

Man sollte meinen, nach einem ganzen Buch würden sich diese abschließenden Worte einfach anfühlen, was? Aber irgendwie fallen sie mir fast am schwersten. Ich versuche mein Bestes, aber ich werde nicht jede Kleinigkeit auflisten können, für die ich dankbar bin …

Simone, du sagst mir immer, dass ich mich nicht für Dinge bedanken muss, die selbstverständlich sind – aber gerade die sind es, die ich am meisten wertschätze. Deswegen danke, dass du vor so vielen Jahren WhatsApp installiert hast und seitdem selbst an ganz grauen Tagen an meiner Seite stehst. Es ist nicht immer leicht, und es fühlt sich nicht so an, als würde dieser kleine Satz ausreichen – aber ich hoffe, dass du weißt, wie viel es mir bedeutet. Und was ich alles sagen möchte, auch wenn mir gerade die passenden Worte fehlen.

Steffi, bei dir möchte ich mich aus ganzem Herzen dafür bedanken, dass du so viel Vertrauen in mich setzt und gesetzt hast, obwohl ich dir anfangs nicht viel mehr bieten konnte, als eine Leseprobe und ganz viele Sterne in den Augen, als du mich gefragt hast, ob ich ein Buch über K-Pop schreiben möchte. Ich habe es schon mal gesagt, aber ich könnte mir keine bessere Lektorin wünschen.

Fay – danke, dass ich zu jeder Tages- und Nachtzeit in den Zug zu dir springen könnte und deine einzige Frage wäre, was wir uns zum Essen bestellen wollen. Ich lache am meisten, wenn wir zusammen sind. Und vielleicht klingt das für andere gar nicht besonders, aber für mich bedeutet es die Welt.

Lea, ohne deinen ständigen Zuspruch und die anfeuernden Nachrichten hätte ich niemals so ehrgeizig an *When We Dream* geschrieben. Vor allem in den letzten Wochen vor der Abgabe hätte ich mich nicht von allein jeden Tag voller Tatendrang vor den Laptop gesetzt.

Und an meine Familie: Guckt mal! Guckt mal, das ist wirklich ein richtig echtes Buch! Danke, dass ihr alle sofort begeistert gewesen seid, als ich euch gesagt habe, dass ich ein Buch schreiben darf. Danke, dass ihr jedem stolz davon erzählt und, ohne zu fragen, alles vorbestellt habt, auch wenn ihr vielleicht gar nichts mit K-Pop anzufangen wisst. Und Mama, Papa? Danke, dass ihr meine Lesesucht nie belächelt, sondern immer unterstützt habt.

Fühlt euch alle ganz arg gedrückt.

Ellas und Jae-yongs Geschichte geht weiter:

Erscheint am 28. August 2020.